L'ANGE
DU
CAUCHEMAR

Daina Graziunas et Jim Starlin

L'ANGE
DU
CAUCHEMAR

FRANCE LOISIRS
123, boulevard de Grenelle, Paris

Titre original : *Thinning the Predators*
Traduit par Thierry Arson

Édition du Club France Loisirs, Paris,
réalisée avec l'autorisation des Presses de la Cité

© Diana Graziunas et Jim Starlin, 1996
Publié avec l'accord de Baror international, Inc.,
Bedford Hills, New York, U.S.A.
© Presses de la Cité, 1996, pour la traduction française
ISBN 2-7441-0240-7

Ce roman est dédié
à tous nos amis, et en particulier à
Mary Jo Duffy, Dottye Howard et Ron Marz,
pour leur aide et leurs encouragements.

PREMIÈRE PARTIE

METEMPSYCOSE

Dans notre triste condition
Notre seule consolation
Est l'espoir d'une autre vie

Martin Luther

1

23 juin 1996
Non loin d'Indian Springs, Nevada

Ira Levitt reprit conscience dans l'obscurité imparfaite pour affronter une mauvaise surprise. Il gisait sur le sol humide, son crâne le faisait souffrir et son bras gauche semblait brisé. Il en eut confirmation dès qu'il tenta de remuer les doigts. Foutu boulot ! Ils n'avaient qu'à le faire eux-mêmes ! Mais qui, « ils » ? Personne n'était là pour l'écouter.

Une lune presque pleine éclairait sa situation. Mais le bourdonnement dans ses oreilles ne cessait pas. Ira garda la position allongée et repassa en esprit le film des derniers événements. D'abord l'homme jaillissant de l'angle de la maison, puis l'arc fulgurant de la planche s'abattant vers son crâne. La dernière chose dont il se souvenait, c'était d'avoir levé instinctivement le bras pour se protéger. Sa mémoire s'arrêtait là.

Sans trop de grâce, Ira parvint à s'asseoir et déboutonna sa chemise assez bas pour y loger son bras cassé. *Pas ce soir, Josephine... Désolé, mais j'ai très mal à la tête...* Cette pensée le surprit et il faillit rire. Mais l'idée que son agresseur était peut-être toujours dans les parages mit son hilarité en veilleuse. Par malheur, il avait maintenant l'impression qu'on jouait *La Marseillaise* à plein volume à l'intérieur de son crâne. *« L'effet du coup, sùrement. Faut que je me lève et que je dégage d'ici. Je deviens trop vieux pour ces conneries, de toute façon ».*

Et Ira Levitt, agent du gouvernement aux vingt-huit ans d'expérience dans le Bureau, se remit debout en chancelant, sans sa torche électrique ni son arme, et rebroussa prudemment chemin jusqu'à l'endroit où il avait laissé les officiers Bacon et Goddin, de la police d'Indian Springs. Ils l'avaient amené ici une demi-heure plus tôt, d'après sa montre. Une Timex résistante aux chocs. Levitt espérait que Bacon et Goddin l'étaient aussi et se demanda s'ils étaient encore en vie.

En vie oui, satisfaits certainement pas. Tous deux étaient assis dos contre un arbre et torse nu. Leur chemise réglementaire servait de bandage improvisé pour leur cuisse droite. Le clair de lune faisait briller leur arme de service.

— Du calme, les gars, dit Ira en approchant. C'est moi, Levitt.

— Levitt ! Où étiez-vous passé, bon Dieu ?

Ira ne savait plus si celui qui venait de parler était Bacon ou Goddin. Il ne les avait rencontrés que cet après-midi, et pour l'instant son cerveau n'était pas au mieux de ses performances ; il entendait encore des bribes de *Marseillaise* de temps en temps.

— Il m'a étendu pour le compte, répondit Ira d'un ton maussade. Que s'est-il passé, ici ?

Il avait la très désagréable impression que tout ce gâchis allait lui retomber sur les épaules.

— Bacon et moi, on attendait votre retour exactement là où vous nous aviez laissés. Il y a eu la détonation et on a décidé de venir vous prêter main-forte. On arrivait ici quand on a entendu quelqu'un approcher. On s'est planqués. Le type venait de la maison, et il nous a appelés par notre nom. A sa voix, il avait l'air de souffrir. Alors on est sortis à découvert et bang... Il nous a aveuglés avec sa torche électrique. Et on s'est retrouvés chacun avec une balle dans la cuisse.

Ira s'accroupit pour observer la blessure du policier à la lueur pâle de la lune.

— Donc il connaissait vos noms, hein ? lâcha-t-il seulement.

12

Goddin ne fit rien pour masquer l'antipathie qu'il avait éprouvée pour l'agent fédéral dès le premier instant.

— Ouais, et comment pensez-vous qu'il les savait ? Vous nous cachez des trucs ?

La flicaille locale contre la poulaille fédérale. Les vieilles rivalités avaient la vie dure.

— Du calme, les gars. Je suis de votre côté, vous vous souvenez ? fit Ira avec un sourire forcé. Et c'est pourquoi je laisserai cette question sans réponse et sans commentaire. Autant voir la réalité en face : aucun de nous n'est en état d'aller régler ça dans le pré à la loyale, d'accord ?

Epaules voûtées pour une fois, car il ressentait le poids des ans et l'inanité de sa joute avec Goddin, Ira se tourna vers Bacon et examina la blessure du second officier de police. Un tir de toute beauté, digne d'une médaille pour un tireur d'élite. Chaque projectile avait atteint sa cible sur le côté extérieur de la cuisse droite, infligeant une blessure invalidante mais sans gravité. Beau boulot, sans bavure. D'après le sang tachant les chemises, les balles avaient transpercé la cuisse et étaient ressorties. Au moins, la balistique serait incapable de prouver de façon incontestable que ces blessures avaient été infligées avec son arme. Mais à long terme, c'était sans importance. Ira connaissait la vérité et devrait vivre avec. Il croisa le regard venimeux de l'officier de police Bacon.

— Je suppose que vous avez déjà appelé des secours ? dit-il.

Les yeux de Bacon lancèrent des éclairs.

— Et comment on aurait fait ça ? Cet enfoiré s'est barré avec la voiture de patrouille !

— Il a *quoi* ?

Ira avait du mal à garder une expression neutre. Ce salopard insolent avait recommencé.

— Il a volé notre putain de voiture, ce fumier ! Vous êtes sourd ou quoi ? Après nous avoir tiré dans la jambe, il a contourné la voiture. On a tiré sur lui, mais dans la nuit on n'avait aucune chance de le toucher. Et puis le moteur de la bagnole a démarré et il est parti avec. On est assis là depuis, à se demander ce qu'on devrait foutre maintenant.

Levitt se releva et regarda dans la direction d'où il était venu.

— Je vais retourner dans la maison pour appeler des secours. Je vous emprunte un flingue et une lampe.

A contrecœur, Goddin lui tendit ce qu'il voulait, et Ira les prit avec le même enthousiasme. Il s'était éloigné de quelques pas quand il jeta par-dessus son épaule :

— Quand ce salopard est sorti de la végétation, avez-vous remarqué comment il marchait ?

— Oh... ouais ! C'est vrai !

Ira était trop loin pour voir l'expression de Bacon, mais sa voix traduisait assez son excitation :

— Il traînait la jambe. Dites, vous l'avez touché ?

— Je n'en suis pas sûr. Bon, restez assis tranquillement. Je reviens dans quelques minutes.

Revolver coincé dans la ceinture et torche électrique en main, Ira retourna à la maison Keefer. Une ombre de sourire jouait au coin de ses lèvres. Il avait maintenant le souvenir très vague d'avoir pressé la détente au moment où le morceau de bois s'abattait sur lui.

Ira se dirigea vers le coin de la maison où il avait été assommé. A la lumière de la lampe-torche, il eut confirmation de ce qu'il savait déjà au plus profond de ses *kishkès* : son arme et sa propre torche électrique avaient disparu. Bon sang ! Quel gâchis.

Les *kishkès*. Dans ce genre de boulot, ils étaient bien utiles. Le terme yiddish signifiait les tripes, l'instinct, l'intuition, toutes ces bonnes choses. Bien plus précises que n'importe quelle « petite voix intérieure ». Les *kishkès* ne mentaient jamais.

Le pinceau lumineux révéla un détail qui allégea considérablement l'humeur d'Ira. Du sang tachait l'herbe proche, et ce n'était pas le sien. Puisque Bacon et Goddin n'étaient pas arrivés jusqu'ici, cela ne laissait qu'une possibilité. Son tir réflexe avait touché la cible. Ira avait réussi à blesser l'homme qu'il traquait depuis Washington. Sa proie lui avait certes échappé, mais pas sans perdre de plumes, cette fois. S'il n'avait

14

pas encore rencontré le succès dans sa traque incessante de David Vandemark, Ira avait au moins la consolation de lui avoir laissé un petit souvenir. Bien piètre consolation en fait, mais parfois il faut savoir se contenter de ce qu'offre la situation.

Levitt éteignit la torche, la glissa non sans mal dans une poche et tira le revolver de sa ceinture. Il ne pensait pas en avoir besoin, mais il n'était pas du genre à parodier bêtement John Wayne en prenant des risques inconsidérés. Pour lui, jouer au macho était la meilleure façon de ne jamais profiter de sa retraite. Par ailleurs, tout était allé de travers, ce soir. Pénétrer dans cette maison sans arme aurait été tout simplement absurde. Après tout, c'était le domicile d'un tueur en série. Sinon, pourquoi David Vandemark serait-il venu ici ?

Levitt trouva la porte d'entrée ouverte. Sans bruit, il se coula dans le vestibule où régnait une pénombre bienvenue. Là, il s'immobilisa et tendit l'oreille.

Un seul son atteignit ses tympans : un bruit de goutte à goutte. *Ploc. Ploc. Ploc.*

En dehors de ce son, la maison était silencieuse... « comme une tombe », pensa Ira, regrettant aussitôt l'image. Elle accrut encore son sentiment aigu de claustrophobie. Arme au poing, il avança dans le vestibule en direction du bruit.

Ploc. Ploc. Ploc.

Ira risqua un œil dans la pièce à l'extrémité du couloir. Grâce au clair de lune qui déversait sa pâle clarté par la fenêtre, il reconnut une cuisine mais sans pouvoir en distinguer les détails. La petite lumière orange d'un interrupteur jetait une lueur étrange sur le mur le plus éloigné, près de la porte de derrière. Le son de goutte à goutte était plus net ici. Ira pensa qu'il venait sans doute d'un robinet mal fermé. Pourtant, le son répétitif lui éprouvait horriblement les nerfs. *Ploc. Ploc. Ploc.* Curieux, ça ne ressemblait pas au bruit de l'eau tombant sur de la porcelaine.

Il glissa dans la pièce avec une légèreté surprenante pour un homme d'une telle corpulence. Au passage, il nota la tache blanchâtre de l'évier sur sa droite. Il se figea une nouvelle fois et chercha à détecter des preuves de mouvements dans la maison. Rien, sinon... *Ploc. Ploc. Ploc.*

Soudain il se rendit compte que le bruit ne venait pas de l'évier, mais du coin le plus éloigné de la pièce, où régnait l'obscurité. Ira essaya de percer les ténèbres du regard, mais l'effort accentua son mal de tête. Il dut se rendre à l'évidence : la seule manière de savoir ce qui produisait ce son était d'allumer le plafonnier de la cuisine ou sa lampe-torche. Avec un seul bras valide, utiliser la torche électrique imposait de lâcher le revolver. Une très mauvaise idée, pour le moins. L'interrupteur mural ne se trouvait qu'à deux pas de l'endroit où Ira s'était immobilisé.

Ploc. Ploc. Ploc.

Ira ferma les yeux, s'accroupit en gardant le dos collé au mur puis se déplaça de côté jusqu'à ce que son épaule touche l'interrupteur. Alors il se releva, ce qui déclencha le bouton. Que la lumière soit ! Et la lumière fut au-delà de ses paupières closes. Quand il ouvrit les yeux, Ira fut d'abord frappé par l'éclat du plafonnier, puis par l'horrible vérité.

Ploc. Ploc. Ploc. Ploc. Ploc.

Du sang coulait lentement de la table de cuisine sur le plastique noir couvrant le sol. La sauvagerie du reste de la scène abasourdit l'agent du FBI, et il fallut plusieurs secondes avant que toute l'horreur de la découverte ne le frappe de plein fouet. Il sentit son estomac se révulser et détourna la tête à temps, une main pressée sur sa bouche. *Retiens-toi. Pas ici.* Dieu, il avait toujours détesté arriver sur les lieux d'un crime récent, mais jamais il n'avait rien vu d'aussi atroce.

Lentement, il se força à regarder le tableau d'enfer. Le garçon d'une quinzaine d'années gisait nu sur la table, ses yeux vitreux braqués sur le plafond. Du moins, ce qui restait du garçon gisait sur la table...

Ploc. Ploc. Ploc. Ploc. Ploc.

Le goutte à goutte insistait, au diapason de ses battements de cœur, lesquels bourdonnaient à ses oreilles avec la violence d'une tempête. Il frotta son arme contre sa tempe, et le froid du métal le réconforta un peu. La pièce était petite, si petite,

16

et tout ici puait l'abomination. Les membres de l'enfant avaient été grossièrement sciés. Deux grands seaux en acier étaient posés sur le sol. L'un était empli d'os sanguinolents auxquels adhéraient encore des lambeaux de tissu musculaire, l'autre contenait ce qui ne pouvait être que de la viande hachée.

Levitt regardait fixement ce tableau de folie sans encore complètement comprendre ce qu'il voyait. Puis il remarqua le hachoir à viande industriel rivé à la table de cuisine. Sa présence fit sauter les dernières défenses qui protégeaient encore Ira.

— Mon Dieu... Mon Dieu...

Pris d'un brusque étourdissement, il se sentit vaciller et s'appuya contre ce qu'il prit d'abord pour le réfrigérateur. Mais le réfrigérateur se trouvait en face de lui, contre l'autre mur. Ira comprit qu'il s'agissait d'un congélateur, du genre où les gens normaux stockent des trésors de steaks et autres morceaux de choix.

Il s'obligea à ouvrir la porte du meuble avec une lenteur presque solennelle. C'est avec la même gravité qu'il contempla une seconde les paquets soigneusement ficelés et qu'il referma la porte.

— Sale pourri d'enfoiré. Toutes ces jeunes vies...

Ira jeta un regard rapide au corps martyrisé du pauvre gosse. Une larme qu'il avait désespérément essayé de contenir coula sur sa joue jusqu'à sa mâchoire crispée.

Tout en la balayant d'un revers de main, Ira examina le sol et repéra aussitôt les empreintes sanglantes qui s'éloignaient de la table.

— Espèce de fils de pute, dit-il avec un calme glacé, j'espère bien que tu es encore là...

Et il suivit les traces hors de la cuisine.

Elles le menèrent dans le salon. Un homme était assis sur le sol, dos appuyé contre la cheminée, un fusil de chasse posé en travers des cuisses. Un petit trou rond marquait le centre exact de son front. Un mince filet de sang avait coulé sur le visage de l'homme pour se mêler à l'écarlate qui tachait déjà sa chemise blanche et son tablier de boucher. Sur la tablette de la cheminée, le présentoir à fusils était vide. David Vandemark avait offert à sa dernière proie plus qu'une bonne chance avant de l'exécuter. Cette curieuse équité était devenue la marque de fabrique de David, presque une signature. Regardant par-dessus son épaule, Ira repéra l'endroit où la décharge avait touché le mur. Une fois encore, Ira fut confronté à la même vieille énigme qui le taraudait. David Vandemark, le justicier qui vivait sur le fil du rasoir, jouait-il à la roulette russe, ou cette volonté de laisser une chance à ses victimes était-elle une sorte d'émulation rituelle et psycho-sexuelle qui décuplait le plaisir de la vengeance ?

Ira contempla le cadavre sans regret ni pitié. Il devait s'agir d'Elmore Keefer, le propriétaire de cette maison. Seules les activités clandestines de Keefer avaient pu attirer Vandemark et l'agent Levitt dans ce coin perdu du Nevada cette nuit. Des adolescents, garçons et filles, disparaissaient dans la région depuis bientôt dix-huit mois. La police locale avait conclu que les gamins s'étaient sans doute évaporés en faisant du stop pour gagner un autre Etat. Mais Ira savait que si ces disparitions n'étaient pas de simples fugues mais l'œuvre d'un *serial killer*, Vandemark ne pourrait pas résister.

Confiant en ses *kishkès*, l'agent du FBI était arrivé à Indian Springs une semaine auparavant dans l'espoir de monter une souricière. Plus tôt dans la journée, il avait interrogé un pompiste qui se souvenait d'un client correspondant au signalement de Vandemark et qui avait posé des questions sur un dénommé Elmore Keefer. L'indication avait amené Ira jusqu'à cette ferme. Un pas derrière Vandemark.

Ira Levitt, être humain chaleureux, compréhensif et plein de compassion, était heureux que les choses se soient déroulées ainsi, tandis qu'Ira Levitt, agent fédéral ayant juré de faire respecter la loi, était furieux de ne pas avoir arrêté sa proie. Une fois de plus.

Il pistait David Vandemark depuis sept ans. Une relation de respect et de haine s'était instaurée entre lui et cet homme dont il n'avait jamais vu le visage avant cette nuit. Ira considéra son bras blessé.

— Et que se passe-t-il quand je l'ai enfin devant moi ? Je le laisse me briser le bras ! Quel *shmock* je fais !

Dans la chambre, il trouva un téléphone et l'utilisa pour demander des ambulances et des renforts. Puis il sortit et s'assit sur le porche pour attendre la cavalerie. Après la puanteur écœurante dans la cuisine, la fraîcheur de la brise nocturne était une véritable bénédiction. Ira respirait à fond, pour emplir ses poumons de l'air pur. Pourtant l'horrible odeur agressait encore ses narines.

Il avait été si près du but, cette fois... Quelle humiliation de retourner à Washington les mains vides, avec un autre rapport sur Vandemark à rédiger. Distraitement, il se demanda si David Vandemark ne finirait pas par lui survivre.

2

14 juillet 1996
Sanibel, Floride

L'esprit de la femme était un livre ouvert pour Roger Cordell, puisque tel était le nom qu'il portait maintenant. Pour lui, les noms étaient comme les voitures. Quand l'un avait épuisé son utilité, il était temps d'en changer. Du coin de l'œil, il jaugea l'inconnue. Une rousse non dénuée de charme, la trentaine, avec de longues jambes et un beau cul. Ses pensées étaient très sexuelles. Roger sourit de leur intensité. « Comme un chiffon rouge agité devant un taureau », songea-t-il.

Il faisait la queue à la caisse du petit supermarché. La rousse feuilletait un exemplaire de *Cosmopolitan* au rayon librairie tout proche. Mais toutes les vingt secondes il sentait son regard passer du magazine à sa personne. Elle aussi le jaugeait : un mètre quatre-vingts, cheveux blonds, bronzage seyant, pommettes saillantes. Le physique avantageux, un corps sec, musclé sans excès. Elle aurait voulu voir ses yeux. *Ces satanées lunettes de soleil à verres miroir...*

En phase avec les pensées de la jeune femme, Roger se tourna directement vers elle et de l'index fit glisser ses lunettes sur l'arête de son nez aquilin. Elle prit de plein fouet l'éclat de ses prunelles bleu glacé. Connaissant bien l'impact qu'elles avaient, il s'en servait assez régulièrement dans ses pérégrinations.

La réaction de la rousse fut immédiate : elle rougit violemment et détourna les yeux. D'une main approximative, elle remit le magazine dans le présentoir et sortit du supermarché d'un pas proche du trot. Roger savourait la frayeur qu'il avait instillée en elle. Les femmes mariées ne devraient pas traîner dans les magasins avec le fantasme de séduire des inconnus. C'était une bonne façon d'avoir de gros problèmes.

Il remit ses lunettes en place. La caissière en arrivait à ses achats, et il ne voyait aucune raison d'inquiéter la jolie petite blonde. Elle passait ses produits au lecteur électronique avec l'application lasse des employées sous-payées pour un labeur mécanique. Roger régla le montant de ses achats, ramassa les deux sacs de provisions et sortit dans l'air chaud et moite de Floride.

Si son admiratrice rousse s'était attardée, elle aurait pu ajouter à son portrait une claudication assez nette de la jambe droite. Roger forçait sur la gauche en traversant le parking surchauffé jusqu'à la Datsun. Le contrat de location de la voiture avait été rédigé au nom de Gregory Parsons, une autre de ses multiples identités. Roger attendit à côté du véhicule pendant plusieurs minutes, pour laisser le conditionnement d'air gommer un peu la fournaise qui sévissait à l'intérieur de la Datsun. Il alluma une cigarette et contempla d'un regard rêveur la pièce d'eau s'étendant en bordure du parking. Une pancarte plantée en son centre interdisait de nourrir les alligators. Il eut un bref rictus, comme à chaque fois qu'il lisait ce panneau. La Floride. Drôle d'endroit.

Dix minutes plus tard, il vérifiait que la voiture était bien verrouillée avant de quitter le parking du Snook Motel, son domicile depuis trois semaines. Roger boitilla jusqu'à la porte de la chambre 1A, au premier étage face à l'océan. Il était heureux d'avoir choisi Sanibel pour passer sa convalescence. On ne pouvait rêver endroit plus approprié pour attendre qu'une blessure par balle guérisse.

Dans le secret de sa chambre, Roger ôta son pantalon et déroula les bandages serrant sa cuisse gauche pour examiner la plaie. Elle s'était refermée et ne suintait plus, ce qui était bon signe. Il avait pas mal marché aujourd'hui, à faire diverses courses, et il avait craint que cette sollicitation ne soit excessive pour sa jambe blessée.

Après tout, trois semaines seulement s'étaient écoulées, et le projectile se trouvait toujours dans sa cuisse. Roger se détendit, alluma une autre cigarette et, pour la millième fois peut-être, réfléchit à la possibilité que cette balle fasse partie de lui jusqu'au dernier jour. Il était incapable de l'extraire lui-même, et le bon Dr Lipston, « médecin personnel » de Roger depuis cinq ans, aussi vénal que dénué de scrupules sinon pour la confidentialité des rapports médecin-patients, avait finalement réussi à se suicider au whisky durant le printemps précédent. Roger se retrouvait pratiquement sans possibilité de soins pour les diverses blessures qu'il ramassait en accomplissant sa tâche. Parfois le vieil ivrogne lui manquait cruellement. Il n'est pas aisé de dénicher un médecin doté d'une attitude aussi chevaleresque devant des blessures d'origine visiblement louche.

A son arrivée en Floride, Roger avait tenté d'en localiser un à cause de la balle de .38 qui brûlait sa cuisse. Ses recherches avaient été brèves et vaines, si bien qu'il s'était résigné à se soigner lui-même. Les années lui avaient enseigné quelques petits trucs pour se rafistoler avec les moyens du bord.

Ses efforts avaient payé. Avec quelques achats à la pharmacie du coin, il avait réussi à interrompre le saignement, sans gangrène. Des milliers d'autres gens vivaient avec des morceaux de ferraille logés dans leur corps, qu'on ne pouvait extraire pour des raisons variées. En fin de compte, Roger se faisait assez bien à cette idée : après tout, être hors norme n'avait rien de nouveau pour lui.

Il refit son bandage, mit une salopette coupée à mi-jambes, attrapa une cannette de Coors et alla bronzer un peu sur la plage. Sa peau avait déjà pris un hâle marqué, mais il voulait brunir encore plus. Il avait déjà planifié son prochain travail, et cette fois, pour le mener à bien, il lui faudrait peut-être passer pour un Hispanique.

Une femme obèse et un jeune couple avec un petit garçon profitaient déjà des vagues et du soleil quand Roger claudiqua sur la plage. Tout en savourant la première gorgée de bière dans le transat installé sur le sable, Roger pensa qu'il serait facile, très facile même, de passer le reste de son existence ici. Ne rien faire sinon profiter du soleil et de la plage, il connaissait des occupations plus désagréables. Mais ce n'était pas ainsi qu'il devait vivre, et il le savait.

Un petit muscle de sa mâchoire se mit à tressauter quand la réalité fit intrusion dans ce rêve éveillé. Il avait un talent spécial. Un don de Dieu, peut-être. La vie facile n'était pas pour lui. Il avait accepté cette évidence des années plus tôt et fait tous les ajustements, petits ou grands, que requérait ce fait. De temps à autre Roger s'émerveillait de sa propre capacité d'adaptation. Il avait parcouru bien du chemin depuis Warren, dans le Michigan.

Roger suivit des yeux une femme qui marchait au bord des vagues. Très blonde, la peau dorée, jambes fuselées, elle était perdue dans ses pensées toutes centrées sur un homme aux yeux noisette qu'elle avait rencontré la semaine dernière. Elle s'éloigna lentement.

L'attitude adéquate : pour Roger, telle était la clé de la réussite. C'est grâce à l'attitude adéquate qu'il était arrivé aussi loin. Le truc, c'était de ne pas prendre la vie autant au sérieux. « La vie vous donne arbitrairement ce qu'elle a envie de vous donner, bon ou mauvais, songea-t-il, alors inutile de perdre son temps à s'en soucier ». Roger aimait garder son travail à l'esprit. Le travail était un domaine où il pouvait exercer un certain contrôle, plus que tout autre dans son existence. La seule façon de vivre était donc de profiter des bons moments et de rire des mauvais en espérant qu'ils ne dureraient pas. Profiter de la vie mais ne pas s'attacher trop à ce qu'elle offre. Parce que tout est bien trop éphémère en ce bas monde.

David Vandemark n'avait pas accepté cela. La douleur et la perte d'êtres chers avaient écrasé cet homme. C'est pourquoi David était mort. Et pourquoi Roger habitait maintenant son corps. « Pauvre type, se dit Roger, il n'a pas pu vivre en sachant que la vie n'est qu'une blague et qu'il en était la victime ».

Un sourire presque narquois aux lèvres, Roger observa la ligne d'horizon, bleu sur bleu. Oui, la seule façon de subsister, c'était d'apprendre très vite à apprécier l'humour noir de l'existence.

Dans son transat, Mrs. Emma Adler, respectable veuve obèse de Newark, tourna la tête et fusilla Roger du regard. Elle croyait que cet ivrogne riait de sa cellulite.

3

14 juillet 1996
Ministère de la Justice, Washington

« Il doit y avoir erreur, je me retrouve au sous-sol ! » pensa Vida Johnson en sortant de l'ascenseur. C'était pourtant bien là que l'avait dirigée l'employé à l'accueil. Un long couloir mal éclairé s'étendait devant elle, son plafond parcouru de tuyauteries. Elle sentit ses nerfs se tendre et former un nœud au creux de son estomac. Ce serait pire qu'elle ne l'avait imaginé. Elle s'était attendue à une simple sanction déguisée. En comparaison, elle y aurait gagné.

Un peu déroutée, Vida regarda autour d'elle. Elle se sentait totalement déplacée, ici. Sa robe bleue d'été semblait électrique sur le décor gris des murs, et elle apparaissait d'une beauté à couper le souffle dans la lumière crue des ampoules nues. Délicate, et pourtant étrangement vigoureuse. Un paradoxe intéressant, certes, mais il n'y avait personne pour goûter cet effet : l'agent du FBI Vida Johnson, jolie jeune femme noire un rien crispée, seule face à un univers très hostile.

A sa droite, une flèche peinte sur le mur indiquait la morgue. On lui avait donné pour instruction de se diriger de l'autre côté, dans le couloir. Elle décida de prendre la chose comme un bon présage. Elle passa devant une porte close portant la mention « Chaufferie » et une quantité d'autres sans inscription. Puis le couloir fit un coude brusque sur la droite. A une trentaine de mètres, une porte était ouverte, laissant échapper des volutes paresseuses de fumée bleue. Vida s'en approcha.

A l'intérieur elle vit d'abord son dos. La pièce tristement exiguë n'était éclairée que par la lampe du bureau sur lequel il était penché, la tête environnée d'une épaisse fumée bleuâtre. Décidée, Vida se racla la gorge bruyamment.

— Agent Levitt ? fit-elle d'une voix moins ferme qu'elle ne l'aurait souhaité.

La silhouette voûtée se redressa et se retourna. Elle paraissait occuper tout l'espace de la petite pièce. Inconsciemment, Vida recula d'un pas. Seigneur, elle n'avait pas souvenir d'avoir déjà vu un Blanc aussi imposant. Quand il avança dans la lumière venant du couloir, l'impression s'accentua. Il la regarda de très haut un moment, et Vida lui rendit son examen oculaire avec tout l'aplomb dont elle était capable.

L'agent Levitt devait dépasser les deux mètres pour un poids de cent cinquante kilos environ. Vida estima qu'il avait la cinquantaine. Ce qu'elle voyait de sa chevelure était noir avec quelques traces de gris, assez clairsemé. Il portait une moustache épaisse et non peignée, sous laquelle pointait un cigare des plus nauséabonds. L'agent Levitt avait un plâtre au bras gauche, qui ne laissait libres que ses doigts.

Le géant la gratifia d'un sourire aimable et dit :

— Vous devez être l'agent Johnson. Bienvenue en Sibérie !

Il laissa tomber son cigare sur le sol et l'écrasa d'une chaussure énorme, puis il se mit à éventer l'air autour de lui avec une chemise vide.

— Désolé pour le brouillard. Il va falloir que j'arrête de fumer, maintenant que vous êtes en poste ici.

Vida se sentit pâlir.

— Vous voulez dire que ça va être mon bureau ?

Levitt prit un air presque désolé.

— J'ai bien peur que non : ça va être *notre* bureau.

Vida fouilla la grotte du regard. Le grand bureau prenait presque tout l'espace de ce qui, sans doute, avait été une loge de gardien naguère. Des étagères métalliques croulant sous les dossiers occupaient le reste de la place. Une seule chaise était placée devant le bureau, chaise que Levitt lui désigna d'un geste gracieux. Vida décida que s'asseoir n'était pas une mauvaise idée. Le ridicule de la situation risquait de l'atteindre dans toute son ampleur d'ici peu, et il vaudrait mieux être en position assise alors.

Ira recula un peu et se percha sur l'angle du bureau. Il observait la moindre réaction de sa visiteuse avec la plus grande attention.

— Pas vraiment ce à quoi vous vous attendiez, hein ?

— Pas du tout, même.

Vida luttait contre une irritation grandissante. Levitt croisa les bras sur sa poitrine de lutteur de foire.

— Autant commencer tout de suite, d'accord ? Je sais tout de votre expérience au Bureau. Je ne peux pas dire que je sois fou de joie de devoir travailler avec vous, mais pas pour les raisons auxquelles vous pourriez penser.

L'agent Johnson se gratta le front, certaine de ce qu'elle allait entendre. Ira prit un dossier, le feuilleta d'un index paresseux.

— Ils m'ont envoyé votre dossier. J'y ai lu la relation de vos problèmes avec Richard Davenport, enfin, la version officielle. Comme je n'aime pas dépendre d'une source unique, surtout en matière d'informations, j'ai appelé Baltimore.

L'expression de Vida trahit son étonnement, qu'il ne lui laissa pas le temps de formuler :

— Davenport vous a harcelée pendant six mois pour coucher avec vous. Il ne s'est pas montré d'une grande subtilité. Tout le monde dans le bureau a vu son manège.

— Dommage qu'aucun de ces types n'ait eu le cran de témoigner lors de l'audition. C'était ma parole contre celle de Davenport.

Ira acquiesça.

— De ce que j'ai compris, Davenport est foutrement bien introduit dans le monde politique. Bon Dieu, ils n'allaient pas risquer leur carrière pour quelqu'un qu'ils connaissaient à peine ! De l'avis général, vous vous êtes montrée assez peu liante à Baltimore. Et quand Davenport a commencé son manège, vous n'aviez personne vers qui vous tourner. Il vous a fallu cacher un magnétophone sur vous pour avoir une preuve à présenter au jury d'enquête interne. Ça, c'était bien joué.

Vida remarqua le sourire éphémère du géant.

— Je n'avais pas le choix, dit-elle. Ce salopard de Davenport m'a finalement mise au pied du mur : ou je couchais avec lui ou il me concoctait le pire rapport d'évaluation jamais rédigé pour un agent du FBI. Alors j'ai pris un avocat qui a porté une copie de l'enregistrement aux supérieurs de Davenport.

Ira lança le dossier sur le bureau et reprit :

— Résultat des courses : Davenport a écopé d'un blâme dans son dossier, assorti d'une mutation dans l'Utah. Coïncidence, deux semaines plus tard on vous a informée que vous étiez vous aussi mutée. Sans doute en vous jurant sur la tête de votre pauvre mère que ça n'avait aucun rapport avec l'affaire Davenport. Je me trompe ?

Vida mâchonna pensivement sa lèvre inférieure avant de décider qu'elle n'avait rien à perdre à jouer cartes sur table avec son nouveau partenaire.

— Je n'y ai pas cru une seconde, bien sûr. Ils ont prétendu qu'ils étaient astreints à des réductions d'effectifs, et comme j'étais la dernière arrivée... Tout le monde s'est échiné à me répéter que Washington était l'endroit rêvé et que j'allais adorer ma nouvelle affectation. Vais-je l'adorer, agent Levitt ?

— J'en doute. Ce service très particulier est le réceptacle des agents qui ont déplu et qui ne s'en repentent pas.

— Vous y compris ?

Il eut un sourire un peu contraint, et Vida regretta d'avoir posé la question. Tout cela ressemblait de plus en plus à un coup monté.

— Bingo ! fit Ira. Vous avez devant vous le roi des fouteurs de merde. En 78, pour Noël, il y a eu une soirée organisée par le Bureau, durant laquelle mon boss a bu un peu trop. Il avait l'alcool agressif et il m'a balancé un coup de poing. Par malheur j'avais moi aussi taquiné la bouteille. Je crois que j'ai un peu forcé sur la réponse : j'ai fait un puzzle de sa mâchoire.

Mais j'ai eu de la chance, puisque j'avais quantité de témoins. J'ai donc échappé à la commission de discipline. Pourtant, par le plus grand des hasards, j'ai été muté ici un mois plus tard, et j'y suis toujours. Avez-vous une idée de l'identité de mon patron de l'époque ?

— Non...

— Il s'appelait Richard Davenport... Bon, je vous raconte cette histoire pour deux raisons, aucune d'elles n'ayant pour but de m'attirer votre sympathie, je précise, mais il y a quelques petits trucs qu'il faut que vous compreniez au plus vite. Dans six mois, Davenport retrouvera très certainement son poste à Baltimore, avec le pardon intégral de la hiérarchie. Vous, par contre, vous n'aurez jamais une telle grâce tant que Davenport traînera au Bureau. Vous avez mécontenté une des plus grosses huiles dans le circuit des grosses huiles, et c'est une faute qu'ils n'oublieront pas. L'autre raison pour laquelle je viens de vous expliquer comment j'ai obtenu ma présente position de prestige, c'est parce que vous allez travailler avec moi. Et croyez-moi, ça n'a rien à voir avec les emmerdes que Davenport vous a créées. Je vous l'ai dit, j'ai lu votre dossier. En gros, j'en retire que vous avez eu très peu d'expérience sur le terrain, pas d'arrestations, du boulot de bureau surtout. Je travaille sur une enquête difficile qui concerne un tueur en série. C'est comme ça que j'ai un bras dans le plâtre.

Vida considéra Ira d'un regard calme.

— Si vous lisez mieux mon dossier, vous découvrirez que je suis notée « excellent » pour le tir au .38 automatique et que je suis en parfaite condition physique : je fais cinq kilomètres de course à pied tous les matins avant le petit déjeuner, et je suis ceinture marron de karaté. J'ai demandé à travailler sur le terrain à plusieurs reprises pendant mes deux dernières années au Bureau. Mais à chaque fois ces requêtes ont été rejetées par mon supérieur, un certain Richard Davenport. C'est vrai, je n'ai pas d'expérience sur le terrain, mais je n'en aurai jamais si pour aller sur le terrain il faut déjà avoir l'expérience du terrain...

La mine songeuse, Ira se mit debout et d'un pas lourd alla

jusqu'à la porte. Là, il s'arrêta et lança d'un ton détaché, par-dessus son épaule :

— Eh bien, on pourra peut-être faire quelque chose ensem-ble. Allons faire un tour. Je passe aussi peu de temps que pos-sible dans ce trou. Oh ! et ne vous donnez pas la peine de fermer. La serrure est cassée et, de toute façon, il n'y a rien à voler ici.

Ira et Vida prirent un escalier de secours jusqu'à une sortie discrète au rez-de-chaussée. Ils descendirent Pennsylvania Avenue sans échanger un mot. Enfin Vida brisa le silence :

— Cette affaire d'homicides multiples sur laquelle vous tra-vaillez, pourquoi le Bureau s'y intéresse-t-il ?

— Les meurtres ont eu lieu dans plusieurs Etats, ce qui a incité le Bureau à agir. Officiellement, nous sommes tous les deux rattachés au Service des crimes majeurs. Même s'il n'a reçu aucune publicité, le Bureau considère ce cas comme très mauvais. Une sale affaire. Très sale, même. Et une affaire qui pourrait nous péter au nez à n'importe quel moment, ce qui pourrait créer un tas de problèmes aux grosses huiles de la machine, sur le plan politique. En secret, le Bureau regrette beaucoup de s'être mis sur ce coup. Ils se sont précipités sans avoir assez de détails. C'est pour ça qu'ils me filent la migraine. Si ça tourne mal, ils me mettront tout sur le dos. Je suis sur cette affaire depuis le tout début.

— Vraiment ? Depuis combien de temps suivez-vous ce dossier ?

— Ça fera sept ans le mois prochain.

Vida digéra l'information avant de demander :

— Combien en a-t-il tué ?

— Dix-huit.

— Il a tué dix-huit personnes et nous sommes les deux seuls agents sur l'affaire ?

— Et dites-vous bien que vous n'auriez pas été mutée avec moi si je n'avais pas eu ce bras cassé le mois dernier. Le Bureau n'apprécie pas beaucoup qu'un tueur recherché s'amuse à assommer ses agents, même ceux qu'il n'aime pas spéciale-ment.

— Vous semblez avoir oublié quelque chose, agent Levitt.

— Appelez-moi Ira.

— Une affaire de dix-huit meurtres disséminés sur plusieurs Etats devrait bénéficier d'une vraie équipe.

— Je vois qu'il va falloir une bonne séance d'explication, dit Ira d'un air rêveur avant de se dérider : Dites, vous aimez la bouffe mexicaine ?

— Bien sûr...

— Alors je propose que nous allions déjeuner tout de suite. Je vous narrerai en détail la saga de David Vandemark... Le tueur le plus fascinant que j'aie eu l'infortune de traquer.

4

Juillet 1996
Sanibel, Floride

Six étrangers étaient assis autour d'une table ronde pour un poker, dans la chambre 415 du Royal Palms Hotel. Quatre moutons et deux loups. Pas exactement la distribution que Roger Cordell avait eu à l'esprit au départ, mais il se sentait toujours maître de la situation. Il remonta ses lunettes aux verres rosis sur son nez et observa la tablée.

A la gauche de Roger se trouvait Peter Midler. Roger l'avait rencontré sur la plage durant la semaine. Peter lui avait semblé assez morose sur sa serviette de bain, tandis que sa femme et ses enfants folâtraient dans les vagues. Toujours ouvert aux opportunités offertes par le hasard, Roger avait engagé la conversation sans difficulté pour découvrir très vite que Midler était cadre dans une société d'assurances à Chicago et qu'il nourrissait une passion secrète pour les parties de poker à grosses mises. Ce fut un jeu d'enfant que de se faire inviter à la prochaine partie.

Ça tombait bien. Il ne lui restait plus que cinq cents dollars et l'expérience lui avait appris que la manière la plus facile de renflouer ses finances était le poker. Son don rendait la victoire à ce jeu très simple.

A côté de Pete Midler était assis Sol Perlman, agent de

change divorcé, de New York. Solly estimait que la meilleure façon de passer ses vacances loin de Wall Street consistait à s'enfermer deux semaines dans une chambre d'hôtel en Floride, pour jouer aux cartes. Il aimait ça.

En face de Roger était installé un Noir corpulent et chauve, Art Benedict. La chaîne d'épiceries qu'il possédait à Milwaukee faisait de lui le plus fortuné des quatre moutons, mais c'était un sujet qu'il se gardait bien d'aborder ici. Il préférait qu'on le prenne pour un petit homme d'affaires surmené cherchant à oublier son labeur. En fait, il n'était dans cette chambre que pour passer les quelques heures avant l'arrivée du reste de sa famille par le vol en provenance de Chicago. « J'ai hâte de les voir, songeait-il. Sûr, ils m'auront manqué. Oh oui, surtout ma Lucille... »

A la gauche de Art se trouvait Mike Klairmont, propriétaire d'une importante concession Datsun à Pittsburgh. Il était venu en Floride dans l'espoir de fréquenter les milliardaires. Ainsi, il pourrait repartir chez lui la semaine prochaine avec l'impression d'être quelqu'un d'important. Jusqu'alors, son séjour avait été un échec total dans ce domaine. Les soirées élitistes sur ces yachts immenses lui avaient échappé. La suffisance de l'homme amusait Roger autant que son sens relatif des réalités.

Quatre moutons prêts pour la tonte. Chacun d'entre eux aurait été horrifié s'il avait appris tout ce que Roger connaissait de leur personne. Par chance pour eux, Roger avait décidé d'épargner ces moutons. En vérité, la seule personne qui l'intéressât à cette table était l'homme assis à sa droite, l'autre loup. Le teint olivâtre, les yeux noirs perçants, il prétendait s'appeler Dominic Sanchez et posséder un hôtel à Mexico.

Seul Roger savait que c'était là un tissu de mensonges.

Le véritable nom de Dominic était Torres, et l'homme venait de Bogota, en Colombie, et non du Mexique. S'il possédait effectivement un hôtel, celui-ci se trouvait au Costa Rica et servait de maison de passe pour une équipe de prostituées aux ordres du Colombien. Mais même cette activité n'était qu'un à-côté pour Torres. Sa principale source de richesse était la cocaïne. Roger savait également que le grand type assis dans la kitchenette à siroter une bière n'était pas Isidro, le cousin de Dominic, un désœuvré à la carrure de docker.

— Laissez-le à la cuisine, à lire le journal. Il ne nous dérangera pas, avait dit Torres.

Comme tous les revendeurs de drogue de son acabit, Dominic ne se déplaçait jamais sans son garde du corps.

Brusquement, cette petite réunion de joueurs avait pris une tout autre ampleur. Roger se maudit de ne pas avoir eu la prévoyance de prendre une arme. Surtout avec le petit arsenal caché dans le coffre de sa voiture de location. A quoi lui servait-il dans le parking de l'hôtel ? D'un autre côté, comment aurait-il pu deviner qu'il aurait à éliminer quelqu'un cet aprèsmidi ? Mais une petite incursion dans les pensées de Dominic avait tout changé. Roger devrait exécuter cet homme. Il n'y avait pas d'autre possibilité.

Habituellement, Roger observait cinq règles lorsqu'il jouait au poker pour se renflouer. Règle n° 1: ne pas prendre plus que ce que les autres joueurs pouvaient perdre. Roger ne voulait ruiner personne pour s'enrichir. Règle n° 2: si les cartes sont favorables, ne prendre que tous les trois tours après avoir fait monter les mises à un niveau respectable. Inutile d'éveiller les soupçons en gagnant systématiquement. Règle n° 3 : laisser le jeu se poursuivre aussi longtemps que possible, de sorte que chaque joueur quitte la table fourbu, avec l'idée d'avoir tenté tout ce qui était possible. Règle n° 4 : ne jamais froisser l'ego des autres joueurs pendant que leurs poches se vident. Laisser le perdant conserver sa dignité. Règle n° 5 : répartir les pertes le plus largement autour de la table. Ne jamais pressurer un joueur en particulier.

En respectant ces règles, Roger avait remporté un véritable pactole lors de plus d'une centaine de parties à grosses mises sans jamais avoir à se défendre d'un perdant agressif. Mais Roger n'avait encore jamais joué avec quelqu'un comme Dominic Torres. Aussi effaça-t-il les règles 4 et 5. Il remonta ses manches et commença à travailler le Colombien.

Le Royal Palms Hotel était l'un des pièges à touristes les plus luxueux de Sanibel : quatre cents dollars la nuit, décor tout en acier chromé et en verre, chambres aux murs tapissés de miroirs. Style Las Vegas. Bien entendu, tous les joueurs y séjournaient, à l'exception de Roger.

Ce dernier s'arrangea pour que tous les participants sauf Dominic n'essuient que des pertes insignifiantes. L'exécution de cette stratégie ne présentait pas de véritable problème puisque Roger jouait en fait cinq des six mains. Il n'avait même pas besoin de marquer les cartes.

Après une heure de jeu, Dominic avait perdu environ douze mille dollars. Les autres joueurs, Roger y compris, voulurent le dissuader de continuer. Les cartes n'étaient pas avec lui aujourd'hui, plaidèrent-ils. Roger ne put résister et ajouta que peut-être le poker n'était pas un sport très compatible avec le tempérament latino-américain. Piqué au vif dans son machisme, Dominic refusa catégoriquement de se retirer. Une demi-heure plus tard, ses pertes atteignaient les dix-huit mille dollars.

Le dealer pêchait sans cesse dans sa ceinture à poches des rouleaux de billets de cent dollars. Sa réserve semblait inépuisable. De son côté, tout en le dépouillant, Roger répétait au Colombien qu'il finirait bien par reprendre la main. Dominic avait bien sûr remarqué que ses pertes allaient dans leur quasi-totalité grossir les gains du señor Cordell, l'informaticien de Detroit. Il était irrémédiablement ferré.

Quand il eut pris plus de vingt-trois mille dollars à Dominic, Roger décida qu'il était temps de conclure le jeu. Il emprunta à Dominic son briquet en or massif pour allumer une cigarette, puis resta immobile sur son siège, les yeux fixés sur le Dupont. Autour de la table, tout le monde pensa que Roger rêvassait. Personne n'aurait pu deviner qu'il s'était engagé dans une expérience de psycho-télémétrie, car cet objet familier au Colombien révélait une masse de renseignements sur le passé de son propriétaire.

A bout de patience, Dominic arracha le briquet de la main de Roger.

— On joue au poker ou quoi, merde ! s'exclama-t-il.

C'était à Roger de servir. Pete lui donna le paquet de cartes. Avec un large sourire, Roger battit les cartes. Il gardait son regard rivé à celui de Dominic. Ce défi visuel eut l'effet désiré sur les nerfs déjà malmenés du dealer.

— Qu'est-ce que t'as, couillon ? fit le Colombien de son ton le plus insultant. T'as un problème ?

Arborant une expression nonchalante et blasée, Roger répondit :

— Non, je réfléchissais un brin, c'est tout. Je me demandais quel temps il pouvait bien faire à Bogota, en cette période de l'année...

Il n'aurait pas obtenu de réaction plus satisfaisante s'il avait renversé un pot de café brûlant sur les parties de Dominic. Le trafiquant se raidit et le couva d'un regard venimeux.

— Comment je le saurais ?

Le sourire de Roger s'agrandit.

— Je ne posais la question à personne, Dom. Je me demandais juste, comme ça. Mais on dirait que le sujet vous déplaît. Comment se fait-il ?

— Je m'en fous. Je croyais que tu me posais une question, c'est tout.

Roger acquiesça d'un air conciliant. Il annonça que le jeu serait à sept cartes et commença à distribuer. Trois cartes à chacun, la première cachée, les deux suivantes retournées. Sol Perlman eut un roi et un dix. Il misa cent dollars. Roger doubla quand arriva son tour. Tout en distribuant la quatrième carte, il jeta un coup d'œil à Dominic et lui dit :

— Ça y est, j'y suis ! Maintenant je me souviens où j'ai vu votre cousin Isidro. Il était lutteur professionnel à Mexico, non ? J'ai passé un peu de temps là-bas, il y a quelques années. Isidro n'aurait pas perdu sa licence pour avoir brisé le dos à quelqu'un, par hasard ?

Dans la kitchenette, le « cousin » s'agita un peu, tout intérêt pour son journal envolé. Dominic lui lança une œillade d'avertissement et lui signifia d'un léger mouvement de la tête qu'il gardait la situation en main. Puis il se tourna vers Roger et, dans un anglais exagérément articulé, lui répondit :

— Vous avez tout à fait raison, Mr. Cordell. Vous devez posséder une excellente mémoire des visages. Isidro a en effet subi un coup du sort terrible, vous me comprenez ? De telles choses arrivent parfois dans ces sports. C'est pourquoi je l'ai pris pour travailler avec moi. Il ne pouvait plus poursuivre sa carrière de lutteur.

Roger accorda à Isidro un regard plein de la sympathie appropriée, avant de doubler une nouvelle fois la mise pour le second tour.

— C'est très chic de votre part, en tout cas, fit-il aimablement, de prendre votre cousin dans votre affaire d'import-export quand la chance lui a manqué.

Une expression malveillante passa sur les traits de Dominic, pour disparaître aussitôt. Sans bruit, le cousin Isidro se leva de sa chaise. Seul Roger le remarqua. Menaçant, Dominic se pencha vers Roger.

— Une affaire hôtelière, corrigea-t-il d'une voix grinçante.

Roger lança une cinquième carte découverte à chaque joueur. Avec ses deux rois, Sol monta les enchères à cinq cents dollars.

— J'ai de la chance, cette fois ! dit-il.

Pete Midler annonça qu'il se couchait. Roger doubla le pot. Dominic l'observait d'un regard soupçonneux, mais il suivit la mise. Mike Klairmont et Art Benedict posèrent leurs cartes avec le même air dégoûté.

— Trop fort pour moi, fit le premier.

Sol décida de suivre sans monter, certain d'avoir une paire en plus de ses trois rois.

— Dites, Dominic, fit Roger en distribuant la sixième carte aux joueurs restants, avez-vous jamais entendu parler d'un autre Dominic, un type nommé Torres ?

Le dealer se figea. Il resta aussi immobile qu'une statue pendant dix bonnes secondes, puis laissa retomber la carte qu'il n'avait pas encore vue sur le tapis.

— Non, pourquoi cette question ?

Sol surenchérit de cinq cents dollars, et Roger prit le temps de monter la mise à mille dollars avant de répondre à la question de Dominic :

— Vous ressemblez beaucoup à ce Torres. C'est un dealer de coke de Bogota.

Dominic jeta mille dollars en jetons avec les autres mises au centre de la table, sans un mot. Sol Perlman abandonna brusquement. En moins d'une minute les moutons étaient devenus tragiquement conscients de la présence des loups à leur table. Tous avaient les yeux aimantés par Dominic et Roger. Isidro vint se placer derrière Solly. Cette fois, tout le monde le remarqua, et la tension monta encore d'un cran devant la menace implicite de cette présence.

Cordell sourit affablement à Dominic.

— Couverte ou découverte ? lui demanda-t-il.

— Couverte.

Roger donna une carte à Dominic, et une à lui-même. Tandis que chaque homme regardait sa dernière carte, le Colombien prit la parole d'une voix à la douceur venimeuse :

— Vous n'êtes pas ce que vous prétendez être, n'est-ce pas, señor Cordell ? Je doute fort que votre spécialité soit l'informatique. Qui êtes-vous vraiment ?

— Je ne suis pas de la DEA [1], si c'est ce qui vous inquiète. Je travaille pour mon propre compte, pas pour celui d'Oncle Sam. Totalement indépendant.

— Alors que me voulez-vous, señor Cordell ?

— Pour commencer, j'aimerais voir vos cartes.

— Cela va vous coûter cher, señor Cordell...

Dominic poussa trois mille dollars en jetons au centre de la table. Roger fit de même, pour voir. Avec une lenteur théâtrale, Torres retourna alors ses deux cartes cachées, une par une, pour révéler un carré de dames. Dans le mouvement il laissa son bras droit glisser le long de son corps, la main sur le genou. Roger savait que le dealer cherchait à atteindre progressivement le derringer attaché à sa cheville. Mais il fit mine de ne pas saisir le danger. Isidro en avait profité pour changer

---

1. DEA : *Drug Enforcement Administration* : service fédéral de lutte contre la drogue. *(N.d.T.)*

de position et se trouvait maintenant derrière Pete Midler, dont l'angoisse grandissait à chaque seconde.

Imitant Dominic, Roger retourna lentement ses cartes, avec emphase. Quinte flush.

Dominic s'éclaircit la gorge. Quand il parla, sa voix avait pris des accents durs et coupants.

— Votre premier vœu est donc exaucé, dit-il. Mais peut-être voulez-vous autre chose de moi ?

— J'aimerais juste vous poser une question.

— Alors peut-être conviendrait-il de laisser jouer ces messieurs pour nous entretenir en privé ?

— Non. Leur présence ne me gêne pas, et il m'importe peu qu'ils entendent ce que nous disons.

Dominic balaya la pièce d'un regard glacé, puis haussa les épaules.

— Très bien. Posez votre question, señor, mais je ne peux vous garantir que ma réponse vous plaira.

— A présent, ça n'a plus grande importance, répondit Roger en se penchant vers le Colombien.

Celui-ci fit de même, pensant par ce mouvement masquer sa main qui se refermait sur la crosse du derringer. Leurs visages n'étaient plus distants que de quelques centimètres.

— Je sais que les deux premiers n'étaient qu'une question d'affaires, dit Roger d'un ton neutre. Deux dealers rivaux qui voulaient s'introduire sur votre territoire. Comme les deux agents de la DEA. Ils devaient mourir parce qu'ils allaient vous faire perdre une petite fortune en interrompant vos circuits d'approvisionnement. Ces quatre morts, je peux les comprendre. Mais pourquoi avoir tué Sandra Cruz de cette façon ?

Roger marqua une pause et contempla son auditoire sans hâte. Tout le monde paraissait pétrifié. Même le gigantesque Isidro semblait figé sur place. Roger décida de pousser un peu plus son avantage :

— Sandra avait dix-neuf ans et vivait à Bogota quand elle a fait la connaissance de Dominic. Elle était pauvre et avait reçu une éducation très rudimentaire. Aussi a-t-elle été très impressionnée par le petit cinéma de Dominic : costumes de prix, voitures luxueuses, maison de milliardaire. Après s'être installée chez lui à Miami, il lui a fallu six mois pour comprendre que Dominic n'était pas le banquier qu'il prétendait être. Dominic a l'habitude de ne pas se vanter de ses exploits. Je crois deviner pourquoi... Pour son malheur, Sandra avait lu trop de romans à l'eau de rose, et elle était persuadée qu'une femme amoureuse pouvait sauver l'homme de sa vie si elle y mettait toute son âme, et tout son cœur. Sandra a donc imploré Dominic d'abandonner le commerce de la drogue et de se lancer dans des opérations légales. Pour toute réponse, il l'a bouclée dans sa chambre et l'a forcée à prendre de l'héroïne jusqu'à ce qu'elle soit accro. Il pensait qu'ainsi elle resterait sous sa coupe. Le stratagème a fonctionné un temps, puis elle a découvert l'assassinat des deux agents de la DEA et elle a pris peur...

Roger se tourna vers Dominic et sourit au masque impassible du Colombien.

— Vous avez été obligé de quitter Miami en urgence, en l'emmenant avec vous sur votre yacht avant qu'elle n'aille tout raconter. Ensuite, vous et Isidro l'avez assassinée, lors du trajet de retour vers la Colombie. Mais cette fois, c'était différent, n'est-ce pas ? Cette fois, c'était pour vous amuser. Votre gorille lui a lié les chevilles à une ancre et il l'a jetée par-dessus bord alors qu'elle était consciente. Vous avez beaucoup apprécié l'expression de son visage avant qu'elle coule, pas vrai ?

Roger laissa Dominic dégainer le derringer et le pointer juste au-dessus de la table avant de frapper du poing le Colombien à la gorge. Il sentit quelque chose céder sous le coup. Dominic eut un hoquet étranglé, parut étouffer et laissa tomber l'arme sur la table.

Isidro n'avait pas encore compris que son patron était en train d'agoniser, et Roger pivota sur son siège pour faire face au garde du corps. Isidro approcha et voulut le saisir, mais Cordell enserra le pouce droit du lutteur dans sa main gauche. Puis il enfonça le pouce de sa main libre entre les articulations de l'annulaire et du petit doigt. Incapable de résister à la traction, Isidro s'écrasa face la première contre la table qui bascula sur Dominic. Roger s'empara du derringer.

Le nez ensanglanté, Isidro se releva instantanément et fonça sur Roger, mains tendues. Roger pressa la détente. La balle fit exploser le genou du « cousin », et Isidro Fortaleza, naguère connu sous le surnom de *El Hombre Montaña* [1], s'écroula en gémissant, mains plaquées sur son ménisque pulvérisé. Roger bloquant la seule voie de retrait, les moutons s'étaient réfugiés derrière le lit et dans la salle de bains.

Cependant Dominic était parcouru de spasmes, le cerveau privé d'oxygène. Roger compara ces tressautements à une sorte de danse de pénitence et de mort.

Roger alla prendre sur l'étagère proche le vase qui avait servi de banque et en vida le contenu sur le sol. Il compta posément ce qu'il estimait être ses gains et les empocha. Le corps de Dominic avait cessé tout mouvement. De la sécurité relative de leurs positions, les moutons avaient contemplé avec fascination les derniers instants du loup.

Isidro, en revanche, avait réussi à maîtriser sa douleur. Il roula sur lui-même et grava dans sa mémoire chaque trait de l'inconnu qui venait de le mettre à terre, afin de le reconnaître ce jour futur où il le tuerait lentement. Roger le laissa rêver de vengeance un moment.

— Ça n'a pas l'air d'être ton jour de chance, Isidro. Perdre son emploi et un genou en un seul après-midi... On dirait qu'il va te falloir chercher un autre job une fois de plus. *Que lástima* [2] !

Isidro cracha dans sa direction.

— *Hijo de puta !*

Roger accueillit ce défi inutile d'un simple hochement de tête, puis il avança de deux pas et vida la seconde chambre du derringer dans le front d'Isidro. Avec un grognement de bœuf qu'on assomme, le géant s'affaissa sur le sol.

L'homme qui avait été David Vandemark tourna les talons et quitta l'hôtel d'un pas tranquille. Personne ne tenta de l'arrêter. Alors qu'il traversait le parking, il soupira avec quelque tristesse : apparemment, les vacances venaient de se terminer. Il était temps de dire adieu à Sanibel l'ensoleillée.

---

1. L'Homme Montagne. *(N.d.T.)*
2. Quel dommage. *(N.d.T.)*

5

Une heure plus tard
Restaurant Mexico Lindo, Washington

Ils étaient assis à une table dans l'avancée vitrée qui surplombait la rue. Vida avait choisi une salade maison tandis qu'Ira commandait à peu près la moitié de la carte. Le traitement obséquieux dont ils avaient été l'objet depuis leur entrée dans l'établissement commençait à s'expliquer pour la jeune femme. A l'évidence, Ira Levitt était un des meilleurs clients du restaurant.

L'agent du FBI n'avait rien dit jusqu'à maintenant, sinon qu'il était incapable de parler de David Vandermark l'estomac vide. Elle n'en crut rien, mais il lui devenait évident que son nouveau partenaire fonctionnait selon ses propres règles et qu'elle devrait s'en accommoder.

Sur le chemin du restaurant, Ira avait appris qu'elle était célibataire, qu'elle suivait des cours du soir en droit, qu'elle avait trois frères, plus jeunes qu'elle, et sa mère. En retour, il lui avait confié être divorcé depuis une dizaine d'années, mais rien de plus. Vida avait l'impression qu'il n'était pas délibérément discret quant à sa vie privée. Simplement, il n'en avait pas. Elle avait déjà rencontré d'autres agents dont toute l'existence se résumait au Bureau, mais dans le cas d'Ira la chose lui apparaissait doublement tragique. Une image mentale du bureau en sous-sol s'imposa à elle, et elle frissonna.

Quand le serveur lui apporta son soda et une Dos Equis pour Ira, Vida épuisait ses dernières réserves de patience. Elle le laissa toutefois boire une gorgée de bière.

— Allez, maintenant parlez-moi de Vandemark, dit-elle avec une certaine vivacité.

Amusé par sa réaction, Ira savoura encore un peu de bière avant de répondre :

— Il était avocat dans le Michigan.

La révélation provoqua la réponse attendue. Vida resta un instant stupéfaite, et Ira en profita pour avaler une lampée de Dos Equis.

— Vous plaisantez, là ? fit-elle enfin.

— Non.

— Un tueur en série qui aurait été avocat ?

— Et un avocat foutrement doué, d'après ce que j'ai pu apprendre. Les associés principaux de son cabinet, Bradhurt, Weiss et Lowe, ont été les premières personnes que j'ai interrogées quand j'ai commencé à enquêter sur son passé. Pendant trois ans il a travaillé à leur étude de Bloomfield Hills, et même dans ce cabinet prestigieux il a réussi à se bâtir la réputation d'un perfectionniste et d'un fondu de boulot. Tout le monde pariait qu'il deviendrait associé avant la fin de l'année. Vandemark était un as dans sa partie. Et il avait épousé la fille de Lowe. La trajectoire parfaite du type qui grimpe quatre à quatre les barreaux de l'échelle de la réussite sociale.

Vida se rebella devant cette idée. La coïncidence était un peu trop étrange à son goût. Son premier criminel serait un avocat ? Epatant, vraiment épatant... Décidément, cette journée était une véritable mine de surprises.

— Dans quelle sorte de cabinet travaillait-il ? s'enquit-elle en effleurant d'un doigt sa tempe, geste inconscient préfigurant la migraine qu'elle était certaine de traîner en rentrant chez elle ce soir.

— Affaires immobilières. C'était en 1989, et Detroit était en plein boom surtout du côté de Renaissance Center. La plupart des clients du cabinet étaient des promoteurs et des agents immobiliers de Detroit.

— Je vois. Le jeune avocat ambitieux qui se fait sa place dans la boîte de beau-papa.

Ira se gratta le menton en réfléchissant au commentaire de Vida.

— Je crois qu'on peut dire ça, oui. Vandemark avait l'esprit très légaliste. Il a rapporté un joli paquet à ses employeurs. D'une certaine façon, il s'était installé dans le rôle de chouchou. Pourtant, il refusait de transgresser ses règles éthiques, qui étaient plutôt strictes. Plus d'une fois, il serait retourné voir ses clients et les aurait persuadés de cracher quelques billets de plus pour reloger les familles que son cabinet avait aidé à expulser. Ce genre de méthode n'était pas rare à Detroit, à l'époque. Les opérations immobilières juteuses jetaient à la rue pas mal de gens. Et Vandemark a fait sa part du sale boulot. Simplement, il était un peu plus humain que la plupart de ses collègues...

« Il en a même aidé certains gratis. C'est le seul reproche que retiennent ses patrons : cette tendance à vouloir secourir les plus démunis. Mais ils pariaient qu'avec deux ans de plus dans leur cabinet Vandemark aurait cessé ces " enfantillages ". Mais bien sûr, ils n'ont jamais pu voir se réaliser leurs prévisions.

— Que s'est-il passé ?

— Il y a eu un accident. Puis le meurtre. Mais je saute les étapes. Mieux vaut que je vous donne autant d'éléments de son passé que possible avant d'entrer dans le cœur de l'affaire.

Avant qu'Ira ait pu continuer, le serveur apparut et plaça une double part de *nachos* devant lui. L'agent du FBI poussa les exclamations ravies de circonstance et devant le serveur rayonnant de bonheur se jeta sur la nourriture. La mastication le rendit philosophe :

— Vous savez, je crois que si Vandemark ne s'était pas laissé piéger par le Rêve américain, il aurait pu devenir un des meilleurs défenseurs des droits civiques dans ce pays. Mais il devait s'occuper d'une femme, d'un enfant et d'une maison achetée à crédit dans la banlieue...

— Comment était sa vie de famille ?

— Je peux vous dire qu'ils constituaient le genre de famille que Norman Rockwell aurait peinte avec plaisir. Christina Vandemark était une beauté blonde. Les pieds sur terre, malgré ses airs de grande dame, sa position sociale et l'aisance de sa famille. Elle avait été institutrice, et elle projetait de reprendre un poste dès que sa fille aurait grandi un peu. Selon tous les témoignages, David adorait sa femme, et elle le lui rendait bien.

« Ils avaient une petite fille, Jennifer. Elle n'avait que quatre ans quand c'est arrivé.

Ira se tut une seconde, le temps de maîtriser son amertume.

— Une jolie petite gamine, qui ressemblait à sa mère. C'est frappant sur les photos que j'ai pu voir.

A la façon plutôt intime dont il avait parlé, Vida aurait presque cru qu'il avait connu personnellement ces gens.

— Vous n'avez jamais rencontré la mère ou la fille ? s'étonna-t-elle.

Ira but une gorgée de bière sans lever les yeux.

— Pas de leur vivant, non.

Après un moment de silence, il reprit sa narration d'un ton presque heurté.

— Ils habitaient tous les trois dans une maison de cinq pièces à Warren, dans le Michigan. Une banlieue calme : grand jardin, l'école au bout de la rue. Ils avaient le projet d'emménager dans une maison plus grande dès que David aurait décroché sa promotion.

L'attention d'Ira fut attirée par quelque chose dans la rue. Suivant son regard, Vida aperçut par la vitre un jeune couple suivi de deux enfants blonds. Sans les quitter des yeux, Levitt reprit :

— Tout d'abord, je me suis dit que la clé des meurtres commis par David était peut-être un événement de sa vie de famille. Mais c'était un cul-de-sac. Les Vandemark formaient un couple modèle : amoureux, en bonne santé, avec un avenir radieux. Enfin, on pouvait le penser. Ils n'auraient pu être plus heureux.

— Quelle vie a-t-il menée avant son mariage ?

— Ecole primaire, lycée, puis études de droit. Il a rencontré sa femme à l'université, mais il a attendu d'avoir obtenu son diplôme avant de l'épouser. Le seul point un tant soit peu original dans son passé est qu'il a été élevé par une tante. Ses parents se seraient tués dans un accident de voiture dans l'Ohio. Plus tard, j'ai découvert que cette version n'était que de la daube. Mais je brûle encore les étapes...

Une fois de plus le serveur interrompit le récit d'Ira. Il apportait la salade de Vida et le plat de « délices mexicaines variées » du géant. Sans chercher à cacher son étonnement, la jeune femme contempla l'accumulation de *burritos*, d'*enchiladas*, de *tacos*, les monticules de riz et de haricots fumants. Puis elle examina sa salade d'un regard attristé.

— Bref, dit-elle, qu'est-ce qui a mis un terme à cette existence paradisiaque ?

La réponse d'Ira fut un peu étouffée par une énorme bouchée d'*enchilada*.

— L'accident. A lire les rapports, ça a dû être assez moche. Deux morts.

— La femme et la fille de Vandemark ?

Les yeux d'Ira fixèrent le vide tandis qu'il rassemblait les détails du drame comme s'il l'avait subi.

— Non. Une des victimes était un promoteur immobilier, Joseph Scarpelli, l'autre un entrepreneur nommé Mullaney ou Malone, je ne me souviens plus. Un nom à consonance irlandaise, en tout cas. On peut le retrouver dans le dossier. Mais c'est sans importance.

— Pour lui, certainement que si.

Ira ne parut pas entendre la réflexion de sa partenaire.

— Un accident de voiture, vous avez dit ? insista-t-elle.

L'agent Levitt cligna plusieurs fois des yeux, brutalement ramené à la réalité. Une seconde, il sembla presque étonné de voir Vida attablée en face de lui.

— Je n'ai pas dit ça. Non, il ne s'agissait pas d'un accident de voiture. C'est arrivé dans un ascenseur. Un vieil ascenseur. Vandemark a failli y laisser sa peau. Il aurait dû, probablement. Ça aurait sûrement mieux valu pour tout le monde.

6

Miami

Avant de laisser sa voiture à l'agence de location, Willard MacDonald fendit la doublure de sa valise à l'aide d'un couteau de poche et prit tous les documents prouvant que l'homme blond barbu était bien ce qu'il prétendait être, un contrôleur aérien de Boston.

Willard s'en voulait d'avoir laissé au Snook Motel sa collection de chemises hawaïennes bariolées, ainsi que le Walter P-38 glissé sous le matelas du lit d'appoint de la chambre. Mais il n'avait pas voulu perdre de temps à repasser au motel. L'exécution de Torres allait pousser les autorités locales à boucler Sanibel Island, et il ne tenait pas à prendre plus de risques que nécessaire. C'est pourquoi il partit en voiture au plus vite. Trois heures de route sur Alligator Alley, la US-41, et il arrivait à Miami.

Il entra dans la ville alors que le soleil se couchait dans son dos. Il lui restait encore assez de temps pour rendre son véhicule de location à l'agence et prendre le rapide du soir en direction du nord pour atteindre New York le lendemain matin à 7 h 39. Plus question de déplacements aériens pour Willard, du moins tant qu'il n'aurait pas trouvé un moyen de passer les portiques magnétiques de sécurité dans les aéroports sans déclencher l'alarme. Cette balle allait quand même lui poser quelques problèmes, finalement.

Willard poussa un soupir de soulagement en trouvant une couchette libre. Il avait craint de devoir s'installer de son mieux sur un double siège dans un wagon passagers. Sa jambe l'aurait empêché de fermer l'œil une seule seconde.

Remarquant la claudication de Willard, un porteur offrit de lui prendre sa valise. Mr. MacDonald refusa poliment, en expliquant que son médecin lui avait conseillé de faire travailler sa jambe, que c'était la seule façon de la rééduquer. De plus, assura-t-il, la valise n'était pas aussi lourde qu'elle en donnait l'impression.

C'était faux. Le porteur aurait sans doute attrapé une hernie à transporter le bagage de Willard, lequel contenait deux automatiques Smith & Wesson calibre .38, un Beretta 9 millimètres à seize coups, un Uzi avec assez de munitions pour arrêter un bataillon de marines, un nécessaire de toilette et deux tenues de rechange. Pour Willard, c'était voyager léger. Une autre très bonne raison pour éviter les portiques de sécurité des aéroports.

Willard remercia le porteur consciencieux d'un sourire amical, puis il serra les dents, souleva sa valise et se dirigea vers le quai. La douleur qui traversait sa jambe était à la limite du supportable. A deux reprises, entre le parking et la gare, il avait frôlé l'évanouissement, et il avait dû s'arrêter trois fois pour reprendre son souffle. Serviable, un jeune marin à la carrure d'athlète l'aida à monter son bagage dans le train, non sans fournir un effort qui le surprit. Il voulut savoir ce qu'il pouvait y avoir d'aussi pesant dans la valise. Des cailloux ? Immédiatement, Willard se lança dans un interminable monologue pour expliquer qu'il avait promis à tous ses proches de Crab Apple Cove, New Hampshire, de leur rapporter une bouteille de sable de Floride en revenant de vacances. Il avait donné le nom et le curriculum vitae extrêmement fastidieux de trois de ses amis fictifs et déjà le marin en permission prétextait une envie pressante pour s'éclipser.

Willard trouva son compartiment, rangea sa valise et s'assit au bord de la couchette. Il avait du mal à lui résister, mais il estimait plus prudent de rester sur le qui-vive jusqu'au départ du train.

Il regarda par la fenêtre et réfléchit à l'énigme qui le taraudait depuis qu'il était entré dans la chambre 415 du Royal Palms Hotel et avait posé les yeux sur Dominic. Tout s'était ensuite passé si vite qu'il n'avait pas eu le temps d'y repenser. Mais à présent, seul et en sécurité dans ce compartiment, il pouvait se permettre d'étudier cette interrogation qui depuis cinq heures le gênait comme un caillou dans une chaussure.

Quelque chose chez Dominic lui avait instantanément rappelé quelqu'un d'autre. Mais qui ? Malgré tous ses effort, le nouveau Willard MacDonald n'arrivait pas à retrouver le nom de ce quelqu'un.

Il se dit de ne pas insister et observa les gens qui passaient sur le quai. Le nom lui reviendrait le moment venu.

Avec un premier cahot, le train démarra et il eut la réponse à cette énigme. Willard sourit à ce souvenir. Bien sûr. Comme Dominic, un autre fumier de la pire espèce. Tous deux partageaient une chevelure et un esprit très noirs. Et tous deux méritaient de mourir, sans doute aucun. Bon sang, cela faisait déjà sept ans ?

Les pensées de Willard remontèrent le fil du temps jusqu'à l'année 1989 et une confortable maison dans la banlieue de Warren, Michigan. Ses lèvres formèrent un nom :

— Joseph Scarpelli.

7

21 mai 1989
Warren, Michigan

Allongé sur le dos dans son lit, David Vandemark profitait au maximum de cet état de somnolence qui suit un réveil lent et paisible. Dormir tard était un luxe qu'il n'avait pas goûté depuis trop longtemps, et c'est pourquoi il l'appréciait tant.

Il aurait voulu repousser encore l'éveil total, mais les sons joyeusement dérangeants de sa fille Jennifer filtraient par la fenêtre jusqu'à leur chambre à l'étage. D'après ses cris de guerre enchantés, la fillette faisait de la balançoire. Ses exclamations de plaisir avaient écourté plus d'une grasse matinée. Roulant sur lui-même, David se rapprocha du réveil posé sur la table de chevet et ouvrit un œil : 10 h 47. Eh bien, il avait quand même réussi à dormir dix heures d'affilée. C'était certainement suffisant, pourtant il avait l'impression qu'il aurait pu en faire le double. Ces derniers temps, il avait travaillé comme un forçat, et à brûler la chandelle par les deux bouts on finissait par devoir payer l'addition.

Il resta au lit encore un peu, à contempler le plafond en pensant au travail. Depuis quelques semaines, c'était toujours la même chose : dès qu'une pensée claire se formait dans son esprit au réveil, elle concernait le travail. David n'aimait ni ce constat ni ses implications. S'il continuait à ce rythme, le surmenage ne tarderait pas.

Un peu irrité contre lui-même, David se leva et prit le chemin de la salle de bains. Un arrêt devant le miroir en pied doublant la porte, juste le temps d'observer son reflet. Il n'était pas certain d'aimer le type qui le dévisageait dans la glace. Bien sûr, la calvitie ne le guettait pas encore et ses cheveux châtains n'étaient agrémentés d'aucune trace de gris, pas plus qu'il ne s'était voûté ou n'était devenu obèse. Mais l'homme de vingt-six ans dans le miroir n'était plus tout à fait celui dont se souvenait David. Les yeux étaient gonflés, la ceinture abdominale encore bien dessinée il y a peu commençait à disparaître sous un surplus de graisse. Oh ! il n'avait pas vraiment grossi. Son corps avait seulement perdu de sa vitalité, par manque d'entretien. Mais quelques séances à son club de gym mettraient bon ordre à cela. David sourit de sa vanité de mâle et de sa duplicité. Jamais il ne trouverait le temps d'aller à la salle de gym, il le savait. Il n'y avait pas mis les pieds depuis six mois, et son abonnement devait être périmé. Le travail envahissait sa vie entière, ces derniers temps. Et tout le reste en pâtissait.

Ça n'aurait pas été aussi grave s'il avait fait quelque chose qui l'intéressait. Mais il y avait une éternité que David n'avait accompli une tâche plus passionnante que la rédaction d'un contrat ou des négociations avec des entrepreneurs pour le compte des clients. Il en avait presque oublié l'aspect d'une salle d'audience. Il en arrivait à rêver de plaider dans une affaire de vagabondage ou d'agression. Un meurtre ? Non, c'eût été trop demander.

Il ne pouvait deviner qu'il venait d'entamer la dernière journée de sa vie.

Après s'être habillé, David retrouva sa femme dans la cuisine. Elle l'accueillit par un baiser très doux et une tasse de café très chaud. Il sentit son parfum léger en mettant un terme à leur étreinte, et la fragrance discrète lui rappela leurs ébats de la nuit. Il s'assit à la table et regarda Chris qui fourrageait dans le réfrigérateur.

— Qu'aimerais-tu pour le petit déjeuner ? fit-elle par-dessus son épaule. Il y a du bacon canadien...

— Avec deux œufs, ce sera parfait. Oh ! et n'arrête pas la pompe à café.

— Tu en as besoin. Je commençais à me demander si tu te lèverais un jour, Dave.

— Marrant, ce n'est pas ce que tu disais hier soir, répondit-il en souriant.

— Vilain garçon !

D'un pas dansant, Chris s'approcha de lui et déposa un baiser furtif sur sa nuque. David pivota sur son siège pour la saisir, mais elle s'était déjà écartée.

— Je crois que la nuit dernière tu as gagné ton entrée dans le *Livre Guinness des records*, mon chéri, déclara-t-elle d'un ton mutin tout en cassant deux œufs dans un bol. J'avais peur que nous réveillions Jenny.

— Ça n'aurait pas été bien grave, elle a quatre ans. L'âge pour comprendre que Maman et Papa font des choses étranges et merveilleuses ensemble derrière la porte de leur chambre.

Ils glissèrent dans un de ces silences naturels dénués de toute gêne. Christine s'affairait à préparer le petit déjeuner, David essayait de remettre en ordre les pages du *Detroit Free Press* du jour. *Que vais-je faire de toi, Chris...* songea-t-il avec une indulgence amusée. En cinq ans de mariage, il n'avait pas réussi à faire changer sa femme, qui avait la manie d'étaler les pages du journal partout dans la cuisine afin de pouvoir le lire aisément tout en travaillant. Le problème, c'est qu'elle ne pensait jamais à le remettre en ordre. Mais se plaindre de ce comportement singulier était inutile. Quand il avait abordé le sujet, Chris avait promis de s'amender, pour revenir très vite à ses manies, en général dès le lendemain du serment, avec un enthousiasme renouvelé. Certaines batailles ne sont pas faites pour être gagnées, et David s'était résigné à lire les dernières nouvelles par bribes.

Après avoir appris que les Tigers avaient remporté le match de la veille sans grand mal, David observa par la fenêtre Jennifer et son amie. Comment s'appelait la gamine, déjà ? Kathy, ou Karen ? Bah, aucune importance... Les deux fillettes avaient abandonné la balançoire pour des plaisirs beaucoup plus tactiles. Elles étaient occupées à se salir dans le bac à sable. Il avait plu hier et les deux chérubins se couvraient allégrement de sable encore humide. Aucune raison d'interrompre leur jeu en alertant Maman prématurément. Jennifer ne couperait pas à la punition, mais cela pouvait attendre. David appréciait trop la présence de sa femme pour l'envoyer en mission disciplinaire.

Il jeta un coup d'œil autour de lui et décida que toutes ces longues heures de travail avaient payé. Il pouvait se déclarer plus que satisfait de son existence. Il vivait avec une femme ravissante et une fille adorable qui réunissait le meilleur de chacun de ses parents. Sauf quand elle se conduisait mal, bien entendu. Mais cela arrivait beaucoup plus rarement maintenant, depuis qu'elle avait atteint l'âge mûr et raisonnable de quatre ans.

Ils continueraient à vivre heureux dans cette maison confortable, du moins jusqu'à ce que leur désir de croître et de se multiplier les pousse à déménager pour un foyer plus spacieux. Ils avaient prévu d'en profiter pour se rapprocher du lieu de travail de David. Mais ils ne franchiraient le pas que le jour où David aurait accédé au statut d'associé et qu'ils pourraient s'offrir une de ces résidences luxueuses de Bloomfield Hills. Ensuite il pourrait peut-être revenir à certains aspects de son métier qui l'attiraient beaucoup plus. Mais en attendant, il y avait des factures à payer.

Christine posa l'assiette contenant les œufs devant lui et s'assit sur la chaise voisine, une tasse de café fumant à la main.

— On doit aller chez les Runstrom ce soir, non ? dit-elle.

— Oui. Ça tombe bien, je suis d'humeur à faire la fête. D'ici ce soir j'aurai eu le temps de finir la peinture intérieure du garage.

— Mon Dieu, j'avais oublié !

David était à peu près sûr de ce que signifiait cette exclamation.

— On a téléphoné pour moi pendant que je dormais, n'est-ce pas ?

Chris le regarda d'un air désolé avant de répondre :

— Papa a appelé pour dire que Mr. Muldoon t'attendrait à l'usine de Cass Avenue à une heure cet après-midi.

— Bon sang ! Cet abruti de Muldoon n'a répondu à aucun de mes appels de toute la semaine, et maintenant il veut que je me traîne en ville pour le rencontrer alors que c'est mon jour de repos ? Pas de chance, ce n'est pas ainsi que ça se passera. Il peut attendre lundi.

— C'est bien ce que j'ai dit à papa, mais il m'a appris que Muldoon doit prendre l'avion pour Chicago lundi à la première heure, justement. Et la banque veut qu'il leur donne une estimation des travaux de rénovation avant d'accepter le prêt de Mr. Scarpelli. Si tu ne t'en occupes pas aujourd'hui, ça risque de compromettre toute l'affaire...

Avoir épousé la fille du patron était finalement une position à double tranchant. David s'était estimé heureux que sa femme ne considère pas son travail comme un rival. Son père, Vincent Lowe, de Bradhurt, Weiss et Lowe, avait inculqué à sa fille que le cabinet d'avocats faisait partie intégrante de la vie de la famille. Jamais Christine ou son frère Tom ne s'étaient rebellés devant cette conception. Chacun faisait des choix qui prenaient en compte cette règle. Tom était devenu avocat, Christine avait épousé l'un des partenaires les plus prometteurs du cabinet. Ils ne pouvaient s'en empêcher ; ils avaient le cabinet dans le sang.

Le seul ennui, c'est que David n'avait aucun allié quand il voulait prendre quelque distance avec le travail. Non seulement Chris aurait refusé de téléphoner pour prétendre qu'il était malade, elle ne pouvait tout simplement pas comprendre qu'il envisage ce genre de stratagème. Le cabinet était une affaire de famille et on ne faisait pas faux bond à la famille. Mais David avait de la chance. Le prix de ce mariage d'amour ne l'avait pas contraint à une situation professionnelle intenable. Jamais on ne lui avait demandé de faire quoi que ce soit qui transgressât son éthique personnelle. Bradhurt, Weiss et Lowe était un cabinet de très bonne tenue. Certains de ses clients ne montraient sans doute pas une grande envergure morale, mais aucun n'avait eu la moindre occasion de ternir la réputation de la firme. Et les horaires de travail n'étaient somme toute pas si terribles que ça. D'ordinaire.

Néanmoins, David aurait aimé que Christine soit un peu moins compréhensive quand il s'agissait de passer tout son temps au travail. Toute épouse est censée se montrer un peu jalouse de la maîtresse que représente l'emploi de son mari. Mais Christine ne l'était pas du tout, au point qu'il arrivait à David de s'en irriter quelque peu. Comment avait-il fait pour épouser la femme parfaite ? Il aurait dû être plus prudent dans ses vœux...

Avec un profond soupir intérieur, il dut s'avouer heureux de son sort. Son existence était bénie des dieux, et il lui faudrait bien s'y faire.

Il ébouriffa tendrement les cheveux de sa femme.

— Mr. Scarpelli sera là ?

— Je ne sais pas, je n'ai pas pensé à poser la question.

David poussa un grognement indéchiffrable et s'attaqua à ses œufs. Au moins, Christine ne savait pas tout.

La circulation sur l'I-75 était relativement fluide et David Vandemark roulait à bonne allure vers Detroit. Mais il trouvait sa vieille Oldsmobile 1988 un peu bruyante, depuis peu. Il faudrait qu'il pense à l'amener au garage. Né et élevé dans la capitale de l'automobile, David avait toute confiance en son huit-cylindres. Et pourquoi pas ? L'embargo des Arabes sur le pétrole était de l'histoire ancienne. Quant aux Japonais, ils pouvaient garder leurs véhicules pour nains.

Alors qu'il se garait, David reconnut Joseph Scarpelli qui attendait sur Cass Avenue, devant la bâtisse, en compagnie de Horace Muldoon. Scarpelli était un petit homme fluet, au teint hâve, qui semblait répugner à trahir la moindre émotion. En sa présence, David ne se sentait jamais tout à fait à l'aise. Il n'aimait pas Scarpelli, avec ses yeux froids comme la mort. D'après la rumeur, il avait des liens avec la pègre, mais David ne connaissait pas un homme d'affaires d'origine italienne dont on n'ait pas dit la même chose à un moment ou à un autre. Pourtant, il accordait beaucoup plus de crédit aux rumeurs qui couraient sur le compte de Mr. Scarpelli. Depuis deux ans que le frêle Italo-Américain était client du cabinet, David l'avait vu s'immiscer dans une demi-douzaine d'affaires avec l'efficacité glaçante d'un serpent dévorant une souris. Chez cet homme, tout ou à peu près lui déplaisait.

Pendant ses études de droit, personne ne lui avait jamais dit qu'il aimerait tous ses clients. Les affaires sont les affaires, et pour une bonne part elles reposent sur des compromis. Cela faisait partie du boulot, et Vandemark se savait capable de s'en sortir tant que ses contacts avec Scarpelli se limiteraient au strict minimum.

Il n'avait pas échappé à David que Muldoon semblait partager son opinion sur Scarpelli. Habituellement fanfaron et assez insupportable, Muldoon paraissait se contraindre à un comportement presque effacé devant le Serpent. Il s'adressait à Scarpelli avec déférence bien qu'il le dominât d'une bonne tête et qu'il lui rendît une cinquantaine de kilos. Aujourd'hui, le cigare nauséabond de Muldoon était invisible, signe indéniable de respect.

Pendant l'heure qui suivit, le très corpulent Muldoon escorta ses deux compagnons pour une visite guidée du grand bâtiment désaffecté. Leurs pas résonnaient dans les profondeurs caverneuses. David et Scarpelli avaient vu des croquis de ce que les équipes de Muldoon projetaient de faire de la structure, mais c'était la première fois qu'ils pénétraient dans la bâtisse. Le délabrement des lieux inquiétait un peu David. La pluie avait endommagé la quasi-totalité du niveau supérieur, et les sept étages au-dessous n'étaient pas vraiment en meilleur état. Dans le dossier parcouru ce matin, David avait appris que Scarpelli avait fait visiter l'endroit à un autre entrepreneur avant de leur transmettre une option d'achat ferme et non négociable. Vandemark nourrissait quelques doutes quant à l'intégrité et aux capacités de cet autre entrepreneur. Le bâtiment était dans un état pitoyable.

Muldoon formula à haute voix les inquiétudes de David tout en les précédant dans les anciens ateliers, mais il assura Scarpelli qu'il n'y avait là rien qui ne puisse être arrangé. Le seul ennui, c'est que la remise en état allait dépasser de beaucoup l'estimation initiale. Scarpelli accueillit cette déclaration d'un haussement d'épaules et, d'un geste en direction du bureau que Muldoon s'était fait installer au rez-de-chaussée, il signifia qu'ils pouvaient se retirer là et discuter ce point.

Alors qu'ils attendaient que le vieux monte-charge atteigne le huitième étage, David regarda autour de lui et tenta d'imaginer cet endroit transformé en salle de rédaction d'un journal encore à naître. C'est ce que cet étage devait devenir. David avait vu cette sorte de métamorphose se produire à de multiples reprises, mais il ne pouvait s'empêcher d'être émerveillé par l'aptitude de gens tels que Muldoon à changer un endroit aussi délabré en un lieu de travail tout à fait respectable.

L'attention de Vandemark se reporta sur ses deux compagnons.

— Et les ascenseurs ? demandait Scarpelli. L'ingénieur est passé ?

— Pas encore, Mr. Scarpelli. Ces types ont toujours une excuse bancale pour ne pas faire le boulot dans les délais convenus. Il m'a affirmé qu'il était retenu par un autre chantier qui prenait plus longtemps que prévu.

— Cela risque-t-il de retarder le commencement des travaux ?

— Hélas ! c'est à craindre, Mr. Scarpelli. Une partie de l'équipement que je vais devoir installer en haut est très lourd, et je ne suis pas sûr que ces vieilles guimbardes pourront supporter de telles charges. Il faut que je les fasse réviser, d'abord. Ils ont l'air d'avoir un demi-siècle d'âge, au moins...

Aux sons provenant du puits d'ascenseur, David se dit que la machinerie n'avait pas dû être huilée depuis longtemps. Il faillit proposer de redescendre par les escaliers jusqu'au bureau de Muldoon, mais se ravisa au dernier moment. Il ne pouvait montrer le moindre signe de faiblesse ou de crainte devant Scarpelli. Mentalement, il maudit l'Italo-Américain de provoquer une réaction aussi bêtement bravache en lui. Beaucoup de gens sont mal à l'aise dans un ascenseur, il n'y a nulle honte à cela. Néanmoins, David repoussa ses appréhensions. Il se sentait un peu ridicule de réagir ainsi.

Après tout, il était déjà monté dans des ascenseurs qui grinçaient bien plus que celui-ci. Et aucun n'était tombé en panne. Par ailleurs, Muldoon avait certainement vérifié le système de treuillage et s'était assuré que l'ascenseur ne présentait aucun risque pour une utilisation aussi limitée. Ces modèles avaient été étudiés pour transporter plusieurs tonnes, or les trois hommes ensemble ne devaient pas peser plus de deux cent cinquante kilos.

L'ascenseur arrivait. Muldoon fit coulisser la porte de sécurité en bois, puis ouvrit les battants intérieurs de la cabine pour y entrer sans hésiter. Scarpelli le rejoignit. Les deux hommes tournèrent vers l'avocat un regard interrogateur. David avait envie de dire qu'il avait laissé tomber son stylo ou n'importe quoi lors de leur visite, qu'il les rejoindrait en bas dans cinq minutes. Mais il hésita trop longtemps, et Muldoon décela la nervosité dans ses yeux.

— Allons, mon vieux ! Je n'ai pas arrêté de monter et de descendre dans cet ascenseur toute la semaine, et sans aucun problème.

Un défi tacite transparaissait dans les propos de l'entrepreneur, qui avait adopté une attitude exagérément décontractée.

Avec un mélange d'irritation et de soulagement, David remarqua l'aspect neuf du panneau de commande près duquel se tenait Muldoon. C'était la preuve manifeste que quelqu'un avait travaillé sur cet ascenseur au moins une fois durant les cinquante dernières années. Il entra dans la cabine, un sourire peu naturel masquant sa nervosité, et décela aussitôt une puissante odeur de moisissure. Maudit soit ce Muldoon pour l'avoir ainsi interpellé devant un client.

L'entrepreneur savourait l'inconfort du jeune avocat. Il appuya sur le bouton de fermeture des portes puis sur celui marqué « RdC ». La machinerie invisible de l'ascenseur se mit à gronder et la cabine entama sa descente. Elle avait parcouru un étage quand elle s'arrêta dans une secousse brutale.

Un concert inquiétant de grincements et de hoquets mécaniques éclata au-dessus d'eux, et la cabine tressauta encore.

David alla se réfugier contre la paroi du fond. Il se sentait piégé et désemparé, mais le moment n'était pas aux récriminations. Muldoon était pétrifié, visage levé vers les câbles et les poulies invisibles. Scarpelli bondit avec une agilité surprenante jusqu'au panneau de commande et repoussa le gros entrepreneur sans ménagement.

— Remuez-vous, gros imbécile ! s'écria-t-il en s'emparant du frein d'urgence.

Immédiatement, la cabine s'immobilisa et le mugissement assourdissant de la sirène d'alarme retentit. Muldoon perdit l'équilibre avec une lenteur irréelle et s'affaissa contre la porte. Il se redressa aussitôt et fit mine de ne pas avoir perdu une bonne part de sa dignité lors des dix secondes précédentes.

— Bon sang, j'allais le faire, Mr. Scarpelli ! Inutile de vous énerver de la sorte.

Scarpelli ignora complètement l'admonestation. Comme David, il concentrait toute son attention sur les grincements sinistres qui se multipliaient au-dessus de leur tête et qui restaient perceptibles malgré le vacarme de la sirène. D'instinct, ils redoutaient la suite des événements et ils s'étaient plaqués contre les parois de la cabine. Muldoon essayait sans grand succès de convaincre Scarpelli qu'il gardait l'entière maîtrise de la situation quand la première section de l'axe-moteur transperça le plafond de la cabine.

La barre de métal se planta dans l'épaule de Muldoon et traversa en biais sa large poitrine. Du mètre d'acier ne dépassaient plus qu'une vingtaine de centimètres. Appuyé contre la cloison, Muldoon restait immobile tandis qu'un geyser de sang jaillissait de son torse. Il regardait fixement les deux autres hommes et ses lèvres tremblèrent, mais aucun son ne s'en échappa. Glacés d'horreur, Scarpelli et Vandemark contemplaient le gros homme agonisant sans chercher à deviner ce qu'il essayait de dire. David avait une envie folle de vomir son petit déjeuner.

La nausée passa très vite. Avec un craquement d'apocalypse, le bloc-moteur passa au travers de la cabine en un éclair, pulvérisant une bonne partie du plafond et du plancher. David se raidit, certain d'une mort immédiate. La poussière accumulée durant un demi-siècle envahit la cabine, menaçant de les étouffer. Mais les deux hommes n'avaient toujours pas une égratignure.

Quand la vision de David s'éclaircit, la gravité de la situation lui sauta aux yeux.

Un trou de deux mètres béait au centre du plancher et du plafond, à travers lequel deux câbles noirs chutaient avec un sifflement rageur. Muldoon avait disparu, et seul son sang attestait de sa présence récente.

Soudain ils entendirent quelque chose de lourd monter à une vitesse folle et frôler la cabine. Qu'était-ce ? Non ! Pas le contrepoids !

L'énorme plaque de fonte heurta ce qui restait de la machinerie et se délogea de son rail de sécurité. David entendit les câbles se rompre et il se colla contre la paroi. Scarpelli se frottait toujours les yeux quand les câbles épais d'un pouce, brusquement soulagés des cinq cents kilos du contrepoids, traversèrent ce qui restait de la cabine. Joseph Scarpelli vit le câble lui sectionner la main droite au niveau du poignet et continuer sa chute dans le vide. L'Italo-Américain regarda son moignon avec incrédulité, étonné de ne pas ressentir de douleur. Un soudain vertige le saisit et il chancela une seconde avant de plonger tête la première dans le trou du plancher. Sans un cri, il tomba de sept étages.

David entendit le corps de Scarpelli s'écraser au sol dans un bruit sourd et écœurant. Il ne se souvenait pas d'avoir perçu d'autre son montant du sol. Ni l'impact du bloc-moteur, ni celui du cadavre de Muldoon, ni les câbles. Il avait été trop occupé à se plaquer contre la paroi de la cabine. Il était toujours en vie, mais pour combien de temps ?

Il regarda autour de lui. La situation n'était pas réjouissante. Le peu de plancher subsistant penchait dangereusement vers le trou en son centre. Il apercevait sous lui la cage d'ascenseur et plusieurs traverses métalliques qui s'étaient déboîtées de leur logement. Partout, du sang. Même s'il avait voulu bouger, il aurait risqué sa vie sur les surfaces poisseuses.

Il décida que la seule chose à faire était de s'asseoir et d'attendre les secours sans bouger. La sirène d'alarme s'était tue dans un dernier hululement, mais quelqu'un avait bien dû l'entendre dans la rue. On viendrait voir, et on le sortirait de là... Soudain il se souvint qu'on était samedi. Peu de gens avaient affaire dans les rues de ce quartier d'entrepôts le week-end. David se rendit compte qu'il risquait fort de passer la nuit entière suspendu dans le vide à l'intérieur d'une cabine d'ascenseur pouvant chuter de vingt-cinq mètres à tout moment.

Bien sûr, Christine finirait par téléphoner à son père en ne le voyant pas revenir, et Mr. Lowe dépêcherait quelqu'un pour voir s'il était toujours dans le bâtiment et si tout allait bien. Oui, tôt ou tard on viendrait à son secours. Il lui suffisait de prendre son mal en patience et de rester calme, et il réchapperait de ce cauchemar.

Assis dans la pénombre, il essaya d'imaginer ce qu'avaient ressenti Scarpelli et Muldoon au moment de mourir. Avaient-ils eu un dernier éclair de lucidité ? Ou étaient-ils passés de vie à trépas dans le même état de panique qui l'avait submergé, lui, spectateur impuissant ? Il ne connaîtrait jamais la réponse. C'est vrai, songea-t-il lugubrement. Les morts ne racontent pas d'histoires.

Un craquement au-dessus de lui le fit sursauter, si violemment qu'il faillit lâcher la barre fixée à hauteur de taille qu'il agrippait désespérément. Un crissement métallique suivit. Dieu tout-puissant, il ne restait plus rien là-haut qui puisse encore chuter, n'est-ce pas ?

Il n'y avait qu'une façon d'en avoir le cœur net. Il se mit lentement debout et avança le long de la paroi en se cramponnant à la barre. Quand il eut atteint le milieu de la cabine, il se pencha en avant et leva les yeux pour regarder à travers le trou béant du plafond.

Le contrepoids. Décroché de son rail de sécurité, il ne tenait plus que par un morceau de câble coincé entre les poulies. Mais pour combien de temps ? Et combien pouvait peser la plaque de fonte ? Une demi-tonne au moins, peut-être plus. D'après sa position, en tombant elle emporterait la partie arrière de la cabine. La question n'était pas « si » le contrepoids tombait, mais « quand ». Il ne tiendrait plus très longtemps au bout de son morceau de câble, David le sentait. Il revint près de la porte de la cabine, à côté du panneau de commande maintenant inutile.

Il y avait une petite trappe au-dessus du panneau. N'était-ce pas là qu'on logeait habituellement un téléphone ? David réussit à ouvrir le battant métallique avec les ongles.

Le téléphone n'aurait sans doute pas fonctionné, même si le récepteur n'avait pas été arraché. Résigné à son sort, David se rassit contre la porte. Il avait fait le tour de la situation, et il se retrouvait dans la même position, à attendre d'hypothétiques secours. Et maintenant il se demandait s'ils arriveraient à temps.

Le système de freinage d'urgence de l'ascenseur avait remarquablement bien tenu jusqu'alors. Mais pourrait-il jouer encore son rôle quand le contrepoids viendrait percuter l'arrière de la cabine ? David en doutait. La conclusion s'imposait d'elle-même : ou bien il serait secouru avant que le contrepoids ne se détache, ou bien il mourrait. C'était aussi simple que cela.

Il ferma les yeux et s'efforça de se remémorer une prière de son enfance. Ses parents n'étaient pas très portés sur la religion, pas plus que sa tante Ruth, qui l'avait élevé après leur décès. En fait, les seules prières qu'il avait jamais récitées, il les devait à une autre tante venue leur rendre visite, quand il avait cinq ou six ans. Il avait appris par cœur cinq « poèmes à Dieu », comme les appelait tante Shirley, durant son séjour de deux semaines. Hélas ! tous les efforts de tante Shirley se révélaient inutiles. Maintenant qu'il en aurait vraiment eu besoin, il ne pouvait pas se souvenir d'un seul.

Un crissement métallique déchira le silence au-dessus de lui, tendant un peu plus ses nerfs déjà soumis à rude épreuve. Il s'obligea à l'ignorer.

S'il laissait son esprit vagabonder, se dit-il, peut-être pourrait-il se perdre dans une rêverie salutaire. Ses pensées se tournèrent très vite vers sa femme et sa fille. Que deviendrait Chris s'il ne s'en sortait pas ? Se remarierait-elle ? Et Jenny finirait-elle par appeler son remplaçant « papa » ?

Stupidités. David Vandemark faisait toujours partie des

vivants et il avait bien l'intention de continuer. Il ne savait pas comment, mais il s'en sortirait. Ses chances pouvaient bien être minces, elles existaient. Ne pensait-il pas à sa vie parfaite quelques heures plus tôt seulement ? Une telle existence ne pouvait s'achever de manière aussi terrible.

Ses pensées furent interrompues par un craquement épouvantable. Les yeux clos, il se roula en boule. Il ne fut que vaguement conscient de l'impact du contrepoids écrasant l'arrière de la cabine, suivi par l'horrible impression de la chute. Pour David Vandemark, le monde se réduisit à un seul mot : terreur. Ses yeux s'ouvrirent malgré lui et un cri inhumain jaillit de sa gorge. Son hurlement sembla s'étirer indéfiniment dans le temps, résonnant dans la cage d'ascenseur. Au moment où son intensité allait briser l'esprit de David comme une boule de verre trop fragile, l'univers explosa dans un éclair de pure douleur. Puis le silence et la nuit l'engloutirent.

8

14 juillet 1996
War Memorial Park, Washington

— Evidemment, Vandemark a survécu à l'accident, mais il est resté entre la vie et la mort un bon bout de temps...

Ira se tut tandis qu'il passait avec Vida devant le grand monolithe de marbre noir du Vietnam War Memorial. Les touristes, qui pour la plupart marchaient très lentement, montraient le plus grand respect pour ceux qui venaient effleurer d'une main révérencieuse les noms gravés.

— En fait, ils l'ont perdu sur la table d'opération, à un moment. Son cœur s'est arrêté, mais ils l'ont ressuscité. Il aurait mieux valu qu'il y reste.

Vida, sa curiosité piquée, demanda :

— Vous pensez vraiment que tout le monde s'en serait mieux porté ?

— Absolument. Si Vandemark était mort comme il l'aurait dû, vous et moi ne travaillerions pas sur une affaire aussi ingrate.

— Mais les victimes de Vandemark seraient toujours en vie, objecta Vida que le cynisme de Levitt choquait.

— Bon Dieu, ce serait bien dommage !

— A votre façon de présenter les choses, on croirait que

Vandemark a rendu un service à la communauté en assassinant... combien avez-vous dit ? Dix-huit personnes ?

— De ce que nous savons, oui. Sous certains aspects, ces meurtres ont été très bénéfiques. Très positifs, oui. Mais laissez-moi raconter à ma façon, d'accord ?

— Votre façon de raconter ne va pas tarder à me rendre folle. Depuis une heure que vous m'en parlez, je ne sais toujours pas qui Vandemark a tué.

— Je veux que vous compreniez bien quel oiseau étrange nous pistons. Première règle lors d'une traque : il faut connaître la proie avant de pouvoir la chasser.

Vida leva les mains pour simuler une reddition railleuse.

— Très bien. C'est vous le boss.

Ira s'assit sur un banc en face du Vietnam Memorial. Vida fit de même. Elle expérimentait un sentiment d'irréalité qui la désorientait sans être pour autant totalement déplaisant. Elle avait l'impression d'être passée de l'autre côté du miroir, et que Levitt ainsi que les autres acteurs de cette histoire étaient les étranges créatures de cet univers.

— Voyez-vous, Vida, Vandemark a appartenu à la Garde nationale. Il était trop jeune pour le Vietnam, mais Oncle Sam a quand même dépensé un paquet de beaux billets pour lui apprendre à tuer. Et maintenant le gouvernement nous paie pour l'arrêter, parce qu'il met en pratique ce qu'il a appris.

Ils restèrent silencieux un moment.

— Vous alliez me dire ce qui s'est passé à l'hôpital, finit par rappeler Vida.

— Après l'opération, David est resté dans le coma durant deux semaines. Il avait une fracture du crâne, une jambe brisée en deux endroits et quelques côtes cassées. Mais seule la blessure à la tête a donné du souci aux toubibs. Le Dr Philip Craigmore est un neurochirurgien réputé. C'est lui qui a conduit l'opération visant à réduire l'accumulation de liquide dans le crâne de David, et qui l'a surveillé pendant son coma. Il a même essayé de l'aider après qu'il a repris conscience. Mais Vandemark ne s'en est pas très bien tiré pour ce qui concerne la rééducation. Je suppose qu'il était déjà perdu.

— Perdu ? répéta Vida. Souffrait-il de lésions cérébrales ?

— C'est ce que Craigmore a pensé, dans un premier temps. Quand Vandemark a refait surface, c'était comme si on avait échangé des connections dans son cerveau. Il ne parlait pas, ne semblait pas comprendre ce que les gens lui disaient, et il a passé les quarante-huit heures suivant son réveil à se cacher sous les draps en se plaignant de « toutes ces voix ». Tout le monde a cru qu'il souffrait de dysfonction verbale et auditive intégrale. Ils ont conclu que son cerveau avait été atteint, qu'il pouvait peut-être entendre les paroles mais sans saisir leur sens. Craigmore m'a dit que des blessés à la tête comme Vandemark montrent parfois les mêmes symptômes que les victimes d'attaques cardiaques. Ils ont pensé que c'était le cas de David.

— Et ça ne l'était pas ?

— Non. Au bout de deux jours, David Vandemark s'est mis à parler et à comprendre les gens tout à fait normalement. Sa voix était un peu pâteuse, comme s'il avait pris une cuite, mais sinon il avait l'air en bonne forme. Ils n'ont jamais su ce qui l'avait tant bouleversé lors de son réveil. Vandemark a dit qu'il ne gardait aucun souvenir de ces premières quarante-huit heures.

— Comment s'est-il comporté ensuite ?

— *Mèshègas...* comme un dingue. D'après le Dr Craigmore, David était plus qu'impatient de quitter l'hôpital. Pendant son coma, ils ont plâtré sa jambe cassée. Personne dans l'hôpital n'avait jamais vu un blessé se remettre aussi vite d'un tel accident. Il n'a pas voulu rester pour la période d'observation. David voulait prendre la tangente, et personne n'aurait pu l'en empêcher.

— Cet accident l'aurait transformé en une sorte de superman ?

— Ah ! voilà la question, pas vrai ? Ce qui est certain, c'est que cet accident l'a changé. Une des raisons pour lesquelles ils ne voulaient pas le laisser partir est que quelque chose de très singulier était arrivé à Vandemark pendant son coma. C'est devenu évident quand Craigmore a demandé au beau-père de Vandemark, Vincent Lowe, de lui annoncer le drame

66

qui avait frappé sa famille. C'est la réaction de Vandemark à cette terrible nouvelle qui les a abasourdis.

« Quand il lui a annoncé aussi doucement que possible que sa femme et sa fille avaient été assassinées pendant qu'il était inconscient, Vandemark n'a même pas cligné de l'œil. Pas de pleurs, pas d'explosion de rage. Il leur a répondu qu'il était déjà au courant et a tout de suite exigé de Craigmore qu'il le laisse sortir de l'hôpital.

— Un membre du personnel hospitalier l'avait déjà prévenu ?

— C'est ce qu'a pensé Craigmore. Il était furieux et il a passé la semaine suivante à jouer au Grand Inquisiteur. Mais personne n'a avoué avoir averti Vandemark. Plus tard, j'ai moi-même interrogé presque tous les membres du service, et je ne crois pas qu'ils aient menti.

— Alors comment expliquez-vous qu'il ait su ?

— Aucune idée. Ça a été le premier de tout un tas de détails étranges en relation avec cette affaire. En sept ans, plus j'en ai appris sur Vandemark et moins j'ai compris le type.

— Ils l'ont laissé sortir de l'hôpital ?

— Oui. En le confiant aux bons soins de Vincent Lowe, mais ça n'a pas duré longtemps. Deux jours plus tard, alors que son mari était au travail, Mrs. Lowe est sortie faire des courses. Quand elle est rentrée, la chambre d'amis était vide et sur le lit il y avait un mot où David annonçait son départ. Il avait appelé un taxi et avait disparu.

« Ce soir-là, Lowe s'est rendu au domicile de Vandemark. Il a trouvé son beau-fils assis dans le salon, occupé à nettoyer un .38 semi-automatique. En voyant l'arme, Lowe a craint le pire. Il a pensé que David entretenait peut-être des idées de suicide. Mais avant qu'il ait le temps de lui en parler, son gendre lui a assuré qu'il n'avait acheté le .38 que pour se protéger.

« L'anecdote s'est révélée un exemple de la facette la plus étonnante du nouveau David Vandemark. J'ai parlé à des dizaines de personnes qui ont eu des contacts avec lui pendant ces sept années, et toutes ont affirmé qu'il avait l'habitude très

troublante de répondre aux questions avant qu'elles soient pro-
noncées.

— Télépathie ?

— Ce serait une explication. Pour ma part, je pense que ça
a plus à voir avec le côté très prévisible des gens.

Vida fronça les sourcils en tentant d'ordonner ces informations disparates, tandis qu'Ira pêchait un cigare dans la poche
de son veston. Des volutes de fumée bleue tissèrent un voile
évanescent devant son visage.

— David est devenu une sorte de reclus, à ce moment.
D'après mes renseignements, il passait beaucoup de temps
dans son sous-sol. Il s'est coupé de tous ses anciens amis. Il
ne semblait pas désirer leur présence, et lors de leurs visites
ou de leurs coups de fil il parlait très peu, et toujours de façon
brusque, désagréable. Même Vincent Lowe a cessé d'aller le
voir après un incident particulièrement bizarre. Vandemark
n'a pas tardé à démissionner du cabinet d'avocats et à vivre
de ses économies. Quelques-uns de ses amis ont essayé de le
pousser à consulter un psy, mais il a répondu que ce serait une
perte de temps.

Vida se pencha en avant, les yeux fixés sur le marbre sombre
du Memorial sans le voir.

— Je ne sais pas du tout où vous voulez en venir avec tout
ça, dit-elle. Un moment, j'ai cru que vous alliez me dire que
Vandemark avait massacré sa propre famille.

— C'est ce que la police locale a pensé, plus tard. L'idée
m'a traversé l'esprit, je l'admets. Mais ça ne colle pas du tout.
Vandemark adorait sa femme et sa gosse. Non, je crois plutôt
que c'est leur mort qui l'a fait déjanter.

— Mais si ce n'est pas Vandemark, alors qui les a tuées ?

— L'animal que je traquais, à l'époque. Il avait déjà tué
quatre femmes et on n'arrivait pas à le coincer. Quatre
meurtres et pas le moindre indice. C'est pour cette raison que
la police de Detroit lui avait donné ce surnom : Mr. Propre.

9

22 mai 1989
Southfield, Michigan

Greg Hewett gara en marche arrière sa vieille Volkswagen dans le parking en face de la caravane. Il revenait du supermarché avec des provisions pour deux jours, un pack de six Budweiser et un exemplaire du *Detroit News*.

Il descendit de voiture et observa les allées désertes du caravaning qui était son chez-lui. Il détestait cet endroit. Personne ne traînait jamais dehors, même par un après-midi ensoleillé d'août comme aujourd'hui. Ils restaient dans leurs caravanes équipées de l'air conditionné, à l'abri de la chaleur et d'un passant qui aurait pu les importuner. Greg regrettait la banlieue de Memphis, Tennessee, où il avait grandi. Là-bas, à Oakville, il y avait toujours quelqu'un assis sous un porche, avec qui il pouvait bavarder cinq minutes avant de regagner sa propre maison. Mais pas ici. Ces foutus Yankees se barricadaient dans leurs petites boîtes de métal comme si quelqu'un en voulait à leur vie. Mais quelqu'un en voulait peut-être à leur vie, après tout.

Mais c'est aussi pour cette raison que Greg avait choisi de s'installer dans ce caravaning miteux : c'était un excellent endroit pour se cacher. Il y vivait depuis presque un an et ne connaissait même pas le prénom de ses voisins immédiats.

Pour eux, il n'était que Hewett, emplacement 7, Ford Road. Les allées poussiéreuses étaient baptisées de noms de voitures. Pire qu'à Detroit.

Trois ans plus tôt, Greg s'appelait encore Gregory Walton. Puis il y avait eu ce petit problème à Oakville, et il avait dû changer de nom à chaque déplacement, une fois par an. Bien qu'il n'eût jamais entendu les hurlements de la meute ou la course des limiers lancés à sa poursuite, Greg savait qu'ils le recherchaient toujours. Bien sûr : il avait enfreint le tabou ultime et continué de le faire de temps à autre, quand l'envie devenait trop forte. Il était conscient qu'un jour ils le rattraperaient, mais cela ne l'ennuyait même plus. Les seuls moments où il se sentait vraiment vivant étaient ceux où l'envie le submergeait. Depuis longtemps déjà il avait cessé de lutter contre elle.

Dans sa caravane, Greg rangea ses achats, ouvrit une canette de bière et s'assit pour lire le journal. Rien d'intéressant pour lui en première page. Greg ignorait royalement les actualités nationales ou internationales. Il n'avait acheté le quotidien que pour apprendre ce qui se passait à Detroit. Il avait décidé que c'était maintenant son territoire, et qu'il était préférable de connaître ce qui s'y passait si l'on ne voulait pas avoir de mauvaises surprises.

Greg parcourut les nouvelles locales d'un œil amusé. Il y avait un article sur le maire, Young. En apprenant que Detroit avait un maire noir, Greg avait été stupéfait. Mais la chose n'avait rien de bien étonnant, quand on y réfléchissait : cette ville comptait plus de Negros que toutes celles où il avait séjourné. C'était aussi pour cette raison qu'il avait choisi ce caravaning, loin de l'usine Sterling où il travaillait. Dire que le terrain était pouilleux restait un euphémisme, mais au moins il n'était habité que par des Blancs.

Il continua à parcourir le journal mais rien ne retint son intérêt jusqu'à la page 10. C'est la photo qui l'attira. Le cliché illustrait un article relatant un accident d'ascenseur survenu à Detroit. Il y avait une autre photo, celle d'un type, sous la première où l'on voyait la femme et un vieux beau marchant dans un parking. Le vieux crochait le bras de la femme, et ce détail ennuya Greg. Il avait l'air assez délabré pour être son père.

Puis il lut l'article et la légende sous les photos, et il découvrit que le vieux type était bien le père de la femme, et l'autre, le jeune, son mari, un avocat. Il avait survécu à l'accident d'ascenseur et était soigné au Beaumont Hospital.

Greg contempla longtemps la photo floue de Christine Vandemark que son père emmenait dans le parking. Elle avait un air triste et désemparé qu'il trouvait très sexy. Et il aimait les reflets du soleil dans sa chevelure. Etait-elle blonde ? Sûrement. Greg aimait les blondes. Il avait toujours préféré les blondes.

D'après l'article, les Vandemark habitaient Warren, mais l'adresse n'était pas précisée. Greg prit l'annuaire et recherche le numéro de David Vandemark. Il le trouva en quelques secondes. Il avait craint que l'avocat ne soit sur liste rouge. Mais non. Sans doute n'était-il pas encore assez réputé.

Christine Vandemark. Il aimait ce nom. Quand il le prononçait à haute voix, il sonnait bien. Avec son mari cloué sur un lit d'hôpital, elle devait être seule et effrayée ; elle aurait besoin d'être réconfortée. Et Greg était très doué pour réconforter les jolies femmes blondes esseulées.

Deux mois s'étaient écoulés depuis qu'il avait satisfait son envie pour la dernière fois. Il avait épluché les journaux, mais n'avait trouvé aucune mention d'un lien établi entre ses petites aventures. Il est vrai qu'il avait changé d'endroit à chaque fois qu'il venait de satisfaire sa pulsion. Une fois, il était allé jusque dans l'Ohio. Greg prenait soin de ne jamais agir deux fois dans le même comté, pour garantir sa sécurité. Il était inutile de disparaître avant que les flics ne comprennent son schéma. Dans le Michigan, il avait pris beaucoup de précautions, dans le choix de ses partenaires comme dans la meilleure façon de les réconforter.

Greg se leva et alla dans la minuscule salle de bains. Il savourait la sensation agréable que lui procurait son jean délavé contre sa peau. En passant, il alluma la radio. La mélodie de *All Along the Watchtower* jouée par Hendrix emplit la caravane. Il se déshabilla à la porte de la salle de bains et lança ses vêtements sur le tapis. Puis il prit la bombe de mousse à raser et l'agita un temps au rythme de la musique.

Il monta dans la baignoire et entreprit d'étaler la mousse sur son corps, jouissant de la fraîcheur mentholée sur sa peau. La magie de la musique commençait à agir et il se mit à fredonner tout en glissant les lames dans le rasoir. Greg se souvint qu'il ne devait pas sautiller en rythme. Il ne fallait pas qu'il se fasse la moindre entaille, pas quand il s'apprêtait pour une visite de réconfort. Il devait procéder avec méthode et calme. Il commença par le pied gauche puis remonta le long de la jambe.

10

23 mai 1989
Warren, Michigan

Ira Levitt ne pouvait pas supporter les meurtres. Une seule chose le révulsait encore plus : aller sur les lieux du crime. Pendant ses vingt et une années passées au Bureau, il n'avait vu que deux lieux du crime. A chaque fois, il avait été malade. Les photos et les rapports du médecin légiste ne lui faisaient pas cet effet, sans doute parce qu'ils étaient suffisamment éloignés de la réalité. Mais l'examen des lieux du crime et la vue de ce qu'un être humain peut infliger à un autre être humain, cela, c'était trop pour Ira. Il avait eu plus que sa part d'homicides. Peut-être parce qu'il s'était montré un chasseur de meurtriers redoutablement efficace. La répugnance qu'il éprouvait pour leurs crimes devait alimenter sa détermination à les arrêter.

Habituellement, l'agent Levitt trouvait une excuse pour éviter les lieux du crime tant qu'on n'en avait pas enlevé les cadavres et que le sang n'était pas sec. Cette fois, il n'aurait pas cette possibilité. Il consultait quelques dossiers au quartier général de la police de Detroit, quand la nouvelle l'avait atteint : Mr. Propre avait encore frappé, cette fois dans une petite ville de banlieue, Warren. Bryan Cruz, l'inspecteur de la criminelle en charge du dossier de Mr. Propre, proposa aussitôt à Ira de l'emmener en voiture sur les lieux du crime. Pris au dépourvu, Levitt se retrouva en route pour le théâtre du dernier massacre de Mr. Propre, espérant être terrassé par une péritonite ou une attaque cérébrale sans gravité.

Mr. Propre était désordonné, même s'il rangeait après son travail. Ira remercia le ciel d'avoir sauté le déjeuner et du goût de Cruz pour le monologue. Durant le trajet jusqu'à Warren, l'inspecteur de Detroit avait soliloqué sur un récent voyage dans l'Utah. Ce babillage insipide avait aidé Ira à ne pas penser à ce qui les attendait.

Cruz gara la voiture, et Levitt éprouva un réel soulagement en voyant les deux assistants du médecin légiste porter un corps dans un sac réglementaire vers l'ambulance.

Cruz, en revanche, était furieux.

— Et merde ! Ils devaient attendre notre arrivée !

Ira contempla cette rue paisible bordée de maisons de brique posées au centre de pelouses amoureusement entretenues. Difficile d'imaginer quelque chose d'aussi sordide qu'un meurtre dans un tel cadre. Mais il avait très vite appris que même les gens charmants se font parfois assassiner. Chaque cas semblable à celui-ci lui paraissait irréel.

Ils descendirent de voiture. Bryan pestait toujours de ne pouvoir examiner les corps. Levitt joua au conciliateur :

— La recommandation ne les a pas atteints à temps, je suppose. Apparemment, nous devrons nous contenter de ce que l'équipe du médecin légiste découvrira.

— Je veux voir les lieux, grogna Cruz. Allons jeter un œil.

A contrecœur, Ira lui emboîta le pas. Depuis une demi-heure, son estomac protestait. Mais maintenant que s'éloignait l'éventualité de contempler le corps martyrisé d'une pauvre victime, il se savait en état d'inspecter la maison.

Il s'écarta pour laisser sortir un autre assistant du médecin légiste. Celui-ci portait avec précaution un autre sac contenant visiblement un corps beaucoup plus petit. Doux Jésus, non... Un enfant. Levitt eut un haut-le-cœur brutal. Il fouilla dans sa poche à la recherche du tube de Tumms qu'il gardait toujours sur lui.

Il prit un cachet tout en observant une photo de famille

accrochée à un mur du salon. Les trois personnes sur le cliché ne pouvaient être que celles qui habitaient cette maison. Le mari, l'épouse et leur petite fille, assise sur les genoux du père. La femme et l'enfant avaient la même chevelure d'un blond doré, tandis que l'homme était châtain clair. Ils semblaient heureux. Ira se détourna. Il en avait vu assez.

Cruz parlait avec un des policiers. Il fit signe à Levitt de le suivre au sous-sol. Toujours le même schéma, et pratiquement le seul renseignement sur Mr. Propre. Tous les meurtres qui lui étaient attribués avaient eu lieu dans le sous-sol du domicile de la victime. Sauf la quatrième femme assassinée, qui avait été retrouvée dans un bois, de l'autre côté de la frontière de l'Etat.

Le sol était carrelé, et des panneaux de plastique imitant le bois couvraient les murs. Le plafond était doublé d'un revêtement acoustique. Un coin du sous-sol était joliment arrangé pour un enfant, et des jouets divers y étaient éparpillés, autour d'un coffre en bois ouvert. Juste à côté se trouvait un canapé plus que fatigué, sans doute le prédécesseur de celui du salon. A l'autre extrémité de la pièce s'alignaient une machine à laver et un sèche-linge, une table et un lavabo. Le tuyau d'arrosage était vissé au robinet ; il était enroulé proprement sur le sol mouillé.

C'était bien l'œuvre de Mr. Propre, pas de doute possible. Pas une goutte de sang n'était visible ; tout avait été soigneusement lavé au jet. Levitt vit que le ruban adhésif utilisé de coutume pour marquer la position des corps n'avait pas collé au sol humide. Une grosse boule de ruban gaspillé était posée sur la table. En remplacement, quelqu'un avait tracé le contour des cadavres au marqueur fluorescent.

La police de Warren avait fait appel à l'équipe médico-légale de Detroit. Ils étaient en plein travail, et Cruz et Levitt restèrent dans l'escalier pour ne pas les gêner. Un inspecteur prenait des photos du sous-sol, tandis qu'un autre saupoudrait d'un talc spécial chaque surface sèche pour révéler d'éventuelles empreintes. Un troisième policier était à quatre pattes et examinait la rigole courant au centre de la pièce. Il ôta la grille d'évacuation avec précaution et gratta de la pointe d'un canif les saletés agglomérées au bord de l'orifice. Puis il transféra son butin dans un petit sachet en plastique.

Un quatrième homme, grand et à moitié chauve, vint vers eux. Bryan fit les présentations :

— Ira Levitt, du FBI. George Schuster, coroner. Alors, George, qu'avez-vous trouvé ? C'est bien l'œuvre de Mr. Propre ?

— Qui d'autre ? Combien de tueurs maniaques nettoient avant de partir ? Notre type s'y est remis, c'est sûr.

Cruz regarda autour de lui.

— Toujours le même topo. Du neuf, cette fois ?

— Seulement la gamine. A notre connaissance, c'est la première fois qu'il s'en prend à une enfant.

— Il l'a violée aussi ?

— Non. Il lui a défoncé le crâne avec un objet assez lourd, son arme probablement. Notre gars a beaucoup de défauts mais il n'est pas pédophile. A mon avis il a tué la gosse parce qu'elle le gênait.

— Comment a-t-il procédé ?

— A peu près comme les quatre autres fois. Rien n'indique qu'il ait forcé la porte. La femme lui a ouvert, ou bien il s'est glissé par une issue non verrouillée, la porte d'entrée très probablement. On dirait qu'elle a été essuyée.

« Une fois dans les lieux, Mr. Propre les a fait descendre ici. Je pense que c'est à ce moment qu'il s'est déshabillé, qu'il a mis ses gants et qu'il a pris son couteau. Le crâne de la femme porte une bosse assez grosse. A la façon dont ça a enflé, je dirais qu'elle était encore en vie un bon bout de temps après avoir été frappée. Mr. Propre a dû l'assommer avant de tuer la fillette à coups de crosse. Ensuite il a attendu que la mère reprenne conscience pour s'amuser avec elle...

« Il l'a violée et sodomisée, puis il a joué du couteau. Multiples mutilations autour des seins, des fesses et de la zone vaginale. Mais il ne touche jamais au visage, c'est une des caractéristiques de Mr. Propre. En général, ces dingues adorent taillader leurs victimes autour de la bouche.

— Et ensuite il a tout nettoyé, comme d'habitude ?

— Oui, avec le tuyau d'arrosage qui se trouvait dans le jardin. On voit encore la trace dans l'herbe de la pelouse. Il a lavé le sous-sol avant de repartir. Il a fallu qu'il se rhabille pour sortir chercher le tuyau d'arrosage. Nous vérifions auprès des voisins pour savoir si par chance quelqu'un l'aurait aperçu à ce moment-là, ou lors de son arrivée ou de son départ.

Une expression amère passa sur le visage de Cruz.

— Inutile de vous faire des illusions, fit-il. Je commence à croire que ce type est invisible. Personne ne l'a jamais vu arriver sur les lieux des meurtres ou en repartir. Il a tué six fois dans le coin et nous n'avons pas la moindre idée de son physique.

— C'est parce que ce fumier de fils de pute connaît les méthodes que nous employons. Il ne laisse jamais d'indice. Nous sommes dans l'incapacité totale de dresser le début du commencement de son portrait. Il va jusqu'à mettre un préservatif avant de violer ses victimes. Vous avez déjà entendu un truc pareil ? Pas de sperme à analyser...

Ira demanda :

— Comment savez-vous qu'il n'est pas impuissant ?

George le dévisagea.

— Vous êtes nouveau sur cette affaire ?

— Oui, depuis que Mr. Propre a emmené cette femme de l'autre côté de la frontière, dans l'Ohio. A ce moment, l'affaire est devenue fédérale. Kidnapping et transport de victimes inter-Etats. Vous connaissez la chanson.

— Bon, quand vous lirez le dossier de Mrs. Jane Rice, sa victime de Hamtramck, vous verrez qu'on a retrouvé un emballage de préservatif près du corps. Pas d'empreintes, évidemment. Et pas de préservatif usagé. Il doit les emporter avec lui. Et je pense qu'il a laissé l'emballage à dessein. Ces types aiment montrer aux flics combien ils sont intelligents. En général, c'est ce qui les perd...

Cruz approcha de la forme la plus grande dessinée sur le sol et s'accroupit.

— Il lui a nettoyé les ongles ? s'enquit-il.

— Une manucure n'aurait pas fait mieux. Ce n'est pas non plus un adepte de la morsure. Aucune marque de dents, donc aucun moyen de l'identifier par son dossier dentaire. Pas d'empreintes digitales, bien sûr. Pas de poils pubiens. Je parierais que ce branque se rase entièrement le corps avant chaque boucherie. C'est la seule manière de ne pas laisser de poils derrière lui.

— Que tirez-vous du fait qu'il en sache autant sur les méthodes policières ? intervint brusquement Ira.

— Comment savoir... Il a peut-être lu des bouquins sur le sujet. Ou alors il est ou a été flic. Seigneur, j'espère que non ! Il y a une demi-douzaine d'autres façons d'expliquer comment il pourrait être au courant de nos procédures. Je ne pense pas que cette piste donne quoi que ce soit.

Cruz se releva et rejoignit le coroner et Levitt.

— On ne sait jamais. Rappelez-vous ce déjanté qui agressait les putes au rasoir dans le centre-ville. Tout d'abord, on a cru qu'il choisissait ses victimes au hasard. Par la suite, on s'est rendu compte qu'elles allaient toutes au même salon de coiffure. Il nous a fallu un bout de temps pour le découvrir, parce que nous étions partis sur la piste de la prostitution, leur point commun le plus évident. Et un jour la coiffeuse nous téléphone pour nous dire que toutes les victimes avaient fait partie de sa clientèle, à un moment ou à un autre. Le tueur était son mari. Il n'aimait pas voir sa femme côtoyer des prostituées.

— Ouais, on ne sait jamais, c'est vrai, dit George avant de se tourner vers le photographe pour lui donner des instructions.

Du coude, Cruz fit comprendre à Levitt qu'il était temps de partir et le précéda dans l'escalier.

— Plus rien d'intéressant ici. Allons plutôt manger un morceau. L'autopsie préliminaire et le rapport médico-légal ne seront pas terminés avant au moins trois heures.

Ira ne rêvait pas vraiment de se remplir l'estomac, mais il n'était pas fâché de quitter le sous-sol. Certes, il n'avait vu ni cadavre ni trace de sang, mais l'endroit empestait le carnage. Ce n'était pas vraiment une odeur, mais Ira sentait le souffle de la mort sur sa peau, et dans l'air. Et un goût aigre grandissait dans sa gorge.

Une fois revenu au rez-de-chaussée, Cruz fit halte dans la cuisine pour parler à un policier en uniforme. Levitt alla l'attendre dans l'entrée. Il contempla de nouveau la photo de famille. La femme lui souriait.

« Il l'a violée et sodomisée, puis il a joué du couteau. Multiples mutilations autour des seins, des fesses et de la zone vaginale... »

Levitt sentit son estomac le trahir. Il fonça au-dehors, courut jusqu'au coin de la rue, hors de vue, et vomit à longs traits au-dessus d'une bouche d'égout.

Il avait repris le contrôle de lui-même quand Cruz sortit à son tour de la maison. Tandis que l'inspecteur faisait démarrer la voiture pour aller à un restaurant asiatique qu'il connaissait sur Fourteen Mile Road, Ira se jura que c'était la dernière fois. Plus de meurtres pour lui. Il quitterait le Bureau avant qu'on ne le charge d'une nouvelle enquête sur un homicide.

11

14 juillet 1996
Devant le quartier général du FBI

Ira examina le mégot de son cigare, le laissa tomber sur le trottoir et l'aplatit sous son énorme chaussure.

— Ce qui est arrivé à la famille Vandemark était largement suffisant pour faire perdre la boule à n'importe qui. En y ajoutant l'accident d'ascenseur, on peut concevoir que le gars ait été incapable de reprendre pied.

— Voyons si j'ai bien compris : vous êtes en train de dire que Vandemark n'a rien à voir dans le meurtre de sa femme et sa fille, c'est ça ?

— C'est ce que je dis, oui. Mais ce n'est que mon interprétation des faits. Bryan Cruz aurait sans doute des objections à formuler. Il pense que Vandemark et Mr. Propre étaient partenaires dans cette monstruosité. Son argument : sinon comment David aurait-il su où trouver Mr. Propre ?

— Ça a tout l'air d'être la question clé.

— Ça et un truc que Vincent Lowe a raconté à Cruz plus tard. Ça a convaincu Bryan de la culpabilité de Vandemark.

— Cet « incident particulier » que vous avez mentionné ?

— Exact. Lowe a rendu visite à Vandemark à l'improviste, après le boulot, un soir. Personne n'a répondu au coup de sonnette, mais Lowe était certain que David se trouvait chez lui. Après un moment il a commencé à s'inquiéter et il est entré dans la maison.

— Et qu'a-t-il trouvé ?

— Son veuf de gendre complètement nu, à part son plâtre évidemment, qui se traînait sur la silhouette dessinée au marqueur sur le carrelage, au sous-sol.

— Là où on avait retrouvé sa femme ?

— Ouais. Lowe a déclaré que Vandemark était dans un état second. Il a eu un mal fou à le faire remonter au rez-de-chaussée et à le laver. Apparemment, David s'était pissé dessus.

— Régression totale... Ça pourrait être...

Vida se parlait à elle-même, fascinée par la notion d'états de conscience modifiés.

— Cruz est persuadé qu'il s'agissait d'une sorte de rituel sexuel pervers : Vandemark faisant l'amour à sa femme décédée, quelque chose comme ça...

— Vous y croyez ?

— Non. Ce que faisait David, c'est toujours un mystère, pour moi en tout cas. Mais, à mon avis, c'était plutôt une sorte de catalyseur. C'est le lendemain que les choses se sont emballées.

12

Quelque chose avait troublé son sommeil, mais Laura Menguelli n'aurait pu définir ce que c'était. Un bruit vaguement perçu, car elle dormait profondément, mais assez inaccoutumé pour pénétrer son subconscient et sonner l'alerte et le réveil. Immobile dans le lit mais tous les sens aux aguets et un peu effrayée, elle se demanda si le bruit ne faisait pas partie d'un rêve aussitôt oublié. L'appartement qu'elle partageait avec sa famille au premier étage d'un immeuble de la 97e Rue, à Elmhurst, était plongé dans le silence. Du regard elle chercha l'écran luminescent du réveil. 3 h 18.

Laura s'efforça de calmer sa respiration, avec l'espoir de se rendormir rapidement. Après tout, il n'y avait aucune raison de s'inquiéter, et elle avait besoin de repos. Le contrôle de maths de la première heure de cours serait bien assez dur, elle ne pouvait pas s'offrir le luxe d'y arriver à moitié endormie. De penser à l'école lui fit comprendre pourquoi elle était si nerveuse. Tout était de la faute à Billy Sherman. Hier, pendant la coupure du déjeuner, cet idiot n'avait cessé de parler de ces assassinats dont les journaux faisaient leurs gros titres depuis quelque temps : ceux que *El Diaro* avait baptisés les Massacres de Latinos.

Ce souvenir la fit frissonner. Avec un plaisir sadique, Sherman avait décrit en détail l'état dans lequel on avait retrouvé la dernière famille, les mutilations, les traces de torture. C'était la quatrième famille décimée de la sorte en deux mois. En pleine nuit, quelqu'un s'était introduit chez eux, les avait tués puis démembrés. Les voisins n'avaient rien entendu. Et jusqu'alors personne n'avait survécu à une de ces monstrueuses agressions pour donner le moindre indice à la police. Le seul lien entre les différentes victimes semblait bien leur nom hispanique.

Billy Sherman s'était beaucoup amusé, à dire à Laura que l'Écorcheur de Latinos allait s'occuper d'elle et de sa famille. Il lui avait même suggéré de se hâter de changer de nom et de troquer Menguelli contre Smith, ou Jones.

— Eh, Laura, comment on dit « croque-mitaine » en espagnol ?

Quel abruti !

Irritée contre elle-même pour s'être laissé aussi aisément impressionner, Laura ferma les yeux et se concentra pour s'endormir. Sans succès. C'était le gros inconvénient de posséder un esprit vif : très souvent, il était doublé d'une imagination très active. Laura soupira et rouvrit les yeux pour les fixer sur le plafond. Un verre de lait la détendrait peut-être ?

Elle se leva et se dirigea silencieusement vers la cuisine sans allumer de lampe. La petite ampoule à l'intérieur du réfrigérateur l'éblouit, aussi décida-t-elle de déguster son verre de lait dans le noir. Elle était certaine de se rendormir plus difficilement si elle allumait. Maudit soit Billy Sherman. Elle ne le supportait que pour un motif nommé Sergio Funaro, son meilleur ami. Il était nouveau au lycée, un transfuge de quelque établissement catholique de Brooklyn. Assise dans l'obscurité à penser à Sergio, Laura se laissa envahir par une agréable chaleur. Elle se souvenait d'avoir surpris Sergio les yeux braqués sur elle, et en plusieurs occasions. Elle jugeait cette attitude très chouette. Oui, Laura aimait bien la façon dont il la regardait. Sergio avait un an de plus qu'elle, mais cela ne le rendait que plus attirant. L'avait-elle séduit ? La jeune fille sourit à cette idée.

Une porte s'ouvrit et se referma, si doucement que Laura faillit ne pas l'entendre. Le son venait du bout du couloir, donc d'une des chambres. Elle attendit patiemment, mais personne ne la rejoignit dans la cuisine. Un moment passa et elle perçut le son d'une autre porte qu'on ouvrait puis refermait. Celle-là grinçait un peu. C'est ainsi qu'elle sut qu'il s'agissait de la chambre de José. Son frère venait sans doute de satisfaire une envie pressante.

José. Ces derniers temps, elle se faisait beaucoup de soucis à son sujet. Il avait adopté un comportement bizarre. José avait deux ans de moins qu'elle. Il était à cet âge où les sautes d'humeur pouvaient signifier les premiers pas dans la puberté ou dans l'enfer de la drogue. Laura priait pour que ce ne soit pas la seconde possibilité. Pour elle, la drogue n'était qu'une variante très lente du suicide. L'année dernière, elle avait perdu un ami très proche. Une hémorragie cérébrale durant une prise de crack. La mort à seize ans. *De grâce, Seigneur, faites que ce soit la puberté.* Cela, on finit par s'en remettre.

Elle se rappela sa propre expérience. Pendant un temps, la métamorphose l'avait beaucoup perturbée, mais Dieu merci elle avait dépassé ce stade. A dix-sept ans, Laura estimait avec confiance que le pire était derrière elle.

Mais José ? Laura avait l'impression qu'une bonne moitié des gamins de Roosevelt High se détruisaient le cerveau avec de la coke, du crack ou de l'héroïne. Certes, elle estimait José assez intelligent pour éviter ce piège sans fond. Elle espérait que son propre exemple avait aidé son frère à dire non aux sollicitations, mais comment en être certaine ? « Laura, lui avait dit José, tu commences à ressembler à un spot télévisé antidrogue. »

Soudain elle entendit un autre bruit provenant du fond de la maison. Cette fois, ce n'était pas une porte. Ça ressemblait plutôt à un cri ou à un gémissement presque imperceptible. Quelqu'un en train de rêver ? La porte de José grinça de nouveau, suivie d'un silence total.

Abandonnant sur le plan de travail son verre de lait à moitié plein, Laura marcha sans bruit jusqu'à la porte et scruta le couloir desservant les chambres. Ses yeux s'étaient accoutumés à l'obscurité. Personne dans le couloir. Les portes de la chambre de José et de la sienne étaient entrouvertes. Laura n'aurait pu dire si elle avait ou non refermé sa porte.

Elle approcha de la chambre de José et risqua un œil à l'intérieur par l'entrebâillement. Elle ne put discerner la forme de son frère dans le lit. Un lampadaire jetait certes une clarté diffuse dans la chambre, mais le lit de José demeurait dans un coin sombre.

— José ? murmura-t-elle.

Pas de réponse.

— José ? fit-elle encore, un peu plus fort.

Toujours aucune réaction. Il devait dormir profondément.

Laura fit un pas vers sa propre chambre. Elle avait complètement oublié le verre de lait. C'est alors que son pied nu glissa sur une substance humide et poisseuse. Dans la pénombre, ça ressemblait à une tache d'encre. La première pensée qui traversa l'esprit de Laura l'emplit d'horreur.

— Sainte Mère de Dieu ! souffla-t-elle avant de chuchoter une fois encore : José !

L'interrupteur du plafonnier se trouvait à l'autre extrémité du couloir. Soudain terrifiée, Laura vacilla jusque-là. Elle appuya sur le bouton et fut instantanément aveuglée par l'éclat de deux ampoules nues de soixante-quinze watts. Un instant plus tard, l'éblouissement était passé et elle vit ce qu'elle craignait de voir sur le sol. Du sang.

Une flaque et des gouttes de sang, sur le plancher et les murs.

— José ?

Laura dut se faire violence pour retourner jusqu'à la porte de la chambre de son frère. La peur de ce qu'elle allait découvrir la paralysait à moitié. D'abord elle ne put apercevoir que le pied du lit. Elle repoussa la porte et la lumière crue du couloir révéla toute la pièce. Son frère avait les yeux ouverts, fixés sur... le néant. Sa bouche aussi béait. Un mince filet écarlate s'échappait du coin de ses lèvres, parcourait la joue et disparaissait dans ses cheveux. Mais ce n'était pas la seule trace de sang. Sous son menton, le drap en était trempé. Il y avait du sang partout.

— Oh ! mon Dieu ! Oh ! non ! Papaaa !

Laura fit volte-face et fonça au bout du couloir, jusqu'à la chambre de ses parents. Elle ouvrit la porte à la volée et s'écria :

— Papa ! Maman ! C'est José ! Il s'est blessé ! Il est... Il est...

Les yeux de son père étaient écarquillés. Vitreux. Sa mère ne s'étira pas et garda les yeux fermés. Elle semblait dormir paisiblement, et dormirait ainsi à jamais. Les draps à motifs floraux étaient striés et tachés de nouvelles fleurs dont le pourpre brillait dans la lumière venant du couloir. Laura restait pétrifiée d'horreur. Ses lèvres bougeaient mais aucun son ne les franchit. Elle sentit les larmes qui coulaient sur ses joues.

Soudain la lumière du couloir s'éteignit. En elle quelque chose hurla et lui ordonna de fuir, mais son corps se refusait à obéir. Glacé. *Appelle au secours, bon sang !* Mais cela aussi se révéla impossible. Dans son dos, des pas assourdis se rapprochèrent. Quelqu'un la saisit par les cheveux et tira sa tête en arrière. Quelque chose effleura sa gorge, et une humidité soudaine coula sur son cou et sa poitrine.

Enfin elle rassembla assez de courage pour crier, mais il était trop tard. Son hurlement ne fut qu'un gargouillis horrible. Elle toucha son cou d'une main, sentit le liquide visqueux, et l'entaille. Le monde s'effondra sous elle, et elle se sentit tomber dans un vide immense. Vaguement, elle eut encore conscience de son corps parcouru de spasmes sur le sol, puis plus rien. Pour l'éternité.

13

15 juillet 1996
Times Square, New York

Les chiffres en cristaux liquides de sa montre indiquaient 5 h 47. Par la vitre teintée de sa limousine avec chauffeur, Charles Camden observait les sans-logis qui hantaient Times Square. Il n'était pas surpris de les voir à cette heure. Ils étaient là tous les matins, quand le soleil apparaissait entre les gratte-ciel.

La longue automobile s'engagea dans la 42e Rue et passa sans bruit devant les théâtres pornos et les peepshows ouverts toute la nuit. La voiture se dirigea vers l'extrémité ouest de Manhattan, puis descendit et s'arrêta devant un entrepôt sur un quai. Camden inspecta longuement l'extérieur de la bâtisse. Elle était assez vieille et délabrée pour que quiconque n'y voie qu'un des bâtiments alentour promis à une démolition future pour une rénovation d'ampleur. Mais Camden savait ces projets fonciers très hypothétiques.

Quand il pénétra par l'entrée principale de l'entrepôt, l'impression de vétusté subsista. Derrière sa loge vitrée, un gardien à la barbe de deux jours et au cigare fiché entre les lèvres surveilla son arrivée de ses petits yeux porcins. Il salua son visiteur d'un simple hochement de tête. Camden remarqua la peinture écaillée dans la loge, le sol couvert de détritus divers. Oui, c'était parfait. Et parfaitement dégoûtant. Personne ne voudrait pousser plus loin l'exploration.

Les caméras du circuit vidéo interne relayèrent l'image de Camden à l'ordinateur pour identification. Quelques secondes d'attente et le déverrouillage électronique de la porte se déclencha. Il poussa le panneau et avança. Dans sa cage transparente, le gardien remit la sécurité de son Uzi et le rangea dans un classeur métallique marqué « U ». Une plaisanterie dont il était très fier.

Camden approcha d'une porte supportant un miroir en pied. C'était en fait une glace sans tain et un garde armé était posté de l'autre côté, mais la surface réfléchissante était tout ce qui l'intéressait pour l'instant. Il se contempla un instant, repositionna son veston, resserra le nœud de sa cravate et discipline d'une main rapide son épaisse chevelure grisonnante. A cinquante-neuf ans, Charles Camden était aussi soucieux de son apparence que lorsqu'il en avait vingt. Il ressemblait au puissant personnage qu'il était ; un pouvoir brut émanait de son port et de ses manières pourtant policées. Trente années de service n'avaient pas diminué la flamme qui brûlait dans son regard. Le pouvoir et lui étaient frères. Ses prunelles grises luirent de satisfaction en voyant son reflet. Il se décocha un clin d'œil et franchit la porte.

Camden parcourut d'un pas assuré le long couloir fraîchement repeint en vert qui menait à son bureau. Il ouvrit la porte en chêne, entra et découvrit deux hommes assis sur le canapé de la petite salle d'attente. Camden la traversa et pénétra dans son bureau sans un mot aux deux hommes. Un mouvement de tête presque imperceptible suffit à leur indiquer de le suivre.

Ils gardèrent un silence respectueux jusqu'à ce que Camden se soit installé derrière son grand bureau en acajou.

— Eh bien ? fit-il.

Le plus grand de ses deux visiteurs, mince, coupe de cheveux militaire et lunettes, prit la parole :

— Hanson et McGuire sont revenus. L'opération s'est déroulée sans aucun problème, monsieur.

Camden fit pivoter son fauteuil en cuir et détailla du regard l'imposant tableau de Gainsborough accroché derrière lui.

— Comment étaient les graphiques du biofeedback et de la télémétrie ?

L'autre homme, un individu plus trapu, chevelure rousse et moustache broussailleuse, s'éclaircit la gorge nerveusement.

— Exactement comme prévu, monsieur, dit-il. Désirez-vous que je vous envoie un compte rendu ?

Perdu dans les pensées que semblait lui inspirer le paysage du grand peintre, Camden répondit avec une lenteur délibérée :

— Non, ce ne sera pas nécessaire. Faites-moi un résumé oral.

Le moustachu afficha sa perplexité une seconde, consulta son compagnon du regard sans déceler le moindre soutien, haussa les épaules et se mit à lire les codes numériques et les références minutées inscrits sur la feuille qu'il avait sortie de sa poche.

Camden n'écouta pas la litanie de données plus de trois secondes. Très vite le son de la voix de son subordonné s'effaça de sa conscience. Bien qu'il continuât de contempler le Gainsborough, la toile elle aussi disparut, remplacée par les corps mutilés des époux Menguelli et de leurs deux enfants, Laura et José. Un sourire détendit les traits de Camden. Il dura jusqu'à ce que l'homme roux ait fini son récital chiffré et lui demande s'il y avait autre chose.

14

8 h 56, le même matin
Danny's Cafe, Washington

Vida termina sa deuxième tasse de café et consulta sa montre pour la centième fois peut-être. Le rendez-vous avec Ira pour le petit déjeuner était déjà passé de vingt minutes. Apparemment, la ponctualité n'était pas un des points forts de son nouveau partenaire. Mais Vida savait qu'elle ne lui en tiendrait pas rigueur. Ira était sans doute la première personne du Bureau à ne pas la traiter comme un poids mort ou un objet sexuel. Pour cela, il était absous d'une multitude de péchés véniels.

Par ailleurs, Vida elle-même avait bien failli ne pas être à l'heure. La tentation d'éteindre le réveil pour reprendre six ou sept heures de sommeil avait été très difficile à vaincre. Jusqu'à deux heures et demie du matin, elle avait lu le dossier Vandemark, fascinée. C'était presque incroyable. Mais ce n'était pas ce qui rendait le lever de ce matin aussi dur. Sa mère l'avait appelée de Baltimore, plus tôt dans la soirée.

Vida cherchait toujours ce qui pouvait rendre leur relation aussi conflictuelle. Sa mère ne voulait que son bien, et Vida était certaine que son coup de fil avait pour but premier de s'assurer que sa fille était correctement installée. Mais après cinq minutes de conversation, alors que Vida pensait que tout se passerait bien, sa mère n'avait pu s'empêcher de lui rappeler que tout dépendait d'elle, et de son travail au Bureau, et de sa réussite aux examens.

Malcolm Johnson, le père de Vida, avait été l'avocat noir le plus réputé de Baltimore. Du moins, tout le monde le disait. Il avait une étude prestigieuse en plein quartier financier et les plus grosses entreprises de la ville pour clients.

Mais Malcolm Johnson avait voulu jouer en solitaire. Pas d'associés, seulement une armée de subordonnés. Et à l'âge de cinquante-deux ans, le cœur fatigué par l'hypertension, il avait succombé à une crise cardiaque. Le château de cartes s'était écroulé. On découvrit que Malcolm Johnson avait joué en Bourse et perdu gros six mois auparavant. Il n'en avait soufflé mot à quiconque, parce qu'il pensait pouvoir combler ses pertes en dix-huit mois de labeur acharné. Mais le destin ne lui en avait pas laissé le temps. Sa secrétaire le découvrit mort à son bureau, un matin.

Son assurance-vie paya les dettes et permit à Vida de terminer sa deuxième année à l'université. Sa mère trouva un emploi de secrétaire judiciaire, ce qui rapportait assez pour nourrir et vêtir la famille, mais pas pour que Vida poursuive ses études de droit. Par chance — ou malchance, selon la façon dont on voyait les choses —, un recruteur du FBI passa sur le campus la semaine où Vida apprenait les difficultés financières de la famille. A cette époque, il lui avait semblé avoir conclu un pacte idéal : Vida trouvait une occasion de travailler dans le domaine juridique, peut-être pas la branche qu'elle aurait souhaitée, certes, mais c'était toujours un début. Et le Bureau était friand de nouvelles recrues féminines et noires, pour respecter les quotas raciaux imposés par les politiques.

Dans la famille, un accord tacite voulait qu'une fois son diplôme d'avocat décroché, Vida aide ses trois frères cadets à poursuivre leurs études. La jeune femme jugeait la chose tout à fait normale. Par malheur, sa très chère mère ne ratait jamais une occasion de le lui rappeler. Ses trois frères tomberaient dans la drogue et la délinquance si jamais Vida ne se montrait pas à la hauteur de son emploi. Il n'y avait donc rien d'étonnant à ce qu'elle éprouve quelques difficultés à s'endormir après un coup de téléphone de sa mère.

Les pensées de Vida furent interrompues par une main épaisse qui lui broya amicalement l'épaule. Elle sursauta.

— Du calme, gente demoiselle. Le spectacle est peut-être effrayant, mais l'acteur est inoffensif, dit Levitt en se laissant tomber sur le tabouret de bar voisin du sien.

Le spectacle était en effet assez impressionnant : les yeux d'Ira étaient injectés de sang et il ne s'était pas rasé. Vida ne put dissimuler son inquiétude.

— Que vous est-il arrivé ? demanda-t-elle.

D'un geste il commanda un café à la serveuse.

— J'ai rencontré deux vieux amis en partant du bureau, hier soir. Il y a quatre ans, on a travaillé ensemble sur une affaire de meurtre. On est allés dans un bar et on a commencé à se raconter nos histoires d'anciens combattants. A deux heures du matin, on n'en avait pas encore fini et on était dans un sale état. Désolé pour le retard.

— Pas grave. J'espère que vous avez bien profité de votre soirée. Vous avez l'air d'en payer les intérêts ce matin ! Dites, vous avez travaillé sur le cas Vandemark avec ces deux amis ?

— Non, c'était une autre affaire de meurtre, dans le Kentucky. Le Bureau m'envoie sur des affaires assez singulières, de temps en temps. J'ai la réputation de savoir pister les tueurs, et on fait appel à moi pour les cas les plus difficiles. Mais bien sûr, on me remet toujours sur le cas Vandemark avant que l'arrestation ait lieu...

— C'est écœurant !

— Hum... Moi, j'emploie une formule plus salée. Mais passons. Vous avez pu potasser le dossier de Vandemark hier soir ?

La serveuse apporta le café d'Ira ainsi qu'une assiette de petits pains fourrés. Vida regarda son partenaire se jeter littéralement dessus.

— De la première à la dernière page. C'est assez étonnant. Il y a certains détails que j'ai du mal à croire.

Elle grimaça.

— Dites, vous n'allez pas soigner votre gueule de bois avec

seulement ça ? Pourquoi ne pas essayer quelque chose avec un peu de protéines ?

— Allons, ne jouez pas à la mère juive, Vida. La mienne est toujours en vie. Je touche du bois. Mais vous avez raison en ce qui concerne le dossier Vandemark et son aspect un peu irréel parfois.

— Il y a de grosses lacunes sur ce qu'il a fait après sa sortie de l'hôpital.

Ira regarda son café comme s'il lisait dans le marc.

— A l'époque, personne ne s'est particulièrement intéressé à lui. Nous pensions tous que Vandemark était un pauvre type écrasé de chagrin. On a mis les bizarreries de son comportement sur le compte de sa fracture du crâne. Bon, allons-y. Je vous parlerai de tout ça pendant le trajet jusqu'au bureau.

La serveuse lui apporta la note et un dernier café, une autre tradition de Levitt. Dans la rue, il ne montra aucun désir de parler de l'affaire, et Vida lui demanda si elle pouvait s'absenter durant la matinée, avant qu'il ne ruine ses bonnes dispositions par l'évocation de souvenirs douloureux.

— Bien sûr. Prenez toute la matinée si vous voulez. Aujourd'hui, il n'y a rien de précis à faire sur ce cas, pour vous. Moi, je vais vérifier quelques petites choses dans les archives informatisées, à propos des grosses affaires. Ensuite, nous devrons peut-être entreprendre un petit voyage.

— Vraiment ? Pour aller où ?

— Quelque part où ont lieu pas mal de crimes. Je vous expliquerai après déjeuner. On se retrouve au War Memorial, à une heure et demie.

Un temps, ils marchèrent côte à côte en silence. Vida sentait que son partenaire se préparait à reparler de ce qui s'était passé à Detroit en 1989. Ils tournèrent le coin d'une rue et l'immeuble du Bureau apparut. Ira s'éclaircit la gorge.

— Je n'ai jamais cru à cette théorie selon laquelle Vandemark et Hewett auraient fait ces coups ensemble jusqu'à ce qu'ils se querellent. Ça ne collait pas du tout. Hewett était un psycho solitaire. Lui et Vandemark n'auraient jamais pu se supporter. Et je ne vois pas comment ils auraient pu se rencontrer.

— Alors comment expliquez-vous cette affaire ?

— Justement, je ne l'explique pas, pas plus que les autres, d'ailleurs. David semble avoir un lien avec les *serial killers*. Je donnerais ma main droite pour apprendre comment il fait.

Ils attendirent que le feu passe au rouge pour traverser la rue jusqu'au bureau.

— Peut-être qu'il se sert d'une planchette de oui-ja, dit Vida avec quelque malice. Ou alors il lit dans les entrailles de poulet, ou quelque chose dans ce genre.

— C'est une hypothèse qui en vaut une autre, répondit Ira très sérieusement. Peut-être qu'il a découvert un indice négligé par la police. Peut-être qu'il fait des rêves prémonitoires. Il m'a pris de vitesse sur un maximum de tueurs. Bon sang, à lui tout seul il a un tableau de chasse bien meilleur que tout le Bureau réuni. Tout ce dont je suis sûr, c'est que lorsque nous sommes arrivés chez Hewett une semaine plus tard, nous avons trouvé toutes les preuves nécessaires pour être convaincus que c'était bien Mr. Propre. Mais il était trop tard.

15

17 juillet 1989
Southfield, Michigan

Greg Hewett surveillait l'extérieur par un interstice entre les rideaux, et ce qu'il voyait ne lui plaisait pas du tout. Un van noir venait de se garer près de sa caravane, devant sa voiture, qu'il bloquait. Hewett était en train de faire ses bagages car il avait l'intention de partir très vite pour de nouveaux horizons. On parlait un peu trop des exploits sanglants de Mr. Propre dans les journaux. Il était temps de changer de cadre. Temps de dire *adios* à la capitale de l'automobile. Or, l'arrivée de ce van contrariait très nettement ses projets.

Du tiroir de la table, Greg sortit un .38 Spécial Police sans quitter le véhicule des yeux. Personne n'en sortait. Merde ! Ils attendaient probablement des renforts. C'est ainsi qu'ils auraient procédé à Dakville, à l'époque où il faisait partie de l'équipe du shérif.

Avant que Hewett ait eu le temps de céder à une paranoïa grandissante, la portière du côté conducteur s'ouvrit et un homme descendit du van. Greg se détendit. Le conducteur paraissait seul, et il n'avait pas l'air d'un flic. Il était trop bien habillé : un costume de coupe sport luxueux, des mocassins de marque. Les flics ne portent pas de mocassins, peu indiqués pour une éventuelle poursuite à pied.

L'homme tenait sous son bras une chemise cartonnée marron. Il regarda autour de lui comme s'il n'était pas certain de la direction. Puis il fixa son attention sur la caravane de Hewett et se mit à claudiquer vers elle. Ce dernier détail rassura totalement Greg. Même dans cette ville pourrie, on n'en était pas encore à employer des flics handicapés. Greg ne pouvait deviner que son visiteur avait lui-même débarrassé sa jambe d'un plâtre de sept kilos moins de deux heures auparavant. Il pensa que ce type allait essayer de lui caser un contrat d'assurance ou quelque chose d'équivalent. Il lui dirait d'aller voir ailleurs et filerait d'ici avant que quelqu'un d'autre ne rapplique.

Il y eut le tambourinement attendu à la porte. Greg cacha le .38 sous un magazine, sur le téléviseur. Le type n'avait rien d'un flic, mais cette petite précaution n'était pas superflue. Quelque chose dans l'inconnu déroutait Greg, comme s'il l'avait déjà vu quelque part.

Hewett ouvrit la porte et toisa le type. Oui, il lui rappelait bien quelqu'un. Mais qui ?

— Je ne veux pas savoir ce que tu vends, mon pote. De toute façon, je ne suis pas intéressé. Vu ?

L'homme eut un sourire conciliant.

— Je ne vends rien, dit-il. Je suis venu vous apporter quelque chose.

Depuis son installation ici, Greg avait envoyé paître plus d'un vendeur au porte-à-porte. Il arbora son expression la plus rogue et commença à refermer la porte.

— J'ai pas les moyens. Salut.

— Je ne suis pas un démarcheur. Je suis avocat.

Avocat ? Hewett hésita, puis rouvrit lentement la porte. L'homme restait immobile, souriant, comme s'il savait quelque chose que Greg ignorait. Hewett jeta un œil méfiant dans la rue. Pas de voiture de flics se mettant discrètement en position. Pas âme qui vive, en fait. Ce type disait peut-être vrai. Et s'il venait lui annoncer un héritage quelconque ? Non. Personne ne savait qu'il se trouvait ici. Quelque chose en rapport avec la location de la caravane, alors ? Peut-être même une bonne nouvelle ?

— Bon, c'est quoi ? fit Greg qui n'était pas très doué pour

les énigmes. J'ai pas de temps à gaspiller avec des conneries, moi.

L'avocat brandit la chemise.

— Eh bien, si vous êtes pressé, sans doute vaut-il mieux que je vous donne ceci pour que vous puissiez le lire à tête reposée.

— Qu'est-ce que c'est ? grogna Hewett. Pas un truc à vendre, hein ? Je t'ai prévenu.

— Jetez-y un œil.

Greg prit la chemise et l'ouvrit. Il eut la surprise de ne trouver qu'une feuille dactylographiée à l'intérieur. Il fut encore plus surpris en lisant ce qui y était inscrit. Tellement surpris, en vérité, qu'il lut le court texte une seconde fois avant de regarder l'inconnu de nouveau. A présent, celui-ci pointait sur lui un .38 automatique.

Interdit, Hewett baissa de nouveau les yeux sur la chemise. Il lut les deux lignes une fois encore.

Je m'appelais David Vandemark. Vous avez tué ma femme et ma fille. Je voulais que vous le sachiez avant de vous exécuter.

Hewett commençait à comprendre. C'était donc dans les journaux qu'il avait déjà vu cet homme...

Il jeta la chemise au visage de l'homme et plongea vers l'arme cachée sur le téléviseur. Ses doigts se refermaient sur la crosse quand la première balle lui transperça la poitrine. Greg recula en titubant, le .38 au poing. Il réussit à le redresser avant que le second projectile ne l'envoie au sol.

Allongé sur le plancher de la caravane comme un cancrelat renversé sur le dos, Greg Hewett sentit la vie le quitter. Il releva la tête et vit les deux taches écarlates qui s'élargissaient sur sa chemise. Il comprit que c'était la fin. Ses poumons s'engorgeaient de sang et il ne pouvait plus respirer. Greg tourna les yeux vers la porte. Dans l'encadrement, il vit l'homme rengainer sans hâte son automatique.

Il se montrait très calme, pas de doute. Aucun énervement, aucune précipitation. Un vrai professionnel.

Hewett laissa sa tête retomber sur le sol. Gisant là, le regard rivé au plafond de la caravane, il se mit à rire comme un enfant hystérique.

Immobile à l'extérieur de la caravane, David Vandemark écoutait le rire suraigu. Une quinte de toux gargouillante suivit. Il crut entendre le mot « maman » entre deux éructations, mais il n'aurait pu le jurer. Enfin Hewett se tut. Le silence était écrasant.

Vandemark pêcha dans sa poche des cartes de crédit et autres pièces d'identité qu'il jeta devant la caravane. Adieu, Dave, vieux compagnon. Son portefeuille contenait déjà ses nouveaux papiers : David Vandemark, avocat, était mort ; longue vie à Charles Quinn, agent d'assurances. Il avait emprunté le nom à un client qu'il avait naguère défendu. Il fallait bien que les vieilles connaissances servent, non ?

Les deux semaines écoulées avaient été pour le moins tumultueuses. David s'était démené pour revendre sa maison — bien en dessous de sa valeur — et convertir tous ses autres biens en argent liquide. Il s'était débarrassé de l'Oldsmobile contre un Ford Econoline où s'entassait tout ce qu'il estimait nécessaire à sa nouvelle activité, c'est-à-dire peu de choses : des armes et quelques tenues de rechange.

David Vandemark, ou plutôt Charles Quinn, regagna péniblement le van en boitant. Il surveillait les alentours, au cas où quelqu'un sortirait, intrigué par les détonations. Personne ne se montra. Mais qui pouvait se soucier du sort de Greg Hewett ? Qui pouvait deviner que deux balles de .38 venaient de mettre fin à la monstrueuse carrière de Mr. Propre ? Ils apprendraient tout cela demain, dans le journal.

Charles Quinn grimpa sur le siège du conducteur et se surprit à rire à gorge déployée de ses propres pensées. Des pensées qui avaient appartenu à une autre personne, un moment plus tôt : *Temps de dire* adios *à la capitale de l'automobile...*

16

Il était chez lui. Il avait suffi d'un petit trajet en taxi de Penn Station jusqu'au terminal de bus, puis un car Trailways jusqu'à Woodstock, Etat de New York. Pour le reste du parcours, il avait levé le pouce. Une fois dans l'intimité paisible de son bungalow, il se dépouilla de son identité de Willard MacDonald et se glissa dans celle à laquelle les gens du coin étaient habitués : Vic Tanner, comédien. Vic s'était rendu compte que cet emploi de saltimbanque expliquait très commodément ses longues absences et sa chevelure teinte de couleurs différentes. Son comportement très solitaire pouvait également être mis sur le compte de son tempérament supposé bohème. Personne n'avait mis les pieds ici depuis que Vic avait pris possession des lieux. Ses voisins auraient été étonnés par les changements apportés à l'intérieur du vieux bungalow.

Vic posa ses valises sur la couchette au fond de l'unique pièce et jeta un coup d'œil circulaire. Rien n'avait été déplacé. Il trouva intacts les cheveux presque invisibles tendus en travers de chacun des huit tiroirs. *Idem* pour celui placé au coin du lecteur de disquettes du micro-ordinateur.

Pas de visite de curieux, pas d'espionnage. Son sanctuaire était resté inviolé.

Il alla dans le coin cuisine, ouvrit le frigo, jeta le carton de lait datant d'un mois dans la poubelle et prit une bouteille d'eau de Seltz glacée. Entre deux gorgées, il rangea son « nécessaire de voyage » dans le râtelier caché, puis déposa son linge sale dans un panier en osier. Cela fait, il s'installa dans le vieux fauteuil près de la vitre panoramique, rafraîchissement dans une main, chemise dans l'autre. Pendant une dizaine de minutes il resta ainsi, à profiter de la vue de la forêt et du sentiment de sécurité. Cet endroit était le seul où il sentait qu'il pouvait baisser sa garde. Pas besoin de chercher l'ennemi. Pas besoin de porter un masque. Oui, il était chez lui.

Vic ouvrit la chemise sur ses genoux. Elle contenait des dizaines d'articles découpés dans les journaux new-yorkais durant son séjour en Floride. Il y était allé pour se remettre et avait mis le travail entre parenthèses. Mais il était tout à fait libre de préparer sa prochaine mission pendant sa convalescence. Vic était maintenant assez en forme pour réintégrer le cirque.

Il avait déjà choisi sa prochaine proie. Il prit une des coupures de presse et en considéra le titre avec intensité : LE TUEUR DE LATINOS FRAPPE ENCORE.

Vic aimait le *New York Post*. Rien de subtil dans leur façon d'exercer le journalisme. De bons vieux titres rentre-dedans. « Décapitée à une tête de station. » Et ils étaient très diserts dès qu'il était question de crimes à sensation, comme ceux qui intéressaient justement Vic. Le journal était indispensable à son travail.

Tout en parcourant les extraits de presse, Vic songea qu'en comptant Dominic Torres et le cousin Isidro en Floride, le Tueur de Latinos serait son vingt et unième coup au but. S'il avait eu Jeffrey Dahmer, sa prochaine proie aurait pris le vingt-deuxième rang. Vic évitait de repenser à ce fiasco. La police l'avait devancé pour Dahmer. Son seul échec. Mais le destin de Jeffrey était déjà arrêté, qui se produirait dans les toilettes sordides de la prison et par l'intermédiaire d'un objet contondant.

Vic songea aux vingt monstres abattus. Des dragons pourfendus. Chacun lui avait offert une expérience unique. A savourer comme un très bon vin.

Premier sur la liste, Greg Hewett, dit Mr. Propre. Deux balles par une porte ouverte. Hewett avait été son baptême du feu et du sang. Après cette exécution, le chasseur d'hommes avait espéré que Christine et Jennifer reposeraient un peu plus en paix.

La deuxième proie était Jeff Falkner, violeur et meurtrier de Californie. Sur trois ans, Falkner avait étranglé huit femmes dont il abandonnait toujours le cadavre ligoté à un poteau téléphonique sur les routes de Californie ou de l'Oregon. Le chasseur d'hommes avait repéré l'assassin, l'avait suivi jusqu'à son antre où il s'était introduit pour lui loger deux balles de .38 dans le corps.

Son troisième travail le mena dans le Wyoming. Des gens disparaissaient sans laisser de traces sur la Route 80. Sur les cent soixante-dix kilomètres de désolation entre Salinas et Green River, quelqu'un tuait ces disparus et abandonnait leur voiture. Il vit ses soupçons confirmés quand Ernest Hineman voulut faire de lui sa vingt-troisième victime. Cette tentative de meurtre se révéla une erreur très coûteuse pour Hineman. Le chasseur d'hommes débutant logea une balle dans le front d'Ernest et le laissa sur le bord de la route avec, épinglée sur sa chemise, une note spécifiant les endroits précis où étaient enterrées les vingt-deux victimes. La police locale prit ce dernier détail pour un affront personnel et elle passa aussitôt tout l'Etat au peigne fin à la recherche du meurtrier. Sans résultat. Rien de pire que les mauvais perdants.

Le numéro quatre était un pédéraste homicide de Chicago nommé Jay Parsons. Le chasseur l'étrangla à mains nues.

Puis il y eut Norm Ballard, un fermier du Nebraska. Il attaquait les voyageurs sans méfiance qui s'égaraient par chez lui. Il coulait leurs véhicules dans les marais proches et décorait sa maison avec les restes macabres de ses victimes. Un Ed Gein de deuxième catégorie. Vic mit un peu moins de quatre mois à le coincer. Ballard eut le temps de planter son couteau de chasse dans l'épaule gauche du chasseur avant que celui-ci ne lui arrache le visage au .357 Magnum.

A Boston, le chasseur d'hommes découvrit une série de meurtres que la police n'avait pas encore reliés entre eux : huit agressions mortelles à l'arme blanche aux coins des rues, sur une période de quatre ans. Le portefeuille de chaque victime avait été dérobé, de sorte que le vol semblait être le mobile du crime. Le chasseur éplucha les numéros du *Boston Globe* sur microfilms à la recherche d'un indice passé inaperçu, et se rendit compte que les meurtres se répétaient tous les six mois. En cherchant un dénominateur commun aux victimes, il découvrit que toutes avaient été élèves à la Thomas Dewey High School, année 1967. Cette piste le mena jusqu'à Sylvester Gooden. Poussé aux aveux, Gooden expliqua que ses huit victimes l'avaient continuellement tourmenté durant sa scolarité. Le chasseur d'hommes lui trancha la gorge et laissa un bref mot d'explication pour la police entre les dents de Sylvester.

Les septième et huitième étaient les frères Helfer, Dean et Todd. La police du New Jersey avait la certitude que ces deux frères étaient responsables des vols aggravés de meurtres sanglants survenus dans neuf petits commerces aux alentours de Newark, mais ils n'avaient aucune preuve. Le chasseur lut la vérité dans l'esprit des deux hommes et se fit leur juge, jury et bourreau. Par malchance, Todd Helfer parvint à le blesser à la jambe avant de prendre la décharge de fusil de chasse. Ce fut la première occasion où le chasseur eut recours aux bons soins du regretté Dr Lipston.

Karl Potter aimait corser l'aspirine pour enfants de mort-aux-rats avant de glisser les flacons empoisonnés sur les rayonnages des magasins de San Francisco. Après avoir infiltré le bureau local du FBI, le chasseur put tenir dans ses mains un des flacons avant que les enquêteurs n'effacent toute trace psychique. Il ligota Potter à une chaise et lui administra de force un plein flacon de son « remède ».

Abe Forrester, Dan Baker et Jackson King se prenaient pour des sorciers. Ils enlevaient des enfants pour les sacrifier au Diable. Mais avant le meurtre rituel, ils écorchaient vives leurs victimes. Deux mois d'enquête et de déductions brillantes furent nécessaires au chasseur pour localiser leur repaire dans les Rocheuses. Plus tard, les autorités découvrirent le corps de vingt-sept garçons et filles de moins de dix ans, ainsi que celui de Forrester et King, tués au fusil à pompe. On retrouva le cadavre de Baker à deux kilomètres du charnier, tailladé au point d'être difficilement identifiable. Le chasseur s'en tira avec pas moins de six blessures par couteau. Dan Baker n'était pas mort sans combattre.

Wilma Dayton, qui se dissimulait sous l'identité de Starr Windom, fut la seule femme exécutée par le chasseur. Il ne regrettait rien, au contraire, mais ce jour lui laissa un assez mauvais souvenir. Wilma avait la mauvaise habitude de lever les hommes seuls dans les motels, de se laisser inviter dans leur chambre et de leur préparer un cocktail assaisonné au PCP. Tandis que les hommes se tapaient la tête contre les murs, elle les soulageait de leur argent. Trois de ses victimes avaient succombé à une crise cardiaque, une autre s'était jetée par la fenêtre de sa chambre d'hôtel située au vingt-septième étage. Une autre encore s'était précipitée droit sur un poids lourd en hurlant que des serpents le poursuivaient. Le Beretta du chasseur fit un petit trou dans la nuque de l'empoisonneuse alors qu'elle était occupée à préparer sa mixture mortelle.

Lance O'Dell était un jeune homme aimable, serviable, qui venait de terminer ses études. Tout le monde lui prédisait un grand avenir : il irait loin, c'était évident. La plupart de ses relations eurent du mal à croire que sur quatre années consécutives ce bon vieux Lance avait violé et assassiné vingt-quatre femmes dans cinq États. Comme pour Torres, ce fut le hasard qui signa sa condamnation, et non le résultat d'une patiente enquête. Le chasseur se détendait dans un bar quand Lance y entra, encore sous l'excitation de son dernier meurtre, rayonnant de fierté. Le chasseur le suivit hors de l'établissement, lui enfonça le canon de son arme dans les côtes et lui ordonna de l'emmener sur le théâtre de son dernier exploit. Tout d'abord, Lance fit mine de ne pas comprendre de quoi parlait son agresseur. Jusqu'à ce que celui-ci lui décrive avec un grand luxe de détails la fin très récente de sa dernière victime. Ils retournèrent à l'endroit où Lance l'avait enterrée. Vic le força à écrire une confession exhaustive avant de le battre à mort avec une branche d'arbre. La sauvagerie de cette exécution l'ennuyait encore. Elle devait être due à une trop longue proximité avec O'Dell.

Sa quinzième proie n'avait que quatorze ans et s'appelait Daniel Seymour. L'adolescent s'amusait à lancer des buses en béton depuis des ponts sur les pare-brise des voitures empruntant les autoroutes de Los Angeles. Dix personnes étaient mortes par sa faute. La police s'était efforcée d'étouffer l'affaire, mais le chasseur l'apprit par hasard, en sondant l'esprit d'un officier de police dans un restaurant. Un peu plus tard, il obtint les informations qui lui manquaient en touchant un bloc de béton négligé par les enquêteurs. Il rendit visite à Danny dans la maison familiale dont les parents étaient opportunément absents. L'adolescent essaya de lui planter un couteau de boucher dans le ventre. Le chasseur lui arracha l'arme de la main et lui trancha la gorge. Ensuite, il expliqua la raison de l'exécution dans un bref message se terminant par des excuses pour le désordre créé.

Jusqu'à Danny, tout s'était déroulé sans accroc majeur. Peut-être à cause de la facilité de la dernière exécution, ou de l'âge du condamné, ou bien parce qu'il commençait à éprouver une certaine lassitude, le chasseur décida de changer les règles du jeu. Il accomplissait ce travail depuis déjà cinq années, et tout était devenu trop facile. Il résolut de corser ses prochaines actions en s'infligeant un handicap.

Quand il traqua Travis Stacy, échappé d'un asile et réfugié dans les forêts du Vermont, le chasseur accorda une chance à cet homme qui avait sauvagement assassiné treize campeurs dans leur sommeil avant de les dépouiller. Il n'avait pas dégainé son revolver quand il informa Stacy qu'il allait l'exécuter. Il attendit que Travis saisisse son fusil de chasse et le pointe sur lui pour plonger sur la gauche et le tuer de deux balles de .45.

Jason Clarkson, un montagnard du Dakota du Nord, avait massacré une famille entière à New Hardec. Il avait fait irruption chez eux et les avait tués un par un au fusil, en terminant par les enfants. Clarkson était persuadé que le père l'avait escroqué sur une vente de terrain. La police de l'Etat s'avouait incapable de localiser Clarkson dans l'étendue des Badlands du Dakota où il s'était réfugié. Le chasseur décida de tenter sa chance, avec un simple .38. Il pista Clarkson pendant trois semaines, à pied, avant de le retrouver. Pendant deux jours, Jason Clarkson tint son adversaire à distance grâce à la portée supérieure de son fusil de chasse. Mais durant la vingt-troisième nuit, le justicier prit le montagnard à revers, lui murmura adieu à l'oreille et lui fit exploser le crâne.

Le chasseur accentua les risques quand il s'intéressa à Elmore Keefer, le meurtrier cannibale du Nevada. Il n'avait qu'une balle dans son revolver lorsqu'il affronta le fusil de chasse de Keefer. C'est pourquoi il dut « emprunter » son arme à l'agent Levitt pour s'occuper des deux policiers qui lui coupaient la retraite.

Il n'avait sur lui aucune arme quand il régla le sort de Torres et de son gorille.

Vic Tanner avala la dernière gorgée d'eau de Seltz. Comment dépasser l'exécution de Torres ? Que devrait-il faire cette fois à New York, pour donner un peu de sel à sa tâche ? Il se demanda jusqu'à quel point il pourrait côtoyer la mort sans être appelé par cette sombre maîtresse.

17

Tandis que Vida lisait *in extenso* le dossier ouvert sur ses genoux, Ira restait tranquillement assis sur le banc à côté d'elle. Enfin la jeune femme releva la tête et son partenaire vit dans ses yeux une lueur irritée.

— Pourquoi ces documents n'étaient-ils pas inclus dans le dossier que vous m'avez donné à lire chez moi hier soir ?

Levitt souffla quelques ronds de fumée dans l'air devant lui, avec une lenteur exaspérante. Il profitait du moment.

— Ça donne un éclairage totalement différent sur Vandemark, pas vrai ? J'ai gardé ces infos pour le dessert parce que je ne les ai découvertes qu'après trois ans d'enquête. Je voulais que vous saisissiez la difficulté de ce job avant de vous balancer ça.

— Vous avez appris cela par hasard ?

— Ouais. Pister Vandemark ne menait nulle part. Je me suis dit qu'en décortiquant son passé je comprendrais peut-être mieux le type. Je me suis donc rendu à Strongville, dans l'Ohio. C'est la ville natale de David, et c'est là que ses parents étaient censés être décédés dans un accident de voiture...

« Imaginez ma surprise quand je me suis rendu compte que ce n'était pas une automobile qui avait tué Mr. et Mrs. Dwayne

Vandemark. D'après les archives municipales, ils étaient morts par balle. Alors je suis passé au commissariat et on m'a raconté toute l'histoire. Le chef Romney s'en souvenait très bien. A l'époque, il n'était encore qu'un bleu.

« Apparemment, Dwayne Vandemark s'est mis à boire quand ses affaires ont commencé à péricliter, en 1966. Au bout de six mois, il a perdu les pédales et pendant une altercation avec son épouse il l'a tuée d'une balle en plein cœur. Ensuite, il s'est suicidé devant leur fils unique, David, âgé de trois ans. Les médecins ont assuré que David ne gardait aucun souvenir de ce drame, et ils ont jugé plus sage de créer le mythe de l'accident automobile. A cette époque, ils en savaient assez peu sur ce que le subconscient peut retenir, même dans les cas d'amnésie déclenchée par un traumatisme.

— Assurément, tout cela joue en faveur de la théorie de Cruz, selon laquelle il serait impliqué dans le meurtre de sa femme et de sa fille.

— A condition de négliger tout un tas de faits.

— Avez-vous fait dresser un portrait psychologique de Vandemark ?

— J'ai essayé. Les psys du Bureau ont fait leur numéro de A à Z, mais il est évident qu'ils n'arrivent pas à cataloguer notre type dans un groupe de barjots quelconque.

Ils gardèrent le silence un moment. Vida jouait avec un coin du dossier. Elle paraissait perdue dans ses pensées. Ira contemplait la masse du monument dédié aux GI's morts au Vietnam. Quand enfin Vida prit la parole, sa voix ressemblait au bruissement du vent dans le feuillage des arbres.

— Ce pauvre gamin...

Elle se rendit alors compte qu'Ira la considérait d'un regard aigu, la tension figeant ses traits habituellement placides.

— Ne vous en faites pas, Ira, dit-elle. Je ne laisserai pas mes sentiments personnels interférer avec notre enquête. Histoire triste ou pas, je sais que Vandemark doit être arrêté.

Ira acquiesça, soulagé de voir que Vida parvenait à se reprendre aussi rapidement. Il se détendit un peu et regarda encore un moment le monument avant de parler :

— Vous savez, le nom de mon petit frère est gravé là.

Vida le regardait fixement, incapable de trouver la moindre parole de réconfort.

— S'il avait survécu, il aurait à peu près dix ans de plus que David Vandemark. Par beaucoup de côtés, ils me font penser l'un à l'autre. C'est ce qui rend cette affaire si dure pour moi, de temps à autre.

— Je ne savais pas. Je suis désolée.

— Alan est mort il y a plus de vingt-cinq ans. Aucune raison d'être désolée. J'ai versé toutes les larmes que j'avais pour lui. Je n'ai parlé de lui que pour vous faire comprendre pourquoi je préférerais que nous ayons Vandemark vivant, si possible. J'ai vu assez d'hommes jeunes mourir. Et même si c'est un monstre, je crois que ce monstre vit selon son code d'honneur personnel. Il fait ce qu'il pense être juste.

— Je le suppose aussi.

— Nous allons le serrer, vivant s'il le permet. Mais vous devez être consciente que nous serons peut-être forcés de l'abattre. Vous êtes nouvelle sur le terrain, et je n'ai que votre parole que vous tiendrez le coup quand le moment sera venu. Une erreur, et nous risquons tous les deux notre peau.

— J'en suis consciente.

Ira souffla un nouveau contingent de ronds de fumée.

— Et maintenant, dit Vida, que faisons-nous ?

Il se tourna vers elle et lui sourit largement.

— Nous prenons un après-midi de repos, assez de temps pour aller faire nos valises. Nous serons probablement absents au moins une semaine. J'ai retenu deux places sur le vol de 7 h 10 ce soir au Baltimore International.

— C'est assez soudain, non ? Que se passe-t-il ?

— Rien encore. Mais je crois avoir deviné où David va refaire surface.

— Et où ?

— Vous êtes déjà allée à New York ?

DEUXIÈME PARTIE

ABATTOIR

*Celui qui épargne le mauvais
nuit au bon*

Publilius Syrus

18

Vic Tanner avait oublié combien il détestait New York. Mais se retrouver pare-chocs contre pare-chocs à rouler au pas sur le pont George Washington lui en fournit un rappel très clair. Trop de poussière, trop de bruit, et toute cette humanité grouillante et survoltée. Ses cheveux teints d'un noir de jais et ses pupilles couvertes de lentilles de contact marron, Vic avait rangé ses bagages dans le van la veille, afin de pouvoir partir au lever du jour. Mais il s'était ravisé : partir à l'aube était un mauvais calcul.

Il n'était plus Vic Tanner l'acteur. Son portefeuille contenait une armada de cartes magnétiques diverses et des papiers prouvant que le conducteur du van noir était un détective privé de Chicago, Leroy De Carlo. Sa carte professionnelle de l'Illinois était toujours valide, tout comme son permis de travail temporaire dans l'Etat de New York. Bien entendu, il s'était assuré que chaque document soit convenablement usé dès sa sortie de l'imprimante à laser de Vic Tanner. Des années de pratique, combinées aux subtilités techniques offertes par le perfectionnement constant des machines, avaient donné à Vic un savoir-faire qui tromperait l'examinateur le plus retors. Il était d'ailleurs assez fier de ce talent, qu'il avait cultivé avec application. Les papiers d'identité de ce Leroy De Carlo passeraient sans aucun problème un contrôle informatique. Vic était encore étonné de la facilité d'accès aux ordinateurs de n'importe quelle ville ou n'importe quel Etat, ce qui permettait de créer un nouveau citoyen. Chicago avait plus que sa part de détectives privés. Qui prêterait attention à un de plus ?

Leroy connaissait par cœur sa couverture. Ses recherches avaient révélé que la famille assassinée la semaine passée, les Menguelli, n'avait aucun parent survivant aux Etats-Unis. Ce détail les rendait idéaux pour son stratagème. Si quelqu'un le questionnait, il serait envoyé par Manuel, l'oncle d'Hernando Menguelli, qui habitait la banlieue de Chicago. Et avant qu'on ait la certitude qu'aucun oncle de ce nom n'existait sur le continent, Leroy aurait déjà disparu sous une autre identité.

Oui, cette phase de l'opération était parfaitement en ordre. Et le van Ford était chargé de tout le nécessaire pour ce voyage, une cache contenant des armes et des tenues pour à peu près n'importe quelle situation, des cartes détaillées des cinq circonscriptions, six jeux complets de papiers d'identité, un micro-ordinateur portable, de quoi assurer des écoutes téléphoniques indécelables, des dossiers et des dizaines d'autres petites choses qui pouvaient se révéler utiles. Ce van était un véhicule de trois quarts de tonne, équipé d'un moteur gonflé et des silencieux les plus efficaces du marché. Il donnait l'impression d'une camionnette de livraison fatiguée, mais cette opinion était radicalement modifiée dès qu'on appuyait sur l'accélérateur.

Leroy avait défini en détail la stratégie qu'il adopterait dans cette affaire. Ce boulot s'annonçait facile. Il lui suffirait d'interroger quelques personnes, d'obtenir une bonne lecture psychique d'un endroit où s'étaient déroulés les crimes, et ensuite de parier sur le prochain coin où le Tueur de Latinos frapperait, le pister et le prendre sur le fait. Du moins c'était le schéma qu'espérait rencontrer Leroy. Il avait déjà envie de repartir de New York au plus vite.

En vérité, ce n'était pas le bruit, la pollution, les embouteillages, le coût de la vie, le crime omniprésent ou l'ambiance générale de la mégalopole qui indisposaient Leroy, mais les gens. Ils étaient bien trop nombreux dans un espace restreint, comme des fourmis affolées dans une fourmilière éventrée. Pour un télépathe, la foule est le pire ennemi. Leroy la détestait. Même lorsqu'il réussissait à faire taire le brouhaha de leurs pensées, confronté à un nombre important d'individus, il se retrouvait toujours harassé. Leurs bavardages mentaux incessants épuisaient sa patience et sa bonne volonté, comme un petit insecte qui aurait bourdonné à son oreille. Avec le temps, il avait appris à s'en accommoder, mais pas à sourire de cette véritable nuisance.

La foule représentait également un danger. Quand il « baissait » le volume des pensées parasites, Leroy baissait aussi ses défenses. Il n'avait plus aucun moyen de savoir si la personne arrivant sur le trottoir en face de lui allait sortir un couteau pour l'agresser, lui passer les menottes ou le croiser sans le remarquer. Certes, Leroy était capable de se concentrer sur une seule personne au sein d'un groupe, mais tous les autres échappaient à sa surveillance.

C'est pourquoi une bonne part de ses traques s'étaient déroulées dans des endroits peu peuplés. A vue de nez, moins il y avait de gens et moins de peine il rencontrait. Mais on ne peut pas toujours choisir son champ de bataille. D'autres *serial killers* sévissaient dans des zones plus favorables à l'exercice de son talent, mais aucun ne massacrait des familles entières à chaque fois. Certaines tentations valaient qu'on prenne un risque supplémentaire. Le but de Leroy était de régler ce problème sans traîner et de quitter aussitôt New York.

La circulation s'éclaircit un peu et Leroy bifurqua sur Harlem River Drive en direction de Franklin D. Roosevelt Drive. Il sortit à la 34e Rue, trouva à se garer dans la 27e, près de Chelsea Park. Il avait décidé de relire le dossier d'Angela Quinoñes une fois de plus. Il le sortit de sous son siège.

La famille d'Angela Margarita Dolores Quinoñes avait eu le triste privilège de constituer les premières victimes connues de l'Ecorcheur, deux mois plus tôt. Depuis, tous les quinze jours, avec une régularité marquée, celui-ci avait frappé. Toujours la deuxième et la quatrième semaine du mois, mais jamais le même jour, ni à la même heure ni dans le même quartier. Cet écart d'une quinzaine entre chaque massacre semblait la seule particularité fiable du tueur.

Dans cette boucherie insane, Miss Quinoñes avait perdu deux jeunes frères et ses parents. Elle n'avait survécu que parce qu'elle habitait depuis deux ans son propre appartement. Angela était rédactrice artistique dans un magazine de mode réputé. Elle avait vingt-huit ans, des cheveux noirs, des yeux marron, pesait cinquante-cinq kilos pour un mètre soixante-huit. Leroy n'avait pu mettre la main sur une photo d'Angela, et il imaginait toujours une femme sexy et pétulante. Et peu lui importait que ses parents soient venus de Cuba avant l'accession de Fidel Castro et qu'elle soit née et ait grandi aux Etats-Unis. Leroy parcourut les autres données puis remit le dossier sous le siège. Ensuite il sortit du van et le ferma à clé.

Leroy n'avait aucun doute que ses roues seraient là quand il reviendrait. Il avait pris garde de se garer dans une zone autorisée, et l'alarme du van était branchée. Quiconque voudrait visiter l'intérieur de la vieille camionnette serait accueilli par le hululement assourdissant de la sirène. Après trois minutes celle-ci s'arrêterait et le système se réarmerait automatiquement.

Et même si l'intrus était assez drogué ou fou pour ignorer l'alarme, il découvrirait très vite que ce van vieux d'au moins dix ans était quasiment inviolable. Temps et argent avaient été généreusement dépensés pour renforcer les portières et les serrures. Un pompier avec les meilleures pinces passerait un quart d'heure épuisant à vaincre les panneaux consolidés et les vitres pare-balles.

Angela habitait dans la 27e Rue, un cinquième étage. Mais elle ne s'y trouvait pas. Leroy n'aimait pas cela. Il était près de sept heures du soir, ce qui avait amplement laissé le temps à la jeune femme pour rentrer chez elle. Un rendez-vous à l'extérieur ? Pire, s'était-elle absentée de la ville ? Le scénario qu'il avait peaufiné dépendait en grande partie de la localisation d'Angela.

Par chance, le concierge de l'immeuble était à son poste. C'était un Allemand court sur jambes qui devait approcher la soixantaine. Il informa Leroy que Miss Quinoñes n'était pas partie en vacances. Il l'avait encore vue ce matin, mais il n'imaginait pas où elle pouvait se trouver à l'heure actuelle. Dans l'esprit du concierge, Leroy apprit qu'Angela se rendait fréquemment au restaurant situé au coin de la rue. Le gardien n'avait pas donné ce renseignement parce qu'il n'aimait guère l'aspect de ce visiteur. Leroy s'en amusa beaucoup. Il se demanda ce que le vieux barbon penserait le lendemain, quand il découvrirait que cet étranger suspect s'était installé chez Angela Quinoñes.

En descendant la rue, Leroy aperçut son reflet dans une vitrine. Il s'arrêta le temps de réajuster sa cravate et de repousser sa mèche d'une main. L'importance de la première impression...

Leroy la repéra au fond de la salle de restaurant, attablée seule. Il sut immédiatement que c'était Angela, bien qu'elle fût trop loin pour un sondage mental. L'image de la Latine exubérante disparut, remplacée par la véritable Angela Quinoñes.

Elle était vêtue avec goût, ce qui n'avait rien d'étonnant étant donné son métier, et beaucoup plus mince que Leroy ne s'y attendait. Des muscles longs et gracieux jouaient sous la peau mate de ses bras tandis qu'elle coupait quelque chose dans son assiette. Sa chevelure courte était coiffée selon un savant désordre, mais c'était la seule fantaisie chez elle. La coupe accentuait le regard sombre sous les longs cils et l'ovale du visage posé sur un cou élégant. Ses lèvres étaient pleines et sensuelles, pourtant son expression restait sérieuse. Mais c'est vers ses yeux que Leroy fut attiré.

Chaque fois qu'elle les levait, Leroy était frappé par la tristesse immense qui les habitait, bien que la jeune femme s'efforçât de la dissimuler derrière une façade hautaine. Mais Leroy s'était entraîné à déceler ce qui passait inaperçu pour autrui. Dans ces prunelles de jais il voyait le chagrin, et il avait du mal à voir autre chose.

Après quelques instants d'observation, Leroy se décida à faire son entrée. « Vas-y en douceur avec celle-ci, se dit-il. Angela Quinoñes est comme un cristal fêlé : très belle à regarder, mais très fragile. »

Leroy traversa la salle de restaurant de l'air d'un homme qui sait très précisément où il va. Quand il arriva devant sa table, Angela posa sur lui un regard froid et scrutateur.

Comprenant qu'elle pensait qu'il s'agissait d'une tentative

de séduction des plus maladroites, Leroy se lança dans le petit discours qu'il avait préparé :

— Bonsoir, Miss Quinoñes. Je m'appelle Leroy De Carlo et je suis détective privé à Chicago. J'espérais pouvoir vous parler, car je suis...

Dérouté, il laissa sa phrase inachevée. Il n'était capable que de rester planté là, à regarder fixement Angela Quinoñes, une expression d'étonnement comique sur son visage. Il fournissait un effort herculéen, mais rien ne venait. C'était très embarrassant, et totalement inédit pour lui. Et il ne savait plus trop quelle attitude adopter. Comment était-ce possible ? Qu'y avait-il en Angela Quinoñes pour l'empêcher de lire dans son esprit ?

19

— Quelque chose ne va pas ? s'enquit Angela, et la froideur déserta un peu son regard.

L'homme qui venait d'interrompre son repas se frotta le front de la main et eut un sourire piteux.

— Non, tout va bien. J'ai été sur la route toute la journée, je crois que je suis un peu fatigué. Vous permettez que je m'assoie ? Il est vraiment important que je vous parle.

— A quel propos ?

— J'enquête sur le Tueur de Latinos.

Une partie d'elle-même savait ce qu'il allait dire. Deux mois s'étaient écoulés, mais cette simple phrase réveilla la blessure encore à vif. Angela sentit la colère et la douleur l'envahir en un instant. Encore des questions ! Combien de fois devrait-elle répondre aux mêmes questions ? Et pour quel résultat ? Nul. Son père, sa mère et ses frères étaient morts, et la paix du repos éternel leur restait interdite. Ces interrogatoires ne les ramèneraient jamais à la vie, pas plus qu'ils n'aideraient à arrêter leur assassin.

Alors, pourquoi recommencer cette comédie ? *Allons, monsieur l'inquisiteur, repartez, je ne veux plus jouer ce jeu. Laissez-moi seule, que je puisse pleurer mes morts et peut-être trouver une façon de continuer à vivre sans verser toutes les larmes de mon corps chaque jour. Laissez-moi une chance de guérir. Partez !*

Pourtant Angela considéra l'homme qui attendait respectueusement devant la table, et elle s'entendit le prier de s'asseoir.

Elle dut lui redemander son nom. De Carlo. Leroy De Carlo. Si le nom avait une consonance espagnole, l'accent venait à cent pour cent du Midwest. Il expliqua d'entrée qu'il avait été engagé par un oncle d'une des dernières victimes du tueur. Cet oncle n'était pas du tout satisfait des résultats quasi inexistants de la police de New York, c'est pourquoi il avait engagé De Carlo pour qu'il aide à découvrir le meurtrier. Leroy précisa qu'il avait déjà eu quelque succès dans des cas assez similaires, dans le Midwest, ce qui expliquait qu'on ait fait appel à ses services.

D'un geste il appela un serveur et commanda une bière et un autre verre de vin blanc pour elle. Quand il revint à Angela, il ne savait plus trop comment poursuivre. Sans en connaître la raison, Angela avait la très nette impression que cette entrevue ne se déroulait pas comme De Carlo l'avait prévu. Pourtant elle coopérait, non ?

Finalement, il dit :

— En gros, voici la situation, Angela : ici, je suis dans une ville qui ne m'est pas familière, sur un cas datant de deux mois, sans piste définie. J'ai besoin de toute l'aide possible. Je suis bon dans ma partie, mais je ne suis pas Superman.

— Que puis-je ajouter que vous ne sachiez déjà d'après les rapports de police et les journaux ? Car je suppose que vous avez déjà étudié ces sources ?

— Je les ai décortiquées, oui. Et vous savez quoi ? Je n'ai pas trouvé le plus petit indice sur l'Ecorcheur. Je dois donc prendre un angle d'attaque totalement différent. Si vous n'arrivez pas à harponner l'assassin, cherchez à savoir qui étaient ses victimes. C'est la raison de ma présence ici.

Angela réfléchit un moment.

— Je comprends que cette méthode puisse porter ses fruits dans le cas de meurtres ordinaires. Mais j'ai l'impression que l'Ecorcheur prend ses victimes au hasard. C'est un fou sanguinaire. Il est impossible que ce monstre ait eu la moindre raison pour massacrer ma famille ou n'importe laquelle des autres. Il n'y a aucun point commun entre elles.

118

— Il n'y a aucun point commun qu'on ait découvert pour l'instant, nuance, corrigea Leroy. Même les déments agissent selon certains paramètres. Et si ce tueur s'en remettait autant au hasard, comme les journaux aimeraient le faire penser, il aurait déjà commis une faute et serait sous les verrous en ce moment même.

— Je ne comprends pas ce qui vous autorise à parler avec une telle assurance. Et David Berkowitz, le Fils de Sam, il n'agissait pas de cette façon ? Voyez le temps que la police a mis pour l'arrêter...

— Berkowitz, c'est différent. Il se baladait dans les rues et tirait sur les gens dans les voitures garées. Il agissait sous l'emprise d'une pulsion irrésistible, et c'est ce côté imprévisible qui l'a rendu si difficile à repérer. Mais l'Ecorcheur, c'est tout autre chose. Il connaît ses victimes. Par exemple, ce n'est pas par hasard qu'elles sont toutes hispaniques : il les a choisies selon le critère ethnique. Et il les tue chez elles. Ça, c'est un point capital, parce qu'il implique que l'assassin a dû étudier les lieux très soigneusement avant de passer à l'action. Personne ne s'introduirait dans un immeuble inconnu pour tuer sans avoir repéré la disposition des appartements, etc. A mon avis, il a mis les pieds chez ses victimes au moins une fois avant la nuit où il est venu assassiner ces pauvres gens.

Cette dernière assertion stupéfia Angela.

— Mais... la police n'a jamais rien dit de semblable.

— Ce n'est pas faute d'y avoir pensé. Mais ils sont tenus à une plus grande discrétion que moi : je n'ai pas de journalistes aux basques, prêts à enregistrer la moindre révélation.

— Je vois. Donc vous voudriez que je vous dise tout sur ma famille pour trouver un lien avec les autres victimes, c'est bien cela ?

— Précisément. Il me serait très utile que vous me racontiez tout ce que vous vous rappelez sur votre père, votre mère et vos frères... l'histoire de la famille, en quelque sorte. Ensuite, j'entrerai en contact avec les proches des autres familles, et peut-être qu'un lien apparaîtra, que la police a négligé. Je dispose de plus de temps qu'eux à consacrer à cette enquête. Et j'ai une vision neuve, je ne suis pas sur cette affaire depuis deux mois. C'est mon atout principal, et il m'a déjà beaucoup servi par le passé.

Angela ne savait si elle serait capable de parler de sa famille en détail, comme le souhaitait Leroy De Carlo. Le supporte-rait-elle ? Ce serait une rude épreuve, elle en avait la certitude. Et elle savait aussi qu'elle ne pourrait parler ici, dans le restaurant.

— Allons chez moi, déclara-t-elle.

Angela observa De Carlo qui examinait l'appartement. Il lui fit prendre conscience de son mobilier de luxe ultra-moderne. Jusqu'à cet instant, il ne lui avait pas semblé déplacé ici. Le vieux New York autour de meubles appartenant à l'Age de l'espace. Elle avait toujours trouvé ce contraste plutôt agréable, et soudain il lui paraissait prétentieux.

De Carlo était un véritable enquêteur. Il ne regardait pas, il examinait. En revanche, il ne correspondait pas vraiment à l'image qu'elle se faisait d'un privé. Dans l'imagination d'Angela, les détectives étaient plus cyniques, plus durs ; ils fumaient cigarette sur cigarette, buvaient volontiers du scotch et ne parlaient que par monosyllabes, sans desserrer les dents. Leroy n'était pas du tout ainsi. En fait, il semblait presque timide et appliqué. Non, « studieux » lui convenait mieux. Par ailleurs, elle avait de plus en plus l'impression qu'il était gêné en sa présence. Quand elle avait suggéré qu'ils viennent chez elle, il avait visiblement hésité. A la réflexion, Angela trouvait cette attitude très amusante. L'expérience lui avait appris que la plupart des hommes auraient sauté sur l'occasion de se retrouver seuls avec elle, surtout ici.

Mais Angela ne commettait pas l'erreur de prendre ce Leroy De Carlo pour quelque intellectuel au caractère trop mou. Elle avait remarqué sa manière de se mouvoir et l'avait bien observé tandis qu'il parlait au serveur. Il y avait de l'acier dans cet homme, bien qu'il s'évertuât à le dissimuler.

Elle lui proposa un verre et fut étonnée qu'il demande un soda. Elle s'accorda un autre verre de vin blanc et ils s'installèrent tous deux dans le salon.

— Par quoi dois-je commencer ?

— Parlez-moi des différents endroits où a vécu votre famille durant votre enfance. Essayez de vous remémorer cette époque et laissez-vous aller.

Angela obéit avec une facilité qui la surprit. Elle commença par relater ses premières années dans le South Bronx. Son père avait trouvé une place de gardien dans un laboratoire pharmaceutique. La vie n'avait pas été facile pour lui pendant ses dix premières années aux Etats-Unis. Son diplôme universitaire cubain n'avait aucune valeur, et il parlait très mal l'anglais. Mais il avait fini par décrocher un emploi au Elmhurst Hospital, dans le Queens. C'est alors que la famille avait emménagé dans Flushing. Ses parents avaient habité l'appartement du deuxième étage jusqu'à leur mort. Pour Angela, l'endroit avait toujours représenté le foyer, chaleureux, accueillant, réconfortant. Elle avait du mal à croire que tout s'était terminé dans une telle horreur. Après la tuerie, elle n'était jamais retournée à l'appartement de ses parents. Elle ne le pouvait pas. Des amis s'étaient occupés des possessions de la famille, et elle n'avait voulu garder que quelques objets personnels, en souvenir : des photos, certains bijoux de sa mère, la brosse en poil de chameau de son père...

Tandis qu'elle parlait, Angela ne put que remarquer à quel point Leroy savait écouter. Légèrement penché en avant, il la fixait d'un regard attentif, acquiesçait de temps à autre ou relançait son monologue par une question judicieuse. Mais la plupart du temps il la laissait parler comme elle le voulait, et elle commençait à se rendre compte que cette entrevue était exactement ce dont elle avait besoin. Trop longtemps elle avait jugulé sa peine, qui gangrenait chaque jour un peu plus sa vie, et maintenant Leroy lui offrait l'opportunité de vider son cœur et son âme. Elle avait la chance de pouvoir se remémorer à haute voix la douceur et l'amour de sa famille. Les larmes vinrent, mais sans interrompre son débit. Angela essuya ses yeux, se moucha et continua de parler. Cette attitude ne parut pas indisposer De Carlo, qui ne fit rien pour empêcher cette purge thérapeutique. Oui, c'était un public de qualité. Sans doute le meilleur qu'elle ait rencontré.

Angela parla des sorties familiales du dimanche, à Jones Beach. Des visites aux jardins botaniques de Brooklyn, et combien elle aimait cette oasis de beauté au cœur de son univers de béton et d'asphalte. Elle parla avec émotion de vacances passées à Atlantic City, bien avant que cette ville ne devienne La Mecque du jeu de la côte Est. Avec ses frères, elle avait sillonné à bicyclette la longue promenade et essayé tous les manèges. Ils s'étaient tellement amusés... Mais il y avait aussi eu une note dramatique lors de ce séjour, une alerte au requin qui avait vidé les eaux côtières de tout baigneur. Angela se souvenait d'être restée assise sur la plage avec sa famille, à scruter la surface de la mer à la recherche d'un aileron que nul n'aperçut jamais. Ces deux semaines avaient constitué un moment très marquant de son existence, lui avaient donné une idée de ce que pouvait être la vie en dehors de New York. Et c'étaient les seules vacances que sa famille avait pu se permettre durant toute son enfance.

Cette idée changea le cours des souvenirs d'Angela. Oui, elle s'était beaucoup amusée, mais il y avait également eu des époques difficiles. La majeure partie de son enfance, elle l'avait passée dans un environnement modeste. Pourtant, s'ils n'avaient pas connu le luxe, ils avaient réussi à ne presque jamais manquer de l'indispensable.

Angela était âgée de six ans quand ses parents avaient décidé qu'ils pouvaient avoir d'autres enfants. Ils étaient peut-être le seul couple d'Amérique à utiliser avec succès la méthode des températures. A son huitième anniversaire, elle était l'aînée de deux petits frères. Puis, trois jours avant ses neuf ans, son père fut licencié de l'hôpital, à cause de coupes budgétaires. Les moins anciens furent renvoyés, avec la promesse d'être ré-embauchés dès que la situation s'améliorerait. Les indemnités de chômage cessèrent après six mois, et il n'y avait toujours pas de travail disponible. On commença à sauter certains repas. On reprisa de vieux vêtements qui avaient fait plus que leur usage. Angela se rappelait encore la tristesse dans la voix de son père quand il leur annonça qu'ils allaient devoir demander l'aide sociale. C'était presque plus que n'en pouvait supporter sa fierté.

Cette existence lugubre dura trois mois, puis le miracle se produisit. Le Elmhurst Hospital contacta son père pour lui annoncer qu'il pouvait réintégrer son poste. Leur vie reprit son aplomb et continua ainsi pendant bien des années.

Les résultats scolaires d'Angela étaient assez bons pour lui permettre d'obtenir une bourse qu'elle utilisa pour décrocher un diplôme en arts plastiques. Ensuite vint une longue série de petits emplois dans des journaux locaux, des magazines, des agences de publicité et toute autre entreprise ayant besoin de quelqu'un connaissant parfaitement la calligraphie, la composition et les techniques graphiques.

Il y a trois ans, Angela avait trouvé un emploi à mi-temps dans un magazine de mode, et elle y travaillait toujours. Cette embauche avait tout changé pour elle. Un an plus tard, elle était directrice artistique à plein temps. Elle avait tiré de cette promotion son indépendance financière et donc la liberté de prendre un appartement, un foyer pour elle seule. C'est pourquoi elle ne s'était pas trouvée « à la maison » quand l'horreur avait frappé. De nouveau, les larmes coulèrent, mais cette fois Angela fut incapable de poursuivre son récit. Elle enfouit son visage dans ses mains et resta ainsi un long moment, secouée par des sanglots irrépressibles. Elle ne se rendit pas compte que Leroy avait quitté son siège pour venir s'asseoir auprès d'elle, jusqu'à ce qu'il effleure doucement son épaule. La seconde suivante, Angela pressait son visage contre la poitrine de l'homme et elle s'abandonnait aux pleurs. Elle lutta pour se reprendre, et ses sanglots se firent plus légers, puis devinrent de simples hoquets. Pendant tout ce temps, Leroy la serra contre lui avec douceur et lui tapota gentiment le dos en lui murmurant que tout allait bien, et qu'elle devait tout laisser sortir.

Quand enfin elle eut récupéré, Leroy retourna s'asseoir dans le fauteuil, sans manières ni explication. Et il lui demanda de parler de sa mère.

Les propos d'Angela concernant Rosanna Quinoñes étaient empreints d'une grande affection. Elle décrivit leur relation comme ayant toujours été spéciale, bien plus profonde que pour la plupart des filles et des mères qu'elle connaissait.

Même les révoltes adolescentes d'Angela n'avaient pu entamer leur amour mutuel. Sa mère était à la fois parente, amie et confidente. Angela nota l'intérêt accru de Leroy quand elle narra l'accident de vélo qui à l'âge de dix ans l'avait laissée inconsciente deux jours entiers, dans un hôpital. Rosanna Quinoñes n'avait pas quitté son chevet. Angela jugea un peu curieux que De Carlo soit plus intéressé par sa blessure que par l'histoire elle-même. Elle ne comprenait pas quelle importance pouvait avoir sa commotion cérébrale dans l'enquête de Leroy. Mais elle la détailla comme il le demandait. Après tout, les détectives privés établissaient entre les événements des liens ténus qui échappaient à la plupart des mortels ordinaires. En vérité, Angela se plaisait à se remémorer sa mère, et elle n'allait pas se laisser distraire par la curiosité du détective.

Rosanna Quinoñes était restée au foyer jusqu'à l'entrée en secondaire de Tomas et Jorge, les deux frères d'Angela. Puis elle avait trouvé un emploi dans un pool de secrétaires. C'était le premier travail rétribué de son existence. Angela était ravie pour elle et très fière de cette réussite. Ce salaire supplémentaire autorisa certaines douceurs, comme l'achat d'un téléviseur couleur et d'un nouveau réfrigérateur. A cette époque, tout semblait indiquer que leur existence irait en s'améliorant encore. Aucun membre de la famille ne rencontrait de problème majeur. Les garçons étudiaient avec succès, son père avait gravi quelques échelons de la hiérarchie hospitalière pour arriver au poste de chef du personnel de surveillance. Sa mère adorait son emploi, et Angela aimait son travail et son fiancé. Le fiancé n'avait pas tenu, mais sa place, oui. La vie n'était peut-être pas parfaite, mais elle n'en était pas très loin, du moins assez pour satisfaire Angela.

Puis le Tueur de Latinos avait frappé, et à la vitesse de l'éclair tout avait été détruit. Tout.

A cette nouvelle mention du massacre, Angela ne fondit pas en larmes. Leroy comprit alors que le long processus de la guérison s'était enclenché. Il lut un très grand chagrin dans les prunelles de la jeune femme, mais aussi autre chose, que jusqu'alors elle ne s'était pas permis de ressentir, quelque chose de beaucoup plus sain que sa peine retenue : de la colère.

Angela venait de se rendre compte à quel point elle rêvait de voir le meurtrier de sa famille arrêté et puni pour ce qu'il avait fait, pour les vies qu'il avait prises et celles qu'il avait brisées. A cet instant, elle sut qu'elle ferait tout ce qui était en son pouvoir pour aider Leroy De Carlo.

Angela avait parlé d'une voix douce, un peu comme si elle soliloquait, perdue dans ses souvenirs. Elle releva les yeux et vit que Leroy observait les photographies disposées sur la table, près de son fauteuil. Il en tenait d'ailleurs une entre deux doigts. Bien qu'elle ne pût en voir le sujet, Angela identifia le cliché d'après son format.

— C'est votre fiancé ? demanda-t-il.

— C'était.

— C'était ?

— Nous avons rompu. Il est en prison depuis plus d'un an, maintenant. Mais c'est une autre histoire, triste elle aussi...

— Que s'est-il passé ? s'enquit Leroy en reposant le cadre à sa place.

— Il s'appelle Jeffrey Parker. C'était un courtier en Bourse, un vrai acteur de Wall Street. Jeff était... flamboyant. C'était excitant de le côtoyer. Un tel goût du jeu peut être très séduisant, Mr. De Carlo. Nous devions nous marier cette année. Mais tout a mal tourné et nous avons cessé notre relation. Deux mois plus tard, il a été surpris dans les toilettes de sa firme. Cocaïne. Quel gâchis... J'ai beaucoup pleuré pour lui.

Leroy se leva et s'approcha d'une fenêtre.

— Les choses ont été plutôt dures pour vous, ces derniers temps, commenta-t-il sans se retourner.

Angela garda le silence.

De Carlo jeta un œil à sa montre et annonça :

— Bien, il est temps que je vous laisse. Je tiens à vous remercier pour toute l'aide que vous venez de m'apporter. Ce que vous m'avez dit pourrait se révéler très utile.

— J'aimerais vous aider, Mr. De Carlo, de n'importe quelle façon. S'il y a quoi que ce soit que je puisse faire, n'hésitez pas à me le dire. Je souhaiterais aussi être tenue au courant des progrès de votre enquête. Où puis-je vous joindre ?

— Je n'ai pas encore posé mes valises. Je vais voir si je peux trouver quelque chose du côté de l'aéroport. D'après ce que j'ai compris, c'est un peu moins cher par là-bas.

Angela regarda la pendule accrochée au mur et fut stupéfaite de découvrir qu'il était presque deux heures et demie du matin. Elle avait donc parlé tout ce temps ? Le lever du lendemain serait plus que difficile, mais, pour l'instant, c'était secondaire.

— Ecoutez, dit-elle, vous allez avoir beaucoup de mal à trouver une chambre d'hôtel à une heure pareille. Pourquoi ne pas dormir sur le canapé, ici ? Vous aurez le temps de vous trouver un point de chute demain...

Avec un sourire las, Leroy la remercia avant de se retourner vers la fenêtre. Angela aurait aimé connaître ses pensées à cet instant. Inviter des inconnus à passer la nuit chez elle ne faisait pas vraiment partie de ses habitudes. Mais ce Leroy De Carlo était différent.

A l'évidence, il n'avait vu dans sa proposition rien de plus que ce qu'elle signifiait : la possibilité de dormir sur le canapé. Elle fut heureuse de constater qu'elle ne s'était pas trompée sur son compte, mais aussi soulagée qu'il restât. Après avoir tant parlé de sa famille, cet appartement lui aurait paru bien trop grand et trop vide sans une présence amicale.

Angela disparut un moment pour revenir avec une paire de draps, une couverture et un oreiller. Le canapé était un convertible. Leroy prit le linge qu'elle lui tendait et la remercia. Ensuite la jeune femme fit ce qui lui sembla être deux ou trois réflexions assez nébuleuses sur l'heure tardive et la torture de la sonnerie du réveil d'ici peu. Leroy approuva aimablement, et ils se souhaitèrent bonne nuit.

Seule dans sa chambre, Angela eut du mal à trouver le sommeil malgré l'heure avancée. Elle resta immobile dans son lit, à écouter les bruits discrets de Leroy qui préparait son lit de l'autre côté du couloir. La jeune femme était heureuse qu'il ait accepté de dormir chez elle cette nuit. Elle ne pouvait prétendre le connaître, bien sûr, mais elle sentait avec une certitude inébranlable qu'elle pouvait faire confiance à Leroy De

126

Carlo. Elle savait que personne ne chercherait à se glisser dans son lit cette nuit. Celui-là ne ferait rien qui pût la blesser. Parfois c'est ainsi : quelques heures en compagnie d'une personne et vous avez l'impression de la connaître depuis toujours.

Son long monologue sur ses chers disparus avait rappelé à la jeune femme l'extrême fragilité de la vie. Sa propre peur de mourir pesait aux lisières de son esprit, et il était bien réconfortant d'avoir cet ange gardien pour une nuit, prêt à défendre sa porte et à chasser tout démon qui pourrait naître des ténèbres.

Après avoir préparé son lit, Leroy revint se poster devant la fenêtre du salon et contempla la ville. Une longue promenade nocturne lui aurait fait le plus grand bien, mais il résolut de s'en passer. La tension qui l'habitait disparaîtrait d'elle-même, et il finirait bien par s'endormir.

Habituellement, quand il commençait un travail, son premier souci était de trouver une base de départ. Sa méthode préférée consistait à fréquenter une femme proche d'une des victimes de sa proie. De la sorte il accédait à une mine de renseignements inconnus de la presse et disposait d'une excellente raison pour rester dans les parages.

Grâce à son talent particulier, il lui était très facile de s'immiscer dans l'existence de la personne choisie. Quand vous savez très exactement ce que votre vis-à-vis espère entendre, rien de plus facile que de le satisfaire. Il avait pris quelques cours de comédie pour préparer son identité de Vic Tanner, et ils lui avaient beaucoup servi.

Il s'efforçait d'être le plus correct possible avec ses liaisons temporaires. Leroy ne promettait jamais rien et évitait tout rapport physique, à moins que cela soit indispensable, ou inévitable. Cette attitude lui posait certes certains problèmes moraux, mais il se consolait en estimant que la fin justifie parfois les moyens. Après tout, il agissait de la sorte uniquement afin de venger les disparus. Ensuite, les proches avaient un peu plus de chances de reprendre une existence « normale », en songeant qu'il y avait encore une justice en ce bas monde.

Quand le moment était venu de disparaître, Leroy n'avait aucune difficulté à agencer la séparation de façon que la jeune femme pense en être l'instigatrice. Ils se quittaient généralement bons amis, et il laissait derrière lui le souvenir d'une aventure agréable mais qui n'aurait pu durer.

Mais Angela... La jeune femme était la raison de son trouble actuel. Elle était différente de toutes celles qu'il avait connues. Il ne pouvait lire dans son esprit, mais il imputait cette singularité à la commotion cérébrale dont elle avait souffert dans son enfance. Angela Quinoñes n'était probablement pas la seule personne dans cette ville dont l'esprit lui était interdit, mais bien la première qu'il rencontrât. Rien de surnaturel ou de dangereux dans ce fait. Inhabituel, certes, mais tout à fait explicable.

Angela elle-même l'intriguait. Comment avait-elle réussi à endurer la perte de tous ses proches sans sombrer ? Elle n'avait pas cherché à oublier par l'alcool, les médicaments ou les drogues.

Tout au long de ces années, Leroy avait croisé maintes personnes supportant ou ne supportant pas la perte des êtres aimés. Il en avait vu une bonne partie se diluer dans l'apitoiement sur soi jusqu'à complète déchéance. Et il en avait vu d'autres prendre la position opposée : la négation totale de la douleur. *Bien sûr, je vais bien. Je tiens le coup, oui. Quel chagrin ?*

Quand ceux-là craquaient, c'était toujours spectaculaire, et ils devenaient presque aussi pitoyables que ceux qui buvaient.

Angela Quinoñes était d'une autre sorte encore. Une combattante. La dame faisait face à sa douleur tête haute. Il était émerveillé par la façon dont elle avait parlé de sa famille cette nuit. Leroy avait pratiqué cet exercice de nombreuses fois dans le passé. Il fouillait l'esprit de son interlocuteur en écoutant les bribes d'informations formulées à haute voix. Mais Angela s'était livrée sans retenue, sans qu'il ait à presser ses confidences. Elle lui avait exposé toute son existence dans l'espoir évident qu'un détail permettrait de le mettre sur la piste de l'assassin. Une telle prouesse avait dû beaucoup lui coûter. Ses larmes n'étaient pas feintes, mais elle avait réussi à les maîtriser et à s'imposer une détermination rigide. Angela voulait de toutes ses forces que l'Ecorcheur soit mis hors d'état de nuire. Et elle avait la force et la volonté de l'y aider.

Oui, c'était une femme remarquable. Belle, forte, intelligente, talentueuse sans doute. Leroy fronça les sourcils. L'orientation que prenaient ses pensées l'étonnait. *Calme-toi, mon vieux. Ce n'est qu'une femme comme une autre. Souviens-toi, tu ne resteras à New York que le temps de régler le sort de l'Ecorcheur. Et ne commence pas à exagérer le fait que tu ne puisses pas lire dans son esprit. Bien sûr, il t'a été agréable de discuter avec quelqu'un normalement, pour une fois, sans être parasité par ses pensées. Mais que cette expérience ne t'amollisse pas au point de verser dans le romantisme le plus déplacé...*

Leroy De Carlo, ou quel que soit ton nom, tu as une mission dans la vie. Je sais, ça fait prétentieux, mais c'est comme ça. Pas de place dans ton existence pour une femme. Pas même elle. Alors oublie tout de suite ces idées à l'eau de rose. Compris ? Compris. Parfait, vieux.

Il ôta ses lentilles de contact colorées, se glissa entre les draps frais et éteignit la lampe. Puis il s'absorba dans la contemplation du plafond qu'éclairaient par à-coups les néons de la rue. Il se sentit glisser vers le sommeil presque aussitôt. Il avait toujours eu cette facilité. Très vite le vide, et il s'endormait. Sa dernière pensée consciente fut une interrogation : y avait-il place pour une femme dans ce chaos qu'était son existence ? Dans ce cas, Angela Margarita Quinoñes pourrait très bien être...

20

Angela ouvrit les yeux avant que ne retentisse la sonnerie du réveil. Elle l'arrêta, se leva et enfila une robe de chambre. Puis elle se dirigea vers la salle de bains sur la pointe des pieds, et en chemin décida de voir comment allait son hôte. Elle fut surprise de le découvrir éveillé lui aussi, et qui l'observait d'un regard clair, appuyé sur ses coudes. Leroy lui adressa un hochement de tête en guise de salut, et Angela lui répondit de même avant de disparaître dans la salle de bains.

Sous la douche, elle se demanda comment elle pourrait aider De Carlo dans son enquête. Etait-elle toujours aussi déterminée ? Oui, la nuit n'avait pas entamé sa volonté. Avant de s'endormir, elle s'était demandé si au matin elle ne se sentirait pas mal à l'aise des confidences de la nuit passée, mais ce n'était pas du tout le cas. Angela était vraiment impatiente de... mais de quoi ? De l'aventure ? Elle s'était enveloppée trop longtemps dans le cocon de la solitude, et le moment était venu de replonger dans le monde des vivants. Non, elle ne se cacherait plus, et elle ne serait plus sensible seulement à son chagrin.

La première chose qui la toucha fut la dure réalité. Elle retrouva Leroy dans la cuisine, où il fredonnait tout en se servant une tasse de café. Il ne portait pas le blouson de sport qu'il avait gardé toute la soirée précédente, et Angela put examiner à loisir le holster harnaché sous son aisselle, ainsi que le grand pistolet plat et noir, à l'aspect redoutable, qu'il contenait.

Jamais de sa vie Angela n'avait eu affaire à des armes. Leur seule évocation la rendait nerveuse. Bien sûr, elle en avait vu à la hanche des policiers, dans les rues, et au poing d'une multitude de personnages, à la télévision. Mais son expérience personnelle des armes à feu en restait là. La chose pouvait paraître assez remarquable, si l'on considérait qu'elle habitait New York depuis toujours, et pas dans les quartiers les plus huppés. Pourtant son père n'avait jamais possédé d'arme et elle n'avait jamais fréquenté de personnes assez dures pour en porter. Son innocence l'embarrassa. La constatation la rendait étrangement consciente de la façon dont sa vie avait été protégée. Malgré l'automatique, Leroy semblait parfaitement détendu. L'arme faisait partie de lui, et il ne l'exhibait pas. Il semblait d'ailleurs avoir oublié sa présence. Ce n'était qu'un outil de travail, rien de plus.

Angela décida d'ignorer l'arme. Après tout, enfant des rues de New York, elle ne pouvait être choquée par n'importe quoi. Et elle ne voulait pas que Leroy la croie aussi aisément impressionnable.

— Bonjour, dit-elle en pénétrant dans la cuisine.

Ne fixe pas le pistolet des yeux. Si tu ne le regardes pas, il ne te mordra pas !

Leroy leva les yeux de sa tasse.

— 'Jour. Un peu de café ?

— Oui, merci.

— Vous avez du sucre ?

— Dans le placard, au-dessus de l'évier.

Oh, mon Dieu ! J'ai failli dire « dans le placard au-dessus du pistolet ». Tu regardes son arme. Arrête ! Regarde ailleurs, et dis quelque chose, n'importe quoi, vite !

— Je me demandais comment je pourrais vous aider.

— Je me suis posé la question aussi. Vous parlez l'espagnol ?

— Oui, couramment. Et vous ?

— Affligeant. D'après les rapports que j'ai lus, il semblerait que ma meilleure chance pour une deuxième entrevue soit avec une certaine Mrs. Vallejo. La famille de son frère a été le deuxième groupe de victimes de l'Ecorcheur. Les journaux disent qu'elle ne parle pas anglais.

— Alors je serai votre interprète. Je termine mon travail à six heures. Nous pouvons nous retrouver au bureau ou dans un restaurant. Ensuite nous pourrons aller la voir. Vous aimez la cuisine italienne ? Il y a un restaurant tout près de... de...

Ne regarde pas son arme ! Il n'a peut-être pas remarqué. Si tu ne la regardes pas, elle n'existera plus. Ne regarde pas ! Il va le remarquer !

Avec un large sourire, Leroy se leva et passa dans le salon, pour revenir un instant plus tard vêtu de son blouson de sport qu'il achevait de boutonner.

— Un restaurant italien fera très bien l'affaire, dit-il. Comment s'appelle-t-il ?

— *La Bella Pasta.*

— Avec un nom pareil, c'est dans le centre, non ?

— En effet. On y mange très bien.

Angela jeta un coup d'œil à la pendule murale, avala son café d'une traite puis bondit de sa chaise vers sa chambre.

— Oh, mon Dieu ! Je suis en retard ! Il faut que je me sauve !

Le sourire s'attarda sur les lèvres de Leroy tandis qu'il suivait des yeux la précipitation d'Angela. Une certaine tension planait dans l'air matinal... Mais c'était bien, plutôt agréable, même.

Et c'était aussi un bon rappel. Angela Quinoñes ne jouait pas. *N'oublie pas ça, De Carlo. Utilise-la pour les interrogatoires et ce qui va avec, mais souviens-toi qu'elle doit rester hors de ce que tu vas faire autant que possible. Alors ne mets pas la dame en première ligne. Laisse-la à l'arrière.*

Leroy avait fini son café et allait partir quand Angela ressortit de sa chambre, habillée et maquillée, prête à affronter une journée de travail. De Carlo dut admettre qu'elle était très jolie. *Pense plutôt à ton boulot, Leroy.*

— Je vais y aller, dit-il.

— Vous ne voulez pas autre chose que du café pour votre petit déjeuner ? s'enquit Angela.

— Merci, non. Je grignoterai quelque chose en chemin. J'ai pas mal de démarches à effectuer avant de vous retrouver en fin d'après-midi.

— Bon. Eh bien, hum, ne prenez pas de risques inutiles. C'est ce qu'ils disent dans une série télévisée qui se passe dans un commissariat, non ?

— *Hill Street Blues*, je crois. Bonne journée.

— Oui, au revoir.

Leroy était dans l'escalier quand Angela le héla. Il se retourna.

— Attrapez ! dit-elle.

Le jeu de clés décrivit dans l'air un arc de cercle qui se termina dans la paume de la main de Leroy. Il les regarda une seconde sans comprendre, puis leva les yeux vers Angela, qui lui parut très agitée.

— La plus grosse, c'est la porte d'entrée, expliqua-t-elle nerveusement. Les deux autres sont pour la porte de l'appartement. Aucune raison que vous attendiez dans la rue que je revienne du travail. Je vous retrouverai ici.

Sans attendre de réponse, elle fit volte-face et disparut dans l'appartement. Elle referma la porte et se laissa aller contre le battant de bois. Pourquoi avait-elle agi ainsi ? Pourquoi avoir confié à cet étranger les clés du royaume ? De son royaume ?

Et elle aurait pu jurer qu'hier soir Leroy avait les yeux marron...

Sur le palier du deuxième, Leroy fit une halte et considéra les clés au creux de sa main. Il comprenait fort bien ce qui se passait. Leroy avait employé son pouvoir télépathique pour s'immiscer dans le cœur et le foyer d'un certain nombre de jeunes femmes.

Le problème, c'est que cette fois Leroy n'avait pas utilisé son don pour se faire accepter d'Angela Quiñoñes. Il en était incapable. L'esprit de la jeune femme lui était aussi insondable que l'océan. Malgré tous ses efforts, il n'avait pu capter la moindre de ses pensées, et il n'essayait même pas les vieux stratagèmes avec elle. Il se contentait d'être lui-même. En conséquence, il avait rejeté catégoriquement la possibilité de s'installer dans son appartement. Alors pourquoi lui avait-elle lancé ces clés ? Cette seule question impliquait une réalité assez désagréable : il ne maîtrisait pas totalement la situation.

Il se remit à descendre les marches d'un pas souple. Cette fois, il ne jugeait pas le plan habituel très approprié. Rester avec Angela Quinoñes pouvait se révéler une erreur. Quand il sortit dans la rue, Leroy savait qu'il ne pourrait pas définir ce qui le gênait dans cet arrangement, et il décida de n'y plus penser, au moins pour le moment. *Tu pourras toujours t'en soucier quand tu auras du temps libre. Pour l'instant, tu as du boulot. Alors garde l'esprit clair, si tu ne veux pas risquer ta peau.*

Il retourna à son van et grimpa à l'arrière. Là, il se rasa et changea rapidement de vêtements comme d'identité. Le costume gris trois pièces était la tenue type que porterait un avocat du ministère de la Justice. Avec un petit sourire, Leroy décida que Jason Colson aurait les yeux bleus.

Brusquement, son sourire se transforma en un rictus irrité. Leroy pêcha son étui à lentilles dans sa poche de poitrine. Angela l'avait-elle remarqué ? C'était très probable. A partir de maintenant, il garderait donc sa couleur d'yeux naturelle. Finalement, c'était sans grande importance. Même avec ses cheveux teints d'un noir de jais, il ne pensait pas qu'on puisse croire à ses origines hispaniques très longtemps. Et puis, il supportait assez mal ces lentilles de contact.

Jason acheta le *New York Times* et le *Post* qu'il parcourut en prenant son petit déjeuner en bas de la rue, dans un petit café. Rien de neuf concernant l'Ecorcheur, et Jason décida de savourer cet instant de répit sans penser à l'affaire. Il plia et déplia plusieurs fois la jambe où était toujours logée la balle tirée par Ira Levitt. Un peu raide, mais opérationnelle. Pendant la semaine suivant son retour à Willow, Jason avait commencé chaque journée par de longues promenades dans les collines boisées s'étendant derrière son bungalow. Ces balades s'étaient étirées à mesure qu'elles devenaient plus faciles. Après quelques jours, il avait ajouté un peu de course de fond l'après-midi, et à présent sa jambe lui semblait en état. C'était une bonne chose. L'Ecorcheur allait sans doute frapper de nouveau la semaine prochaine. Mais cette fois, Jason espérait bien le trouver avant...

New York mettait tout en œuvre pour arrêter le Tueur de Latinos. Rien n'était trop beau pour le détachement spécial travaillant sur cette affaire. C'est pourquoi ils avaient établi son quartier général à One Police Plaza. Pas de minable commissariat de quartier pour eux. Après tout, l'enquête sur un cas aussi médiatisé était un événement, autant que le crime lui-même.

Arrivé dans le grand hall de la bâtisse de brique, de verre et d'acier, Jason Colson fut orienté à l'accueil, prit un ascenseur qui le déposa devant un vieux sergent bourru gardant la porte des locaux réservés au détachement spécial. L'homme était assis derrière un bureau métallique gris d'âge canonique, et une plaque en acier posée devant lui indiquait « Sergent Turpin ». Il dévisagea Colson.

— Qu'est-ce que je peux pour vous ?

Jason lui tendit ses pièces d'identité.

— Jason Colson, ministère de la Justice, annonça-t-il du ton guindé qui convenait. Je suis ici pour les crimes de Latinos, sergent.

— Ouais, quelqu'un de votre bureau a appelé hier pour prévenir de votre venue.

Jason ne corrigea pas l'erreur. En fait, c'était lui qui avait téléphoné la veille de Willow. Il est beaucoup plus facile de passer le voile de la sécurité quand vous vous êtes annoncé auparavant. Le visiteur impromptu est toujours suspect.

Le sergent Turpin lui rendit ses papiers.

— En quoi ces meurtres intéressent le ministère de la Justice ? C'est une affaire locale. Rien de fédéral là-dedans.

— Toutes les victimes de l'Ecorcheur sont d'origine hispanique. Il est possible que ce tueur ait violé les droits civiques de ses victimes.

— Vous plaisantez, ou quoi ?

— Je sais que ça peut paraître ridicule, mais cette affaire est répercutée par les médias au plan national, et les services de l'attorney général veulent s'assurer qu'il existe un autre recours, au cas où les meurtres ne seraient pas prouvés au procès.

— Bordel, pas besoin de vous faire du mourron pour ça ! Vous perdez votre temps ici. Sans parler de l'argent des contribuables.

— Ecoutez, sergent, je suis tout à fait conscient que cette enquête sur les droits civiques est sans nul doute inutile. Je crois que mes supérieurs le savent, eux aussi. Mais ils veulent couvrir leurs arrières, alors si on enterrait la hache de guerre, hein ? Je suis employé comme vous, et je fais seulement ce qu'on me dit de faire. D'accord ?

Turpin réfléchit un moment et finit par décider que ce Colson avait l'air correct. C'était un avocat, d'accord, mais on ne pouvait pas vraiment lui en faire grief. Le sergent s'excusa, passa un bref coup de téléphone et informa Jason que le lieutenant Nyberg l'attendait dans le bureau 1107.

Jason réprima un soupir de soulagement en s'engageant dans le couloir. Les vieilles recettes fonctionnaient toujours à merveille. Son don particulier lui avait indiqué ce qu'il convenait de dire à Turpin. La rencontre avec Angela avait quelque peu entamé sa confiance. Mais cette courte entrevue avec le sergent l'avait rassuré : à l'évidence, Miss Quinoñes était l'exception et non la règle.

Le lieutenant Philip Nyberg était un homme mince aux traits pincés et aux cheveux blonds ondulés. Il pouvait avoir quarante-cinq ans. Quand Jason entra dans la pièce, Nyberg leva le nez des papiers qui couvraient son bureau et murmura :

— Encore les Fédéraux. Manquait plus que ça. Comme si cette affaire ne me les brisait pas assez...

— D'autres agents fédéraux ? Qui sont-ils ? demanda Jason.

— Deux agents du FBI. Ils sont ici pour examiner des « données corollaires », c'est tout ce qu'ils ont bien voulu dire.

Pour Nyberg, ce n'étaient que des Fédéraux. Jason ne réussit pas à apprendre leurs noms.

— Je vous promets de vous importuner le moins possible.

Je voudrais juste examiner le dossier pour trouver toutes les raisons qu'aurait le gouvernement fédéral d'ouvrir une accusation de violation des droits civiques à l'encontre de l'Ecorcheur, éventuellement.

— Violation des droits civiques ?

— Oui. Vous vous souvenez de la manière dont on a épinglé ces types du Ku Klux Klan qui avaient tué des marcheurs de la paix dans les années 60 ?

Nyberg se gratta le menton.

— Bien sûr, oui, fit-il. Ils ont utilisé cette tactique quand les charges d'homicide sont tombées. Mais dans cette affaire-ci, ça ne risque pas d'arriver. Vous devriez voir les preuves matérielles que nous avons...

— Eh bien, permettez-moi de consulter vos dossiers et c'est ce que je rapporterai à mes supérieurs. Ça vous va ?

— Ça me va. Aucune intention de gêner le cours de la justice.

Jason savait qu'il prenait un gros risque en pénétrant ainsi dans le repaire de la bête. Il la sentait s'agiter dans son sommeil. Tant pis. Le bluff avait réussi et le danger l'excitait. Et la couverture du ministère de la Justice était une idée de génie, toute modestie mise à part. Il y avait de fortes probabilités pour que le FBI soit déjà sur l'affaire, si bien que se faire passer pour un des leurs était impossible. Mais un représentant du ministère de la Justice venant fouiner pour monter un dossier de violation des droits civiques, voilà qui était parfait et déstabilisait les réticences par son côté d'illogisme bureaucratique.

Nyberg se leva, marcha jusqu'à la porte et désigna l'autre bout du couloir.

— La dernière porte sur la gauche. C'est là qu'est rangé tout ce qui concerne l'Ecorcheur. Vous allez avoir un choc... Oh, à propos, un des Fédéraux s'y trouve déjà. Ne vous marchez pas dessus.

Jason remercia le lieutenant Nyberg et lui promit une nouvelle fois de disparaître dès que possible. Puis il parcourut le couloir jusqu'à la dernière porte à gauche. Elle était fermée. Il frappa poliment, puis l'ouvrit et pénétra dans la pièce.

Il s'était à moitié attendu à être accueilli par un agent typique du FBI, comme au bon vieux temps d'Edgar G. Hoover, avec coupe de cheveux militaire, manque d'humour chronique et costume anthracite de rigueur. Jason était habitué aux contacts avec les policiers locaux aux joues creuses, quelques canailles, des proches endeuillés et lugubres, pour enfin atteindre sa proie. Les *serial killers* se révélaient rarement des gens charmants. Mais dans cette affaire, il allait de surprise en surprise.

Vida Johnson leva les yeux du dossier qu'elle compulsait et toisa l'arrivant avec une perplexité non dissimulée.

— Vous devez être un des Fédéraux dont vient de me parler Nyberg, dit-il avec un sourire. Bonjour. Jason Colson, du ministère de la Justice.

— Vida Johnson, FBI. Nyberg n'a pas l'air d'avoir beaucoup d'estime pour nous, n'est-ce pas ?

— Les flics locaux détestent toujours les Fédéraux, c'est devenu quelque chose comme une tradition. Comment ça se passe ?

— C'est laborieux. Il y a quelques trucs vraiment écœurants, là-dedans. L'Etat de New York a rétabli la peine capitale juste à temps, si vous voulez mon avis. Si quelqu'un mérite de frire sur la chaise, c'est bien ce monstre. Quel est l'intérêt de la Justice pour cette affaire ?

Jason récita de nouveau sa couverture et réitéra ses doutes sur le bien-fondé de sa mission. Une rapide incursion dans l'esprit de Vida lui confirma qu'elle avalait l'ensemble, appât, hameçon et flotteur compris. Elle lui tendit une épaisse liasse de feuilles tirée du gros dossier qu'elle avait apparemment fini d'étudier.

— Vous pouvez tout aussi bien commencer par les rapports du médecin légiste que par ceux sur les lieux des crimes. On a une montagne de paperasserie sur cette affaire. Ce dossier n'en représente même pas le dixième, c'est un résumé qu'ils m'ont préparé pour me faire gagner du temps. Et pour que je quitte les parages plus vite...

— Très aimable de leur part, en effet. Nyberg m'a dit que vous étiez deux sur le coup. Où est votre partenaire ?

— Ira ? Il est en ville pour le travail de recherche.

Ira ? Ira Levitt ?

Préoccupée, Vida ne remarqua pas le tressaillement de surprise de Colson.

Que diable vient faire Levitt ici ? Bon sang, la réponse est assez évidente : il est sur tes traces, imbécile ! Tout comme tu es sur celles de l'Ecorcheur. Mais comment a-t-il su que je viendrais ici ?

Jason évalua quelques possibilités logiques avant de se remémorer ce qu'il avait lui-même pensé : d'autres *serial killers* sévissaient dans des zones plus favorables à l'exercice de son talent, mais aucun ne massacrait des familles entières à chaque fois. Certaines tentations valaient qu'on prenne un risque supplémentaire...

Ira Levitt commençait à connaître un peu trop bien sa proie. L'agent du FBI avait anticipé la prochaine cible de David Vandemark, et l'avait pris de vitesse. Mais que savait-il au juste ? Jason pouvait-il poursuivre la chasse sans risques trop grands ? Vida pouvait sans doute le renseigner, il suffisait à Jason de poser les bonnes questions. Que la jeune femme réponde ou non à ce collègue «fédéral» n'y changerait évidemment rien.

Jason prit appui des deux mains sur la table.

— Nyberg m'a dit que vous étiez sur une affaire assez... confidentielle. Intéressant ?

Vida posa le document qu'elle parcourait et regarda Colson droit dans les yeux.

— Très intéressant, lâcha-t-elle. Mais je ne peux pas en parler. Les ordres, vous savez ce que c'est.

Elle fit mine de se replonger dans l'étude de son rapport, mais son esprit ne suivit pas, exactement comme l'avait espéré Jason. *Mon vieux, vous seriez surpris de savoir combien cette affaire est intéressante, oui... Pister quelqu'un comme Vandemark, c'est...* Toutes les données emplirent son esprit en une sarabande folle allant crescendo, jusqu'à ce que Colson se fatigue de les examiner.

Tout en simulant le plus grand intérêt pour le dossier sous ses yeux, Jason écouta Vida récapituler mentalement le cas. Après un moment, elle se lassa et revint à sa tâche présente, mais Jason en avait appris assez. A présent, sa seule crainte était que Levitt entre dans la pièce et l'identifie avant qu'il ait eu le temps de parcourir ces documents.

Il se résolut à une approche directe :

— Dites, quand votre partenaire doit-il revenir ? J'aimerais assez avoir son avis sur cette affaire.

— Il ne revient pas, répondit Vida sans lever les yeux, cette fois. Nous devons nous rencontrer en ville pour déjeuner.

Une autre « lecture » rapide de l'esprit de la jeune femme apprit à Colson qu'elle disait la vérité, mais aussi qu'elle commençait à ne guère apprécier cet avocat trop curieux. Très bien, il pourrait survivre à cette opinion, pour l'instant. Dans le futur, on verrait s'il fallait la modifier.

Il était beaucoup plus inquiet pour le présent, et en particulier en ce qui concernait Ira Levitt. Donc le partenaire de Vida n'avait pas le projet de revenir à One Police Plaza ce matin. Mais cela ne signifiait pas qu'il ne le ferait pas. Etait-il bien judicieux de s'attarder ici pour prendre connaissance de ce dossier ? S'il ne le faisait pas maintenant, il lui faudrait revenir plus tard, en ignorant si Levitt était présent ou non. C'était une possibilité qui n'enchantait pas du tout Colson. Par ailleurs, une seconde visite dans cette forteresse impénétrable aux fenêtres scellées et à la population uniquement policière semblait constituer une prise de risques assez ridicule. Après tout, il ne faut pas remettre au lendemain ce qu'on peut faire le jour même...

Le dossier était une mine d'informations restées ignorées des journaux. La police avait posé une chape de plomb sur cette affaire, et rien ne transpirait de leur enquête sans leur autorisation expresse. L'affaire Howard Beach et le fiasco Tawana Brawley leur avaient montré combien il pouvait être dangereux d'enquêter sur un crime avec les médias comme partenaires. Les détails alléchants de toute affaire possédant des relents racistes comme celle-là étaient maintenant interdits à la divulgation et restaient connus des seuls policiers concernés. Jason devait admettre qu'il s'agissait là d'une précaution très sensée. Même si cela rendait son travail plus difficile.

Les documents collectés furent une révélation. Il n'avait pas imaginé que les victimes étaient mutilées à ce point. Les clichés du médecin légiste montraient des torses décapités, des membres sectionnés, des têtes sanglantes sur le sol, défigurées au couteau, jusqu'à interdire toute identification.

En deux occasions, des mots avaient été tracés sur les murs avec le sang des victimes. Horrible écho de Charlie Manson... Mais il n'y avait résolument rien de politique ou de sibyllin dans ces messages sinistres, seulement de la haine et de la folie. La brutalité à l'état pur.

SANG !

CREVE !

POURRITURE !

CHAROGNE !

TUE !

Le tueur célébrait ainsi les crimes épouvantables qui lui avaient fourni son encre. Les lettres au tracé irrégulier, comme un cri silencieux, renvoyaient à la frénésie de l'auteur. Mais après un tel ouvrage, il avait dû être aspergé de sang, donc incapable de passer inaperçu dans la rue. Comment avait-il fui ? Cette question tenaillait Jason.

A l'évidence, elle tracassait la police aussi. Ils avaient passé au crible toutes les contraventions dressées sur la voie publique dans les environs pendant les trois nuits précédant chaque crime. Jusqu'alors, leurs recherches n'avaient rien rapporté, mais elles étaient logiques. C'est ainsi qu'ils avaient réussi à arrêter Berkowitz.

Le reste n'apprit pas grand-chose à Jason, du moins aucun fait nouveau exploitable dans l'immédiat. Mais pour lui, certains faits restaient immuables : vingt-quatre victimes, vingt-quatre bonnes raisons pour que l'Ecorcheur meure — Eduardo (51 ans), Rosanna (49), Tomas (21) et Jorge Quinoñes (19), Flushing, Queens, 28 mai ; Juan (37), Dolores (34), Julio (14), Marco (13), Pino (12), Hernando (10), Ricardo (8) et Maria Rico (6), Harlem, Manhattan, 18 juin ; Jesus (47), Bonita (32), Luis (13), Carlos (11), Fernando (10), Doris (6), Pedro (5) et Enrique Delmalia (4), Staten Island, 29 juin ; Hernando

(44), Maria (40), Laura (17) et José Menguelli (15), Elmhurst, Queens, 15 juillet.

En revanche, le dossier contenait le nom de plusieurs témoins dont les journaux n'avaient pas parlé. Un en particulier retint l'attention de Jason. Ralph Hunter, chauffeur de taxi, rentrait à son appartement de Staten Island vers minuit et demi ce 29 juin. Alors qu'il s'éloignait de l'arrêt de bus, il avait entendu ce qui lui avait paru être un cri de femme, très bref, dont il n'avait pu définir la provenance. Deux jours plus tard, il avait appris le massacre de la famille Delmalia par les journaux. Les victimes n'habitaient qu'à deux blocs de chez lui. Il s'était rendu à la police pour y faire une déposition. L'heure correspondait. Ralph avait sans doute perçu le dernier cri de Bonita Delmalia. Hormis la confirmation de l'heure, ce témoignage n'avait pas été d'une très grande utilité pour la police. Mr. Hunter n'avait vu personne dans les rues, ni rien remarqué d'anormal. « Cette source est peut-être tarie pour les flics, mais pour moi elle conserve encore quelques possibilités à exploiter », songea Jason.

Il ne trouva rien d'autre dans le reste du dossier, seulement une litanie de pistes ne menant nulle part et d'interrogatoires vides. L'Ecorcheur était expert dans l'art de disparaître sans laisser de traces. Ou alors il était très chanceux.

D'après sa montre, il était presque midi, plus que temps de quitter les lieux. Vida Johnson avait visiblement la même idée en tête. Alors qu'il refermait le dossier, il vit l'agent du FBI ramasser les notes qu'elle avait griffonnées. Jason lui souhaita bon appétit et ajouta qu'il la verrait peut-être plus tard. Elle acquiesça, le salua et sortit de la pièce.

Une poignée de secondes plus tard, Jason la dépassait dans le couloir où elle s'était arrêtée pour boire un verre d'eau au distributeur. Au passage, il fit un signe de la main au sergent Turpin, puis il continua jusqu'aux ascenseurs sans traîner. Tout ce temps passé dans le centre de la police d'une grande ville commençait à le rendre nerveux.

Alors qu'il atteignait les ascenseurs, les portes de celui de gauche coulissèrent et Ira Levitt en sortit.

Par chance, l'agent fédéral avait les yeux rivés aux notes prises sur son calepin. Il croisa Jason sans lever la tête. Colson regarda Levitt qui s'éloignait vers le service spécial. Il arrivait à la porte quand Vida apparut.

Jason leur tourna le dos et appuya sur le bouton d'appel. La cabine empruntée par Levitt était déjà repartie. Derrière lui, Jason entendait Vida et Ira qui approchaient.

Vite, saloperie de machine ! Magne !

Il se trouvait caché par le coude du couloir, mais cette situation ne durerait pas. Encore une douzaine de pas et les deux agents du FBI le rejoindraient. Ses cheveux teints ne tromperaient pas Levitt plus d'un quart de seconde.

Mais que foutent ces ascenseurs ? Merde ! C'est l'heure du déjeuner !

Jason percevait très clairement la conversation entre Levitt et Johnson. Pourquoi n'avait-il pas prévu ça ? Parce qu'il n'avait pas fait assez attention, parce que parce que...

En ce moment même, des fonctionnaires de police impatients de profiter de leur pause s'entassaient dans les ascenseurs à chaque étage...

— ... alors j'ai décidé de revenir ici. Une chance de vous avoir chopée avant que vous partiez.

Jason décida de rester dos tourné aux arrivants jusqu'à ce qu'ils soient juste derrière lui. De cette façon, il aurait peut-être une chance de les surprendre avant qu'ils n'aient dégainé.

— Parfaite synchronisation, disait Vida. J'allais partir. Je viens juste de finir.

Et si quelqu'un arrive pendant que je les neutralise ? Je risque d'avoir toute la police de New York sur le dos !

— Trouvé quelque chose d'intéressant ?

Mais pourquoi être venu ici ? Quel risque imbécile !

— Non, mais il m'est venu deux ou trois idées, je vous en parlerai pendant le déjeuner. Au fait, nous ne sommes plus les seuls Fédéraux sur l'affaire.

Imbécile ! Imbécile !

— Le Bureau a envoyé quelqu'un d'autre ici ?

— Non, il venait du ministère de la Justice. Vous avez dû le croiser en arrivant ici.

— Comment s'appelle-t-il ? Je le connais peut-être.

— Jason Colson. Mais nous allons sûrement le rattraper aux ascenseurs.

Ira et Vida tournèrent le coin du couloir pour découvrir la porte de l'ascenseur qui se refermait.

21

Ralph Hunter était un homme blond et ventripotent de trente-deux ans, et avant même de le rencontrer Jason sut que lire son esprit serait un plaisir. Après s'être échappé sans anicroche de One Police Plaza, Jason avait téléphoné à Hunter pour l'avertir qu'un membre du ministère de la Justice devait passer le voir à propos du massacre de la famille Delmalia. C'est l'épouse de Ralph qui avait répondu. Son mari était sorti faire des courses, mais il devait rentrer dans l'heure. Jason arriva avant le retour de Ralph, aussi Mrs. Hunter lui offrit-elle de savourer une tasse de café dans leur petit salon douillet.

Un mur entier de la pièce était occupé par des étagères surchargées de livres. Pendant que son hôtesse s'affairait dans la cuisine, Jason prit la liberté d'examiner un peu cette bibliothèque. Beaucoup de Sidney Sheldon et de Judith Krantz, mais aussi une belle sélection d'œuvres de Dickens, Shakespeare, Wolfe, Sinclair, ainsi que nombre d'auteurs que David Vandemark avait appréciés. Un des rayonnages inférieurs était occupé par l'intégrale des romans de Travis McGee. Jason aimait beaucoup MacDonald, et il se dit que quelqu'un appréciant autant John D. devait avoir un esprit méritant la visite.

Il ne se trompait pas. Un quart d'heure passa et Ralph Hunter entra dans la maison, deux enfants aux cheveux de lin sur ses talons. Il se servit un thé glacé tandis que les deux fillettes entreprenaient de bouleverser la quiétude bien rangée du foyer. La scène se métamorphosa très vite en vision d'apocalypse, puis Mrs. Hunter accusa sans douceur son mari d'avoir acheté des glaces aux enfants. Ralph plaida coupable. Il était évident que l'euphorie des deux anges blonds n'allait pas décroître avant un certain temps, et elles refusèrent d'aller jouer dehors : il faisait trop chaud. Hunter proposa donc d'aller discuter dans le jardin en laissant les deux adorables monstres à la garde de leur mère.

Une fois installés dans une paire de transats, Ralph entama la conversation en assurant Jason de son désir de coopérer au maximum avec la police pour aider à l'arrestation de l'Ecorcheur. Il n'avait jamais rencontré les Delmalia, mais tout le monde parlait d'eux comme de gens très agréables. Tout ce qu'il pourrait faire pour mettre ce fou meurtrier derrière les barreaux, il le ferait sans hésiter. Jason constata que son interlocuteur était parfaitement sincère, et il lut aussi dans son esprit que l'idée de se retrouver impliqué dans une enquête pour meurtre l'excitait. Au plus profond du chauffeur de taxi sommeillait un super-détective en pantoufles.

Jason laissa Hunter développer un long préambule insipide avant de débuter par les questions classiques de tout enquêteur. Ralph ne se fit pas prier pour répéter son histoire. Il avait entendu un cri perçant. Aucune fenêtre ne s'était allumée alentour. Sans doute personne n'avait-il entendu. Après un moment, Ralph avait trouvé un peu ridicule de rester immobile dans les ténèbres, et il avait regagné son foyer. L'incident ne lui était revenu en mémoire que deux jours plus tard, quand il avait lu les journaux.

Jason sonda l'esprit de l'homme pendant qu'il parlait, mais il n'en tira rien de plus. Il s'y attendait. Il était trop tôt. Ralph débitait son histoire comme une leçon bien apprise. C'était devenu un monologue qu'il avait récité maintes fois pour épater ses amis. Et ça ne suffisait pas à Jason.

— C'est à peu près tout ce que je peux vous dire, conclut Ralph. Rien ne m'est revenu depuis. Désolé.

— Ne le soyez pas. Votre témoignage confirme l'heure du crime estimée par le coroner.

Jason savait que la police n'en avait rien dit à Ralph et que la confidence revigorerait l'ego du chauffeur de taxi. Il désirait que Hunter soit dans les meilleures dispositions pour la suite.

— Eh bien, content de l'apprendre, dit Hunter en souriant.

Jason laissa quelques secondes à Ralph pour goûter à loisir ce petit triomphe personnel.

— A présent, j'aimerais essayer quelque chose d'autre avec vous, Ralph. Je veux que vous me répétiez votre récit, mais cette fois en fermant les yeux et en vous détendant au maximum. Il vous suffit de vous replonger dans cette nuit du 29 juin. Revivez-la et racontez-la-moi à mesure.

— C'est un truc genre hypnotisme ?

— Peut-être un peu d'autohypnotisme, oui. Je ne prononcerai pas un mot. Essayez d'oublier ma présence, d'accord ? Laissez vos pensées vous ramener à cette nuit et revivez-la, simplement. Détendez-vous...

— Vous pensez que ça aiderait si je mettais le transat en position allongée ?

— Essayons, pour voir.

Ralph Hunter s'allongea sur la chaise longue.

— Prenez tout le temps nécessaire pour vous sentir à l'aise. Il faut que vous soyez dans un bon état d'esprit. Ne vous souciez pas de moi, j'attendrai que vous soyez prêt.

Pendant une bonne minute, Ralph s'agita pour trouver la meilleure position. Puis il se calma et commença à se concentrer. Jason, qui le surveillait mentalement, fut très satisfait de ce qu'il découvrit. Ralph Hunter se révélait un excellent sujet.

Pendant que le chauffeur de taxi se préparait, Jason faisait de même. Cette fois, il voulait tenter une exploration en profondeur des pensées de Ralph Hunter. Jason allait mêler sa propre conscience à celle de son hôte. Il n'avait osé cette intrusion mentale qu'en de rares occasions, et avec des résultats très variables. L'expérience lui avait appris qu'il réussissait le mieux avec les sujets intelligents et décontractés. Chez Hunter, Jason trouvait ces éléments, mais il ne pouvait préjuger de la réussite de sa tentative.

D'une voix endormie, Ralph Hunter se mit à décrire sa descente du bus, puis sa marche en direction de sa maison. Seigneur, il était las ! La journée avait été longue, et avec cette chaleur... embouteillages depuis le début de l'après-midi. Jason se glissait dans l'esprit du chauffeur de taxi. La voix de Ralph se fit plus lointaine et peu à peu Jason sentit sa propre entité se dissoudre, comme lors d'une expérience hors du corps, mais là il se retrouvait dans l'esprit de Hunter. C'était la meilleure connexion qu'il ait jamais établie.

Jason se retrouva en train de marcher le long d'une rue sombre de Staten Island. Il avait vraiment l'impression d'y être, tout autant que Ralph qui revivait ces instants avec beaucoup d'intensité.

Les images mentales de Ralph étaient d'une netteté exceptionnelle pour Jason. Les bords de chaque image se fondaient dans un flou progressif, mais le centre était aussi clair que le cristal, y compris pour des détails que Ralph n'aurait pu décrire consciemment : Jason avait réussi à établir un contact avec le subconscient de l'homme. Il avait du mal à contenir son excitation. Il n'était parvenu à cette prouesse que deux fois auparavant, et jamais de façon aussi achevée.

Jason et Ralph descendaient la rue ensemble. Ils prirent une tablette de chewing-gum, en ôtèrent l'emballage qu'ils jetèrent, et mâchèrent. Autour d'eux, la plupart des maisons étaient plongées dans l'obscurité. Ici ou là une fenêtre était éclairée. Le quartier était habité en majorité par des ouvriers. Tôt levés, tôt couchés. Deux chats se poursuivirent à travers la rue et disparurent dans l'ombre d'une allée. Les véhicules garés pare-chocs contre pare-chocs le long du trottoir étaient tous vides. Au bout du pâté de maisons, Jason et Ralph crachèrent leur chewing-gum dans le caniveau. Il faisait encore trop chaud pour ce genre de sucrerie.

Ils entamèrent le bloc suivant. Jason remarqua un gros camion de location, un Ryder jaune, à l'autre bout de la rue. Consciemment, Ralph n'en avait pas souvenir. Le camion était vide. Sans doute quelqu'un déménageant dès l'aube. Ici les fenêtres encore illuminées se faisaient plus rares, et aucun animal ne troublait la nuit.

Le cri déchira l'obscurité. Plus un hurlement qu'un cri, en fait, qui n'était pas sans évoquer l'appel d'un grand oiseau de proie. Il cessa brusquement. Il avait duré beaucoup moins longtemps que ne le croyait Ralph : moins d'une seconde. Sa fin subite agressait les nerfs. L'alerte ressentie accéléra leur pouls. Ralph et Jason restaient immobiles, à essayer en vain de localiser la source du cri. Pas de chance, il avait été trop bref pour permettre de le repérer. Ils revinrent en arrière d'une dizaine de mètres, tendirent l'oreille. Rien. Tous deux observèrent les façades sombres. Pas de lumières du tout.

Jason sentait la confusion gagner l'esprit de Ralph. Que faire ? Qu'avait-il entendu ? C'était un cri, mais comment l'interpréter ? Peut-être se battait-on quelque part, à moins que ce soit le cri de douleur de quelqu'un qui se brûle en prenant la bouilloire sur la gazinière. Mais prépare-t-on du thé dans le noir ? Bien sûr, la cuisine pouvait se trouver côté cour, et en ce cas... Oui, le cri venait peut-être de la rue adjacente. Sans doute rien d'important. Autant laisser tomber et rentrer prendre un repos bien mérité.

Au coin du bloc, Jason repéra un autre véhicule qui n'avait pas attiré l'attention de Ralph. Une camionnette commerciale marron clair, avec une inscription sur le flanc que Jason ne put malheureusement pas déchiffrer car elle n'était pas garée assez près d'un lampadaire.

Ils traversèrent et se mirent à longer le bloc suivant. Deux fenêtres éclairées seulement sur toutes les façades. Après une trentaine de mètres, Ralph et Jason aperçurent un jeune couple assis sous un porche enténébré. Les jeunes gens étaient serrés l'un contre l'autre et se parlaient à voix basse. Avaient-ils entendu le cri ? Probablement pas, ils se trouvaient presque à un bloc de distance. Jason se demanda pourquoi Ralph ne les avait pas mentionnés dans sa déposition. Mais il en saisit aussitôt la raison : ils ne pouvaient être impliqués dans le massacre. C'étaient de jeunes amoureux volant quelques instants précieux devant la maison de la jeune fille, très certainement. Ses parents devaient ignorer qu'elle se trouvait dehors, alors pourquoi lui créer des problèmes en la citant dans son témoignage ? Ralph avait été jeune et amoureux, lui aussi...

Le reste du trajet jusqu'à la maison de Ralph ne révéla rien d'intéressant, à l'exception du véhicule qui démarra derrière eux, assez loin. Impossible de le voir, car Ralph n'y avait prêté aucune attention. A vivre dans une ville surpeuplée, le chauffeur de taxi avait appris à étouffer les bruits indésirables.

Jason rompit le contact et laissa Ralph terminer le récit de ses souvenirs. Enfin il rouvrit les yeux.

— Alors ? s'enquit-il. J'ai été bien ?

— Impeccable, Ralph. Vous avez cité deux ou trois détails qui valent le coup d'être vérifiés.

— Ah oui ? Par exemple ?

— Je préfère ne pas en parler maintenant. Mais si cela donnait quoi que ce soit, il n'est pas impossible que je sollicite une autre entrevue avec vous. Au nom du ministère de la Justice, je vous remercie de votre collaboration.

Ils échangèrent une poignée de main et Jason quitta un Ralph Hunter persuadé d'être au cœur de quelque chose de réellement important. Quel dommage qu'il ne sache pas exactement quoi...

Jason parcourut d'un pas lent le chemin qu'il venait de faire en pensée avec Ralph. Le soleil filtrant à travers le feuillage des arbres aurait pu faire croire à un tout autre lieu.

Il s'arrêta là où avait été garé le camion Ryder. Un simple regard circulaire et il repéra la maison avec la pancarte « A VENDRE ». Ce qui expliquait le camion de location.

Puis il revint à l'endroit où s'était trouvé le van marron. Il frappa aux portes alentour, déclina sa fausse identité et posa quelques questions. Personne ne connaissait de voisin possédant un pareil véhicule. Plusieurs habitants du quartier apprirent à Jason qu'un certain Herb Jackson avait un van, mais de couleur verte. Personne ne se souvenait d'un van marron.

Bon, qu'avait-il, au total ? Un véhicule qui avait démarré derrière Ralph peu après le cri, et un van marron n'appartenant à personne du quartier garé dans le coin. C'était maigre.

Jason raya le véhicule démarrant de sa liste. Le tueur aurait assassiné ses victimes, puis serait passé par une fenêtre, aurait dévalé la rue sur plus d'un bloc pour sauter dans sa voiture et démarrer alors que Hunter était encore dans la rue ? Très improbable. Non, ce véhicule qui démarrait n'était pas une piste sérieuse.

Le van marron, en revanche, était peut-être un indice de

valeur. Mais il n'avait pu lire l'inscription sur son flanc, ni même entrevoir la plaque minéralogique. Et il devait exister quelques centaines de vans marron dans l'agglomération new-yorkaise. Les chances de retrouver celui-là étaient donc plus que minces.

Jason revint jusqu'à Victory Boulevard, héla un taxi et s'affala sur la banquette arrière pour ruminer les dernières données du problème. Il semblait bien que ce petit saut à Staten Island allait se solder par une perte de temps intégrale. Il passa le reste du trajet en taxi à classer toutes les impressions perçues pendant sa communion mentale avec Ralph Hunter. Peut-être avait-il négligé un détail, sur le moment. Mais quand le taxi arriva au ferry, Jason dut se rendre à l'évidence : il avait épuisé les possibilités de cette piste. Par pur ennui, il ajoutait vampires et loups-garous à sa petite promenade nocturne avec Mr. Hunter.

Le retour en ferry jusqu'à Manhattan donna l'occasion à Jason d'ordonner un peu ses pensées. Finalement, il n'était pas aussi démuni qu'il l'avait pensé vingt minutes plus tôt. Les dossiers de la police lui avaient dressé un tableau beaucoup plus clair de la façon d'opérer de l'Écorcheur. De même, sa balade mentale nocturne lui avait révélé que le tueur était humain. Il avait commis une erreur. Une de ses victimes avait survécu assez longtemps pour pousser un cri. Un cri qui pourrait coûter la liberté à l'Écorcheur. Et s'il avait déjà commis une erreur, il en commettrait d'autres.

Mais le gain le plus important de la journée était sans conteste d'avoir appris qu'Ira Levitt se trouvait à New York, sur ses traces. Jason savait qu'il lui faudrait déployer la plus grande vigilance pour ne pas croiser de nouveau son poursuivant. Il n'avait aucune envie de répéter l'épisode de l'ascenseur. Jamais.

Un autre taxi déposa Jason près de son van à l'intérieur duquel il se métamorphosa en Leroy De Carlo. Sa transformation achevée, il consulta sa montre et réprima un juron. Sept heures moins le quart ! Il était en retard pour son rendez-vous avec Angela. *Bon sang, que le temps passe vite quand on est en chasse...*

22

Charles Camden pressa un des nombreux boutons de la console de commande posée sur le bureau nu. Au centre de la surface de bois poli un carré bascula et un micro-ordinateur apparut. Camden introduisit une disquette dans le lecteur.

Les deux hommes debout en face du bureau avaient déjà assisté à la procédure. C'étaient des éléments endurcis, imperméables à la crainte. Mais l'homme qui pianotait maintenant sur le clavier de l'IBM était quelqu'un que tous deux respectaient. Et craignaient. Depuis des années, ils travaillaient pour lui, et ils avaient appris à connaître l'étendue de son pouvoir. C'est pourquoi ils attendaient en silence qu'il veuille bien leur adresser la parole.

Camden afficha à l'écran le dossier qu'il cherchait et fit défiler une liste de noms. Distraitement, il remarqua que quatre noms étaient flanqués d'un astérisque, huit autres d'un X majuscule.

Les quatre noms avec l'astérisque étaient Eduardo Quinoñes, Juan Rico, Jesus Delmalia et Hernando Menguelli. Ceux marqués d'un X signifiaient que ces gens avaient déménagé ou ne correspondaient pas aux besoins de Camden.

Tous les noms de la liste partageaient plusieurs points communs. Chacun avait bénéficié de l'aide sociale. Camden avait obtenu cette liste de candidats simplement en dupliquant les archives électroniques du Service social de la ville. Ces dossiers offraient une source incomparable de renseignements sur les clients, nom, âge de chaque membre de la famille, adresse, passé professionnel et historique succinct.

Leur présence sur cette liste induisait également qu'il s'agissait de gens pauvres, et c'était un détail d'importance car il impliquait que personne ne ruerait dans les brancards à cause de leur disparition. Du moins pas d'une manière significative. Les journaux feraient des articles à sensation sur les meurtres, mais qui irait se soucier des victimes elles-mêmes ? La pauvreté vous condamnait à un anonymat sociologique qui convenait parfaitement à Camden.

Chaque nom de la liste était de consonance hispanique. C'était là le point commun le plus important pour Camden. Et ils vivaient tous à New York.

Chacun était chef d'une famille d'au moins quatre membres.

Chacun était donc une victime potentielle du Tueur de Latinos.

Tant de victimes disponibles et si peu de temps... Charles Camden sélectionna deux noms : Alfredo Martinez, dans le Bronx, et Esteban Moreno, à Brooklyn.

Camden tapa quelques commandes puis se renfonça dans son siège pour observer les résultats. Sous le bureau, l'imprimante se mit en marche. Camden attendit qu'elle ait terminé de cracher ses données pour se pencher et prendre les deux feuillets imprimés. Il les détacha et en tendit un à chacun des hommes.

— Voilà pour vous.

— Procédure habituelle ? demanda l'un d'eux.

— Oui. Tout ce que vous pourrez trouver.

Ses deux subordonnés acquiescèrent ensemble puis sortirent du bureau. Camden savait qu'ils exécuteraient le job sans poser de questions. Ces deux-là étaient avec lui depuis le Vietnam, et depuis aussi longtemps ils avaient appris qu'il valait mieux ne pas trop en savoir sur ce que préparait leur patron. Ils avaient connu d'autres « collègues » trop curieux, qui avaient disparu. Où, personne ne le savait et personne ne cherchait à le savoir. Ces deux-là étaient toujours actifs pour le compte de Camden. C'étaient de bons éléments, qui obéissaient sans hésitation.

— Alfredo Martinez... Esteban Moreno...

Dans le calme de son bureau, Charles Camden prononça ces noms à mi-voix, comme une prière. N'était-ce pas le ton qui convenait pour parler des morts et de ceux qui vont mourir ?

23

Leroy fut ravi de découvrir qu'Angela ne l'avait pas attendu sans rien faire sinon cultiver son impatience. Elle avait saisi l'occasion pour troquer sa légère robe imprimée contre un ensemble bleu foncé très discret. Cette tenue conviendrait beaucoup mieux pour la visite qu'ils devaient rendre à une femme ayant perdu toute sa famille quatre semaines plus tôt seulement. Il se réjouit de son intelligence puis se souvint qu'Angela était orpheline depuis seulement deux mois, et son admiration pour la force de caractère de la jeune femme grandit encore.

Le restaurant italien se trouvait à deux blocs de son appartement. Leroy se doutait que la conversation aborderait leurs passés respectifs. Il s'y était préparé. Menteur chevronné depuis toutes ces années, Leroy n'avait aucune difficulté à présenter une version édulcorée de l'existence de David Vandemark. Ils échangèrent quelques souvenirs d'enfance et se rendirent compte qu'ils avaient beaucoup en commun. Tous deux avaient été le vilain petit canard de la classe pendant leurs études primaires, parce qu'ils étaient trop introvertis pour être « populaires ». Tout cela avait changé par la suite.

Assis là à bavarder dans ce restaurant, ils ressemblaient à n'importe quel couple apprenant à se connaître pendant un repas. L'Ecorcheur qui hantait New York avait déserté leur esprit. Leroy De Carlo avait l'impression de n'avoir d'autre but dans la vie que de profiter de la compagnie de cette ravissante jeune femme. Oubliées momentanément les tragiques circonstances qui avaient amené cet homme énigmatique dans l'existence d'Angela Quinoñes. Une agréable conversation devant des plats succulents, que pouvait-on souhaiter de plus ?

Tout se passa très bien jusqu'à ce qu'Angela lui demande pourquoi il avait abandonné sa carrière d'avocat pour celle de détective privé. Il avait l'intention de lui tourner une explication basée sur l'ennui ressenti à l'étude et l'envie d'un métier plus excitant. Angela l'aurait cru, et la situation ne se serait pas compliquée. Mais les choses ne se déroulèrent pas ainsi.

Leroy se retrouva en train de raconter à Angela comment il avait naguère épousé une femme merveilleuse prénommée Christine. Dès qu'il eut commencé, il ne put s'arrêter. Il parla aussi de sa fille. L'histoire semblait naître d'elle-même sur ses lèvres. Il en arriva à l'accident qui l'avait envoyé à l'hôpital. Pendant qu'il s'y trouvait, sa femme et sa fille avaient été tuées par un malade mental, un *serial killer*. Une fois remis d'aplomb, il avait traqué le tueur. Bien entendu, Leroy omit de préciser qu'il était parvenu à le retrouver grâce à son don télépathique, de même qu'il passa sous silence les deux balles de .38 qu'il avait laissées dans le corps de Greg Hewett. Ensuite, il avait compris qu'il ne pourrait plus reprendre son ancienne existence. Avec tous les accents de la sincérité, Leroy avoua qu'il trouvait sa nouvelle carrière beaucoup plus gratifiante que celle d'avocat.

Son récit terminé, Leroy se mura dans un silence absent. Angela supposa qu'il pensait à sa femme et à sa fille bien-aimées, et elle attendit paisiblement qu'il revienne au présent. Mais Leroy était atterré d'avoir ainsi parlé à Angela de Chris et de Jennifer. Et c'était moins son récit qui le préoccupait que la réaction déclenchée en lui par ces souvenirs.

Leroy De Carlo, l'homme aux multiples identités, né des cendres de David Vandemark, avait parlé de la mort de Chris et de Jenny comme s'il s'agissait d'une perte personnelle. Mais pourquoi ? Il n'était pas David Vandemark ! Vandemark et lui étaient deux personnes complètement différentes, leur seul point commun était ce corps qu'ils avaient habité à des époques différentes. Mais c'était la vérité, inutile de la nier.

Leroy avait éprouvé un profond sentiment de perte quand il avait parlé des disparues. Il ne comprenait pas. Ces deux personnes n'auraient rien dû signifier pour lui. Que se passait-il dans son crâne ?

Les paroles d'Angela lui parvinrent comme de très loin :

— Tout va bien, Leroy ?

Il se reprit aussitôt, la regarda et réussit une ébauche de sourire.

— Oui... Oui. Je crois que j'ai laissé mon esprit battre la campagne. Toutes mes excuses. Je ne parle pas très souvent de Chris et de Jenny.

— Ce n'est pas bon de garder ces choses enfouies en soi. C'est une des premières règles que je me suis imposées après la mort de ma famille. Ce serait une erreur de ne jamais parler d'eux. Oh, bien sûr, ça m'a fait souffrir, mais ils ont fait partie de ma vie, et ne plus parler d'eux ou penser à eux aurait été comme nier qu'ils aient jamais existé. Et je pense qu'ils méritent mieux.

— Sans doute. Et ça doit aider à reprendre le dessus.

— Oui, je le pense. Je suis sûre que cette attitude m'a beaucoup aidée.

Leroy étendit le bras et serra la main d'Angela.

— Vous savez, vous êtes vraiment quelqu'un de peu ordinaire. Vous avez mieux accepté le décès de vos proches en sept semaines que moi en sept ans.

Il allait retirer sa main mais Angela lui rendit sa pression, tout en le fixant droit dans les yeux.

— Je sais écouter, moi aussi, De Carlo, si un jour vous en ressentez le besoin...

L'appeler De Carlo lui donna le courage de serrer sa main.

— Et souvenez-vous que je vous dois beaucoup. Pour tout ce que vous faites dans le but d'arrêter cet animal.

Leroy se sentit rougir.

— Merci, je ne l'oublierai pas...

Ce furent les seuls mots qu'il trouva.

Angela lâcha enfin sa main. Leroy fut désolé que ce contact cesse aussi vite, mais c'était sans doute pour le mieux.

— Je vais demander l'addition, fit-il. Nous devrions déjà être en route.

Le quartier où habitait Mrs. Vallejo n'était pas aussi misérable que l'avait imaginé Leroy. Comme tout le monde, il avait lu dans la presse que certaines sections de Spanish Harlem expérimentaient une rénovation urbaine. Ici, on en voyait la preuve. Même si l'endroit ne pouvait être confondu avec un quartier chic, l'atmosphère était débarrassée de cette tension qu'il avait éprouvée en visitant les lieux lors d'un séjour précédent.

Les vérandas étaient occupées par des badauds qui cherchaient à se soulager un peu de la chaleur étouffante, Noirs et Hispaniques. L'air retentissait des accents mêlés de la salsa, du hip-hop et de variétés latino-américaines. Hiératique, un vieil homme assis sous un réverbère, en face d'une bodega, lisait *El Diaro*. Des groupes d'adolescents riaient et bavardaient en un étrange mélange d'anglais et d'espagnol, au coin des rues. Pendant un instant, l'esprit « midwestern » de Leroy se crut transporté en quelque pays exotique, mais très vite la réalité new-yorkaise s'imposa de nouveau. La pancarte indiquant le croisement de la 112e Rue et de Broadway en était le symbole.

Personne ne parut prêter attention à Leroy et Angela quand ils descendirent du taxi. Ici, le teint naturel de la jeune femme et le déguisement récent de Leroy les faisaient passer inaperçus.

Une question tournait dans la tête de Leroy. Pourquoi l'Ecorcheur avait-il pris le risque de frapper dans une zone aussi populeuse ? Les probabilités d'être repéré s'y trouvaient décuplées. Même à une heure du matin, quand la famille Rico avait été massacrée, des gens devaient traîner dans les rues. Pourquoi prendre un tel risque ? A moins que le facteur risque soit justement la clé de cette énigme, la manière adoptée par l'Ecorcheur pour faire passer son message. Quelque chose comme : « Ou que vous viviez, si vous êtes d'origine hispanique, vous n'êtes pas en sécurité » ?

Mrs. Rosita Vallejo, quarante-deux ans, était toute de noir vêtue et parlait d'une voix très douce. C'était une femme menue, de celles qui, lorsqu'elles s'animent, évoquent immanquablement ces petits oiseaux à la vivacité joyeuse. Mais le drame lui avait volé toute joie. Dans ses yeux se lisait un vide terrible, si fondamental qu'il émut le cœur pourtant endurci de Leroy. Son appartement était situé au troisième étage sans ascenseur et avec ses trois chambres vides il ressemblait à une caverne sinistre. Ils passèrent dans le salon, curieusement relégué à l'arrière de l'appartement. Leroy sentait confusément la violence qui s'était imprimée dans ces lieux. Pas assez pour espérer la moindre lecture mentale, mais suffisamment pour savoir que des fantômes erraient toujours dans ces pièces. Accroché au mur dans le salon, un portrait de famille était entouré d'un crêpe noir.

Angela expliqua la raison de leur présence, et Mrs. Vallejo parut réconfortée que quelqu'un de l'extérieur s'occupe de l'enquête. Visiblement, elle n'avait aucune confiance en la police de New York. Et oui, bien sûr, elle serait très heureuse d'aider le señor De Carlo comme elle le pourrait. De toute l'entrevue, ce fut le seul moment où Leroy saisit une lueur de vie dans ses yeux.

Angela faisant office d'interprète, Leroy apprit que Mrs. Vallejo était venue de Porto Rico après la mort de son mari dans un accident de voiture. Son frère Juan n'avait pas supporté l'idée de la savoir seule et il lui avait envoyé un billet d'avion. Par la suite, il lui avait déniché un emploi dans une entreprise de nettoyage. Rosita travaillait la nuit, de minuit à huit heures du matin.

Elle voulait déménager dès que possible. L'appartement était trop grand pour elle, et trop de souvenirs l'habitaient. D'ailleurs, son salaire ne suffirait pas à payer un tel loyer. Il ne serait pas aisé de trouver un studio avec les prix pratiqués à New York. Dans son esprit, Leroy vit l'angoisse qu'elle éprouvait à l'idée de devenir un jour comme ces pauvres femmes qui hantent les rues de Manhattan, toutes leurs maigres possessions dans des sacs de supermarché.

Leroy lui demanda de lui raconter la nuit du massacre. Lentement, avec beaucoup d'hésitations, elle commença son récit. Elle ne prononçait que quelques phrases à la fois, pour laisser le temps à Angela de traduire.

— Elle dit que vers onze heures vingt un homme qui travaille au même endroit qu'elle est passé la prendre, comme chaque soir. Presque toute la famille était déjà couchée. Juan était encore devant la télévision, à regarder le bulletin d'informations. Il a demandé à Rosita si elle pouvait acheter un carton de lait quand elle rentrerait au matin. Tout était normal... Il n'y avait aucun moyen de savoir quelle horreur elle découvrirait à son retour.

« Son travail s'est bien passé et elle l'a quitté à sept heures et demie. Dans cette entreprise, ils n'ont pas de pointeuse : quand elle a terminé sa tâche, elle peut rentrer chez elle.

« En chemin, elle s'est arrêtée à une bodega pour acheter un carton de lait. Les gens commençaient leur journée, et Rosita finissait la sienne. Elle a dit bonjour à quelques voisins qu'elle a croisés en montant chez elle. La femme de Juan travaillait également, si bien que l'appartement était désert pendant la journée. Normalement, elle dormait jusqu'à ce que les enfants rentrent de l'école, vers trois heures et demie.

« Dès qu'elle a ouvert la porte, elle a vu que quelque chose de terrible était arrivé. Il y avait du sang sur les murs, du sang sur le sol, des mots tracés avec du sang. Du sang partout. Les portes de chaque chambre étaient grandes ouvertes. Elle s'est avancée jusqu'à la plus proche, celle des garçons...

Rosita Vallejo ne put continuer. Elle enfouit son visage dans ses mains et se mit à sangloter de façon incontrôlable. Angela lui donna un mouchoir. Leroy se leva de son siège.

— Dites-lui qu'elle n'est pas obligée de préciser ce qu'elle a découvert alors. J'ai eu tous les détails en lisant les rapports de police. Si vous pouvez la calmer...

Angela vint s'asseoir auprès de Mrs. Vallejo et entoura ses frêles épaules d'un bras amical. Leroy sortit du salon et parcourut le couloir immaculé jusqu'à la cuisine. Il se demanda qui avait nettoyé les murs après le passage de la police. Certainement pas la police. Rosita ? Son ami de travail ? Il espérait que Rosita n'avait pas dû se charger de cette tâche.

Leroy fouilla dans les placards de la cuisine jusqu'à ce qu'il trouve ce qu'il cherchait. Il versa une bonne dose de rhum dans un verre et revint dans le salon pour le donner à Mrs. Vallejo. Elle accepta sans protester et le but à petites gorgées tout en se reprenant.

Quand elle se fut assez calmée pour continuer son récit, Leroy lui demanda par Angela interposée si elle pouvait détailler l'existence de la famille Rico, avant comme après son arrivée.

Pendant la demi-heure qui suivit, Rosita parla de sa famille. Une famille qui faisait tout pour survivre dans cette cité impitoyable. Juan travaillait dans une compagnie de transports en commun. Il gagnait bien, mais pas assez pour faire vivre toute une famille. C'est pourquoi il y a cinq ans, peu après la naissance du petit dernier, Dolores Rico avait pris un emploi de secrétaire. Une voisine gardait un œil sur les enfants. C'étaient des enfants adorables, qui n'avaient jamais causé aucun problème.

Rosita leur narra comment la famille l'avait accueillie l'année précédente, après le décès de son mari. Incapable de parler l'anglais, Rosita était un fardeau pour eux, mais jamais ils ne s'en plaignirent ni ne le lui reprochèrent. Elle faisait partie de la famille, et on n'abandonnait pas un membre de la famille. Rosita s'était efforcée de leur rendre leur gentillesse en travaillant dès que cela lui avait été possible. Elle n'aimait pas son emploi, mais elle était heureuse de participer un peu aux frais du foyer.

Leroy écouta toute son histoire avec la plus grande attention. Il guettait le détail qui relierait la famille Rico aux autres victimes. Rosita poursuivit sa narration en disant tout ce qu'elle savait de la famille avant qu'elle n'arrive.

Juan était arrivé aux Etats-Unis en 1980. Il avait rencontré Dolores et ils s'étaient mariés très vite. Leurs premières années ensemble avaient été difficiles. Juan suivait les cours du soir et travaillait dur pendant la journée. Dolores tomba enceinte de leur premier enfant, Julio, juste au moment où la station-service qui employait Juan ferma. Rosita se souvenait de Juan expliquant combien cette période avait été dure pour eux. Quand les allocations de chômage arrivèrent à leur terme, ils durent demander l'aide sociale. Grâce au ciel, il avait trouvé une place assez vite chez MTA. Depuis, leur existence s'était déroulée sans accroc. Une existence sans luxe, mais heureuse.

Leroy et Angela s'entre-regardèrent à la mention de l'aide sociale.

Quand Rosita fut au bout de ses souvenirs, Angela crut que l'entrevue touchait à sa fin. Mais elle fut surprise par les instructions que Leroy lui demanda de transmettre à Mrs. Vallejo. Il voulait réitérer la méthode qui s'était révélée si fructueuse avec Ralph Hunter. Angela traduisit sa requête :

— Mrs. Vallejo, pourriez-vous vous détendre, s'il vous plaît, et fermer les yeux ? Nous aimerions que vous laissiez votre esprit vous ramener au moment où vous et votre ami de travail avez quitté l'appartement ce soir-là. Essayez de revivre ces moments et dites-nous ce que vous voyez en pensée.

A la télévision, Angela n'avait jamais vu de détective utiliser cette technique. Mais De Carlo était un professionnel et il savait évidemment ce qu'il faisait. Mrs. Vallejo accepta de tenter l'expérience. Elle se renfonça dans son fauteuil et commença à se détendre. Angela nota que Leroy fermait les yeux peu après Mrs. Vallejo.

Tout en l'écoutant, Leroy avait sondé les pensées de Rosita. Le fait qu'elle ne parlât pas anglais ne représentait pas un handicap sérieux. Les communications télépathiques sont principalement constituées d'images, de sensations auditives et de quelques-unes olfactives, le tout baignant dans les émotions. Il y a certes quelques paroles dans les souvenirs, mais bien moins qu'on pourrait le supposer. En lisant les pensées de quelqu'un ne connaissant pas l'anglais, Leroy perdait dix pour cent du message au maximum. Pendant la première partie de l'entretien, il s'était acclimaté aux processus et aux rythmes mentaux de Rosita. Son esprit était maintenant en phase avec le sien.

Avant même de commencer, il savait qu'elle ne serait pas

un sujet aussi exceptionnel que Ralph Hunter. Son chagrin et la proximité de deux étrangers l'empêchaient de se décontracter totalement. Mais il pourrait peut-être apprendre quelque chose.

Enfin Mrs. Vallejo sembla prête. Son visage se détendit un peu, et elle relata son départ de l'appartement.

La connexion était mauvaise, irrégulière, se dissipant dès que la concentration de Mrs. Vallejo fléchissait. Leroy avait la quasi-certitude de perdre son temps. Dans le lointain il percevait les voix de la femme et d'Angela qui traduisait, mais sans pouvoir saisir le sens de leurs propos. Les pensées de Mrs. Vallejo restaient à peu près aussi indéchiffrables. Cette fois, il ne pourrait établir de contact avec le subconscient.

Leroy et Mrs. Vallejo descendaient l'escalier avec l'ami de travail, Bernard Cowan. Il parlait, mais Rosita ne l'écoutait pas. Elle pensait à la longue nuit de labeur qui l'attendait.

Puis tout se brouilla et parut défiler en accéléré comme une bande vidéo se déroulant en avance rapide. Leroy entrevit les pieds de Mrs. Vallejo tandis qu'elle surveillait prudemment sa descente. Le son de sa respiration réduisait le bavardage de Mr. Cowan à un bruit de fond.

La scène redevint nette quand ils atteignirent le palier du premier. Leroy et Mrs. Vallejo saluèrent Mrs. Vasquez, la commère qui habitait deux étages plus bas que les Vallejo.

Le reste de la descente fut tout aussi flou que le début. Rien d'assez important pour s'imprimer dans la mémoire de Mrs. Vallejo. C'est seulement à la sortie de l'immeuble que la vision de Rosita se concentra sur Cowan qui lui tenait la porte ouverte. Leroy put enfin avoir une image nette de lui. C'était un Noir corpulent d'une quarantaine d'années, bien vêtu et au visage avenant. A l'évidence, il appréciait la compagnie de sa collègue de travail.

Dans la rue, Rosita remarqua un jeune couple qui les croisa, mais Leroy ne put saisir le nom des amoureux. Puis la scène devint brumeuse. Rosita n'avait guère prêté attention à ce qui se passait autour d'elle. Pourquoi en aurait-il été autrement ?

C'était cette même rue qu'elle avait parcourue des centaines de fois. Bon sang ! Leroy ne tirerait rien de cette expérience. Comment allait-il découvrir un indice sur l'identité de l'Ecorcheur alors qu'elle se remémorait à peine son trajet pour aller travailler ce soir-là ?

Les images ne cessaient de se brouiller et de s'éclaircir tandis que Leroy et ses deux compagnons marchaient vers l'extrémité du bloc. Il discernait à peine la silhouette des gens les croisant et la forme des véhicules garés le long du trottoir, sans aucun détail net. Il allait renoncer quand une grande forme se rapprocha.

A l'étonnement de Leroy, la tache sombre se précisa. Elle était marron. Un van ! Cette fois, le lettrage apposé sur le flanc était parfaitement lisible.

— Vous avez vu un van, n'est-ce pas ? s'écria Leroy en se redressant brusquement sur son siège.

Angela et Rosita le contemplèrent comme s'il avait perdu l'esprit.

— Elle vient juste de le dire. Ça a de l'importance ?

— Demandez-lui de quelle couleur était ce van.

Angela s'exécuta et traduisit la réponse :

— Marron clair. Beige, plutôt.

— Pourquoi l'a-t-elle remarqué ?

De nouveau Angela fit l'interprète.

— Il y a des cafards dans cet appartement. Apparemment, tout l'immeuble en est infesté. Le van appartenait à une entreprise de désinfection. Rosita a pensé parler à son frère pour qu'il les appelle.

Leroy ferma les yeux et vit le van, avec le lettrage commercial sur la portière du passager. TAGLIA EXTERMINATORS, souligné d'un numéro de téléphone.

Un exterminateur. Quel sens de l'humour macabre... Leroy enregistra soigneusement ces informations.

Une demi-heure plus tard, après avoir administré une autre dose de rhum à Mrs. Vallejo, Leroy et Angela prirent congé. Ils descendaient l'escalier et Leroy, perdu dans ses pensées, suivait la rampe de la main. Alors qu'ils atteignaient la dernière volée de marches, Angela ne put supporter plus long-temps son silence.

— Le van de l'entreprise de désinfection, dit-elle, c'est un indice important, n'est-ce pas ?

— Peut-être. Il y avait un véhicule identique garé non loin du domicile des Delmalia la nuit de leur assassinat. La personne qui l'a remarqué n'a pas pu se souvenir du nom inscrit sur la portière. Mais ça vaut le coup de...

Leroy se figea. Il venait de descendre la dernière marche et resta ainsi, les yeux écarquillés fixés sur le vide. Angela se retourna vers lui.

— Ça vaut le coup de quoi ?

L'expression abasourdie qu'affichait Leroy se transforma en un masque d'une inquiétante dureté. Angela le vit baisser les yeux vers sa main. Les doigts blanchis étaient crispés sur la rampe.

Malgré tous les gens qui étaient passés ici depuis le crime, cette infime section de la rampe était restée intouchée. Les probabilités pour que Leroy la découvre étaient astronomiques. Mais l'impression éprouvée possédait la force d'un coup de poing.

L'homme avait fait le guet dans l'obscurité, en s'efforçant de percer du regard les ténèbres au-dessus de lui. De temps en temps, il jetait un coup d'œil derrière lui, vers la rue. Il avait peur. Il était même terrifié au point de penser à fuir. Mais il tenait son poste parce que c'était un pro.

Leroy tenta de se concentrer sur l'homme mais ne put rien décrypter. Les émotions ressenties par le guetteur étaient trop fortes. Une peur panique qui allait crescendo. Pas assez de pensées conscientes, rationnelles.

Il était terrorisé par ce qu'il était en train de faire et par ce qui se passait là-haut. Il redoutait de se faire prendre. Pourtant cette peur était supplantée par autre chose. Le mal. Un mal très civilisé, très puissant. Quelqu'un de plus redoutable encore que le monstre trois étages plus haut.

Les lèvres de Leroy nommèrent l'objet de cette terreur.

— Camden.

24

La première partie du retour en taxi se déroula dans le mutisme le plus total. Leroy et Angela étaient chacun absorbés dans leurs réflexions personnelles. Les révélations de Mrs. Vallejo, il est vrai, avaient déclenché en eux plus d'une pensée. Le feu d'artifice des enseignes au néon les laissait indifférents. Soudain Angela se tourna vers lui et dit :

— Alors, l'indice de l'aide sociale, vous en déduisez quoi ? Vous pensez que l'Ecorcheur ne tue que des familles en ayant bénéficié ?

— Ou en bénéficiant encore, comme la famille Delmalia. Jesus Delmalia avait perdu un bras dans un accident du travail six mois avant la tuerie, et ils touchaient l'aide sociale depuis deux mois. Je suis sûr que les Menguelli ont eux aussi perçu l'aide sociale, à une époque ou à une autre.

— Massacrer les familles bénéficiant de l'aide sociale ? Mais pourquoi ?

— Je ne le découvrirai que lorsque j'aurai mis la main sur le tueur, je le crains. Et même ainsi, ses motifs pourraient très bien nous rester incompréhensibles.

Angela observait Leroy avec beaucoup d'attention.

— Au fait, vous aviez commencé à dire quelque chose, dans l'escalier...

— Une idée. Mais je ne sais pas encore ce que ça peut donner.

Les traits de Leroy gardaient une fixité indéchiffrable. Il était trop bon joueur de poker pour laisser échapper le moindre indice. Angela jugea inutile d'insister pour le moment. Mais elle ne quitta pas des yeux son silencieux compagnon. Elle le trouvait de plus en plus séduisant.

Le taxi les déposa devant chez Angela, et cette dernière alla immédiatement ouvrir la porte d'entrée de l'immeuble. Elle remarqua alors que Leroy ne l'avait pas suivie. Il se tenait immobile, en bas de la volée de marches.

— Je crois que je vais aller chercher une chambre d'hôtel.

Sans prendre le temps de réfléchir, la jeune femme le rejoignit et lui prit la main.

— Non, s'il vous plaît.

Ces quelques mots sonnaient à la fois comme une supplique et un ordre. Les yeux d'Angela lui parurent immenses, très lumineux.

Leroy sut alors que même s'il l'avait voulu il n'aurait pu partir maintenant. Il était piégé par ce regard comme un insecte dans l'ambre. Il envoya au diable la prudence et le risque d'erreur.

En silence, Angela le précéda dans l'ascension des cinq étages. Elle ne reprit la parole qu'une fois la porte de son appartement refermée derrière eux.

— Ne me laissez pas seule cette nuit. Il y a eu trop de morts, et je ne pourrais pas... Je ne pourrais pas...

Elle leva son visage vers lui, et sans en prendre consciemment la décision Leroy posa ses lèvres sur les siennes, douces, fraîches, entrouvertes. Doucement il l'attira vers lui et sentit qu'elle glissait ses bras autour de son cou. La chaleur du baiser s'intensifia, et le moment devint éternité.

Quand ils rompirent le contact, il emplit ses poumons d'air comme un homme au bord de la noyade. Ses poumons le brûlaient. Angela enfouit son visage dans le creux de son épaule, constellant son cou de baisers, y frottant sa joue. Il fit passer sa langue sur le lobe de son oreille et la respiration d'Angela se fit haletante. De nouveau, leurs bouches se trouvèrent, se soudèrent.

Il la souleva dans ses bras sans interrompre leur baiser, et sa langue explora la bouche de la jeune femme. Vaguement, il se rendit compte qu'il la transportait vers la chambre. Tout se déroulait comme au ralenti, ou sous l'eau, et son sens du temps en était altéré. Il occulta des pans entiers du trajet à travers l'appartement. Leroy fut soudain conscient de ne pouvoir se rappeler comment il avait évité tel meuble ou était passé par telle porte. La réalité lui paraissait fragmentée. En pièces. Mais c'était tellement bon qu'il ne s'en souciait pas.

Ils se retrouvèrent sur le lit d'Angela, à se caresser. Sans hâte, ils se débarrassèrent de leurs vêtements, explorant de leurs lèvres enflammées chaque centimètre carré de peau dévoilée. Il n'y avait dans cette exploration rien d'étrange. C'était une sorte de danse, selon une chorégraphie qui aurait rendu jalouse Twyla Therp. Leroy sentait sa personnalité se diluer pour ne faire qu'un avec cette femme, au-delà du simple rapport physique.

Fragmentation...

Leroy baisa son cou, y fit glisser la pointe de sa langue, puis passa aux épaules, et aux seins dont les mamelons se durcirent. Les gémissements de plaisir d'Angela étaient pareils à une musique, pourtant Schubert lui-même n'avait jamais composé mélodie aussi merveilleuse. Leroy avait l'impression que son cœur allait bondir de sa poitrine. Dans la chambre flottaient des effluves moites, un musc puissant, une urgence torride. Chaude. Désespérée. Folle.

Fragmentation...

Ils étaient au centre du lit, à présent. Leurs corps collés l'un à l'autre ondulaient en rythme. Leroy éprouvait chacune des caresses de la jeune femme avec une puissance telle qu'il allait en perdre l'esprit. Un tel plaisir n'était pas possible ! Il ne pouvait continuer sans mourir. Mourir de plaisir. C'était fou ! Il fallait qu'il arrête, et il en était incapable.

Fragmentation...

Ses propres mains parcouraient le dos d'Angela, provoquant des gémissements de délice. Elle le serra entre ses cuisses et

168

commença à se mouvoir selon un tempo immémorial qui se répercuta dans leurs esprits.

Fragmentation...

Allongés sur le flanc, sans savoir quand ils avaient pris cette posture. La main de Leroy caressait très doucement l'entre-jambe d'Angela. Celle-ci arqua brusquement le dos quand le plaisir la submergea. Son cri se répercuta dans la chambre sombre, rauque et déchirant. Etrange, combien le plaisir sonne fréquemment comme la souffrance. Tout ressemblait tant à un rêve.

Fragmentation...

Il baisa son ventre, descendit encore, la caressa de sa langue. Une fois de plus elle jouit sous lui. De nouveau il se perdit dans son plaisir.

Fragmentation...

Accrochés ensemble, le souffle court, ils faisaient tout pour se fondre l'un dans l'autre. Leur danse frénétique atteignit des sommets qu'ils n'avaient jamais imaginés. Leroy se dissolvait dans la beauté de cette femme, dans sa force, dans sa grâce.

Fragmentation...

L'univers entier explosa tel un kaléidoscope géant. Un éclair aveuglant les emplit, et ils se serrèrent l'un contre l'autre tandis que le monde finissait dans un brasier triomphant.

Epuisés, leur corps couvert de sueur gisant dans des poses désarticulées, ils continuèrent d'échanger des baisers chavirés. Ils étaient repus de plaisir. Alors que la somnolence le gagnait, l'esprit de David Vandemark fut traversé d'une unique pensée. C'était magnifique. Le paradis. *Inutile de le lui dire, elle le sait tout aussi bien que moi. Mais ce qu'elle ne sait pas, c'est pourquoi...* Pourquoi était-ce tellement différent ? Parce que, pour la première fois depuis sept années, il avait fait l'amour avec une femme qu'il aimait réellement. David s'endormit avec cette incroyable pensée.

En bougeant dans son sommeil, Angela réveilla David. Désorienté, il contempla la chambre qu'éclairait faiblement une lampe allumée dans une autre pièce.

Où suis-je ? Sais pas, mais je suis bien.

Puis tout lui revint, et il regarda tendrement la jeune femme allongée auprès de lui. Un baiser aérien sur le lobe de son oreille fut agréé d'un doux ronronnement, puis le seul bruit dans la pièce redevint sa respiration profonde.

David arrangea les draps autour des épaules d'Angela et sortit du lit avec mille précautions. C'était David qui agissait ainsi, et non Leroy. Et ce fut David qui chercha les cigarettes dans la poche du blouson de sport jeté sur le sol. Sans prendre la peine de s'habiller, il alla dans le salon et éteignit la lampe.

Penché sur le bras du canapé, David se surprit à frissonner au cœur de la nuit. Oui, il était bien David Vandemark. Il l'avait toujours été. La mascarade était terminée. Et un domino invisible gisait parmi les vêtements éparpillés sur le sol de la chambre. Une barrière avait été pulvérisée. La dame avait accompli ce prodige, d'un baiser. Rien ne pourrait plus être pareil. L'illusion que David Vandemark et lui étaient deux personnes différentes avait été anéantie à tout jamais. Angela avait touché quelque chose en lui qu'il avait cru mort.

En un tourbillon vertigineux le passé rejoignit le présent, et au fond du maelström se trouvait ce lit d'hôpital, à Detroit.

25

Des voix perçaient l'obscurité. Des paroles venues du fond du vide. Des voix qui se croisaient, se mêlaient jusqu'à créer un vacarme incompréhensible. Babel. Terreur.

Après un million d'années de torture, le chaos régressa. Presque toutes les voix disparurent peu à peu dans le néant obscur. Et brusquement il comprit. C'était la seule explication plausible.

Ce ne sont pas des voix que tu entends. Mais autre chose.

Les dernières voix continuaient de converser. Il écoutait, essayait de comprendre exactement ce qu'il expérimentait, car expérimenter était le seul mot qui convînt. Il n'entendait pas la voix, il...

Le message l'enveloppa en vagues lentes. Il pouvait le tolérer, même sans en saisir le sens. La clarté venait peu à peu. C'était quelque chose de totalement nouveau. Quelque chose d'incompréhensible. La voix unique parlait, mais pas avec des mots. Non, ce n'étaient pas exactement des mots. Il y avait des mots dans le message, mais aussi des images, des sons et des sensations tactiles.

Ce n'est pas possible. Je dois rêver. Oui, c'est ça : je rêve.

Mais ça ne ressemble pas du tout à un rêve.

Si c'est un rêve, il y a une façon très simple de l'arrêter. Et l'arrêter semble être une idée tout à fait excellente. C'est trop angoissant. Trop étrange. Réveille-toi et sors-toi de ce rêve bizarre. Tu ne veux pas être là ! Alors réveille-toi ! Allons ! Ouvre les yeux ! Tu dois le faire ! Tu peux...

Douleur !

Une douleur qui le transperça comme une lame rougie au feu.

Il faut échapper à ça ! Fuis !

Mais non, la douleur baisse rapidement. Tu peux te détendre, maintenant. Tu t'es écarté de la souffrance. Va plus loin vers le fond. Là tu seras en sécurité.

Mais dans les rêves, on n'éprouve pas de douleur, du moins cela ne lui était encore jamais arrivé. Alors qu'était-ce ? La torture était bien réelle. Ses bras et ses jambes l'élançaient horriblement. Et sa tête... comme si on avait fendu son crâne en deux pour y verser du feu liquide. Jamais encore il n'avait compris le pouvoir et la majesté d'une douleur aussi intolérable. Sans limites, comme l'univers lui-même.

Et cela ne ressemblait pas à un rêve.

Et maintenant ? Je reste ici à me poser des questions ? Non, je ne peux pas faire ça. Je ne suis pas encore fou mais je le serai bientôt si je ne fais rien. Je dois découvrir ce qui se passe. Mais je ne veux plus éprouver la douleur... Il n'y a pas d'autre choix possible. Quelle autre solution pour savoir si tu rêves ou non ? Et si tu ne rêves pas, alors comment peux-tu être sûr que ton état actuel ne durera pas indéfiniment ?

Mais il doit y avoir un moyen d'éviter cette douleur. Une autre méthode pour savoir si je dors.

Le temps !

C'est la réponse ! Quand on dort, le temps n'a aucune significa-tion. Le rêveur l'ignore, il n'en a pas la moindre notion.

Compte jusqu'à soixante, lentement. Compte avec précision, clai-rement. Ne laisse pas ton esprit se distraire. Concentre toute ton attention sur ton compte.

1, 2, 3, 4, 5, 6, 7, 8, 9, 10, 11, 12, 13, 14, 15, 16, 17, 18, 19, 20, 21, 22, 23, 24, 25, 26, 27, 28, 29, 30, 31, 32, 33, 34, 35, 36, 37, 38, 39, 40, 41, 42, 43, 44, 45, 46, 47, 48, 49, 50, 51, 52, 53, 54, 55, 56, 57, 58, 59, 60.

Tu as réussi ! Maintenant, recommence.

Et recommence encore.

Fais-le dix fois !

Dix fois. Dix minutes. *Ce n'est pas un rêve. Je ne dors pas. J'ai lu quelque part que le sommeil paradoxal ne dure que quatre-vingt-dix secondes, deux minutes au plus. Or c'est pendant le sommeil paradoxal qu'on rêve. Tu as compté dix minutes. Tu ne rêves pas. Tu ne dors pas.*

Alors que fais-tu ?

Tu es dans une sorte d'état conscient, même si tu ne sembles pas conscient. Mais tu l'es, peut-être comme lorsqu'on est plongé dans une transe profonde. Comment est-ce possible ? Comment en es-tu arrivé à cette condition ?

Bon, en résumé, je ne dors peut-être pas, mais je ne suis pas non plus totalement éveillé.

Se réveiller. C'était la seule manière de résoudre cette énigme.

Mais la douleur...

Il faut l'affronter. Tu en trouveras la force, d'une façon ou d'une autre. Il le faut. A toi de choisir, la douleur ou la probabilité de plus en plus forte de passer une éternité à flotter dans ce néant. Alors, que décides-tu ?

Tu rassembles tes forces pour résister. Cette fois, la douleur n'est pas aussi dévastatrice que la première fois. Bien sûr elle te submerge, te ronge, se démultiplie et revient à la charge, mais après un temps elle décroît, pas jusqu'à disparaître comme la première fois. Non, elle baisse de volume pour se stabiliser à un niveau presque tolérable.

Alors la mémoire lui revint. Il se souvint de l'ascenseur, et de l'accident.

Gis-tu toujours au fond de ce puits ? Non, on a dû te secourir, depuis.

Essaie de bouger. De voir s'il y a un lit ou du métal tordu sous toi. Si tu es incapable de percer le voile de ténèbres, peut-être parviendras-tu à ressentir quelque chose. Tu le peux... Tu...

Il ne le pouvait pas non plus. Impossible de bouger ! Impossible de ressentir la moindre chose !

Panique !

Paralysé !

Incapable de lever un doigt, ou la paupière. Piégé dans un corps condamné à l'inertie.

Il se rappela ce livre lu au collège, *Johnny s'en va-t-en guerre*, dans lequel un soldat de la Première Guerre mondiale se rend compte qu'il est défiguré, qu'il a perdu l'ouïe, la parole, la vue et ses quatres membres. Le pauvre type passe le reste de ses jours dans un monde d'hallucinations. *Est-ce ton destin ? Non ! Je refuse de le croire ! Pas moi !*

La science médicale avait accompli des progrès de géant depuis cette époque. Ces foutus médecins pouvaient maintenant garder quelqu'un dans cet état pendant cinquante ou soixante ans ! Emprisonné dans ces chairs figées, sur le bord du précipice entre la vie et la mort. Dans ce *no man's land*.

Il gémit de peur et de dégoût, mais son cri ne passa pas le barrage de ses lèvres ; il se répercuta durant un millénaire dans ce néant de ténèbres qui était devenu son univers.

Il lui fallut un très long temps pour se sentir capable d'affronter cette horrible possibilité. Mais l'humain est une créature éminemment adaptable, qui peut se faire au plus cruel des sorts, en particulier quand il n'a pas le choix. Après tout, terminer ces souffrances par un suicide est une option difficile à envisager quand on ne peut bouger le petit doigt.

Peu à peu, l'hystérie se dissipa. Il se retrouva seul au cœur du néant. Si seul...

Mais pas pour longtemps. Les voix revinrent. Dieu soit loué ! Au moins elles lui tenaient compagnie.

Il n'aurait pu dire combien de temps il lui fallut pour apprendre à se concentrer sur une seule voix. Elles apparaissaient généralement en groupe, dans un déluge chaotique de messages incompréhensibles. Mais il apprit peu à peu à contrôler ces voix, à effacer de sa conscience celles qui étaient indésirables, par la seule force de sa volonté. Bientôt il pouvait être entouré de dizaines de voix et n'en écouter qu'une. Il la sélectionnait, se focalisait sur elle et repoussait les autres.

Jusque-là, une partie de son esprit rationnel avait soupçonné les sensations, visuelles et autres, qui accompagnent la voix d'être hallucinatoires. Mais il n'en était pas ainsi. Le temps le confirma. Elles étaient très réelles, ce qui ne laissait qu'une explication. Et comme l'avait dit Holmes au Dr Watson, une fois que vous avez éliminé l'impossible, ce qui reste est la réalité, aussi improbable soit-elle.

David Vandemark, la réalité est que tu es télépathe. Tu lis dans les esprits.

C'est de cette façon que tu es au courant de l'étendue de tes blessures. Dans l'esprit des médecins et des infirmières, tu as découvert que tu n'as aucune raison de craindre la paralysie. Tu es dans le coma. Depuis deux semaines. Mais le pronostic est encourageant. Le pouls est fort, la respiration excellente. Tu peux t'attendre à reprendre conscience à tout moment.

La seule peur qui hantait encore les pensées du personnel médical était ce démon sans visage : lésion cérébrale. Il aurait voulu leur parler, leur dire que son cerveau fonctionnait toujours parfaitement bien. C'est le reste qui n'était pas opérationnel.

Grâce à leurs esprits, il affina son sens du temps.

C'est ainsi qu'il sut que c'était le lendemain, quand il sentit son esprit se rapprocher de son corps. Il commença à sentir la texture rêche des draps et la douceur du matelas sous lui.

Et la maîtrise des processus moteurs lui revint lentement. Plus d'un jour fut nécessaire pour simplement bouger un doigt. Ce fut très difficile, et il dut se concentrer intensément. Quand les voix étaient présentes, elles le distrayaient et l'empêchaient de progresser. C'est pourquoi les médecins et les infirmières n'eurent aucun indice de sa rapide guérison. Ils ne voyaient qu'une forme inerte. Il était le seul à savoir que les ténèbres s'éclaircissaient.

Le jour suivant, une infirmière vint contrôler ses fonctions vitales. Pendant qu'elle accomplissait les différents tests, il sonda son esprit et y vit des pensées effrayantes.

Un événement dont on a parlé à la radio, ce matin, alors qu'elle se lavait les dents. Elle s'est figée pour écouter ce que disait le speaker. Elle n'a pu en croire ses oreilles. Quelle horreur !

L'infirmière lit un article pendant qu'elle prend son petit déjeuner. C'est en page 3 du Detroit Free Press. Il y a une photo de toi, Chris et Jennifer. L'infirmière se demande comment le destin peut se montrer aussi cruel.

Dans les couloirs de l'hôpital, l'infirmière marche en compagnie de collègues. *C'est terrible, n'est-ce pas ? Si ce pauvre Mr. Vandemark sort un jour du coma, comment prendra-t-il la nouvelle ? Quelle tristesse...*

Ces nouvelles ramenèrent David à l'état conscient. L'infirmière remarqua une larme qui coulait sur sa joue. Quand il ouvrit les yeux, son visage était trempé par les pleurs. La chambre était emplie de médecins et d'infirmières, aussi excités en paroles qu'en pensées. Après plus de deux semaines, David Vandemark était sorti du coma ! Et tout le monde se réjouissait de la nouvelle. Mais le tsunami de leurs présences survoltées faillit bien l'engloutir. Devant un tel assaut, il se sentit régresser et oublier tout ce qu'il avait appris pour contrôler son don de télépathe.

Les voix roulaient comme un tonnerre dans son crâne, noyant tout. *Chris ! Jenny ! Non ! Oh, mon Dieu ! Arrêtez tout ça ! C'est insupportable !* David Vandemark avait accompli l'équivalent mental des travaux d'Hercule afin de revenir au monde, et il découvrait que sa vie entière avait été anéantie par le couteau d'un fou furieux.

Le bavardage surexcité continua mais David n'était pas assez fort pour le repousser. Alors il remonta les draps sur son visage mouillé de larmes et se mit à sangloter. Une infirmière fit enfin sortir tous les autres de la chambre, puis courut vers le dispensaire pour y chercher un sédatif puissant. David ne se rendit pas compte de leur départ. Il était déjà loin, sur le chemin de l'oubli. Tout ce qu'il avait aimé n'était plus. Il ne lui restait plus que ce néant accueillant. Il se précipita vers lui pour mettre fin à ses souffrances et à sa peine. Et il réussit.

David Vandemark mourut.

Il se souvint de sa cigarette, qui s'était consumée seule presque entièrement. Il tira une dernière bouffée puis écrasa le mégot dans le petit cendrier en verre posé sur la table basse. Pauvre feu David Vandemark. Malgré tous ses efforts, David n'avait pu se faire à cette nouvelle existence. Alors il avait choisi de mourir. Littéralement, il s'était tué.

Mais Dame Nature déteste le vide, et elle avait tout fait pour que David Vandemark revienne à lui. Elle avait sans doute de bonnes raisons d'agir ainsi, et aucune envie de voir son ouvrage perdu. Aussi, quand David décida de se laisser mourir, Dame Nature sauva une parcelle de ce cataclysme émotionnel et la nourrit. Son but était de faire de ce fragment le tout futur. Elle y parvint admirablement. Du moins c'est ce qu'on aurait pu penser à l'époque.

Reprendre conscience. Une résurrection. Ces souvenirs étaient troublants. Il avait très mal supporté l'événement. Ce fut une période de transition, une métamorphose radicale. Il ne savait toujours pas quand, durant ces deux jours chaotiques, sa nouvelle personnalité avait émergé. Il se remémorait les larmes, le chagrin, de longues heures caché sous les draps. Les ultimes moments de torture de David Vandemark, ou le traumatisme de la naissance ? Impossible à dire.

Tout le monde s'extasia sur la rapidité de sa guérison. Mais ils ne pouvaient le laisser dans l'ignorance indéfiniment, et ils finirent par l'abreuver de détails sur ce qui s'était passé. C'était terriblement ennuyeux puisqu'il connaissait déjà la nature exacte de ses blessures. Mais il se plia à l'épreuve. Et c'en était une. On ne peut imaginer combien il est pénible d'écouter quelqu'un formuler laborieusement quelque chose que vous avez lu et compris en un instant dans son esprit. Il lui faudrait du temps pour s'accoutumer au phénomène. Non seulement son nouveau don rendait toute conversation obsolète, mais il transformait également tout discours en un pensum interminable. Pourtant il devrait s'y habituer, s'il voulait rester parmi ses frères humains.

Le personnel de l'hôpital ne comprit pas son désir de quitter l'établissement dès que possible. Il avait peur de rester ici. Il redoutait qu'ils détectent la métamorphose.

Le nouveau David Vandemark craignait plus que tout un scanner ou tout autre examen médical sophistiqué pouvant révéler un train d'ondes mentales inédit. Il n'y aurait aucune explication facile au phénomène. *C'est comme ça, docteur. L'ancien locataire n'aimait pas les travaux que vous avez faits pour la nouvelle décoration, alors il s'est barré. Je passais par là, et justement je cherchais un corps à habiter. J'ai adoré ce que vous aviez fait sur celui-là, alors...*

Une seule prescription pour ce genre de désordre de la personnalité : un aller simple pour une cellule capitonnée. David décida qu'il pouvait fort bien s'en passer.

Les médecins jugèrent assez ridicule et très grossière son insistance à quitter l'hôpital au plus tôt. Ils avaient prévu de le soumettre à toute une batterie de thérapies physiques et autres tests. David refusa, mais ils ne s'avouèrent pas vaincus. Ils possédaient encore un atout dans leur manche.

Leur désillusion fut grande. La révélation larmoyante que fit Vincent Lowe du décès de Chris et Jennifer n'eut pas du tout l'effet escompté, et ils s'interrogèrent sur ce manque de réaction. Il aurait dû s'effondrer. Mais le nouveau David Vandemark ne partageait que les souvenirs de l'ancien. Chris et Jennifer appartenaient à une autre existence, et non à la sienne. Cette vie passée avait pris pour lui des allures d'expérience de voyeur. Il était désolé de leur mort, mais comme il l'aurait été en apprenant la disparition d'une de ses vedettes de télévision préférées. Rien qui pût le toucher personnellement. La perte de Christ et de Jenny avait détruit David Vandemark. Son remplaçant ne permettrait pas une redite.

Penser à la télévision lui remémora toutes ces heures passées devant l'écran en attendant sa décharge de sortie.

Il aurait dû mettre à profit ces heures d'inactivité pour réfléchir à son avenir, il le savait. Comme il savait que reprendre la morne existence de David Vandemark était hors de question, mais l'éventail de possibilités s'ouvrant à lui le déroutait un peu. Le talent télépathique qu'il venait de se découvrir compliquait toute prise de décision. Qu'allait-il faire, à présent ?

Autant se caler devant l'écran et accumuler son énergie avant de se décider à l'action. Demain était un autre jour.

La succession des soap-operas diffusés chaque après-midi

le poussa à regarder le sermon de Jimmy Swaggart sur une chaîne locale, pour changer. Tout d'abord, il suivit les imprécations du prêcheur avec un certain amusement. Pourtant il resta sur la même chaîne. C'était très étrange, mais le discours de Swaggart commençait à éveiller des échos en lui.

L'émission finie, David chercha un autre programme religieux sur un autre canal. Les merveilles du câble. Pendant les quelques jours suivants, il visionna tous les prêches qu'il put trouver. Les infirmières et les médecins y virent un signe encourageant. Ce pauvre David Vandemark trouvait un peu de réconfort dans ces fragments de Bible télévisés. Ils ne devinaient pas à quel point ils voyaient juste.

Il devait reconnaître que ces prêcheurs télévisuels lui avaient montré la voie. Roberts, Jerry Falwell, le révérend Schuller, tous lui avaient parlé de Dieu. Et en David germa quelque chose qu'il n'aurait jamais soupçonné. Une épiphanie. Un renouveau complet. Des graines tombant sur un sol fertile et se développant.

Les prêcheurs parlaient du bien et du mal. Les théories politiques qui teintaient leurs sermons ne lui échappèrent pas. Le chemin devenait plus précis. Ils lui épargnèrent bien des heures d'introspection douloureuse. Plus de faux départs. Plus de doutes, ou d'incertitudes. La télévision et son escouade d'évangélistes lui avaient montré la voie. Ils avaient ouvert ses yeux à la vérité. Il ne mettait qu'une légère réserve aux propos des télévangélistes. A son goût, ces messagers du Seigneur étaient un peu trop influencés par le Nouveau Testament. Tel qu'il L'imaginait, le Tout-Puissant était beaucoup plus porté sur la juste vengeance. Il ne pouvait en être autrement. Pourquoi, sinon, aurait-Il dans Son infinie sagesse et en accord avec Dame Nature créé ce David Vandemark nouveau et amélioré ?

Le remplaçant du David Vandemark originel estimait avoir accompli l'œuvre du Seigneur pendant les sept dernières années. La tâche n'avait pas été facile, mais il en avait retiré de grandes satisfactions.

David saisit un bibelot en verre sur une étagère proche. Malgré les traces de doigts prouvant qu'Angela le prenait souvent, l'objet ne révéla aucune empreinte psychique. Pas étonnant, se dit-il. S'il ne pouvait lire l'esprit de la jeune femme, pourquoi percevrait-il ses impressions à partir d'un objet qu'elle avait touché ? Pas comme cette paire de ciseaux...

Il avait découvert son talent pour lire les traces psychiques sur les objets le jour où on lui avait mis son plâtre, à l'hôpital. L'infirmier avait sorti une paire de ciseaux de sa poche et l'avait posée sur la table à côté de David. Alors que celui-ci observait avec intérêt la confection du plâtre, il effleura les ciseaux de la main, par inadvertance. Ce fut comme un choc électrique, et il en resta stupéfait.

Après quelques minutes, il rassembla assez de courage pour les toucher de nouveau. L'infirmier s'appelait John Theakston, il était canadien et travaillait ici en toute illégalité. Venu aux Etats-Unis pour ses études, il avait décidé de rester. John avait une fiancée du nom de Jill Nelson, qui travaillait comme serveuse. Et il la trompait avec une de ses meilleures amies.

L'impression psychique n'était pas aussi claire et forte que la communication télépathique directe avec un individu, mais ces traces résiduelles étaient beaucoup plus détaillées, sans doute parce qu'aucun esprit conscient ne créait d'interférences pendant sa « lecture ». Les traces de souvenirs n'étaient pas déformées ou parasitées par le train des pensées.

Plus tard, David apprit que son don de psychométrie ne fonctionnait que si l'objet avait été assez longtemps en contact avec la personne, ou durant une période émotionnelle extrême. C'était un talent qui lui avait été bien utile à de nombreuses reprises.

Ayant même de quitter l'hôpital, le nouveau David Vandemark savait que ses pouvoirs psychiques le mèneraient à l'assassin de Chris et de Jenny. Pas un instant il ne songea à prévenir la police pour lui désigner Mr. Propre. La loi mettrait simplement ce monstre derrière les barreaux pour le reste de ses jours, dans le confort d'une cellule avec téléviseur couleur, et les médias en feraient une célébrité répugnante mais fascinante. Mr. Propre profiterait paisiblement de sa vieillesse et pourrait se remémorer ses crimes, voire en monnayer le récit.

Non, ce n'était pas concevable.

Une nuit, moins d'une semaine après sa sortie de l'hôpital,

le nouveau David descendit avec effort mais détermination dans le sous-sol de la maison des Vandemark. Il laissa les lumières éteintes. L'obscurité convient mieux à certaines actions.

L'air sentait le moisi, l'essence et le détergent. Une clarté blafarde venue de la maison voisine filtrait par les soupiraux vitrés, et un de ces pâles faisceaux faisait miroiter le tracé fluorescent d'une silhouette, sur le sol. Chris. Un frisson glacé parcourut David des pieds à la tête. Il ne devait rien à l'humidité ambiante. Non, il y avait autre chose dans l'atmosphère. David savait que personne à part lui ne pourrait détecter ces effluves psychiques. C'était l'essence même de la terreur et de la mort. Il la sentait. Elle s'insinuait en lui par tous les pores de sa peau et il dut fournir un véritable effort de volonté pour ne pas fuir le sous-sol. Dents serrées, il claudiqua vers le corps dessiné sur le carrelage.

Non sans mal, David s'assit sur le sol pour toucher l'endroit où avait été retrouvé le cadavre. Sa main hésita au-dessus du carrelage. Il redoutait l'expérience, mais il ne reculerait pas. Il ferma les yeux, inspira lentement et posa sa paume à plat sur le sol.

La sensation fut aussi brutale qu'un coup au plexus solaire. Par réflexe, il ôta aussitôt sa main et un cri pathétique lui échappa. Malgré sa brièveté, le contact avait révélé trop de choses horribles. Dans son esprit en déroute défilèrent les derniers instants de Chris Vandemark. Sa douleur, sa terreur, l'humiliation et l'incompréhension horrifiée, sa mort faisaient maintenant partie de David. Il les porterait en lui jusqu'à son dernier jour. Dans les ténèbres silencieuses du sous-sol, David jura à Chris de la venger.

Mais il ignorait encore l'identité du tueur. Pendant qu'il déplaçait sa main sur le sol à la recherche d'une autre trace psychique, d'autres images de Chris passèrent dans son esprit. Sa vie se déroula devant ses yeux clos tel un film documentaire : son premier baiser, son mariage avec lui, ses années universitaires, une mère décédée et un père rongé par l'ambition, la naissance de Jenny... David sentit des larmes brûler ses yeux. Mais il éprouva autre chose. Il approchait du but.

C'était plus à droite. Une présence. Un froid intense. Plus à droite, encore.

Entrer en contact avec la terreur de Chris avait été une expérience déchirante, un véritable choc physique. La découverte de Mr. Propre fut totalement différente. Dès que David toucha l'endroit où Greg Hewett s'était agenouillé pour sodomiser sa victime, il se sentit aspiré dans un néant émotionnel terrifiant. David fut pris de tremblements violents. Le mal était entré en lui. C'était la première des nombreuses rencontres que David s'imposerait les années suivantes pour traquer les monstres humains.

Vandemark n'avait jamais imaginé qu'un homme puisse vivre dans une telle dépravation en gardant une apparence de normalité. Jamais il n'aurait cru que de pareilles abominations puissent évoluer incognito parmi ses semblables. C'était une horreur indescriptible. David avait toujours pensé que les gens étaient comme lui et qu'ils partageaient un minimum de moralité, ce qui permettait au monde d'exister sans s'écrouler dans le chaos. Il se rendit alors compte de sa méprise. Oui, des fous existaient, qu'on ne pouvait plus qualifier d'humains. Mais il lui était possible de les reconnaître, de cela il avait la conviction. Leur folie les isolait dans la foule.

Ce qu'il éprouvait à présent dépassait sa compréhension. Il explorait le psychisme d'un être qui ignorait tout du sentiment humain le plus rudimentaire. Cette créature vivait en simulant l'amitié, l'amour, la joie ou la peine, toutes ces émotions si communes pour autrui. Mais un vide terrifiant occupait la place de sa conscience. Une telle anomalie ne pouvait exister ! Dieu ne pouvait permettre à ce monstre de fouler la terre ! C'était impossible !

D'une saccade il rompit le contact avec le sol et resta là, pantelant, étourdi. Un feu dévorait sa poitrine et ses yeux luisaient de l'éclat d'un savoir nouveau. Il avait contemplé les flammes de l'enfer et il avait vu la vérité. Le monstre était réel. L'aberration évoluait parmi les humains et David n'avait jamais soupçonné sa présence. Il eut l'intuition que Mr. Propre n'était pas une créature unique. La bête avait proliféré.

Dans l'appartement d'Angela, David s'émerveillait de la révolution qui s'était opérée en lui. *Oui, le roi est mort. Vive le roi.* Et il était celui que tout le monde croyait mort. Mais il n'était pas mort, pas réellement. Il avait seulement prétendu être ce nouveau roi qui venait à son tour de mourir. Mais sans mourir non plus. En fait, ni l'ancien ni le nouveau David Vandemark n'étaient morts. Il l'avait cru et il s'était trompé.

David savait qu'il pourrait analyser plus tard toute l'étendue de cette révélation. Y réfléchir maintenant ne lui aurait apporté qu'une solide migraine.

A présent, seule importait son humeur, et elle était excellente ! Un grand poids semblait l'avoir quitté. David n'aurait plus à se persuader qu'aucune émotion ne pouvait le toucher. Cet aveuglement lui avait coûté une énergie considérable, redevenue soudain disponible. Et qu'il comptait utiliser au mieux.

Débarrassé de sa défroque d'ange exterminateur insensible, David Vandemark venait de reprendre sa place parmi les êtres humains ordinaires. Certes il avait quelques atouts supplémentaires, mais derrière ce talent de télépathe était maintenant solidement campé David Vandemark, citoyen normal.

Cette évidence ne changerait rien. Il avait toujours une mission à terminer. Dieu le Père, Mère Nature ou quelque autre autorité supérieure lui avait donné ce pouvoir et l'avait mis sur le chemin qu'il parcourait depuis sept ans. Il ne voyait aucune raison de le quitter. La tâche devait toujours être accomplie, et en toute honnêteté il ne connaissait personne d'aussi apte que lui pour la mener à bien.

L'ancien David Vandemark aurait peut-être été incapable de supporter l'incongruité de cette situation, et se serait caché la tête sous les draps. Mais l'actuel David Vandemark avait vu les entrailles putrides de la condition humaine, et ce n'était pour lui qu'une constatation.

Ecoute, mon vieux, il faut bien que quelqu'un suive la parade du cirque pour ramasser la merde des éléphants. Puisque tu as un don pour ce boulot, pourquoi pas ? Que ferais-tu, sinon ? Tu retournerais chez Bradhurt, Weiss et Lowe ?

Il réfléchit aux bouleversements d'attitude comme de personnalité qu'engendrerait ce nouveau développement. Peut-être avait-il abusé de la solitude. L'avenir semblait lui réserver des surprises.

L'homme aux mille noms et aux mille personnalités avait jalousement préservé son indépendance. Ne jamais se rapprocher de quelqu'un évite de souffrir. Il avait peut-être appliqué trop longtemps cette maxime et avait besoin d'un peu de repos. Des vacances permanentes.

Quelle qu'en soit la raison, David était changé. Il ne voyait aucune raison à continuer à vivre seul. En fait ce serait certainement une grossière erreur que de vouloir maintenir ce *statu quo*. Seul, David avait passé sept années à croire qu'il était deux personnes différentes. Sans quelqu'un auprès de lui, il risquait fort de retomber dans ce genre d'illusions. Il n'était pas naufragé solitaire sur une île. Il avait besoin des autres, tout comme l'ancien David Vandemark...

Ce simple raisonnement déferla en lui avec une violence qui le prit au dépourvu. Elle le laissa pantelant comme un homme qui vient de frôler la noyade. Il s'était tant investi dans le présent qu'il avait totalement négligé de se prémunir contre le passé qui maintenant le rattrapait brutalement. Il ne pouvait rien faire pour l'éviter. Trop longtemps il l'avait nié. Désormais, il ne le pourrait plus.

Et dans le salon enténébré d'Angela Quiñones, David Vandemark pleura enfin sa femme et sa fille mortes depuis sept ans.

26

Angela avait omis de régler la sonnerie du réveil le soir précédent, et ils n'émergèrent que vers neuf heures et demie le lendemain. Angela téléphona aussitôt à son bureau pour prévenir qu'elle serait en retard. Elle serait à son poste dans l'heure.

Allongé près d'elle, un sourire aux lèvres, David savourait l'instant. Il se délectait de la présence d'Angela. Seigneur qu'elle était belle... Elle raccrocha et se laissa rouler vers lui. Leurs lèvres se trouvèrent tout naturellement, et le baiser s'étira dans une délicieuse langueur. Mais Angela s'écarta à regret.

— Désolée, mais nous sommes en plein bouclage du magazine, impossible de prendre une journée de congé.

David déposa un baiser sur son front et fit mine de la repousser hors du lit.

— Je comprends tout à fait. J'ai moi-même quelques petites choses à faire aujourd'hui. La chasse à l'homme. Tu te souviens ?

A l'ombre d'inquiétude qui passa sur le visage d'Angela, il sut qu'elle n'avait pas oublié.

— Ne t'inquiète pas, ajouta-t-il. Je me contente de faire des vérifications au sujet du van de désinfection. Ça ne devrait pas être dangereux.

— A moins que le chauffeur du van ne soit l'Ecorcheur !

— Les probabilités sont plutôt minces. Mais je suis ravi que tu te soucies autant de mon bien-être. Il n'y a qu'à la télé que les flics trouvent aussi aisément les criminels. Si le van a un rapport avec les meurtres, il ne me conduira sans doute qu'à une longue série d'autres indices à remonter. Tu vois, le risque que je me retrouve nez à nez avec l'Ecorcheur aujourd'hui est pratiquement nul.

Angela le dévisagea longuement. Elle essayait de deviner s'il disait vrai, mais n'y parvint pas. Il avait rajusté son masque, et il n'y avait aucun moyen de le percer à jour. Résignée, elle renonça, l'embrassa vivement et se leva.

David enfila son pantalon et alla dans la cuisine. Le déjeuner attendait Angela quand elle l'y rejoignit, habillée et prête. Il avait préparé des œufs brouillés, des petits pains chauds, du jus d'orange et du café. Angela était ébahie.

— Traites-tu toujours ainsi tes conquêtes ?

— Seulement celles qui sont très spéciales. Et seulement quand je suis moi-même affamé.

Ils prirent leur petit déjeuner dans une ambiance assez curieuse. Rien de pesant, bien sûr, mais tous deux s'évertuaient à ne rien dire de stupide. L'un comme l'autre voulaient garder une certaine retenue, ne pas trop se livrer. Et chacun éprouvait les pires difficultés à ne pas regarder fixement l'autre. Ils échangèrent des sourires presque réservés, bavardèrent un peu, en évitant de parler de l'Ecorcheur. Ou d'amour. Il était trop tôt pour aborder de tels sujets, même s'ils planaient dans l'atmosphère.

David finit de s'habiller pour accompagner Angela jusqu'au métro. Il la regarda disparaître dans la foule des usagers, puis rebroussa chemin vers son van. Il prit un micro-ordinateur portable et une petite valise en métal. Le van reverrouillé, il retourna à l'appartement d'Angela.

En passant, il acheta les journaux du matin. Aucun fait nouveau concernant l'Ecorcheur. Mais le *New York Times* faisait sa une sur les huées réprobatrices qui avaient accueilli le maire de New York lors d'une visite à l'hôtel de ville de Harlem. Les protestations venaient de la communauté hispanique qui fustigeait la police à propos de l'enquête sur l'Ecorcheur. Ils affirmaient que si les victimes du monstre avaient été anglo-saxonnes, juives ou afro-américaines, le tueur aurait déjà été arrêté et déféré à la justice. Sans écouter les explications du maire, ils avaient répété en un chœur rageur « Justice pour tous, pas seulement pour les Blancs ! » jusqu'à ce que l'édile s'éclipse. David lut l'article avec un étonnement croissant à mesure qu'il découvrait l'importance prise par cette affaire criminelle dans la vie de la cité.

Il appela le numéro de téléphone inscrit sur la portière du van beige, et un message enregistré l'informa que ce numéro n'était plus attribué. « Taglia Exterminators » n'était pas répertorié dans l'annuaire, ni dans les Pages jaunes. Le service des renseignements ne put lui apporter aucune aide. David n'en fut pas surpris.

Il brancha son micro-ordinateur. De la mallette, il sortit un modem qu'il connecta au PC et à la prise téléphonique. Ensuite il consulta le carnet qui se trouvait également dans l'attaché-case métallique. Ces quelques dizaines de pages contenaient des numéros de téléphone essentiels, chacun aussi précieux que la clé d'un trésor. Réunis, ils permettaient de s'introduire dans à peu près toutes les bases de données normalement interdites au public. David était très fier de ses talents de pirate informatique.

Avant de commencer, il parcourut l'appartement à la recherche d'enveloppes. Quand il les eut trouvées, il en libella une à l'adresse de Mrs. Rosita Vallejo, y glissa vingt billets de cent dollars gagnés à Dominic Torres et la timbra. Puis il la mit dans la poche intérieure de son blouson de sport, pour la poster plus tard. Il eut un sourire sardonique. De son vivant, Dominic Torres se serait moqué d'une pauvre femme qui risquait de terminer sa vie dans la rue, et David trouvait une ironie très satisfaisante au fait d'éviter un tel sort à Mrs. Vallejo avec l'argent du dealer qu'il avait mis à la retraite pour l'éternité.

Il était temps de se mettre au travail. La première précaution consistait à faire transiter ses communications par des modems cellulaires installés dans les bois, à la périphérie de Minneapolis et de Denver. Ce subterfuge empêcherait la plupart des experts informatiques de remonter à la source du piratage que David s'apprêtait à commettre. Bien sûr, un super-professionnel de la sécurité informatique tel que Tsutomu Shimomura finirait par retrouver le numéro de téléphone de David, mais pour les dossiers que comptait consulter Vandemark, personne ne ferait appel à une sommité pareille.

L'accès au centre de données de l'Assistance publique confirma les soupçons de David : toutes les familles victimes de l'Ecorcheur avaient bénéficié de l'aide sociale, à un moment ou à un autre. Ce n'était pas la révélation qu'il espérait, mais quand même une autre pièce du puzzle. Quand il en aurait trouvé assez, David découvrirait le fin mot de toute cette sinistre affaire.

La compagnie du téléphone n'avait enregistré aucun « Taglia Exterminators ». Il chercha alors dans le fichier des contraventions. Mais si l'Ecorcheur utilisait le van pour ses expéditions sanguinaires, il y avait fort à parier qu'il évitait tout risque d'être contrôlé par la police.

Mais que se passerait-il si un policier en patrouille arrêtait ce van marqué Taglia Exterminators pour une vérification de routine et s'apercevait qu'il était enregistré sous le nom de Sam Smith ? Certainement, l'Ecorcheur trouverait une explication habile. Mais le policier se souviendrait de lui, en particulier si un meurtre horrible se produisait la même nuit dans les parages. Non, l'Ecorcheur ne pouvait courir ce risque. Jusqu'ici tout tendait à prouver que ce psychopathe était très organisé. Il avait dû penser à ce détail.

Le fichier des immatriculations ne contenait aucun Taglia. Il faudrait qu'il essaie avec le véhicule lui-même.

Il dut exécuter quelques manipulations pour obtenir la liste des vans beiges enregistrés dans l'Etat. David fut ébahi par leur nombre. Pourquoi n'en voyait-il pas un à chaque coin de rue ?

Mais de nouveau, pas de « Taglia Exterminators » ou de Taglia-quoi-que-ce-soit dans la multitude de noms. Le véhicule pouvait avoir été enregistré sous un nom différent, mais cette ruse aurait fait courir à l'Ecorcheur les mêmes risques que l'enregistrement sous le nom de Sam Smith. On aurait pu se souvenir du nom et du véhicule.

David se rappela qu'Angela avait d'abord parlé d'un van marron clair, comme si elle avait du mal à traduire la description de Mrs. Vallejo. Sur une intuition, David réitéra sa recherche, mais en spécifiant « marron ».

A la lettre S, il trouva ce qu'il cherchait : Sal Taglia Enterprises, avec un van Chevrolet 1985. Un flic aurait dû avoir le flair de Sherlock Holmes pour faire la différence entre les couleurs.

Sal Taglia Enterprises était domicilié dans le West Side.

Etrange, songea David. Par là-bas, il n'y avait que des entrepôts à l'abandon et des quais.

Un autre cul-de-sac ?

Au premier coup d'œil, Taglia Enterprises ne semblait pas en très bon état. David gara son van de l'autre côté de la rue, en face de l'entrepôt, et observa sa façade aux fenêtres condamnées par des planches. Le bâtiment était en très mauvais état et avait tout l'air d'être désaffecté. David coupa le contact, sortit du van et ouvrit le capot pour simuler des ennuis de moteur. Tout en restant penché, David étudiait du coin de l'œil l'entrepôt délabré.

Il refermait le capot quand un taxi vint se garer devant l'entrée de l'entrepôt. Un homme en costume bleu marine en sortit et pénétra dans le bâtiment. Le taxi repartit aussitôt. David remonta derrière le volant, fit démarrer le van et s'éloigna à vitesse réduite. Son expérience lui disait qu'il se passait ici des choses très singulières.

Quelle société irait choisir un environnement aussi délabré pour avoir pignon sur rue, qui plus est sans aucune enseigne ou plaque annonçant sa présence au public ? Et pourquoi l'entreprise ne figurait-elle pas dans l'annuaire ? D'ailleurs, quelles étaient les activités précises de Sal Taglia Enterprises ? Beaucoup de questions sans réponse. David savait bien qu'un homme assis dans un van à l'arrêt ne percerait aucun de ces mystères. Mais quelqu'un de plus discret y parviendrait peut-être...

27

Chester Pinyon était très conscient d'exercer un des métiers les plus ennuyeux du monde, mais cela ne le dérangeait pas. La paie était très correcte et les horaires lui permettaient de s'adonner à sa véritable vocation : la peinture. Chester rêvait de devenir un artiste côté à SoHo, de faire fortune et de se retirer dans une propriété fabuleuse en bordure du Long Island Sound. Là, il profiterait de la présence aimante de maîtresses et consacrerait son talent à la création de toiles impérissables, tout comme Picasso. Mais Chester n'avait pas l'intention de marcher sur les brisées stylistiques du maître. Au contraire. Il concentrerait tous ses efforts sur l'abstraction pure, à l'exclusion de tout autre domaine. C'est là qu'il y avait un gros paquet à ramasser. Il n'y avait qu'à voir le prix d'un Jackson Pollock, ces derniers temps. Ces expressionnistes abstraits savaient ce qu'ils faisaient. Certes, Pollock avait le petit avantage d'être décédé, mais Chester était persuadé d'atteindre la même gloire de son vivant. Après tout, telle était sa destinée.

En l'attente de ces temps bénis, il subsistait et payait ses factures en restant assis devant les écrans de contrôle du circuit de surveillance. Vingt téléviseurs faisaient face à Chester. Le travail était assez fastidieux, mais il avait appris en dix-huit mois de présence à englober tous les écrans d'un regard rapide et à conserver un état de détente consciente qu'il jugeait proche de la transe. Une sorte de méditation. Très zen. Ainsi il quittait son poste détendu, sa créativité prête à se mettre en branle. Cette manière de procéder n'interférait en rien avec son efficacité professionnelle. Si quoi que ce soit apparaissait sur un des écrans, son attention s'éveillait aussitôt et il notait la chose dans la main courante. En cas de fait suspect, il appelait Mr. Camden.

Un job de rêve pour un génie méconnu, même s'il n'en saisissait pas vraiment l'utilité. Il n'avait jamais compris la raison d'un système de sécurité aussi perfectionné pour garder une telle ruine. Qui voudrait s'y introduire ? Bien sûr, l'intérieur était en meilleur état. En fait, les bureaux étaient peut-être somptueux, il n'en savait rien puisqu'ils étaient situés dans une zone à laquelle son badge ne lui donnait pas accès. Il n'était autorisé que dans les locaux de la sécurité et la salle de repos. Le tout était situé au rez-de-chaussée.

Il savait que tout ce dispositif avait un rapport avec le gouvernement, mais ses connaissances comme sa curiosité s'arrêtaient là, pour son plus grand bien. A son arrivée, Camden lui avait expliqué que tout se passerait au mieux pour lui au sein de l'organisation tant qu'il obéirait à quelques règles très simples, la principale étant de ne jamais poser de questions sur son travail et de n'en jamais parler à l'extérieur. Chester n'y voyait aucun inconvénient. D'après les rares bruits entendus, l'entrepôt abritait une cellule d'observation gouvernementale sur le Moyen-Orient. Que ce fût vrai ou faux, cela ne faisait aucune différence pour Chester. Tant qu'il serait aussi royalement rétribué pour son travail, les autres pouvaient travailler sur tout ce qu'ils voulaient, lui n'en soufflerait pas un mot à quiconque.

La raison pour laquelle il n'avait jamais imaginé d'enfreindre les directives avait un nom : Camden. Pour être tout à fait franc, Mr. Camden fichait une peur bleue à Chester. L'homme ne s'était pourtant jamais départi d'une politesse sans faille, mais Chester n'en éprouvait pas moins une frousse incontrôlable à chacune de leurs rares entrevues. Il percevait chez son boss quelque chose de très dangereux. Pas besoin de menace ou de pression physique pour le comprendre. C'était beaucoup plus subtil, et beaucoup plus impressionnant.

Mr. Camden venait de sortir quelques instants plus tôt, et Chester était encore un peu nerveux. C'est pourquoi il ne remarqua pas immédiatement le vieux van noir sur l'écran de contrôle n° 7. Le conducteur avait ouvert le capot et était penché sur le moteur. Une panne, sûrement. Au moins elle offrait une distraction à Chester. Le type devrait peut-être faire venir une dépanneuse. Un peu d'animation, ça ne serait pas mal.

Tout en espérant que sa surveillance serait égayée quelque temps, Chester manœuvra les commandes de la console pour faire zoomer la caméra 7 sur le véhicule. Il nota l'immatriculation du van sur la main courante, selon la procédure standard. Puis il fit légèrement pivoter la caméra pour jeter un œil au conducteur. Il avait l'air latin. Rien d'étonnant, ces types-là roulaient dans des Cadillac rutilantes ou des épaves. Ce van n'avait sans doute pas passé d'inspection de sécurité sans petit pourboire depuis des années.

Un peu déçu, Chester vit l'homme refermer le capot et s'installer au volant. Il inscrivit l'heure précise de départ du van, puis réintégra son habituel état de transe vigilante. Une demi-heure s'écoula sans rien de nouveau, puis Jerry Stillson tapota sur son épaule pour lui annoncer qu'il pouvait prendre sa pause déjeuner. Il lui demanda s'il s'était produit quelque chose d'intéressant.

— Est-ce qu'il se passe des choses intéressantes, dans ce job ? répondit Chester. Alors pourquoi ce serait différent aujourd'hui ?

28

David Vandemark alla garer le van dans un parking public à cinq blocs de l'entrepôt. La bâtisse avait déclenché son alarme intérieure. Elle avait définitivement éveillé ses soupçons. En conséquence, David préférait que le van disparaisse de la circulation, mais en le gardant à proximité pour une éventuelle urgence.

Il s'était changé et avait endossé sa tenue de clochard. Les rues de New York regorgeaient de sans-abri, un de plus n'éveillerait pas l'attention. Sa seule particularité, un Smith & Wesson 9 mm, resterait invisible sous le vieux pardessus crasseux.

Quand il arriva devant la cabine du surveillant du parking, celui-ci le dévisagea d'un air interdit. L'homme qui était entré avec un van quelques minutes plus tôt n'était pas du tout vêtu ainsi. David lui montra la souche de son ticket en passant.

Un demi-bloc après le parking, David trouva une jolie flaque boueuse aux reflets irisés. Il y plongea ses mains et appliqua la substance nauséabonde dans ses cheveux, sur son cou et son visage, sous le regard éberlué des passants. Ils auraient quelque chose à raconter après le déjeuner, en retournant au bureau.

Dix minutes plus tard, il avait parachevé son déguisement. Il approcha de l'entrepôt par le sud, en passant d'abord derrière une bâtisse en ruine. Celle-là était vraiment abandonnée, ses fenêtres éventrées, des ordures diverses et des gravats à l'intérieur. David se mit à fureter sans méthode, essayant d'ouvrir chaque porte et scrutant par les vitres brisées. Il prenait grand soin de ne regarder qu'à la dérobée l'objet de son intérêt, tout en le gardant sous observation du coin de l'œil. A cette distance, il était impossible de voir si quelqu'un le surveillait.

David s'avança jusqu'à la benne à ordures pour en examiner le contenu, mais elle avait été vidée le matin même.

Il atteignit la façade de l'entrepôt. Aucun indice de ce qu'il pouvait recéler. Si quelqu'un était sorti, il aurait pu sonder son esprit, mais il n'eut pas cette chance.

Le mur nord de l'entrepôt ne lui indiqua rien de plus. Un parking désert, fermé par une grosse chaîne. D'où il se trouvait maintenant, David constata que l'extrémité de l'entrepôt débordait sur le fleuve. Des pilotis et des renforcements en béton lui permettaient de surplomber l'eau d'une bonne quinzaine de mètres, mais il ne releva aucune trace d'activité là non plus.

Rendu téméraire par ce calme, il scruta plus franchement la masse de l'entrepôt en continuant d'en faire le tour. En revenant vers la façade, il traversa la rue et concentra toute son attention sur l'étage supérieur et le toit. A ce niveau également les fenêtres étaient occultées par des planches. Ce détail aurait déjà dû lui mettre la puce à l'oreille. Aucun des autres bâtiments le long du fleuve n'avait ses fenêtres pareillement condamnées. Un très bon boulot de camouflage, en vérité.

Un éclair très bref illumina un endroit du toit pendant une fraction de seconde. David s'arrêta net. Il remarqua alors les boîtiers disposés à intervalles réguliers sur le toit et dissimulés près des cheminées et des tuyaux d'aération.

Il avança de quelques pas dans l'espoir de discerner la nature de ces objets. C'est seulement alors qu'il remarqua le boîtier fixé sur le réverbère tout proche. Il était muni d'une partie protubérante terminée par une lentille en verre braquée sur l'est. Une caméra !

Et sur le toit, c'était aussi des caméras. *Souris, tu es filmé !* Bon sang !

Jerry Stillson avait suivi la progression de David autour de l'installation et s'était contenté de noter l'intrusion sur la main courante. Un clochard passant par ici, cela n'avait rien de très inhabituel. La chose se produisait plusieurs fois par semaine. Quand les vagabonds découvraient qu'il n'y avait rien à ramasser dans les environs, ils allaient voir ailleurs.

Mais pas celui-là. Il avait contourné l'entrepôt par le nord, puis il était revenu pour passer par le sud. Pire, à présent, il semblait observer directement la façade. Jerry composa le numéro de Mr. Camden et attendit. Après trois sonneries, le grand patron décrocha.

— Oui ?

Jerry fit un effort pour parler calmement :

— Il semble que quelqu'un s'intéresse à l'installation, monsieur.

— J'arrive.

Moins d'une minute plus tard, Camden entrait dans la salle de surveillance.

— Que se passe-t-il ?

Stillson exposa la situation avec tous les détails requis. Les deux hommes surveillèrent les deux écrans où l'on voyait David Vandemark. Pas de doute, l'intrus contemplait l'entrepôt avec beaucoup d'attention.

— On dirait qu'il se demande s'il est possible de pénétrer dans l'entrepôt, fit Camden. Il cherche probablement un endroit sec où passer la nuit.

— Alors il a choisi le mauvais endroit, cette fois, dit Jerry Stillson avec un sourire doucereux.

— Tout à fait, lâcha calmement Camden en pressant un bouton sur la console.

Dix secondes passèrent, et deux hommes pénétrèrent dans la pièce. Ils avaient la carrure et le cou épais de lutteurs et très peu d'intelligence dans les yeux.

Camden désigna les deux écrans où apparaissait David.

— Nous avons un indésirable. Je pense qu'il est sur le point de tenter une effraction. Veuillez l'en dissuader.

Pete Braddock et son partenaire Joe Bates échangèrent un sourire de connivence. Sans un mot, ils sortirent de la pièce avec un tel enthousiasme qu'ils faillirent renverser Chester Pinyon qui revenait de sa pause déjeuner. En découvrant le grand patron ici, Chester sentit son pouls s'emballer.

— Il se passe quelque chose ? demanda-t-il timidement.

Sans se retourner, Jerry Stillson lui répondit :

— Simple éviction d'un clochard avant qu'il vienne squatter.

Chester étouffa un soupir de soulagement. Fausse alerte. Ce genre de situation s'était déjà produit. *Compte jusqu'à dix et arrête la production d'adrénaline...* Un instant, Chester avait craint d'avoir négligé quelque chose durant ses heures de surveillance, ce qui aurait déclenché cette agitation. Mais il n'en était rien, Dieu merci. Rasséréné, il s'assit à côté de Jerry, prit la main courante et lut le détail de ce qu'il avait manqué pendant son absence.

Sur les deux écrans, Charles Camden et Jerry virent Braddock et Bates approcher du clochard. Ce dernier s'était assis sur le trottoir et semblait se désintéresser du monde entier. Camden eut un fin sourire. Ce pauvre déchet humain ne devinait pas que le monde entier allait s'abattre sur lui.

Braddock saisit le clochard par le col de son pardessus et le mit debout d'une traction. Bates lui enfonça son poing dans l'estomac, juste pour attirer son attention. Braddock enchaîna en le jetant contre le mur. Manœuvre douloureuse, apparemment.

Les deux gardes commencèrent à secouer le sans-abri avec une belle vigueur. Braddock le frappa à l'œil et l'autre s'écroula comme un sac de pommes de terre. Bates le redressa en le tirant par l'oreille. Alors Braddock administra le coup de grâce, sèchement, dans les reins, pour donner au pauvre type un peu d'élan. Camden imaginait aisément les conseils que ses hommes donnaient au clochard. S'ils le revoyaient dans les parages, il ne s'en tirerait pas à si bon compte.

— Bon Dieu ! mais c'est le type de ce matin !

Camden se retourna aussitôt vers Chester, qui pointait l'index sur les deux écrans.

— Qu'est-ce que vous racontez, Pinyon ?

— J'ai vu ce type traîner par ici ce matin ! Et il conduisait un van !

— Vous êtes certain qu'il s'agit de la même personne ?

— Absolument certain ! Il était habillé différemment, mais c'est bien le même type !

Camden était furieux. Braddock et Bates n'avaient pas de radio, il était donc impossible de modifier leurs ordres, et ils se tenaient immobiles au milieu de la rue, à surveiller la retraite précipitée du clochard.

— Stillson, fit Camden d'un ton froid, descendez au plus vite pour prévenir Braddock et Bates que je veux ce type dans mon bureau immédiatement.

Stillson se rua hors de la pièce, mais Camden savait qu'il était trop tard. Le « clochard » venait de tourner le coin de la rue, et la caméra fixée au réverbère retransmit le changement d'attitude que craignait Camden. Dès qu'il fut hors de vue de Bates et Braddock, l'inconnu se redressa et se mit à courir comme s'il voulait être sélectionné pour les Jeux olympiques. Il serait au bout du bloc avant que Stillson n'atteigne la rue. Un véhicule l'attendait sans doute dans une rue proche. Inutile de le poursuivre.

Camden ordonna à Pinyon de coucher l'incident sur la main courante, puis il quitta le bureau de surveillance. Pour qui travaillait cet espion ? La police locale ? Le FBI ? La CIA ? Peut-être un journal ? Et comment avaient-ils localisé l'entrepôt ? Plus important encore, que savaient-ils exactement ? Pas grand-chose, s'ils en étaient encore à venir rôder autour de l'installation. Mais s'ils étaient sur la piste, ils ne le lâcheraient certainement plus...

Le calendrier prévu devrait donc être accéléré. Il avait espéré pouvoir accomplir encore trois tests, mais à présent il faudrait se contenter d'un seul. C'était regrettable, mais le dommage ne serait pas critique. Les résultats escomptés étaient en bonne partie atteints. Les meurtres amenaient la communauté hispanique de New York au bord de l'émeute. Camden avait lu la peur dans les yeux des Latino-Américains croisés dans la rue. Leurs meneurs assiégeaient l'hôtel de ville pour exiger que les autorités fassent cesser ces assassinats. La confiance de la communauté hispanique pour les autorités locales était en baisse constante. Ils demandaient déjà des enquêteurs extérieurs à la ville. L'anarchie n'avait pas encore touché la cité, mais elle se préparait.

Dans la poche de sa chemise, Camden prit un étui plat en

argent et en sortit une cigarette tout en observant Braddock et Bates qui revenaient. Les deux hommes de main semblaient nerveux, et contrits. Braddock fouillait ses poches à la recherche de son briquet. Camden aimait assez voir l'effet qu'il produisait sur ses subordonnés.

— Toutes nos excuses, monsieur. Quand nous avons reçu votre ordre, ce salopard avait déjà filé, dit Bates.

Braddock s'écarta pour laisser passer Camden. Il fouillait toujours ses poches. Camden prit son propre briquet et alluma sa cigarette. Braddock paraissait dégoûté, comme si la perte de son briquet ajoutée à la fuite du clochard signifiaient une promotion ratée. Ou pire.

— Je ne retrouve plus mon briquet. Je l'avais pourtant tout à l'heure...

— Tu l'as sûrement perdu quand on a fait danser l'autre, fit Bates.

— Ouais, allons vérifier. C'est un Zippo, j'y tiens. Dix billets, il m'a coûté.

Alors qu'ils faisaient demi-tour, Camden nota qu'un bouton manquait à la veste de Bates.

David Vandemark jeta le briquet et le bouton dans une poubelle. Ils lui avaient appris tout ce qu'il pouvait découvrir d'eux. Ses agresseurs, Joe Bates et Pete Braddock, étaient d'anciens boxeurs employés maintenant par Sal Taglia Enterprises en qualité d'agents de sécurité. Ni l'un ni l'autre ne savait dans quel domaine travaillait leur entreprise, mais tous deux lui prêtaient des liens gouvernementaux. La plupart du temps, ils restaient assis dans une salle d'attente, à jouer aux cartes ou à regarder la télévision. Une ou deux fois par semaine, on les envoyait rosser un clochard trop curieux.

David glana quantité d'autres renseignements sans valeur, mais aucun ne présentait d'intérêt pour lui, à une exception près, le nom de leur employeur.

Charles Camden.

29

Ce soir-là, Angela revenait de son travail harassée par le labeur mais dynamisée par l'idée qu'il serait peut-être là à son arrivée. Elle s'était répété qu'elle ne serait pas déçue s'il était absent. Après tout, il était en ville pour un travail précis, et il était impossible de prévoir ses horaires.

Et d'ailleurs, que lui dirait-elle s'il était là ? Elle n'en avait aucune idée, de même qu'elle ne savait quelle attitude adopter envers lui. L'extase partagée la nuit dernière semblait l'avoir comblé autant qu'elle. Mais cela ne voulait pas dire grand-chose. L'un comme l'autre n'avaient fait aucune promesse d'amour éternel. Ils avaient simplement passé une nuit ensemble. Des adultes consentants agissaient de la sorte tous les jours sans pour autant se promettre amour et fidélité.

Amour et fidélité ? Voyons, Angela, tu le connais à peine ! Ce pourrait être un rustre alcoolique. Et si Leroy aimait battre ses compagnes une fois qu'il les avait séduites ? Mr. De Carlo était peut-être même un souteneur cherchant de nouvelles recrues.

Cette idée la fit sourire. Leroy au volant d'une énorme Cadillac rose était une vision d'un ridicule assez réjouissant. Non, il se dégageait de cet homme une gentillesse évidente.

Alors qu'elle atteignait la porte de l'appartement, elle entendit un petit bruit à l'intérieur et son cœur s'arrêta. Elle inspira profondément avant d'entrer. Immédiatement, elle vit son blouson de sport et son holster posés sur un fauteuil du salon. *Eh bien, quel gentleman se promène avec une arme ?*

Cette pensée ne la troubla qu'une seconde et disparut quand elle entendit la voix venant de la cuisine :

— Angela ? Je suis là.

Il était assis à la table, le dos tourné à la porte, devant un micro-ordinateur portable connecté au téléphone.

— D'où ça vient ? s'enquit-elle.

— De mon van. Je suis en train d'augmenter ta facture de téléphone, je le crains.

— C'est sans importance. Mais que... *Mon Dieu !*

David venait de se retourner vers elle. Son œil droit était gonflé et bleu, annonçant un joli hématome. Angela sentit son cœur se serrer.

— Que t'est-il arrivé ? Ça va ?

David se leva et la serra contre lui.

— Je vais bien. Un petit cocard, rien de plus.

— Que s'est-il passé ?

— J'ai manqué de prudence. Je me suis engagé dans une situation délicate et je me suis fait surprendre par deux gorilles. J'aurais pu les arrêter, mais ça n'aurait pas collé. Alors j'ai esquivé quelques coups et je m'en suis sorti avec des renseignements qui pourraient se révéler très utiles.

Angela effleura l'arcade sourcilière de David.

— Tu as bien évité les coups, en effet.

— Celui-là venait de la gauche, je ne m'y attendais pas.

Angela alla au réfrigérateur.

— Il faut mettre de la glace sur ton œil.

— Bonne idée. J'aurais dû y penser moi-même, mais j'étais accaparé par le micro.

— A quoi te sert ce truc ? fit Angela en enveloppant des glaçons dans un torchon.

— Ce truc, tu dis ? Tu n'utilises donc pas d'ordinateur dans ton boulot ?

— Aussi peu que possible. Je n'ai aucune confiance dans ces machines. De temps à autre je m'en sers, mais on ne sait jamais quand le système du bureau tombe en panne. Par chance, ma nouvelle assistante est une adepte d'Internet.

— Eh bien ! les temps changent, gente dame, au cas où vous

ne le sauriez pas. Alors ne t'étonne pas si un jour tes relations avec les ordinateurs changent elles aussi.

— On verra. Pour l'instant, si tu m'expliquais un peu ce que tu fais avec cette machine-là ?

David pressa la glace contre son œil.

— J'essaie d'apprendre quelque chose sur un type, mais la récolte est maigre.

— Quel type ? Quelqu'un qui serait impliqué dans tous ces crimes ?

Il y eut un silence lourd durant lequel Angela sentit David dresser ses barrières. Après un mutisme interminable, il répondit enfin, d'un ton malaisé :

— Ce boulot se révèle plus costaud que je ne le prévoyais.

— Que veux-tu dire ?

— Dans le passé, les cas semblables dont je me suis occupé étaient assez simples. Ils se résumaient à traquer le méchant jusqu'à l'épingler. Cette fois, c'est différent. Il y a certains joueurs très inattendus qui apparaissent dans la partie.

Angela réfléchit à ce qu'il venait de dire.

— Où veux-tu en venir ?

— Cette affaire me semble très complexe, et je ne sais pas où elle va me mener. C'est une expérience inédite pour moi, en fait. Habituellement, je maîtrise bien le déroulement de ce genre de situation. Pas cette fois. Et ça m'inquiète.

— Aurais-tu des ennuis, Leroy ?

— Pas encore. Enfin, je ne le pense pas. Je m'en suis sorti aujourd'hui sans mettre personne sur ma piste, mais je n'aurai peut-être pas autant de chance la prochaine fois. J'ai donc décidé de m'entourer de quelques précautions supplémentaires.

Il prit une enveloppe scellée sur la table et la tendit à Angela. Sous ses doigts elle sentit un rectangle plat. L'enveloppe était adressée à un certain Ira Levitt, au FBI.

— Qu'est-ce que c'est ?

— Une cassette audio. J'y ai enregistré tout ce que j'ai appris sur ce cas jusqu'à maintenant. Je ne veux pas faire dans le mélodramatique et je ne veux surtout pas t'effrayer, mais j'aurais besoin de quelqu'un si quelque chose devait m'arriver.

Or, dans cette ville, je ne connais personne à qui je puisse faire confiance, toi exceptée. J'ai bien peur que tu aies été sélectionnée sans en être avertie...

La mine grave, Angela contempla l'enveloppe quelques secondes.

— Autrement dit, si tu ne reviens pas ici un soir, je devrai poster cette lettre ?

— Exactement.

— Que contient cette cassette ?

— Il vaut mieux que tu ne le saches pas. Si quelque chose devait m'exploser au visage, quelqu'un du gouvernement risquerait de remonter de moi jusqu'à toi. Si tu ne sais rien sinon que tu as posté une cassette pour moi, ils ne t'ennuieront pas.

— Oh, mon Dieu, Leroy ! Le gouvernement ? Mais dans quoi t'es-tu fourré ?

David tapota gentiment la main de la jeune femme.

— J'aimerais le savoir, et j'aimerais pouvoir te le dire. Mais c'est impossible. Et il faut que les choses restent ainsi.

Il regarda Angela sortir de la cuisine d'un pas raide. Après quelques instants, il se leva. Il la trouva recroquevillée sur le canapé du salon, fixant un regard triste sur la fenêtre. David s'immobilisa et l'observa.

Comment avait-il pu être assez idiot pour l'impliquer dans cette affaire ? L'homme aux mille noms avait raison, il n'y avait pas place dans sa vie pour une femme. C'était beaucoup trop dangereux.

— Il serait plus raisonnable que je cherche une chambre d'hôtel, déclara-t-il enfin.

— Non. Ça n'arrangerait rien. Je serais sans cesse inquiète pour toi. Au moins, quand tu es ici, je sais qu'il ne t'est rien arrivé. Je suis désolée, Leroy, mais tu fais partie de mon existence, maintenant, et je ne veux pas qu'il t'arrive quoi que ce soit.

David s'assit sur le canapé et passa son bras autour des épaules d'Angela.

— Et toi aussi, tu fais partie de mon existence, beaucoup plus que je ne l'aurais cru possible en aussi peu de temps.

Cet aveu tira un sourire timide à la jeune femme. Elle se

pencha vers lui et déposa un baiser furtif sur ses lèvres. David sentit l'urgence de ce geste avant qu'Angela n'enfouisse son visage dans le creux de son épaule. Bien qu'il ne le vît pas, il sut qu'elle pleurait.

— Si tu ne parviens pas à obtenir les informations sur cet homme, que vas-tu faire ? dit-elle d'une voix faible. Est-ce que cela, tu peux me le dire ?

— Oui. Il a ses entrées au gouvernement, de cela je suis certain. Il doit travailler dans une organisation en contact direct avec les cercles les plus élevés du pouvoir. J'ai eu accès aux fichiers informatiques locaux du FBI, j'ai repéré son dossier mais je suis resté à la porte. Confidentiel. Je pourrais forcer le code-sécurité pour le lire, mais pas sans laisser une trace de la ligne d'où j'appelle. Les Fédéraux sont assez chatouilleux sur les consultations non autorisées de leurs archives.

— Tu veux dire que tu ne peux plus rien faire ? s'enquit Angela, avec une note d'espoir mal dissimulée dans la voix.

— Non, simplement qu'il me faudra passer par l'entrée de service. Dans le cas qui nous occupe, la clé de cette porte est un agent du FBI, du nom de Johnson.

— Un ami à toi ?

— Pas exactement. Disons que nous sommes des relations de travail. Je dois déjeuner avec elle demain, en fait.

— Et ce soir, que fais-tu ?

— Absolument rien. Je pensais rester assis en compagnie de ma dame favorite et voir si ces glaçons feraient désenfler mon œil. Que dis-tu de ce programme ?

— *Bueno*. Pourquoi n'irions-nous pas dans la chambre, plutôt, Leroy ?

— Ça m'a l'air d'une très bonne idée. Mais tout d'abord, tu accepterais de me faire une faveur ?

— Laquelle ?

— Ne m'appelle plus Leroy. C'est mon deuxième prénom et je ne l'utilise que dans le boulot. Je préfère le premier.

— Qui est ?

— David.

30

Charles Camden se laissa aller contre le dossier de son fauteuil. Il était exténué. Son bureau habituellement nu était encombré de mets à demi mangés, de notes griffonnées et d'agendas. Il avait téléphoné tout l'après-midi à ses contacts dans les diverses agences fédérales ou nationales pour tenter de découvrir qui venait fouiner autour de son opération du West Side. L'existence de l'entrepôt n'était pas un secret pour l'élite de Washington, même si le contenu et le but de l'opération n'étaient connus que d'une poignée de personnes sûres. S'il arrivait à savoir qui l'espionnait, il pourrait les mettre en garde.

Il ne craignait nullement que ses recherches intriguent ses correspondants sur ses activités new-yorkaises. Chacun de ses contacts lui devait trop pour se montrer véritablement curieux. Il avait donné pour instruction à chacun de le rappeler s'ils apprenaient quoi que ce fût. Ce qui signifiait veiller auprès du téléphone pendant les vingt-quatre heures à venir. Il prendrait un peu de repos sur le canapé. C'était un prix bien raisonnable à payer pour mettre un terme aux ennuis présents.

La plaque minéralogique du van noir ne l'avait mené nulle part. Le service concerné de l'Illinois lui avait répondu que cette immatriculation n'avait jamais été délivrée dans leur Etat.

Camden l'avait communiquée à des amis de la police de New York. Il faisait confiance à ces associés de longue date pour œuvrer dans la plus grande discrétion. Il leur avait simplement demandé de repérer le van et de lui transmettre sa localisation. Ils ne devaient prendre aucune initiative envers le véhicule ou son propriétaire. Le problème regardait la sécurité intérieure, les hommes de Camden le régleraient eux-mêmes.

Encore un appel qui pouvait arriver à tout moment.

Le témoin lumineux de l'interphone clignota et Camden enfonça la touche correspondante.

— Oui ?

— McGuire et Hanson sont arrivés, monsieur, fit la voix du gardien entre les crachotements de la transmission.

— Envoyez-les-moi.

McGuire et Hanson entrèrent dans le bureau deux minutes plus tard. Camden aimait voir ces deux hommes pénétrer dans une pièce. Ils étaient venus ici à de nombreuses reprises, mais ils étaient toujours prêts au pire. Pour ces deux-là, chaque porte pouvait dissimuler un piège mortel. C'est Camden qui leur avait enseigné à réagir ainsi, et ils avaient retenu la leçon.

Il leur désigna les deux fauteuils disposés devant son bureau. Hanson et McGuire s'assirent sans un mot. Camden tendit une main et ils lui remirent les deux épaisses enveloppes qu'ils tenaient.

— Les rapports sur Alfredo Martinez et Esteban Moreno ? Ils sont complets ?

Ses hommes acquiescèrent. Camden plaça les enveloppes sur le coin de son bureau, sans les ouvrir.

— Avez-vous quelque chose de prévu pour ce soir, messieurs ?

Signe négatif synchrone de McGuire et Hanson.

— Il se pourrait que j'aie besoin de vos services pour un travail en urgence. J'apprécierais beaucoup que vous restiez disponibles pendant toute la nuit. Trouvez des couchettes en bas, au dortoir. D'accord ?

Ils répondirent d'un hochement de tête, se levèrent et quittèrent la pièce sans un mot.

De bons éléments.

Camden passa l'heure suivante à lire des rapports. Le téléphone sonna deux fois. Ses contacts à Washington l'informaient qu'ils n'avaient rien trouvé. Camden les remercia, raccrocha et retourna à sa lecture.

Le troisième appel était celui d'un ami de Camden à la police de New York. Le Ford Econoline noir qu'il recherchait avait été repéré dans un parking public de la 27ᵉ Rue. Une voiture de patrouille avait été postée non loin, en surveillance. Camden ordonna de faire partir la voiture de police. Ses propres hommes prenaient la surveillance en charge dès cet instant. Il promit à son ami qu'il recevrait une enveloppe bien remplie dès le lendemain, puis raccrocha.

Par l'interphone, il appela aussitôt le rez-de-chaussée.

— Dites à Mr. McGuire et à Mr. Hanson de monter.

31

Huit heures vingt du matin. Vida leva les yeux du dossier du Tueur de Latinos et tendit la main vers son café. Sa troisième tasse d'amertume tiède et supposée stimulante. C'est seulement alors qu'elle remarqua l'expression spécialement bourrue d'Ira. Elle suivit son regard et vit un homme au gabarit de lutteur et vêtu d'un costume sport qui ne lui allait pas du tout. Il tendait une enveloppe au sergent en poste à l'accueil.

— Quelque chose qui cloche, Ira ?

— Sûrement. Mais ça ne nous regarde pas.

— C'est le costaud en costume sport ?

— Mouais. Un primate nommé Bates. Du muscle à vendre, sans état d'âme. Il travaille surtout avec les services parallèles, et en particulier pour un type très antipathique.

— Quelque chose à voir avec notre affaire ?

— Deux univers complètement différents, grogna Ira en se replongeant dans son dossier. Je suis beaucoup plus intéressé par cet avocat qui vous a appelée. Racontez-moi encore une fois comment ça s'est passé.

Vida ne fit rien pour cacher son exaspération. C'était la quatrième fois que son partenaire lui demandait de raconter son histoire.

— Il m'a téléphoné dans ma chambre d'hôtel à dix-huit heures quarante-cinq hier, et il m'a seulement dit qu'il avait des informations qui pouvaient avoir un rapport avec notre enquête. Il m'a proposé de nous voir à l'heure du déjeuner. J'ai essayé d'avoir des détails, mais il a prétendu être très pressé, et il a raccroché avant que j'aie pu lui demander comment il connaissait le sujet de notre enquête. Voilà, c'est tout ce que je sais, Ira, et c'est la dernière fois que je vous le raconte.

Machinalement, Levitt essayait de se gratter sous le plâtre avec son stylo.

— Je n'aime pas ça, fit-il. D'abord vous me dites que ce Colson essaie de faire de la lèche avec vous, et tout à coup il a une piste pour nous ? Et d'abord, comment a-t-il su à quel hôtel nous étions descendus, hein ?

— Le lieutenant Nyberg le lui a probablement indiqué. Rappelez-vous, nous avons dit à Nyberg où on pouvait nous joindre.

— D'accord, admettons ! concéda Ira avec une pointe de mauvaise humeur. Mais comment sait-il sur quoi nous enquêtons ? Et qu'est-ce qu'il aurait pu découvrir sur Vandemark que nous ne savons pas déjà ?

— C'est ça qui vous ronge, Ira ? Vous êtes hors de vous parce que nous sommes au point mort avec cette affaire et que vous ne pouvez pas supporter que quelqu'un nous offre un indice sur un plateau ?

Le visage du géant devint une caricature vivante : l'air renfrogné, la lèvre inférieure dépassant en une moue mécontente. Il la considéra un long moment, et toute son attitude disait son déplaisir.

Ouh ! là ! on dirait que tu as touché le point sensible. Ça n'est pas très diplomate, ma fille...

Finalement, Ira secoua la tête en soupirant.

— Ça n'est peut-être pas complètement faux. Je ne sais pas. Mais il y a quelque chose qui coince dans ce truc. Je crois que je vais vous accompagner pour déjeuner.

32

Cette fois, Angela n'avait pas oublié de régler le réveil, et leur troisième matin se déroula sans précipitation. Ils prirent leur temps pour se préparer et traînèrent un peu devant le petit déjeuner qu'Angela insista pour préparer. Elle déclara trop cuits les œufs cuisinés la veille par Leroy (non, David) et prit d'autorité la fonction de cuisinier. Feignant d'être heurté dans son amour-propre culinaire, David plaisanta la jeune femme qui s'affairait aux fourneaux.

Quand ils échangèrent un baiser d'adieu devant la bouche de métro de la 28e Rue, David décela de l'inquiétude dans les grands yeux d'Angela. Il aurait aimé avoir la formule magique pour la rassurer. Mais il savait que chacun de ses mouvements ferait naître l'angoisse chez elle jusqu'à ce que cette affaire soit réglée. Il était préférable de s'occuper de l'Ecorcheur avant de faire des plans pour l'avenir. Pendant leur nuit d'amour, l'idée vague que l'homme aux mille noms puisse avoir raison de préférer la solitude s'était totalement effacée de son esprit.

Angela se força à sourire, effleura sa joue de ses lèvres et disparut rapidement dans les entrailles du métro.

David retourna à son van qu'il avait laissé dans un parking public de la 27e Rue. Il avait jugé plus sage d'effacer ses traces à partir de maintenant. La première mesure avait été d'ôter le van des rues. Il avait prévenu le gardien du parking qu'il reviendrait régulièrement pour prendre des affaires dans son véhicule, et l'employé n'y avait vu aucun problème tant que David pourrait montrer son ticket. Il avait garé le van à l'étage le plus haut du parking.

A l'intérieur, loin des regards indiscrets, David changea de personnalité et enfila la tenue de travail de Jason Colson, son costume trois pièces gris d'avocat. Il prit les pièces d'identité appropriées mais aussi un Derringer à double canon de calibre .38. La situation avait pris un tour trop dangereux pour que Jason Colson, avocat au ministère de la Justice, sorte sans arme.

David brancha l'alarme, referma le van et descendit vers la rue. Il s'arrêta pour ajuster sa cravate et ses manchettes, sans savoir que Nelson McGuire l'observait d'un toit voisin à l'aide de jumelles. Par radio, l'homme de main avertit son partenaire que leur proie était en mouvement. Bud Hanson dévalait déjà les escaliers pour prendre la filature à partir de la rue.

David se dirigea vers la station de métro la plus proche. Sa montre indiquait neuf heures vingt. Le rendez-vous avec Ira et Vida n'étant qu'à onze heures et demie, il disposait de deux heures pour effectuer quelques achats.

Un demi-bloc derrière lui, Bud Hanson s'évertuait à rester invisible. En vrai professionnel, il gardait une bonne distance entre lui et le sujet. Hanson ne pouvait savoir que c'était très suffisant pour éviter un sondage mental.

Inconscient de cette filature, David descendit d'un pas rapide dans le métro. Il prit une pièce dans sa poche, la glissa dans le monnayeur du tourniquet qu'il poussa sans ralentir. S'il avait regardé par-dessus son épaule, il aurait vu un homme qui dévalait les marches à toutes jambes. Mais il n'en aurait conçu aucune méfiance. Un New-Yorkais en retard pour son travail, comme tant d'autres. Hanson n'avait rien de remarquable, rien d'inquiétant. C'est ce qui le rendait si apte à ce travail.

En arrivant sur le quai, Vandemark vit qu'une rame allait repartir. Il s'engouffra dans un wagon juste avant la fermeture automatique des portes.

C'est ainsi que David Vandemark sema son « pisteur » sans même connaître son existence. Immobile sur le quai, Bud Hanson regarda la rame s'éloigner dans le tunnel. Aucun problème. Ils le retrouveraient au van, quand il y retournerait.

33

Ira et Vida arrivèrent une trentaine de minutes avant leur rendez-vous au restaurant Chez Emilio. Le serveur les installa à une table tranquille, au fond de la salle. A cette heure, les seuls autres clients de l'établissement étaient deux hommes d'affaires plongés dans une discussion fiscale. Vida commanda une eau de Seltz en attendant Colson. Ira ne voulut rien pour l'instant. Dès que le serveur se fut éloigné, il prit la direction des toilettes.

Il trouva deux téléphones publics fixés au mur extérieur des toilettes. De là, il avait une excellente vue de Vida et de la table. Satisfait de ce repérage, il poussa la porte des toilettes pour hommes.

Un rictus déforma ses lèvres tandis qu'il se soulageait à un urinoir. Depuis qu'il était au courant de cette invitation à déjeuner lancée par Colson, les *kishkès* d'Ira étaient en état d'alerte maximale. Et les quelques coups de fil passés à Washington ne l'avaient pas calmé du tout. Il apparaissait qu'aucun Jason Colson n'était connu au ministère de la Justice. Il y avait bien un John Colson, mais il était actuellement en mission à Chicago, pour une histoire de racket sur le travail.

Et comme si cela ne suffisait pas, ce type marchait sur ses plates-bandes.

Après s'être lavé les mains, Ira s'assura qu'il était seul dans les toilettes et vérifia pour la troisième fois que son arme était bien chargée.

Vida croisa le regard d'Ira quand il sortit des toilettes pour se poster près des téléphones. On venait de la servir et, selon leur plan, elle resterait à table à siroter sa consommation, comme une jeune femme attendant une connaissance. Seul Ira savait qu'elle avait glissé son .9 mm sur ses genoux, sous la nappe.

Ira décrocha le récepteur le plus proche et le coinça entre son menton et son épaule. Il fouilla ses poches. Où diable avait-il mis son paquet de chewing-gum ? Quelque part dans le restaurant, un téléphone sonna. Ira trouva enfin ce qu'il cherchait et sortit une tablette de sa poche.

Avant qu'il ait eu le temps d'en retirer l'emballage, il vit le serveur aller à la table de Vida et lui tendre un paquet enveloppé de papier brun. Ira raccrocha brusquement et se précipita auprès de sa partenaire.

— Qu'est-ce que c'est que ça ? gronda-t-il.

Impressionné par ce géant quelque peu agressif, le serveur recula d'un pas.

— Un simple colis, monsieur, bredouilla-t-il. Déposé plus tôt pour cette dame.

— Par qui ? fit Ira en saisissant le paquet.

— Un monsieur qui est entré juste après l'ouverture. Il nous a demandé s'il pouvait laisser ce paquet pour un ami qui devait venir déjeuner ici. Il a dit que c'était un cadeau d'anniversaire.

— Vous pouvez décrire cet homme ?

Le serveur dressa un portrait assez ressemblant de David Vandemark. Ira consulta Vida du regard.

— A part l'œil poché, ça correspond à Colson, confirma-t-elle.

— A-t-il décrit la personne à qui il destinait ce paquet ? interrogea Ira.

— Non, je ne savais même pas que son ami était une femme. Il a dit que la personne en question réclamerait le paquet.

— Je n'ai rien réclamé, corrigea Vida.

— Non, c'est exact, fit le serveur qui commençait à ne plus rien comprendre. Le monsieur vient d'appeler sur la ligne du restaurant pour demander que je vous donne ce paquet.

— A-t-il demandé d'abord si j'étais arrivée ? s'enquit Vida.

— Non.

Les deux agents échangèrent un regard sombre puis se tournèrent de concert vers la baie vitrée donnant sur la rue.

— Vous nous avez beaucoup aidés, affirma Ira au serveur qui se détendit. Pourriez-vous m'apporter un verre d'eau, je vous prie ?

Le serveur laissa Levitt et la jeune femme avec le paquet sur la table.

— On appelle le service de déminage ? dit Vida.

— Non, vous pouvez l'ouvrir pendant que je vais me planquer dans les chiottes...

— Il n'est peut-être pas indispensable de vous montrer désagréable...

Ira évita de peu la table voisine en plongeant, et Vida lâcha son arme en bondissant hors de son siège.

Le mystérieux colis s'était mis à sonner.

— Ne me dites pas que vous allez l'ouvrir ? s'exclama Vida en voyant son partenaire saisir le paquet.

— Les bombes ne sonnent pas, en tout cas pas de cette manière. Il y a un téléphone là-dedans. On a pris des précautions avec nous...

Ira accaparait l'attention de tout le restaurant. Les deux hommes d'affaires avaient interrompu leur débat pour observer le remue-ménage de l'autre table. Le serveur s'était figé en plein milieu de la salle, avec le verre d'eau destiné à Ira, et regardait son client déchirer sans précaution l'emballage du paquet. Personne ne vit la jeune femme ramasser son arme.

La boîte en carton contenait deux téléphones portables soigneusement protégés des chocs par des feuilles de journal froissées. Ils sonnaient toujours. Ira en prit un et l'examina avant de le tendre à Vida. Saisissant l'autre, il répondit :

— Bonjour, Mr. Colson. Où êtes-vous ?

— Salut, Ira, fit David. Comment va votre bras ?

— Ça me démange tout le temps, dit Ira qui ne connaissait pas cette voix mais qui aurait parié sa retraite sur l'identité de son propriétaire. Et ça me fait toujours un putain de mal, espèce de *potz*.

Couvrant le combiné de sa large paume, il murmura :

— Prenez la ligne. C'est Vandemark.

Un peu déboussolée, Vida obéit et entendit aussitôt David la saluer :

— Désolé pour la surprise, Vida. Mais vous comprenez pourquoi.

— Que se passe-t-il, Vandemark ? dit Ira. C'est ta façon de te rendre ?

— Ne sois pas absurde, Ira. Pourquoi me rendrais-je ?

Ira marcha jusqu'à la baie vitrée et scruta la rue.

— Ça fait sept ans, David. Ça n'a pas dû être facile pour toi...

Il y avait deux cabines téléphoniques au coin de rues le plus proche, toutes deux vides. Du côté opposé, à l'autre carrefour, il repéra un groupe de trois autres cabines, dont deux étaient occupées. Dans la première, une femme tournait le dos à Ira et lui masquait l'autre personne en train de téléphoner.

La personne dissimulée par la femme ne pouvait être que Vandemark. De là-bas, il avait pu les voir entrer dans le restaurant.

— Tu crois que je fatigue, Ira ?

— Pas impossible.

— Tu as raison. Mais ne va surtout pas croire que je m'apprête à jeter l'éponge.

Ira se retourna et fit un signe discret à Vida. Montrant une belle coordination, celle-ci prit aussitôt la suite de la discussion :

— D'après ce que j'ai pu apprendre dans votre dossier, Mr. Vandemark, vous n'êtes pas du genre à jouer à des jeux idiots. Alors que voulez-vous, au juste ?

Couvrant de nouveau le microphone avec sa paume, Ira rejoignit le serveur.

— Il y a une autre sortie, à l'arrière, hein ? lui demanda-t-il. Elle donne où ?

— Oui, répondit aussitôt l'employé, très conscient de la tension habitant ce client peu commode. Elle donne sur l'allée qui débouche sur la 43e Rue.

— J'ai une faveur à vous demander, annonça Vandemark.

— La seule faveur que tu auras de ma part, Vandemark, c'est un psy de première quand je t'aurai collé en taule ! aboya Ira.

— Tu changeras peut-être d'idée quand tu auras entendu ce que j'ai à dire.

Ira fit un second signe à Vida puis sortit par les cuisines. A elle d'entretenir la conversation pendant qu'il se rapprochait de Vandemark. Dans l'écouteur elle entendit Ira s'énerver :

— Va te faire foutre, Vandemark ! La seule chose qui m'intéresse, c'est de...

— Suffit, Ira ! intervint-elle. Laissez-moi discuter.

Silence sur la ligne.

— Allez-y, David, je vous écoute, fit-elle après un moment.

Il y eut encore une pause, puis Vandemark répondit :

— C'est mieux comme ça. Parlons net deux minutes, d'accord ?

Dans l'allée à l'arrière du restaurant, Levitt grogna :

— Parler net avec toi ? Tu es un tueur, Vandemark !

— Ira, laissez-le parler ! ordonna Vida de sa voix la plus cassante tout en surveillant la rue et les trois cabines qui devaient être le but d'Ira. Voyons déjà ce qu'il a de si important à nous dire...

— Bonne idée, Vida. En fait, pourquoi ne pas me laisser assurer le discours ? Vous n'aurez qu'à dire « oui » de temps à autre pour me faire savoir que vous m'écoutez toujours. Vous pensez y arriver ?

Un « OK » clair et sec et un grognement guttural lui répondirent. Ira approchait de la 43e Rue.

— Dans la vie, tout est affaire de priorités, disait David. Nous avons tous assez d'expérience pour savoir que dans ce monde certaines choses sont plus importantes que d'autres. Vous me suivez ?

— Epargne-nous ta philosophie de supermarché, grommela Ira.

Il venait d'émerger dans la 43e Rue et protégeait de son mieux le téléphone du brouhaha de l'artère. A partir de maintenant, ce serait à Vida de prendre le relais.

— Ira, me traquer a été un de tes buts principaux une partie de ta vie, comme traquer les *serial killers* est le mien. Tu peux estimer que mes méthodes m'ont transformé en *serial killer* moi-même, je ne te contredirai pas. Je n'ai jamais porté beaucoup d'attention aux étiquettes. Mais tu dois bien admettre qu'il existe une différence majeure entre moi et les autres. Ceux que j'exécute ont massacré des gens innocents. Ça ne me blanchit probablement pas selon les critères de Mère Teresa, mais ça me place quand même au-dessus d'Adolf Hitler ou de Saddam Hussein.

Tout en se rapprochant de son but, Ira glissa le téléphone dans la poche de son pantalon. Il allait avoir besoin de sa main valide. A une trentaine de mètres, il voyait les jambes de l'homme dans la cabine, derrière la femme qui s'apprêtait à sortir de la sienne. Ira dégaina son arme.

— D'accord, vous n'êtes pas le dernier des salauds, répondit Vida. Mais vous êtes toujours recherché pour homicides.

— Comme l'Ecorcheur. N'est-il pas de votre devoir, en qualité d'agents fédéraux représentant la loi, de faire cesser ce règne de terreur, si vous en avez l'occasion ?

— Nous ne travaillons pas sur l'Ecorcheur.

— Vous voulez dire que si vous aviez l'opportunité de l'arrêter, vous ne la saisiriez pas ?

— Si vous abrégiez ce petit jeu, David ? Vous savez pertinemment que nous cravaterions l'Ecorcheur, même s'il n'est pas notre cible actuelle.

— Je n'en doute pas. Ce dingue est en train de pourrir l'atmosphère de la ville. Les relations entre les diverses communautés n'ont jamais fait la gloire de New York, mais ces tueries ont le même effet que de l'essence jetée sur un feu qui couve.

— Oui, tout le monde devient dingue ici, coupa sèchement Vida. Des groupuscules extrémistes blancs se sont publiquement réjouis des meurtres de ce monstre. Les leaders hispaniques radicaux appellent leur communauté à s'armer. Et la plupart des représentants noirs soutiennent leurs homologues hispaniques. Tous protestent contre la façon dont la ville réagit à ces massacres. Ils ont l'impression d'être les prochains sur la liste, et ils n'ont peut-être pas tort, si l'Ecorcheur s'en tire.

On réclame la démission du maire. Cette ville est au bord de l'explosion, oui. Ce résumé de la situation vous satisfait ?

— Oui, nous allons pouvoir gagner beaucoup de temps.

Ira était maintenant à moins de dix mètres de la cabine. Il inspira profondément et se déplaça sur la droite, prêt à se saisir du fugitif qu'il poursuivait depuis sept années.

— Est-ce que vous voudriez nous proposer une sorte de marché, David ?

— Oui.

— Que s'est-il passé, David ? Vous vous êtes cassé le nez sur un barrage impossible à contourner ?

Ira ne voyait encore que les jambes de sa cible, mais deux pas de plus et il se trouverait face à Vandemark.

— Très finement vu, Miss Johnson.

Plus qu'un pas. Vandemark allait-il chercher à sortir une arme ?

— D'accord, débitez-moi votre laïus, dit Vida.

Pourquoi Ira mettait-il si longtemps à intervenir ? Elle n'était pas certaine de pouvoir garder Vandemark très longtemps au téléphone.

Ira fit le dernier pas et braqua son arme.

— Halte ! tonna-t-il.

Le jeune homme au visage constellé de taches de rousseur qu'il menaçait écarquilla les yeux et ouvrit la bouche comme une carpe sortie de l'eau.

— Désolé, lâcha Ira en rangeant son arme dans son holster. Une erreur.

Du regard il fouilla la rue et sortit le téléphone de sa poche.

— Il y a un homme qui travaille pour le gouvernement fédéral, expliquait posément David. A un poste certainement très élevé. Je pense qu'il est impliqué dans les massacres de Latinos. Je n'ai aucune preuve tangible pour l'instant, et en fait ce n'est probablement pas lui l'Ecorcheur. Plutôt quelqu'un qui travaille sous ses ordres. Ce type a pas mal de gros bras à son service.

Pas d'autre téléphone public dans la rue. Vandemark devait utiliser lui aussi un téléphone cellulaire. Mais d'où ? Levitt scruta les étages des bâtisses voisines.

— Que voulez-vous ? demanda Vida.

— J'ai besoin d'informations sur ce type. Mes sources habituelles ne mènent nulle part. Et il est protégé par des mesures de sécurité que je ne peux pas pénétrer.

— J'attends toujours que vous me disiez ce que vous proposez, Vandemark.

Une hésitation très nette, puis :

— Voilà. Je vous donne le nom et vous le passez au crible. Si vous trouvez de quoi l'épingler, il est à vous. Mais je ne serai pas loin, juste pour m'assurer que vous ne ratez pas votre coup. Vous me comprenez ?

— Très clairement. Mais ça ne change rien. Si Ira ou moi avons une chance de vous serrer, nous ne la manquerons pas.

— Je n'aurais pas voulu qu'il en soit autrement.

Que diable signifiait cette conversation ? se demandait Ira en descendant lentement la rue. Vandemark était prêt à leur offrir sa proie en échange d'un marché ? Ce n'était certainement pas le David Vandemark qu'il connaissait. Un des facteurs de l'équation avait changé, mais lequel ?

— Qui est cet homme ? fit Vida.

— Charles Camden.

Ira entendit le nom au moment précis où il apercevait Vandemark attablé au premier étage d'un Wendy's, près de la baie vitrée. De là, il pouvait observer le restaurant du rendez-vous sans aucun problème.

Levitt se précipita à l'intérieur du fast-food en crachant dans son téléphone :

— Tu as perdu les pédales, Vandemark ?

— Peut-être un peu, répliqua David, mais pas assez pour que cela compte.

Ira fit passer le téléphone dans son autre main. Le plâtre l'empêchait presque de tenir le combiné.

— Alors tu te fous de nous ?

— Non.

— Tu ne sais donc pas qui est Charles Camden ?

Ira dégaina de nouveau et jeta un coup d'œil à l'escalier menant à l'étage.

— Non.

— Tu ne lis jamais les journaux, en dehors des articles sur les homicides ?

— Qu'est-ce que tu veux dire ?

Ira posa le pied sur la première marche.

— Je veux dire que depuis une dizaine d'années Charles Camden est régulièrement mentionné dans des histoires intéressant la sécurité de l'Etat...

— De quelle façon est-il mentionné ?

— Apparemment, il a collaboré à quelques affaires dont la presse a eu vent. Des affaires traitées par la CIA ou le NSC...

— Le NSC ? fit David d'une voix sourde. Le National Security Council ?

— Evidemment ! Bon, maintenant tu vois à quel point tu es à côté de la plaque en pensant que Camden pourrait être l'Ecorcheur ?

— Pourquoi serait-ce impossible ?

Ira atteignait le sommet de l'escalier, qui se trouvait au fond du restaurant. Vandemark était près de la baie vitrée, de l'autre côté de la salle. Sans doute derrière ce foutu pilier. Ira avança entre les consommateurs attablés et concentrés sur leurs hamburgers. Vida poursuivait la conversation téléphonique :

— Réfléchissez une seconde, voyons. Camden est un type important. Pourquoi quelqu'un comme lui aurait-il le moindre intérêt à ce que des familles d'Hispaniques new-yorkais soient massacrées ? Ce type s'occupe de questions internationales. Découper de pauvres gens en rondelles n'est pas du tout son style.

De l'autre côté du pilier, Ira se prépara à bondir.

— Il pourrait s'agir de quelqu'un faisant partie de son organisation, objecta Vandemark.

— Très bien, nous étudierons cette possibilité, lui accorda Vida. Mais vous devez comprendre que ce genre de recherches va nous demander du temps. Je ne sais pas sur quoi travaille Camden ces temps-ci. Il risque d'y avoir beaucoup de verrous de sécurité à faire sauter...

Ira jaillit de derrière le pilier et braqua son arme sur la table.

Elle n'était pas occupée.

Tout en gravissant l'escalier de secours de l'immeuble jouxtant le Wendy's, David continua :

— L'Ecorcheur va frapper encore avant la fin de la semaine.

— Nous avions un marché, David ! lui rappela Vida. Nous vous avons dit ce que nous savions sur Camden.

— Mais vous avez également avoué que vous ne pourrez rien contre l'Ecorcheur avant son prochain massacre.

Ecœuré, Ira s'assit à la table que Vandemark venait de quitter.

— Bon, en résumé, nous en sommes où ? grogna-t-il dans le combiné.

— Je vais continuer à enquêter sur l'organisation de Camden de mon côté. Vous, voyez ce que vous pouvez apprendre sur son compte. Si je découvre qu'un des sbires de Camden est l'Ecorcheur, je vous rappellerai et vous pourrez l'arrêter. Mais si vous échouez il sera à moi. Que ça vous plaise ou non. C'est le marché. A prendre ou à laisser.

— Une dernière chose, David, fit Ira.

— Quoi ?

— Qu'est-ce qui a changé ?

Il eut la tonalité pour toute réponse.

« Trop près », songea David en se fondant dans la marée humaine des New-Yorkais en quête du déjeuner idéal. S'il n'avait pas repéré Ira qui courait vers l'entrée du Wendy's, il aurait maintenant les menottes. Et même ainsi il n'avait pas réagi dans l'instant. Il était tellement satisfait du gag des téléphones cellulaires et de la réussite de son stratagème qu'il avait bien failli se faire prendre.

Ira voyait juste. Quelque chose avait changé et l'agent du FBI l'avait senti. David avait changé. Son sens critique s'était émoussé.

34

Assise près de la fenêtre, Vida sirotait l'eau de Seltz-citron apportée par le service d'étage. Elle contemplait le panorama unique de Manhattan, pourtant toute son attention était centrée sur ce qui se disait derrière elle. Et elle se rendait compte que la conversation téléphonique de son partenaire avec Charles Camden ne se déroulait pas comme Ira l'avait espéré.

Ses souvenirs concernant Camden étaient nombreux, mais de troisième main. A Washington, Camden était un personnage familier, mais énigmatique. Depuis des années, il était un des acteurs de cette ville réputée pour son cannibalisme professionnel.

Camden avait été impliqué dans un plan de sauvetage des otages de l'ambassade en Iran, avec des mercenaires. L'administration Carter avait eu vent du projet et lui avait demandé de ne rien tenter avant les Forces spéciales. Celles-ci avaient échoué, comme chacun sait. Le plan concocté par Camden n'avait jamais refait surface.

Auparavant, sous la présidence de Gerald Ford, il avait tenu le rôle d'officier de liaison auprès de la CIA. Il apparaissait toujours en pleine crise, que ce soit au Moyen-Orient, en Amérique centrale ou du Sud. Jamais il n'était au premier plan. Il agissait en sous-main, assurant la logistique des opérations et concluant les marchés que les officiels ne pouvaient endosser.

Ensuite il avait travaillé au NSC sous Reagan. A partir de cette époque, tout ce qui le concernait avait été classé secret.

Même aujourd'hui, Camden restait un rouage incontournable des services de sécurité et de renseignement.

Il avait fallu à Ira une douzaine de coups de fil à Washington pour obtenir un numéro où joindre Camden. Il avait fini par appeler directement le chef du Bureau et lui avait annoncé que la vie de Camden était menacée. Un renseignement récent révélait que David Vandemark projetait peut-être de l'assassiner. Ce coup de poker retint l'attention du boss. Si l'on retrouvait le cadavre d'un personnage aussi important que Camden pour apprendre plus tard qu'un officier supérieur du Bureau avait été averti des menaces pesant sur lui sans prendre aucune mesure, des têtes tomberaient certainement.

Malgré cet atout de poids, une autre heure s'écoula avant qu'on ne lui communique le numéro. Quand il rappela Ira, son chef insista sur les faveurs qu'il avait dû concéder pour arracher le numéro. Levitt avait tout intérêt à être sûr de la validité de son renseignement. Il serait très malhabile de déranger quelqu'un de la stature de Camden pour de simples rumeurs sans fondement. Ira lui répéta que son information était solide et prise à la source. D'ailleurs, son supérieur s'en apercevrait en lisant son rapport. Ira évita de préciser qu'il n'avait pas réfléchi une seconde à la façon de tourner ce rapport pour que Vida et lui n'apparaissent pas comme des amateurs.

Quand il eut terminé sa conversation téléphonique avec le chef, Ira avait montré à Vida le numéro qu'il avait recopié. Pas d'adresse, mais les premiers chiffres indiquaient Manhattan.

— Vous croyez que Vandemark est sur une piste réelle ? Camden est à New York, d'accord, mais il n'est pas le seul : il y a dix millions de personnes dans ce cas. Et chacune d'elles n'est pas l'Ecorcheur.

Ira n'avait pu qu'approuver.

— Il faut reconnaître une chose : après chacun des assassinats qui lui sont imputés, on a découvert que les victimes de Vandemark étaient des meurtriers. Même ce type refroidi à Sanibel. C'était un dealer de coke recherché pour la mort de deux agents de la DEA. Jusqu'ici, Vandemark a fait un sans-faute. Difficile de contester ce genre de réussite.

— Qu'allez-vous faire, alors ?

— Nous devons mettre Camden en garde contre Vande-mark, bien sûr. Mais je pense que nous devons aussi l'informer que Vandemark soupçonne un de ses hommes d'être l'Ecor-cheur. Peut-être que Camden laissera le Bureau enquêter dis-crètement sur son personnel.

— Et s'il refuse ?

— On verra à ce moment-là. Pour l'instant, il faut que je l'appelle.

La conversation avait duré une bonne vingtaine de minutes. Vida l'avait écoutée de bout en bout, et ce qu'elle avait entendu n'avait pas l'air très prometteur.

Ira raccrocha et resta assis un long moment, à fixer le télé-phone d'un regard sombre. Vida savait que son partenaire clas-sait les informations et qu'il reviendrait au monde réel dès qu'il aurait mis un peu d'ordre dans ses pensées. Mais elle sentait qu'elle risquait de ne pas aimer les conclusions d'Ira sur Charles Camden.

Quand Levitt se leva pour aller prendre son soda sans sucre devenu tiède pendant qu'il téléphonait, Vida estima le moment venu :

— Alors, qu'a-t-il dit ?

— « Merci, mais pas la peine. » Il enquêtera sur la théorie de Vandemark avec son propre service de sécurité. Le projet qu'il mène actuellement est « trop sensible » pour autoriser qui-conque à seulement connaître sa localisation.

— La réponse standard du bureaucrate. Vous vous atten-diez à autre chose ?

— Pas vraiment.

— Alors qu'est-ce qui pose problème ?

— Charles Camden.

Exactement ce que Vida avait redouté. Son estomac se serra un peu plus. Ira n'avait pas besoin d'en dire plus, elle savait ce qu'il pensait et elle n'aimait pas ça du tout. Elle se força pourtant à demander :

— Qu'est-ce qui pose problème chez Camden ?

— Sa réaction. Je n'espérais pas qu'il nous laisse enquêter sur son personnel. C'est la procédure standard au gouvernement. Mais quelle réaction attendez-vous de quelqu'un à qui vous annoncez qu'il est sur la liste d'un type qui a déjà dessoudé vingt personnes ?

— Je suppose que la personne concernée devrait être choquée. Peut-être même un peu effrayée. Pas Camden ?

— Pas du tout.

— Il jouait au dur sans peur ?

— Non. En fait, il avait l'air soulagé. Dingue, non ? Et vous savez quoi ? Il n'a pas paru étonné quand je lui ai appris la raison pour laquelle Vandemark était sur ses traces. Camden ne s'intéressait pas le moins du monde aux raisons de Vandemark pour le soupçonner d'être impliqué dans les massacres de Latinos. Et je trouve ça bizarre, moi.

Mal à l'aise, Vida s'agita un peu sur son siège. Elle désirait moins que tout poursuivre cette conversation, mais elle ne voyait aucun moyen de l'arrêter.

— Ira, ce type est quelqu'un de haut placé. Peut-être que les détails ne l'intéressent pas. Les huiles sont souvent comme ça.

— Les huiles ne sont pas intéressées par les détails ! railla Ira. J'ai dit à ce type que sa vie était en danger et il n'a même pas voulu savoir pourquoi !

— Il a peut-être été menacé de mort plusieurs fois déjà.

— C'est possible. Mais la grande majorité des menaces de mort sont anonymes, et elles émanent presque toutes de ratés qui seraient incapables de faire du mal à une mouche. J'ai informé Camden qu'un tueur chevronné cherchait peut-être à le supprimer. Et la seule chose qu'il m'a demandée, c'est d'envoyer une copie du dossier de Vandemark à son bureau de Washington. Ça n'a pas de sens.

— Mais il faudra au moins deux jours pour qu'il ait la copie ! C'est vrai, il n'a pas l'air de s'en faire...

— Il ne s'en fait pas assez, à mon avis.

— Ce qui veut dire ?

— Je ne vois qu'une raison pour que Camden ne soit pas pressé d'avoir le dossier de Vandemark entre les mains. Parce qu'il l'a déjà à l'œil.

— Comment ?

— Sais pas. Mais Camden fricote avec les présidents depuis longtemps. Un type comme lui a de meilleurs contacts que le FBI et la CIA réunis.

Vida se leva, tourna le dos à Ira et regarda distraitement par la fenêtre.

— Alors il y a de bonnes chances pour qu'il fasse le travail à notre place ?

— Peut-être. Mais c'est sa manière de faire le travail qui risque de me gêner.

— Vous craignez que Camden emploie des méthodes un peu trop violentes pour s'occuper de Vandemark ?

— Voilà qui est joliment dit. En y réfléchissant, je me souviens que Camden avait été cité lors de l'assassinat de leaders politiques sud-américains imputé à la CIA, sous l'administration Carter. Mais il a été blanchi. Aucune charge n'a été retenue contre lui.

Vida se retourna vers lui.

— Attention, Ira, vous commencez à parler comme un libéral.

Sa plaisanterie ne rencontra que le silence. Après un moment, Ira inspira lentement puis haussa les épaules. Son soda à la main, il rejoignit la jeune femme près de la fenêtre.

— Vous pensez que je devrais laisser tomber tout ça, n'est-ce pas ?

— Oui. Camden est une des éminences grises du Capitole. Enfin, Ira ! Réfléchissez un peu à ce que vous suggérez ! Souvenez-vous, j'ai simplement croisé un des membres les moins influents de son club et je me suis retrouvée à la cave avec vous, à bosser sur un dossier dont personne d'autre ne veut.

— Et vous pensez qu'avec quelqu'un comme Camden notre situation professionnelle pourrait empirer ?

— Et même devenir intolérable !

— Mouais, vous avez sans doute raison.

— Ira, je vous aime bien. Vous êtes à peu près le seul être humain que j'ai rencontré au Bureau. Mais j'ai besoin de ce job. J'ai une mère et trois frères qui dépendent de moi et je ne peux pas me permettre de barboter dans un scandale politique.

Ira retourna jusqu'au lit et s'y assit lourdement. Il sortit son portefeuille, l'ouvrit et considéra sa carte d'agent. Vida l'observait sans mot dire. Elle priait pour que tout cela prenne fin au plus tôt.

D'une voix proche du murmure, Ira déclara :

— Quand je suis entré au Bureau, je n'étais encore qu'un gamin. Je croyais encore que la police a un rapport direct avec la justice. On pourrait penser que vingt-huit ans de boutique m'ont guéri de cette illusion. Je suppose que oui. Après un bout de temps, je me suis rendu compte que la justice n'est rien de plus qu'un concept intellectuel. La réalité, c'est cette machine monstrueuse pour laquelle vous et moi nous nous échinons. Son but affiché est de rendre la justice. Mais ça n'est pas vraiment ce qui se passe. La machine fait seulement respecter les lois. Et parfois les lois sont injustes. Mais ça ne devrait pas faire de différence, c'est vrai : nous sommes des agents de la machine...

« Pendant toutes ces années, j'ai appris qu'il y a diverses interprétations possibles de la loi. Les riches et les puissants ont une série de règles qui s'appliquent à eux, les pauvres une autre série, beaucoup plus proche des lois. Et puis j'ai découvert que la machine peut aussi être utilisée contre elle-même. Chaque matin, quand je descends dans notre sous-sol, je me le rappelle. Ce que je veux dire, c'est que je connais la musique. Je ne suis pas idiot. Ce serait une folie de se frotter à Camden. Une folie suicidaire...

Vida vint s'asseoir sur l'autre lit, en face de son partenaire.

— Alors ça veut dire que vous allez agir de façon sensée ?

— Vous, oui. Quoi que je fasse à l'avenir, je le ferai seul. Sans vous.

— Mais pourquoi, Ira ?

Le géant se laissa rouler sur le lit qui sous lui paraissait ridiculement étroit.

— Parce que je suis vieux, bête et laid. Et parce que ce matin j'ai parlé à un type plus jeune que moi qui est prêt à risquer tout ce qu'il a pour éviter qu'une autre famille ne soit massacrée dans quelques jours. Peut-être qu'il est dingue, je n'en sais foutre rien. Mais ce qu'il veut faire, ça, ce n'est pas dingue. Et si je peux l'aider à mettre un terme à ces meurtres et que je ne l'aide pas, je vais me laisser pousser la barbe parce que je n'oserai plus me regarder dans la glace pour me raser.

Immobile, Vida contemplait ce partenaire qui se révélait un inconnu pour elle. La jeune femme avait l'impression de le voir pour la première fois. Bien sûr, il avait raison. Elle le savait. Mais elle savait autre chose aussi :

— Ne jouez pas au Don Quichotte avec moi, Ira. Bon sang, vous n'avez même pas la certitude que Camden soit impliqué dans tout ça. Il y a des combats qu'on ne peut pas gagner, Ira. Pensez-y, je vous en prie.

Levitt ferma les yeux.

— J'en ai ma claque de jouer avec la justice comme avec un yoyo. Je crois qu'il est temps que je tâte du vrai truc.

— Que voulez-vous dire ?

— Peut-être le comprendrez-vous un jour, Vida. Je suis trop crevé pour essayer de vous l'expliquer maintenant. Je vais faire un petit somme. On se revoit pour le repas.

Congédiée aussi cavalièrement, Vida se leva et alla jusqu'à la porte. Elle y resta un moment, à la recherche d'une phrase percutante à lancer. Soudain la situation était devenue désagréable, et Vida ne voulait pas laisser leurs rapports dans cet état.

Mais son coéquipier avait choisi son chemin, que Vida ne pouvait pas suivre. Ira Levitt était seul au monde, responsable de lui uniquement. Il pouvait se permettre une flambée d'héroïsme. Pourquoi devrait-elle regarder l'effondrement de sa propre carrière ? Que Camden et Vandemark s'entre-tuent, le monde serait sans doute meilleur sans eux. Mais il était vraiment dommage qu'Ira ait décidé de sacrifier sa vie avec la leur.

Vida ouvrit la porte et sortit dans le couloir. Alors qu'elle se dirigeait vers sa chambre, l'échange avec Ira résonnait dans son esprit.

« *J'en ai ma claque de jouer avec la justice comme avec un yoyo. Je crois qu'il est temps que je tâte du vrai truc.*

— *Que voulez-vous dire ?*

— *Peut-être le comprendrez-vous un jour, Vida.* »

35

Charles Camden se sentait incroyablement soulagé. Enfin il savait qui était l'espion.

Jusqu'à ce que l'agent Levitt lui révèle l'identité du faux clochard, celle-ci avait constitué une énigme des plus pesantes. Mais Camden n'avait plus à craindre que le FBI, la CIA, la police new-yorkaise, les journaux ou n'importe qui d'important ait découvert le but réel de son installation dans le West Side. Le fouineur était un psycho isolé, sans contact d'aucune sorte. Un rien du tout. La seule chose qui intéressait ce David Vandemark était d'éliminer le Tueur de Latinos. Un genre de justicier de pacotille, pas de doute. Cet imbécile n'imaginait pas l'énormité de l'affaire dans laquelle il avait mis les pieds. Mais on allait bientôt s'occuper de lui. Une fois pour toutes.

Vingt minutes avant que Levitt ne téléphone, il avait reçu un appel de McGuire et Hanson. David Vandemark était revenu à son van pour se changer. En repartant, il emportait un micro-ordinateur portable et une mallette en métal. Ils l'avaient suivi jusqu'à un appartement de la 27e Rue Est. Le sujet y était resté quarante-cinq minutes, puis il était ressorti. Hanson et McGuire avaient décidé de le laisser filer, satisfaits d'avoir découvert son point de chute.

Une rapide enquête leur apprit que l'appartement en question était occupé par une certaine Angela Quinoñes, rescapée de la première famille hispanique décimée par l'Ecorcheur.

Hanson et McGuire s'étaient introduits dans l'appartement.

Tous deux étaient passés maîtres dans l'art de l'intrusion sans trace. Camden leur faisait confiance pour ne laisser aucun indice de leur passage.

Une fois à l'intérieur, cinq pellicules furent utilisées pour photographier l'appartement sous tous ses angles. Pendant qu'Hanson prenait cliché sur cliché, McGuire dessina un plan de l'appartement, y incluant chaque meuble et notant toutes les mesures.

Une heure plus tard, Charles Camden avait sur son bureau la collection de photos développées et le plan soigneusement recopié avait été collé au mur.

Dans l'univers de Charles Camden, tout était en ordre, de nouveau.

Le planning prévu pour le Tueur de Latinos était redevenu d'actualité. Plus de problèmes. Pourtant, il y aurait un petit rajout des plus satisfaisants au plan originel. Au lieu de ne frapper que trois fois, l'Ecorcheur ferait quatre groupes de victimes.

Les familles d'Alfredo Martinez et d'Esteban Moreno s'étaient révélées des candidates parfaites pour l'Ecorcheur, mais aucune ne serait massacrée pendant le week-end, comme prévu à l'origine.

L'Ecorcheur allait modifier quelque peu ses habitudes. Il semblait que lors de sa première prestation il avait négligé un membre de la famille Quinoñes. Oh ! les journaux allaient adorer... Camden imaginait sans mal quelles manchettes horrifiées les journalistes allaient écrire, de même que leurs supputations sur la raison qui avait pu pousser l'Ecorcheur à revenir pour tuer Angela Quinoñes, seule survivante de sa famille.

Mais ils oublieraient vite ces broutilles quand ils découvriraient que le cadavre de l'homme assassiné avec elle était celui d'un meurtrier recherché depuis des années.

Oui, tout s'agençait à merveille. Dans la quiétude de son bureau, Charles Camden sourit de contentement.

36

David Vandemark commençait à s'impatienter. Il était caché derrière cette benne à ordures depuis bientôt deux heures.

De l'intermède des téléphones cellulaires avec Ira Levitt et Vida, il tirait l'impression d'une improvisation plutôt risquée. Il était venu avec un plan complètement différent. L'idée était d'exposer tout ce qu'il avait appris jusqu'à maintenant en prenant soin de ne pas dévoiler involontairement qu'il avait accumulé ces informations grâce à la télépathie. Il avait espéré qu'une description professionnelle de son enquête éveillerait assez l'intérêt de Levitt pour le lancer sur la piste de l'Ecorcheur. David voulait à la fois l'aide de l'agent du FBI et un peu de répit de sa part.

Mais le moment venu, David avait bouleversé son plan et abandonné toute prudence au point de frôler l'arrestation. De plus, il s'était évertué à provoquer Levitt et Johnson sans leur donner de détails concluants de son enquête. Magnifique. Et que dire du marché absurde qu'il avait proposé ? Il avait encore du mal à croire qu'il avait offert de se retirer du jeu pour laisser le FBI terminer la partie. Mais à quoi pensait-il ?

Et si Levitt lui semblait capable de s'occuper de Camden, abandonnerait-il réellement la traque ? Laisserait-il le FBI arrêter l'Ecorcheur et le mettre bien gentiment en prison ? Laisserait-il ce monstre vivant ? Le permettrait-il ?

Pour son plus grand étonnement, David constata que la réponse à ces questions était un « oui » très net.

Et la raison de ce revirement soudain dans ses intentions, dans l'accomplissement de sa mission ? Une jeune femme prénommée Angela.

Il était de plus en plus évident que l'intrusion de cette femme dans son existence déclenchait des changements aussi imprévus qu'inhabituels. Tout d'abord la passion qu'elle lui inspirait, d'où avait découlé la réémergence de l'ancien David Vandemark. Et maintenant ? Il ressentait un désir presque incontrôlable de laisser tomber. Quelle en était la cause ? L'amour, oui. David devait bien admettre qu'Angela Quiñoñes avait bouleversé ses certitudes.

Sept années passées à traquer des fous sanguinaires pour leur imposer leur juste châtiment.

Sept ans, après tout, c'était plus qu'assez pour que quiconque se lasse de n'importe quelle tâche. Avoir passé autant de temps à cette mission lui paraissait maintenant presque incroyable. Seul. Toujours en danger. Toujours en mouvement. A la réflexion, cette période lui semblait appartenir au passé d'un autre. Mais c'était faux, et David ne pouvait s'autoriser ce genre de fiction, aussi réconfortante fût-elle. Il avait déjà abusé de l'oubli.

Accroupi derrière une benne à ordures dans une allée crasseuse, David s'interrogeait sur son avenir.

Malheureusement, l'impuissance de Levitt face à Camden n'était que trop évidente. Même un agent fédéral n'aurait pas le cran de se mesurer à quelqu'un possédant les relations de Camden. Un cas semblable pouvait traîner des années dans les méandres des procédures sans jamais atteindre de conclusion satisfaisante pour la justice.

Après avoir examiné le problème sous tous ses angles, David avait compris qu'il ne pouvait abandonner cette affaire. Son désir ne venait pas uniquement d'un rêve de retraite. Dès le début, cette mission lui avait déplu. D'abord, c'était New York. Cette ville avait toujours été synonyme d'ennuis pour lui. Et puis il y avait eu la rencontre avec Angela. Aussi plaisante qu'elle se soit révélée, la découverte d'une personne dont il ne pouvait lire l'esprit aurait dû l'alerter. C'était un mauvais présage. Ensuite Levitt était arrivé. Et pour couronner le tout, le suspect numéro un de David était un habitué de la Maison Blanche.

Il est temps de plier bagages, de filer dans le van en compagnie d'Angela vers le nord. Angela adorerait un coin comme Willow...

Mais s'il faisait ça, une autre famille innocente mourrait dans les jours suivants. Levitt serait incapable de régler cette affaire seul. Il avait les mains liées par les règlements et les interdits gouvernementaux.

La balle revient donc dans ton camp.

Mais David n'était pas très convaincu de s'en tirer, cette fois. La boule lestant son estomac lui rappelait qu'il ne maîtrisait plus la situation et qu'il risquait fort de ne pas survivre à cette traque.

Des mouvements devant l'entrepôt tirèrent David de ses sombres méditations. Il s'était posté à quatre blocs de l'installation de Camden, pour attendre la sortie de quelqu'un qui pourrait l'éclairer sur les activités poursuivies dans l'entrepôt. A cette distance, il espérait être hors du champ de surveillance des caméras. Il n'avait pas trouvé de moyen pour les localiser toutes sans être lui-même repéré. Une distance suffisante était la seule solution. C'est pourquoi il épiait son objectif à l'aide d'une paire de jumelles.

Jusqu'ici, la méthode n'avait rien donné. Cinq personnes avaient quitté l'installation depuis son arrivée. Trois étaient montées dans des véhicules, et les deux autres étaient parties à pied dans la direction opposée à David.

Les deux fois, David avait caché les jumelles derrière la benne et s'était élancé à leur poursuite. La chose n'était pas aisée car il devait contourner l'entrepôt d'au moins trois blocs pour ne pas risquer la détection. Mais quand il avait rattrapé sa proie, il haletait comme un cheval à la fin d'un derby. Il aurait oublié ce petit désagrément si les deux personnes qu'il poursuivait n'étaient entrées dans des garages pour en ressortir en voiture. Les deux fois, David était retourné à son poste en regrettant qu'il n'y ait pas plus d'usagers des transports en commun dans cette ville.

Soudain il put espérer que la chance tournait. L'homme qui venait de sortir de l'entrepôt marchait dans sa direction. Mince et approchant la quarantaine, il avait les cheveux noirs et bouclés, des lunettes cerclées d'acier et il portait une mallette.

David dissimula les jumelles et se mit à suivre sa proie dès qu'elle eut tourné le coin de la rue.

Chester Pinyon était à son poste, devant les écrans de contrôle. Il se nettoyait les ongles à l'aide d'un minuscule tournevis qu'il portait toujours sur lui. C'était très pratique pour les petits réglages occasionnels à effectuer sur les consoles vidéo. Chester n'était pas technicien, mais il en savait assez pour corriger une image floue ou un déficit de couleur. Et puis ces réparations constituaient des intermèdes bienvenus dans la monotonie de sa tâche. Après tout le remue-ménage de la veille, Chester éprouvait quelque difficulté à se plonger dans son état de méditation coutumier. Il craignait de manquer quelque chose d'important sur un écran. Il n'aurait pu dire pourquoi, mais il sentait que quelque chose se préparait. Quand ce clochard était apparu dans la zone de surveillance, la tension dans cette pièce avait atteint des sommets jamais égalés encore. Ce type avait paru inquiéter Mr. Camden. Et tout ce qui inquiétait Mr. Camden terrorisait Chester. C'est pourquoi il avait décidé de rester d'une vigilance exemplaire aujourd'hui.

Jusqu'ici, sa diligence avait été récompensée par un ennui total. Pour Chester, la journée n'avait rien que de très normal : elle était interminable. Grâce au Ciel, il n'avait plus qu'une heure de travail devant lui.

Sur un des écrans, il remarqua Herbert Shelley qui sortait par l'entrée principale de l'entrepôt. Apparemment, il avait décidé de partir tôt. Shelley travaillait dans la zone de haute sécurité de l'installation. Chester ne le connaissait pas beaucoup, un ou deux échanges de politesses devant le percolateur dans la salle de repos. Mais il avait suivi les entrées et sorties de Shelley chaque jour depuis dix-huit mois. C'était un peu bizarre de voir quelqu'un aussi souvent et d'en savoir si peu sur son compte, sinon qu'il venait à pied et qu'il était une sorte de docteur : son badge de sécurité indiquait Dr Herbert Shelley.

N'ayant rien d'autre à faire, Chester suivit Herbert Shelley qui passait d'un écran à l'autre. Son intérêt commença à se dissiper quand Shelley s'éloigna sur l'écran 16, celui qui correspondait à la caméra la plus éloignée de l'entrepôt. Il allait se détourner de l'image quand quelqu'un y apparut, au pas de course. Chester identifia immédiatement le nouveau venu.

Il écrasa le bouton rouge de l'interphone.

— Oui ? fit la voix froide de Camden.

— Il est revenu, monsieur. Il se dirige vers l'est. On dirait qu'il suit Herbert Shelley.

— Merci, Chester. Maintenant libérez la ligne.

Charles Camden pressa un autre bouton de son intercom.

— Garage, répondit une voix masculine.

— La cible se dirige vers l'est, sur la 17e Rue, derrière Herbert Shelley. Evacuez Shelley avant de traiter Vandemark.

— On y va.

Camden se leva et se rendit dans la salle de surveillance. Il était satisfait d'avoir prévu un possible retour de Vandemark à l'entrepôt. Ce n'était pas aussi satisfaisant que d'en faire une des victimes de l'Ecorcheur, mais il saurait s'en contenter. David Vandemark allait très bientôt grossir les statistiques des meurtres crapuleux à New York. C'était peut-être pour le mieux. Plus tôt la menace serait éliminée et plus vite l'opération pourrait reprendre son cours normal. Il n'y avait aucune raison de courir des risques avec ce détraqué.

Sur le côté sud de l'entrepôt, une porte de chargement s'ouvrit et trois véhicules en sortirent, dont un taxi. Ils s'engagèrent dans la rue, en direction de l'est.

David était à moins d'un demi-bloc d'Herbert Shelley. Il ne craignait pas de perdre l'homme. Par cette très belle journée,

Shelley savourait son retour à pied chez lui et ne se pressait pas. Il était absolument inconscient de la filature.

David voulait sonder l'esprit de cet homme, y glaner quelques informations pertinentes à son sujet afin de s'en servir pour obtenir télépathiquement les renseignements qu'il désirait. De cette façon, David interrogerait sa proie sans qu'elle le sache.

Pour accomplir cette prouesse, il lui fallait lire un objet détenu par Shelley, quelque chose qu'il avait porté sur lui un certain temps. Il pouvait faire tomber la mallette et la sonder rapidement en la ramassant. Mais la proie de David risquait de se méprendre et de croire à une tentative de vol à l'arraché. Or David ne voulait surtout pas qu'il s'énerve, ce qui aurait rendu beaucoup plus difficile le sondage de son esprit.

La solution du problème se présenta d'elle-même. Herbert Shelley fit halte à un kiosque de journaux et acheta un quotidien. David le vit chercher de la monnaie dans sa poche. Les pièces pouvaient faire l'affaire. Il les avait probablement sur lui depuis le début de la journée, peut-être depuis plus longtemps, ce qui aurait suffi à les imprégner suffisamment de sa personnalité.

David le laissa partir puis approcha à son tour du kiosque. Il prit un journal au hasard et tendit un billet d'un dollar au vendeur. Il reçut un quarter, deux pièces de dix cents et une de cinq. Il les prit une à une.

Le quarter avait appartenu à une femme. David le glissa dans sa poche sans s'attarder.

Aucune impression pour la première pièce de dix cents.

La deuxième gardait les traces d'un policier et d'une serveuse de restaurant. Mauvaise pioche.

Celle de cinq gardait la marque d'un adolescent qui avait acheté un magazine de charme.

Là-bas, au bout de la rue, sa proie se mêlait à la foule des passants. David se retourna vers le vendeur.

— Donnez-moi un Mars, fit-il en lui tendant un autre billet.

L'autre considéra la coupure d'un dollar.

— Vous ne voudriez pas me payer avec les pièces que je

viens de vous rendre, plutôt ? Je n'ai plus trop de monnaie, moi...

— J'en ai besoin pour le bus, désolé, expliqua David en scrutant la rue pour repérer Herbert Shelley.

A contrecœur, le vendeur lui rendit la différence. Un quarter, une pièce de dix cents.

Dès qu'il prit le quarter entre ses doigts, David sut qu'il avait réussi. Il s'élança à la poursuite d'Herbert Shelley, psychiatre également diplômé en biochimie à la Harvard Medical School et résidant dans la 71ᵉ Rue Ouest, près de Central Park. Un psychiatre ? Intéressant...

Derrière lui, le vendeur s'écria :

— Eh, vous oubliez le Mars et le canard !

David rattrapa sans mal Shelley qui allait toujours du même pas de promeneur. Il avait l'intention de l'aborder au coin de la rue et d'engager la conversation. *« Je ne me trompe pas, vous êtes bien Herb Shelley ? Nous étions à Harvard ensemble, vous ne vous souvenez pas de moi ? »* Ensuite il lui serait facile d'orienter l'échange sur le travail actuel de Shelley. Bien sûr, le psychiatre mentirait, mais pas son esprit.

A son grand désarroi, il vit une voiture s'arrêter le long du trottoir au niveau de Shelley. Le chauffeur appela le médecin par son nom. A sa réaction, Herbert le connaissait. L'autre lui fit signe de monter et Shelley obéit aussitôt. Bon sang ! Pourquoi rien ne marchait-il dans cette affaire ?

La voiture redémarrait. David jeta un regard circulaire pour trouver un moyen de poursuivre la filature. De l'autre côté de la rue, un taxi déposait un client. David piqua un sprint jusqu'au véhicule. Le passager qui venait d'en descendre le vit arriver et lui tint la porte ouverte. Finalement, la chance était toujours avec lui...

David s'engouffra dans le taxi.

— Vous n'allez pas le croire, fit-il au chauffeur, mais je vais vous demander de...

L'homme se retourna et pointa un revolver sur David. L'habituelle vitre de séparation avait été ôtée.

— Non, mon pote, c'est *toi* qui ne vas pas le croire, grinça le chauffeur.

Par pur réflexe, David le frappa d'un revers sec du poing sur le nez. Sonné, l'autre lâcha son arme qui tomba sur le sol, aux pieds de David. Il se baissait pour le ramasser quand il sentit quelque chose lui cisailler la peau du cou. Ses mains se crispèrent sur ce qui l'étranglait. Une corde de piano !

Un sondage télépathique instantané l'informa que son agresseur était l'homme qui lui avait tenu la portière ouverte. Il aurait dû se douter qu'à New York une telle courtoisie n'était pas innocente. Sa vision se brouillait rapidement, mais il aperçut un autre véhicule qui freinait en catastrophe près du taxi. Un homme en jaillit et se rua vers eux.

David savait qu'il serait mort dans une dizaine de secondes s'il ne se libérait pas du garrot. L'esprit de son agresseur lui apprit qu'il se trouvait en déséquilibre. Son attaque avait été précipitée par la riposte de David au chauffeur. L'univers se colorait d'écarlate mais David attendit que le tueur bouge le pied pour avoir un meilleur aplomb. Alors il lança les mains en arrière, saisit les poignets de l'assassin et se jeta en avant de toutes ses forces. Son effort fut récompensé par le bruit de dents se brisant contre le toit du taxi.

Sans chercher à ôter le filin d'acier de son cou, David frappa de nouveau le chauffeur qui s'était penché par-dessus le dossier de son siège pour ramasser le revolver.

Dans la rue, le troisième homme glissa la main dans son veston. David saisit l'arme sur le plancher et tira. La balle atteignit l'homme à l'épaule et le fit tournoyer sur lui-même avant qu'il ne s'écroule sur le trottoir.

David arracha le filin de sa gorge et le sentit se libérer des chairs entamées. Il se retourna et vit le possesseur du garrot, encore hébété, qui couvrait sa bouche ensanglantée d'une main. La corde de piano était reliée à son autre poignet et dissimulée par un bracelet. David lui imprima une traction violente. L'homme heurta la portière de plein fouet et s'affaissa.

L'arme du chauffeur toujours au poing, David émergea du taxi. L'homme touché à l'épaule était à quatre pattes sur le trottoir et essayait de récupérer son revolver. David lui décocha un coup de pied en plein visage avant de s'élancer dans la rue. La foule de badauds stupéfaits s'écarta pour le laisser passer. Personne n'aurait tenté d'arrêter cet individu visiblement dangereux, armé, au cou ensanglanté et au regard de bête féroce.

Quarante minutes plus tard, Charles Camden connaissait en détail l'incident. L'homme qui avait pris Herbert Shelley en voiture l'avait conduit à son appartement du West Side. En revenant à l'entrepôt, il avait décidé de voir s'il y avait encore des traces sur les lieux de l'intervention. Il ne savait pas si ses collègues allaient laisser le corps de Vandemark sur place ou le déposer dans un endroit discret. L'homme estimait sans risque de repasser par là. Il n'avait pas participé à l'action, donc aucun témoin ne pourrait l'accuser de complicité.

Il fut très surpris de trouver ses trois collègues sur les lieux, avec deux voitures de police et une ambulance. Il alla se garer un peu plus loin et revint à pied. Au sein de la foule de curieux, il put recomposer le déroulement des événements.

De ce que racontaient les badauds, quelqu'un avait essayé de voler le taxi. Un bon Samaritain qui se trouvait là avait voulu intervenir. Il s'en tirait avec un dentier à acheter d'urgence. Bien entendu, à l'arrivée de la police, le garrot du quidam trop serviable avait depuis longtemps disparu dans une bouche d'égout.

Le troisième homme avait reçu une balle et gisait toujours sur le trottoir, inconscient. En plus de la balle qui lui avait fracassé l'épaule, il souffrait d'une mâchoire brisée. Les policiers trouvèrent sur lui un permis de port d'arme, ce qui expliquait son revolver. Les représentants de l'ordre pensaient qu'il avait tenté de s'interposer et avait été blessé par l'agresseur.

Ils éclairciraient ces détails plus tard. Pour l'instant, ils emmenaient tout le monde à l'hôpital, le chauffeur du taxi compris. Ce dernier avait le nez cassé.

Camden était franchement étonné de la tournure prise par les événements. Qui aurait pu deviner que ce psycho était aussi redoutable ? Les trois hommes qu'il avait laissés au tapis étaient tous des pros. Peut-être pas les meilleurs, mais a priori bien assez expérimentés pour s'occuper de Vandemark sans problème. Ce dingue était beaucoup plus coriace que prévu.

Camden prit un cigare, se renfonça dans son siège et réfléchit à cette nouvelle donne. Il décida qu'il n'avait pas besoin de changer grand-chose au plan établi.

David Vandemark et Angela Quinoñes restaient sur la liste, mais leur tour viendrait une nuit plus tôt. Demain, le Tueur de Latinos frapperait une fois encore.

Mais il ne s'introduirait pas seul dans les lieux. Petite précaution supplémentaire, McGuire et Hanson accompagneraient l'Ecorcheur dans l'appartement de sa future victime.

Tout en faisant des ronds de fumée, Camden pensa avec un certain soulagement que Shelley avait été évacué des lieux avant l'action. Ce genre de violence l'aurait terriblement affecté. Herbert supportait très bien la mort tant qu'elle demeurait un concept abstrait, loin de la réalité. Camden n'aimait pas cette moralité hypocrite et cette couardise. Néanmoins, il avait besoin de Shelley pour contrôler l'Ecorcheur. Sans lui, toute l'opération capoterait rapidement. Camden envisagea une seconde de charger deux hommes de protéger le psychiatre, mais il y renonça aussitôt. Vandemark n'avait choisi Shelley que par hasard, sans deviner qu'il était un élément capital de l'opération. Aucune raison donc de déclencher le dispositif d'alarme. Ce psycho avait simplement suivi la première personne qui était sortie de l'entrepôt, certainement dans l'espoir de lui extorquer quelques confidences. Envoyer quelqu'un le garder ne ferait qu'affoler ce pleutre.

Pour ce soir, le Dr Herbert Shelley serait en sécurité chez lui. Vandemark ne pouvait savoir où il habitait. D'ailleurs, il lui était impossible de seulement connaître le nom du psychiatre. Et même s'il disposait de cette information, Shelley serait impossible à localiser puisque son téléphone était sur liste rouge. Même son appartement était loué sous un nom d'emprunt.

Demain, en revanche, il ne serait peut-être pas mauvais d'envoyer un homme pour l'escorter. Il semblait très douteux que Vandemark réapparaisse dans les environs de l'entrepôt, mais avec ces dingues, la prudence était de rigueur.

38

David Vandemark en voulait au monde entier en général et à Charles Camden en particulier, pour l'escouade de tueurs qu'il lui avait envoyée. Il en voulait aussi à Ira Levitt et à Vida Johnson pour ne pas avoir fait leur boulot. Et il en voulait à Angela Quinoñes qui n'avait pas de pansements dans son appartement. Il en voulait à tout le monde, et à lui-même pour commencer.

Il ne se trouvait aucune excuse pour être tombé dans un piège aussi grossier. Pourquoi n'avait-il pas sondé l'esprit du chauffeur et celui du passager avant de monter dans ce taxi providentiel ? Parce qu'il concentrait ses pensées sur la voiture qui emmenait Herbert Shelley. Mais ce n'était pas une raison suffisante. Il avait de la chance de ne pas avoir payé de sa vie cette négligence, et ce simple constat l'emplissait de fureur.

La situation devenait de plus en plus étrange. Il s'était lancé sur la piste d'un *serial killer* isolé et il se retrouvait aux prises avec tout un gang d'assassins professionnels. Car c'était l'exacte définition des trois hommes qui l'avaient agressé : des tueurs à gages aux ordres de Charles Camden. David l'avait appris en sondant l'esprit du faux chauffeur de taxi.

Malheureusement, ce dernier ne savait pas précisément ce qui se passait dans le repaire de Camden. Son organisation était drastiquement cloisonnée. Les membres de la sécurité ignoraient qu'une partie du personnel de Sal Taglia Enterprises était constituée d'hommes de main. Et personne n'était au courant de ce qui se passait au cœur de l'installation, là où travaillaient les scientifiques. Le Dr Shelley en était le chef. Mais le faux chauffeur n'avait aucune idée de la nature des travaux de Shelley. Apparemment, seul Camden connaissait tous les rouages du mécanisme.

Plus David accumulait les pièces du puzzle et moins il en comprenait le sujet.

Il lui fallut retourner au van pour y prendre la trousse de secours et remplacer sa chemise tachée de sang par un pull à col roulé qui masquerait la blessure.

De retour à l'appartement, il avait nettoyé la plaie. Une tâche délicate, et très douloureuse. Le filin d'acier avait profondément mordu dans la chair. Un peu plus et il atteignait la jugulaire. Il avait évité la mort de justesse. D'extrême justesse.

Il était temps de changer de stratégie. Jusqu'à maintenant, il avait joué la discrétion, furetant discrètement pour récolter tous les renseignements disponibles sans révéler sa présence. Résultat : il avait lamentablement échoué. A présent, Camden le savait sur ses traces, et il avait déjà envoyé ses sbires pour le supprimer. Puisque les enjeux s'envolaient et que les règles étaient transgressées, il allait modifier sa façon de jouer.

Cette nouvelle situation convenait beaucoup plus à Vandemark. Plus de tergiversations, plus de fioritures. Il préférait ce côté vendetta, moins raffiné mais beaucoup plus net. A partir de maintenant, toute personne fréquentant l'entrepôt de Camden devait être considérée comme un rouage d'un complot très complexe. Une telle attitude pouvait paraître paranoïaque, mais tous les indices tendaient vers cette interprétation. Après tout, même les paranoïaques ont des ennemis. Insensée ou non, c'était la seule conclusion.

Dès maintenant, David verrait en tout inconnu rencontré un tueur potentiel. Il réagirait donc en conséquence : il tirerait d'abord et poserait des questions ensuite.

Malheureusement pour Herbert Shelley, il était la prochaine personne que David prévoyait de rencontrer.

Herbert Shelley était en proie à une irrésistible envie de glace à la fraise.

Après que l'aimable Jim Barkely l'eut ramené en voiture chez lui, Herbert s'était consacré à la lessive, puis il était sorti pour aller dîner seul dans un restaurant proche. Herbert détestait manger en solitaire, mais il le faisait assez souvent ces derniers temps, depuis que sa femme l'avait quitté. Six mois plus tôt, Maggie Shelley en avait eu assez de son caractère maussade et hautain. Quatre ans d'union n'avaient produit aucun enfant, et elle avait simplement fait ses valises un beau matin et était retournée en Californie, laissant un mot d'explication sur la table de la cuisine. Herbert avait accueilli son absence avec indifférence. La stimulation qu'il tirait de son travail lui suffisait amplement. Avec ses exigences sexuelles et émotionnelles constantes, Maggie était devenue un fardeau. Finalement, c'était une chance qu'elle soit partie d'elle-même.

Le Dr Shelley réintégra son trois pièces pour s'absorber dans la lecture du dernier *New England Journal of Medecine*. D'après les titres, il pensait que les articles auraient peut-être un rapport avec la tâche qu'il accomplissait à l'entrepôt. Il fut quelque peu déçu de constater qu'il n'en était rien. Déçu, mais pas surpris. Lui et son assistant, le Dr James Hoover, étaient les seules personnes assez visionnaires pour appréhender les infinies possibilités qu'ouvraient leurs recherches d'avant-garde.

Vers huit heures, l'envie de glace se fit intolérable. Herbert salivait en imaginant la fraîcheur onctueuse sur sa langue. Il y avait une épicerie qui vendait des Häagen-Dazs, à deux blocs de chez lui. Et s'ils n'avaient pas de glace à la fraise, la supérette toute proche en aurait certainement. Non, impossible de ne pas satisfaire ce besoin. Herbert avait droit à ce dernier délice de la journée. Sa soirée serait gâchée s'il n'en profitait pas. Il enfila donc sa veste et sortit pour se mettre en quête de son plaisir glacé.

En traversant le hall, il fit un signe de la main à Buddy, l'impressionnant Noir gardien de l'immeuble. Herb se sentait toujours rassuré en voyant Buddy à l'entrée de sa forteresse, prêt à repousser les voleurs, les violeurs et les Témoins de Jéhovah.

Herbert sortit dans la rue. La perspective de la glace occupait tant son esprit qu'il ne prêta aucune attention à l'inconnu qui approchait.

— Bon sang ! Mais c'est Herb Shelley ! Comment va, mon vieux ?

Shelley fit volte-face et dévisagea l'homme qui venait de l'apostropher. Il se targuait d'une assez bonne mémoire des visages, mais celui-là n'éveillait aucun souvenir.

— Je suis désolé, dit-il. Nous nous connaissons ?

L'inconnu lui sourit cordialement.

— Tu me déçois, Herbie. Tu ne te souviens pas de moi... Mais je crois que je peux comprendre. Et si je te mettais sur la voie, pour stimuler ta mémoire ?

L'homme lui décocha un coup de pied bien ajusté à l'entrejambe.

La douleur plia en deux le psychiatre et il sentit une brusque nausée lui monter dans la gorge. Avant qu'il se soit écroulé, l'inconnu était auprès de lui et le redressait en le tenant par les épaules. Herbert était incapable de lui résister. L'homme était très fort. Mais si Shelley ne se défendait pas, ce n'était pas uniquement à cause de la brûlure qui rongeait ses testicules. Il croyait avoir identifié son agresseur. Il ne pouvait s'agir que de Billy Weston, la brute qui l'avait frappé de la même manière quand ils étaient en première. Ce ne pouvait être que lui.

Herbert se rendit compte que l'inconnu l'entraînait dans une direction précise, et quand il eut assez récupéré il vit avec un certain effroi qu'ils allaient droit vers Central Park. Herb voulut se dégager, mais en vain.

Une douleur subite éclata dans son ventre, et il baissa les yeux. Dans la pénombre baignant le parc, il distingua une arme munie d'un silencieux. *Oh ! mon Dieu ! Je vais me faire dépouiller !*

— Mais non, dit l'inconnu. Nous allons simplement avoir une gentille petite conversation. Comme deux amis qui ne se sont pas revus depuis longtemps.

— Billy ? bredouilla Herbert.

— Non. Je m'appelle David Vandemark.

— Mais je ne connais pas de David Vandemark...

— Maintenant, si.

David poussa le Dr Shelley derrière des buissons denses et le suivit. Herbert buta contre une pierre et s'étala de tout son long sur le sol. Il réussit à s'asseoir pour découvrir l'œil menaçant de l'arme pointée entre ses yeux.

— Ton boss a essayé de me faire tuer, cet après-midi, déclara David avec un sourire.

— Je ne sais pas de quoi vous parlez, ni de qui ! Je ne...

— Je parle de Charles Camden, le type pour qui tu travailles. Et je veux que tu me parles de ton job, Herbie.

Aussitôt Herbert Shelley serra les lèvres. Il avait peur de cet homme, oui, mais il redoutait encore plus Camden. Aussi décida-t-il de ne rien dire du Projet Jack, quoi que ce fou furieux lui fasse.

— Oh ! si, parle-moi du Projet Jack.

Incrédule, Herbert dévisagea son agresseur avec des yeux ronds. Comment pouvait-il être au courant du Projet Jack ? Dans tout le pays il n'y avait que dix personnes censées connaître l'existence du Projet Jack...

— Qui sont ces dix personnes ? s'enquit David sans se départir de son sourire.

Incapable de se maîtriser, Herbert Shelley passa mentalement en revue la liste de ceux qu'il connaissait. Mais... comment cet inconnu savait-il que dix hommes seulement étaient au courant du projet ? Qu'avait-il découvert d'autre ? Il ne connaissait quand même pas le but visé par le projet ?

— Pas encore, mais tu vas me le révéler en détail, Herbie, dit l'homme en appliquant l'extrémité du silencieux au centre du front de Shelley.

Herbert manquait de courage mais pas de cervelle, et il en vint très vite à considérer l'inimaginable. Seigneur tout-puissant ! Il lisait ses pensées ! Non, ce n'était pas possible !

— Mais si, Herbie. Pour quelqu'un comme toi, je ne doute pas que ce soit un choc encore plus grand, mais c'est exactement ce que je fais.

Il allait tout savoir à propos du Tueur de Latinos ! Tout le monde allait être mis au courant du Projet Jack !

— Tu ne crois pas que c'est le droit de tout le monde, Herb ? Toi et tes petits camarades, vous vous êtes très mal conduits. Vingt-quatre personnes sont mortes, et vous êtes responsables...

Vingt-quatre ? Alors il ne savait pas, pour Atlanta !

— Maintenant, si, je sais.

Et David continua ainsi, prononçant quelques mots pour déclencher les pensées du Dr Shelley, puis lisant ses réponses mentales involontaires. Comme un médecin frappe le genou pour provoquer le réflexe de la jambe. Chaque échange lui en révélait un peu plus. Au début, David s'amusa un peu avec son captif, mais l'accumulation de faits lui fit très vite perdre son sens de l'humour. Ses questions se transformèrent en ultimatums grinçants. La vérité était pire que tout ce qu'il avait pu soupçonner. La peur que Shelley éprouvait pour David dépassait maintenant très largement celle que lui inspirait Charles Camden, et pendant un temps ses réponses mentales coulèrent librement.

Mais soudain il songea qu'il était en train de se condamner à perpétuité à Sing Sing, et il s'efforça de masquer ses pensées en se récitant des ritournelles. David mit fin à cette perte de temps d'un coup de poing qui coûta deux dents à son interlocuteur forcé. Shelley cessa de se remémorer les chansons de son enfance.

Le psychiatre comprit qu'une peine de prison était pour l'instant le moindre de ses soucis. Cet inconnu au regard insoutenable qui pouvait lire dans son esprit était fort capable de le tuer. Herbert prit la résolution de faire tout ce qui était en son pouvoir pour contenter ce monstre, et il se mit à expliquer oralement tout ce que Vandemark voulait savoir.

Accroupi sur ses talons, David écoutait le récit de Shelley. Le psychiatre lui parla de ses premières recherches, à l'université, que l'établissement avait fini par interdire. Il narra comment Charles Camden l'avait approché quelque temps plus tard pour lui proposer la direction d'un projet de recherche. Camden avait lu quelques articles de Shelley parus dans la presse universitaire, et il avait été favorablement impressionné.

Shelley relata la première expérience, qui s'était soldée par un échec. Ils n'avaient pas pris en considération tous les paramètres économiques. Mais le test à New York avait été soigneusement préparé et se déroulait à la perfection. L'orgueil de Shelley pour son travail commençait à supplanter sa peur. David se rendit soudain compte que le psychiatre était en train de se vanter de ce qu'il avait fait. Pour Shelley, cette tâche était noble. Les morts ne comptaient pas. Ils avaient été sacrifiés pour élargir la connaissance de l'être humain. Bien sûr, il se doutait que Charles Camden avait d'autres raisons, sans doute moins avouables, de poursuivre ce projet, mais, pour Herbert, ses agissements bénéficiaient de l'absolution scientifique.

Alors David lui fit décrire l'installation. Il écouta en silence, sans laisser paraître la haine qui grandissait en lui pour le Dr Shelley et ses semblables. Jusqu'à ce jour, David Vandemark avait cru qu'il connaissait la lie de l'humanité. Il apprenait maintenant quelle terrible erreur il avait commise.

Les tueurs qu'il avait traqués jusqu'alors étaient des individus déséquilibrés qui avaient laissé leurs fantasmes sexuels ou leur rancœur les pousser à des crimes horribles. Ils méritaient la mort, mais David les considérait comme des victimes de leur propre folie autant que les gens qu'ils avaient massacrés. Il avait nettement éprouvé cette impression en sondant leur esprit avant de les exécuter.

Mais Charles Camden, Herbert Shelley et leurs comparses étaient différents. Aucune folie ne les habitait. Tous étaient mus par une froide rationalité et ils savaient très exactement ce qu'ils faisaient. Leur problème était ailleurs : ils étaient dépourvus de tout sens moral.

Pour eux, la fin justifiait toujours les moyens. Ces hommes étaient à des positions de responsabilité et de pouvoir. Peut-être confondaient-ils leurs devoirs avec leurs droits. Après tout, seuls les résultats à court terme comptaient, de nos jours. Les conséquences de leurs actes ne les concernaient pas du tout tant qu'ils pouvaient éviter d'en rendre compte. Non, il n'y avait pas trace de folie chez ces individus. Ils étaient simplement les produits d'un société qui exigeait le succès avant tout. Les gens n'étaient que des instruments. Seuls les résultats étaient importants.

David contempla Herbert, qui continuait de vider son sac. Des larmes coulaient sur les joues du psychiatre, et son menton était trempé de sang. Vandemark se sentit saisi d'un dégoût infini pour Shelley et ses acolytes. En sondant son esprit, il vit que Shelley ne pleurait pas à cause de son infamie mais parce qu'elle avait été découverte.

Il arriva au terme de sa confession. Il ne voyait rien d'autre à ajouter. David non plus. Il en avait entendu plus qu'assez. Aussi logea-t-il une balle dans la tête du psychiatre. Le projectile au mercure fit exploser l'arrière du crâne. Herb s'écroula mollement sur le côté. David se redressa et s'éloigna. Quelqu'un découvrirait le cadavre dans un jour ou deux, quand il commencerait à sentir.

Alors qu'il s'engageait sur Central Park West, David se souvint qu'il avait promis à Ira de ne pas tuer l'Ecorcheur quand il découvrirait son identité. Herbert Shelley n'était pas le véritable Ecorcheur, donc en l'éliminant il n'avait pas rompu leur accord ; mais le psychiatre avait été en partie responsable des actes de l'Ecorcheur, donc David avait bien fait de le supprimer.

Malheureusement, sa tâche n'était pas terminée. La disparition d'Herbert Shelley ne mettrait pas fin aux exactions de l'Ecorcheur. Ce monstre et les siens devaient être mis hors d'état de nuire avant qu'ils ne frappent de nouveau. Mais David se rendait compte qu'il ne pourrait arriver à ce résultat seul. Il avait besoin d'aide. Et il savait où la trouver.

40

Le dîner avec Vida s'était déroulé dans une ambiance assez froide. Ils n'avaient échangé que quelques mots durant tout le repas. Au moment du dessert, ils n'avaient même plus envie de faire l'effort de parler. Ira informa sa partenaire que désormais elle serait seule à jouer le rôle d'agent de liaison entre le Bureau et la police de New York, et ce jusqu'à la fin de leur séjour dans cette ville. Ainsi Ira aurait tout son temps pour mener l'enquête à sa façon. Tous deux savaient ce que cela signifiait, mais ils s'abstinrent de tout commentaire.

Vida se réfugia dans sa chambre et Ira alla boire quelques verres dans un bar irlandais de la 6e Avenue. Si les gins-tonics n'améliorèrent pas son humeur, ils eurent le mérite de l'assommer assez pour qu'il s'endorme dès son retour à l'hôtel. Pas besoin de regarder la télé toute la nuit en bataillant avec sa conscience. Il avait anesthésié ses doutes et ses craintes, pour dormir. Il aurait besoin de toutes ses facultés le lendemain.

Mais le remède n'était pas sans défaut. Si la qualité plutôt que la quantité constitue la véritable mesure d'un tas de choses et de l'alcool en particulier, on peut dire que l'agent Levitt n'avait pas choisi le meilleur somnifère. Son sommeil fut hanté par des visions de bureaucrates parcourant la Maison Blanche avec des couteaux ensanglantés au poing. Les cauchemars furent interrompus avant de devenir trop horribles. Par un bruit. Quelque chose grattant sur du métal, puis un déclic métallique net.

Quelqu'un forçait la serrure de sa chambre.

Ira prit son arme sous l'oreiller, puis il se leva sans bruit et sur la pointe des pieds s'approcha de la porte. Autant l'ouvrir et accueillir son visiteur. Ira ne manquait jamais de profiter de ce bon vieil effet de surprise.

Alors que sa main se refermait sur la clenche, la porte s'ouvrit violemment et percuta Ira à la mâchoire. L'univers lui parut exploser en gerbes d'étoiles. Il sentit des mains qui le maintenaient debout et le guidaient. Le monde tourbillonnait toujours follement autour de lui.

Quand enfin il reprit contact avec la réalité, Ira se retrouva allongé sur son lit. Il s'étira en grognant et sa main frôla un objet familier. Son pistolet. Il referma ses doigts sur la crosse avant d'ouvrir les yeux. Il dut fournir un effort intense pour simplement relever la tête.

David Vandemark était assis dans un fauteuil de l'autre côté de la pièce, bras croisés sur la poitrine. Il ressemblait à ces statues d'Indien en bois qu'on voit à l'extérieur des bureaux de tabac.

Non sans mal, Ira s'assit sur le lit.

— Je m'attendais à avoir de tes nouvelles, mais pas aussi vite. Pas d'artillerie ce soir ?

L'Indien parla :

— Il est mal élevé de venir demander l'aide de quelqu'un en le menaçant d'une arme.

Ira braqua la sienne sur David.

— Tu ne vois pas d'inconvénient à ce que je te garde dans ma ligne de mire pendant que nous bavardons ?

— Si ça peut te rassurer. Mais quand j'aurai fini, tu te seras rendu compte qu'elle pourrait être beaucoup mieux utilisée.

— OK, Vandemark, vide ton sac. Qu'est-ce que tu veux ? Que nous fassions des recherches sur quelqu'un d'autre ?

— Non, répondit David en souriant. Je crains que ce ne soit beaucoup plus dur. Je veux que tu m'aides à pénétrer dans une installation gouvernementale top-secret.

— Ouais, pas de problème ! On y va maintenant ou plus tard ?

— Plus tard. J'ai une petite histoire à te raconter, d'abord.

— Ça ne te dérange pas si je mets mon pantalon, avant que tu commences ?

— Je t'en prie, fais donc.

— Tu sais ce que je fais depuis sept ans, donc tu sais quel genre d'ordures j'ai approché. Ce sont des enfants de chœur comparés aux rats dont j'ai découvert le nid, cette fois.

— Camden ? lâcha simplement Ira.

— Et huit autres.

David récita la liste de noms donnés par le Dr Shelley. Ira connaissait les deux derniers.

— Eh, le dernier est sénateur ! souffla l'agent du FBI. Il fait partie d'une des commissions des forces armées ! Et l'avant-dernier a travaillé à la Maison Blanche !

Le cauchemar d'Ira semblait revenir le hanter dans la réalité.

— Oui, au début, il a tenu le rôle de liaison administrative pour le Projet Jack. Mais à présent il s'occupe de ramasser les fonds pour l'opération.

— Tu n'essaies pas de me dire que Bush a trempé là-dedans ?

— Non. J'en doute fort. De ce que j'ai pu découvrir, il y a eu tout un tas d'opérations très privées menées par des habitués de la Maison Blanche pendant les présidences de Reagan et de Bush. Celle-ci est allée plus loin, c'est tout.

Ira se renfrogna en envisageant les implications de ces propos.

— Avant d'aller plus loin dans les spéculations, j'aimerais que tu me dises avec précision ce qu'est ce Projet Jack et quel est son rapport avec le Tueur de Latinos.

— Le Projet Jack et les meurtres de Latinos sont une seule et même chose.

David rapporta tout ce qu'il avait appris, en omettant bien entendu de parler de télépathie. Il laissa entendre qu'il avait obtenu ces informations avec des pots-de-vin et des menaces. Il termina en sortant un magnétophone miniaturisé sur lequel il avait enregistré la confession du Dr Herbert Shelley. Il coupa l'écoute de la bande avant qu'elle ne retransmette le son de la balle qui avait éparpillé la cervelle du psychiatre.

David vit avec plaisir dans son esprit que l'agent du FBI mettait sur le compte de données déjà connues le curieux interrogatoire de Shelley. Et il put constater de visu que l'enregistrement avait atteint son but. Ira avait posé son arme sur le lit, à côté de lui.

Le visage de Levitt exprimait le choc et l'étonnement. Non qu'il pensât que David lui mentait. Le tableau de chasse de Vandemark ajouté à son calme et à son évidente sincérité lors de sa narration avaient convaincu l'agent du FBI. Il l'était déjà à moitié avant que David n'ouvre la bouche. Ira n'était pas naïf au point de croire qu'il vivait dans un pays moralement irréprochable. Ses années passées au Bureau lui avaient appris que bien peu de gens recherchent le pouvoir pour des mobiles altruistes. Charles Camden ne serait pas le premier à dévoyer son autorité et à excuser ses actes en invoquant la sécurité nationale ou l'intérêt politique du pays. Hélas, l'histoire de Vandemark possédait les échos douloureux de la vérité.

Mais c'était trop à ingurgiter d'un coup. L'énormité du crime était atterrante. Ira perdait pied.

Il se reprit assez pour demander :

— Le Dr Shelley, qu'en as-tu fait ?

— Je l'ai abattu. Je ne pouvais prendre le risque qu'il retourne tout dire à Camden.

Ira regarda fixement son interlocuteur, pendant un temps très long. Il n'arrivait pas à croire qu'il conversait calmement avec un individu qui venait de reconnaître un meurtre, et que lui, Ira Levitt, agent du FBI, n'allait rien faire. En fait, il envisageait même d'aider ce tueur à commettre d'autres crimes. C'était complètement dingue !

Comme était dingue un monde qui permettait qu'existe le Projet Jack.

Il fallait le torpiller. Quel qu'en soit le prix.

Et le prix serait élevé. Il ruinerait certainement ce qui restait de sa carrière au Bureau. Adieu, retraite. Il pouvait dire la même chose de ses amis de travail et d'une partie de ceux de sa vie privée. Ils ne comprendraient pas, ne pourraient pas comprendre, même après la révélation de cette horreur. Ses vieux copains de comptoir verraient en lui un traître, ou pire. Etait-il prêt à affronter toutes ces conséquences ? Le doute s'installa dans son esprit. Serait-il assez fort pour aller jusqu'au bout ? Le démantèlement du Projet Jack valait-il le prix qu'il devrait payer ?

— Pourquoi venir demander mon aide ? dit-il après un long silence.

David sourit.

— Parce que tu es un type honnête, Levitt. Dans ma bouche, je conçois que ce genre de phrase te paraisse comique. Mais crois-moi, je sais beaucoup mieux juger les gens qu'on pourrait le penser. Je peux affirmer que pour toi le bien et le mal signifient quelque chose. Si nous pouvons obtenir des preuves irréfutables de l'existence du Projet Jack, tu ne le laisseras pas enterrer sous une montagne de merde gouvernementale. Tu en feras quelque chose.

— Quelque chose que tu ne peux pas faire ?

— Des preuves apportées par un meurtrier en fuite ne tiendront devant personne. Mais si ces mêmes preuves viennent d'un agent du gouvernement, elles seront difficiles à ignorer.

En pensée, Ira maudit David Vandemark. Ce type avait raison. Ira était piégé. Il allait devoir aider celui-là même qu'il avait traqué sept années durant. Pas d'autre solution. Ira Levitt, prisonnier de sa propre conscience. Les actes qu'il s'apprêtait à commettre étaient en contradiction flagrante avec tout ce qu'il avait appris. Mais son désir de faire ce qui est juste était plus fort que son attachement au Bureau et au gouvernement. Ce que Camden et ses sbires accomplissaient était le Mal. Le public devait apprendre la vérité. Ils devaient tout foutre en l'air.

D'une voix de conspirateur, Ira demanda :

— Bon, et on fait quoi, maintenant ?

David eut un large sourire.

— Demain, tu cours New York pour dénicher une combinaison de plongée qui puisse contenir toute ta graisse. Le reste, je m'en charge.

TROISIÈME PARTIE

LE STYX

Le monde n'est qu'une immense prison
D'où chaque jour certains sont conduits à l'exécution

Sir Walter Raleigh

41

David était assis au bord d'un embarcadère du West Side, les jambes pendantes. Il se trouvait à quinze blocs au nord de l'installation de Camden, donc hors de portée des caméras de surveillance. Il mâchait avec entrain un sandwich, et il profitait de cette pause pour se détendre un peu. Il avait déjà dépensé beaucoup d'énergie depuis le matin, et il espérait recharger un peu ses batteries en mangeant quelque chose. Le soleil disparaissait derrière les hautes bâtisses bordant le fleuve du côté du New Jersey. Il ne tarderait pas à se mettre au travail. L'équipe de nuit.

Le résultat d'une journée de labeur flottait devant lui, en contrebas, attaché à l'appontement par une corde. Nul ne pourrait deviner son utilisation réelle. Il avait réussi un camouflage sans défaut.

David s'adossa contre un pilier en bois et ferma les yeux. Malgré sa fatigue physique, il ne craignait pas de s'endormir. L'anticipation des festivités de la nuit maintenait un taux d'adrénaline amplement suffisant dans ses veines. Pas assez fort pour le rendre nerveux, mais assez constant pour aiguiser ses sens et le rendre prêt à tout.

Mais ne s'illusionnait-il pas ?

David soupesa cette possibilité avec le plus grand soin. Cette fois, c'était différent. Tout, dans cette affaire, était hors normes. David prévoyait des problèmes sérieux. Il ne s'agissait pas d'un groupe de dingues, mais de tueurs accomplis et pourvus de vieux amis haut placés. Peut-être même étaient-ils eux-mêmes haut placés. Quoi qu'il en fût, il semblait de plus en plus évident que cette fois le héros au chapeau blanc, le gouvernement des Etats-Unis, risquait fort de se trouver du mauvais côté. C'était le problème numéro un.

Le problème numéro deux venait du fait que la proie était avertie de la proximité du chasseur. Jusqu'à quel point ? David n'en était pas encore certain. Camden savait-il qui il était ? C'était une question à 64 000 dollars. Pour la première fois, une cible s'était retournée contre David avant qu'il soit prêt à la supprimer, et il n'aimait pas du tout cela. Ses doigts effleurèrent la plaie à son cou. Ces gorilles l'avaient raté de peu. Il avait commis des erreurs impardonnables, et elles constituaient le problème numéro trois.

David n'était pas à son meilleur niveau, et il en avait conscience. Depuis le début de cette affaire, il avait agi avec un manque de discernement très inhabituel. Il s'était presque laissé arrêter par la police, puis il avait bien failli se faire tuer. Les quelques moments d'amusement qu'il s'était accordés ne contrebalançaient pas l'irritation qu'il éprouvait à s'être ainsi fait manœuvrer. Comme le pire des amateurs. Dans sa branche très particulière, il pouvait vivre les plus beaux instants de sa vie et la finir aussitôt à cause d'une négligence minime.

David connaissait la source du problème. Angela. Sans bruit, elle s'était immiscée dans son existence. Sa présence inattendue avait tout bouleversé. Elle le tirait en arrière, vers un monde où toutes les normes avaient cours, et son action émoussait le tranchant de son instinct. Cet élan irrépressible n'était plus là, et cette disparition risquait de lui coûter la vie. Toutefois, il ne regrettait rien.

Tout allait si vite... Il ne la connaissait que depuis quelques jours, et pourtant il savait sans le moindre doute qu'il était amoureux d'Angela Quinoñes. Et il avait la conviction qu'elle ressentait la même attirance pour lui. Le destin ? Le hasard ? On pouvait mettre la situation sur le compte de ce qu'on voulait, elle ne changeait pas : Angela et lui étaient faits pour vivre ensemble. Et ils le feraient, d'une manière ou d'une autre. Comment ils accompliraient ce petit miracle était encore un grand point d'interrogation, mais il s'en occuperait plus tard. Quand il en aurait terminé avec l'Ecorcheur. Alors il serait libre de déclarer sa flamme. *Quelle andouille romantique tu fais, Vandemark. On ne te l'a jamais dit ?*

Un véhicule apparut sur le quai et s'immobilisa. Ira était à l'heure. Il avait choisi une limousine bleu foncé, tout droit sortie de la chaîne de montage, sans marque extérieure, équipée d'enjoliveurs standards. Seuls les parcs gouvernementaux possédaient ce genre de voiture. Quelques secondes passèrent, puis Levitt sortit de l'automobile et se dirigea vers David, un sac à dos sous le bras.

La veille, Vandemark était resté dans la chambre d'Ira très tard, pour mettre au point tous les détails de l'opération. Il lui avait fallu bousculer l'agent du FBI pour qu'il comprenne la nécessité d'un raid dans l'installation. Levitt avait eu du mal à accepter l'absence de tout recours légal. Mais il avait dû reconnaître que dans le cas d'une action menée par les voies habituelles les preuves seraient escamotées ou détruites. Conséquence imparable : ne restait plus que la méthode illégale, celle dont Vandemark connaissait toutes les finesses. Et il était plus que temps de l'employer, pour éviter la mort de nouveaux innocents.

Une fois convaincu, Ira avait proposé quelques idées brillantes. Il était un complément idéal pour David, corrigeant les faiblesses du plan par des suggestions de professionnel. David soupçonnait un cambrioleur latent chez le représentant de la loi, et il se demandait combien de fois Levitt avait pu trépigner d'impatience lors d'une enquête en sachant qu'il aurait pu la boucler en un temps record s'il n'avait été limité par l'illégalité de certaines fouilles et autres recherches. En s'attaquant à Camden, Ira se donnait carte blanche pour purger des années de frustration.

Quand ils eurent fini de définir leur stratégie, David trouva un téléphone public dans la rue et appela Angela. Il décela sa déception et sa crainte dans sa voix quand il lui apprit qu'il ne la rejoindrait pas cette nuit. Il lui assura qu'il ne tenterait aucune action dangereuse et prétendit devoir aller parler à un témoin possible du côté de Yonkers. Il serait plus simple pour lui de prendre une chambre d'hôtel dans les environs. Il verrait Angela le lendemain, assez tard dans la soirée. Elle n'avait absolument aucune raison de s'inquiéter. David crut presque l'avoir rassurée.

Mentir à Angela lui déplaisait au plus haut point, mais il se promit de tout lui expliquer plus tard. Pour l'instant il devait agir. Il prit un taxi pour le mener sur la 26ᵉ Rue. A cette heure de la nuit, il y avait peu de monde dehors. David sonda l'esprit de tous les passants qu'il croisa avant d'arriver au garage. Aucune menace. Camden avait rappelé ses chiens après qu'ils eurent repéré, photographié et dessiné l'appartement d'Angela. Aussi David eut-il l'impression que le voisinage ne recelait aucun danger.

Il fit halte à la cabine du gardien pour lui régler deux journées supplémentaires. Il lui annonça qu'il avait quelques effets personnels à prendre dans son van et se rendit au dernier étage du parking. Le gardien croirait que David était ressorti alors qu'il était occupé à quelque tâche.

En fait, David grimpa dans son refuge roulant et se glissa dans un sac de couchage. Sa décision de passer la nuit ici et non dans les bras d'Angela avait été pénible, mais nécessaire. Demain, la journée serait très chargée, pleine de danger, peut-être mortelle. Il voulait être à son maximum. Cette nuit en solitaire lui évitait aussi de trouver une explication plausible pour son cou bandé. Plus important encore, il n'était pas du tout certain de pouvoir cacher d'autres faits désagréables à Angela s'il l'avait en face de lui. Au téléphone, la chose avait été déjà difficile.

Tôt ou tard pourtant, il devrait tout lui révéler, lui avouer ce qu'il faisait réellement.

Mais comment réagirait-elle ? Il doutait fort qu'une femme, même avec le caractère affirmé d'Angela, accepte que son mari s'absente plusieurs mois à chaque fois qu'il devait accomplir une de ses « missions ». Ce n'était pas vraiment comparable à la vie avec un voyageur de commerce. Quant à l'emmener avec lui lors de ces expéditions, c'était bien sûr impossible. Entre sa « vocation » et cette femme, il savait qu'il devrait bientôt choisir. Et il connaissait déjà sa décision.

Le lendemain matin, il dormit tard. Des employés du garage venant garer les véhicules d'abonnés matinaux le réveillèrent, mais en songeant à ce qui l'attendait il s'octroya deux heures de sommeil supplémentaires. Il ne pouvait dire quand une telle possibilité lui serait offerte. Cette journée pouvait très bien se transformer en un marathon de trente-six ou quarante-huit heures.

Quand enfin il quitta son sac de couchage, il revêtit des vêtements de travail adaptés aux tâches prévues. Il emplit son sac à dos de tout ce dont il pensait avoir besoin, des armes, des outils et diverses autres petites choses utiles.

Il alla prendre un petit déjeuner copieux dans un café du coin. Les journaux ne lui apprirent rien de nouveau sur l'Ecorcheur, mais un entrefilet annonçait qu'un groupe de politiciens locaux avait lancé une pétition réclamant la démission du maire. La page de l'éditorial contenait une critique au vitriol de l'action du maire concernant les massacres de familles hispaniques. David savait que plusieurs faits rapportés étaient erronés, mais les adversaires du maire n'en avaient cure. New York était tombée dans les griffes de la peur. Quelqu'un tuait des familles entières dans une apparente impunité. L'inquiétude générale avait besoin d'un bouc émissaire, quelqu'un contre qui se retourner, et le maire semblait avoir été choisi pour ce rôle.

Après s'être restauré, David alla acheter une combinaison de plongée.

Le reste de la matinée fut occupé à réunir les matériaux qui entreraient dans l'assemblage du « bateau ». La construction de son vaisseau lui prit une grande partie de l'après-midi. Mais le résultat en valait la peine. Le radeau était attaché à l'extrémité de l'appontement et tanguait sur les eaux clapoteuses de l'Hudson River.

Il avait prélevé quelques planches de bois et des cartons dans les bennes à ordures voisines. Dans un entrepôt à l'abandon, il avait trouvé une caisse en bois qui était devenue la pièce centrale de sa création. Un fût de deux cents litres en assurerait la flottabilité. A la caisse il fixa une proue et une poupe constituées des planches qu'il assujettit avec des clous et du fil de fer. Dans l'eau, l'ensemble ressemblait à une collection de rebuts qui se seraient groupés en une forme que seul un sculpteur moderne pourrait apprécier. Mais David n'avait pas essayé de faire œuvre esthétique. Sa création était le triomphe de la fonction sur la forme.

David regarda Ira Levitt avancer sur l'appontement, en se demandant ce que l'agent du FBI penserait de sa magnifique réalisation. Pas grand-chose assurément, jusqu'à ce qu'il lui explique l'usage du radeau. Mais, alors qu'il approchait, Ira parut différent à David, qui mit une seconde à comprendre pourquoi. Levitt s'assit sur l'embarcadère avec une lourdeur exagérée et attendit le commentaire de Vandemark.

— Agent Levitt, tu as l'air à demi nu sans ton plâtre.

Ira sourit en fermant et ouvrant la main.

— Ouais, ça fait du bien d'en être débarrassé.

— Comment va ton bras ?

— Pas aussi bien qu'il le devrait, mais ça ira. De toute façon, on devait me retirer ce plâtre la semaine prochaine. J'ai dégoté une scie de joaillier et je l'ai retiré tout seul comme un grand. Sinon je ne pouvais pas entrer dans la combinaison de plongée.

Ira contempla un moment le soleil couchant.

— Combien de temps penses-tu que nous devions attendre avant d'y aller ?

— Disons une heure après le coucher du soleil.

— Ça me va, fit Ira en sortant de son sac une pochette de papier blanc. J'ai apporté des sandwiches. Tu en veux un ?

— Non, merci. J'ai déjà mangé.

Ira attaqua son sandwich sans attendre, et ils restèrent silencieux un long moment, à contempler le disque orange du soleil qui descendait derrière les buildings du New Jersey. Chacun se demandait s'ils verraient le soleil se coucher le lendemain soir. Mais ils repoussèrent ces pensées aussitôt. La tâche qui les attendait ne souffrait pas ce genre de questions.

Les derniers rayons du soleil s'effaçaient peu à peu, remplacés par un crépuscule s'assombrissant rapidement. Ira se tourna vers David.

— A propos, que comptes-tu faire quand nous en aurons fini avec Camden ?

Sans répondre, David lui retourna son regard.

— Tu es conscient que notre trêve prendra fin dès que nous aurons réglé cette affaire. Ensuite nous reviendrons à nos vieilles relations chasseur-chassé, David. C'est ce que tu espères ?

Vandemark s'absorba dans la contemplation du fleuve.

— Non, dit-il enfin. Pour être franc, j'envisage d'arrêter après cette opération.

Ira ne put dissimuler sa surprise. Leur partie de cache-cache vieille de sept ans pouvait donc se terminer aussi aisément, sans conclusion ? Ira serait très heureux que ce soit le cas, mais jamais il n'avait seulement envisagé cette possibilité. C'était inconcevable, ou presque.

— Qu'est-ce qui t'a poussé à cette décision ? s'enquit-il après une hésitation.

— J'ai rencontré une femme.

— Ce doit être quelqu'un d'exceptionnel.

— C'est quelqu'un d'exceptionnel, en effet. Et j'envisage de passer le restant de mes jours avec elle.

— Eh bien, je ferai tout ce qui est possible pour t'aider, David. Je témoignerai en ta faveur au procès, enfin je ferai de mon mieux pour t'arranger la sauce.

— Merci, Ira. Mais je ne vois aucune raison de m'infliger les joies d'un procès sur le compte des contribuables. Et je ne crois pas que quiconque le voudrait vraiment.

De nouveau Ira n'en croyait pas ses oreilles.

— Mais comment crois-tu y échapper ? Tu es recherché pour vingt meurtres, sans parler d'Herbert Shelley !

— Vingt meurtres de *serial killers*, Ira. Quel juge ou quel jury voudrait me coller perpétuité pour avoir débarrassé la société de ces ordures ?

— Et ces deux flics sur lesquels tu as tiré dans le Nevada, quand tu m'as brisé le bras ?

— Circonstances atténuantes. D'ailleurs quelle preuve as-tu que c'était moi ?

Avec une certaine irritation, Ira se rendit compte que la réponse à cette question était « Aucune ». Les deux policiers avaient été blessés avec l'arme réglementaire de Levitt, qu'on n'avait jamais retrouvée. Et lui-même n'avait pas vu son agresseur assez clairement pour l'identifier.

David lui lança un clin d'œil et sourit largement.

— Allez, mon vieux. Ce n'est pas si dramatique. Et puis, je suppose que ces deux flics sont remis sur pied, maintenant. Ton bras m'a l'air guéri. Tout le monde a appris à se montrer plus prudent. Où est le mal ? Je trouve que c'est un prix bien léger pour le boulot de nettoyage que j'ai assuré.

— Mais la loi...

— J'emmerde la loi ! s'exclama David avec une véhémence subite. Une loi qui n'est pas capable d'arrêter ces monstres. Moi si. Et maintenant ils n'assassinent plus personne. Je préfère la justice à la loi, et je suis prêt à parier que douze jurés partageraient cet avis.

— Ouais, avec un bon avocat tu t'en tirerais sûrement en plaidant la folie passagère. La cour insisterait certainement pour que tu sois suivi par des psychiatres pendant quelque temps...

— Ça n'arrivera jamais. Et même si cela se produisait, ces psychiatres certifieraient que je suis guéri en moins de deux mois.

David se mit debout et désigna l'extrémité de l'embarcadère.

— Il est temps d'enfiler nos combinaisons de plongée. Je veux que tu inspectes mon chef-d'œuvre avant qu'il ne fasse trop sombre pour l'apprécier.

Ira regarda dans la direction indiquée et discerna l'amas de débris flottants.

— Qu'est-ce que c'est que ce machin ?

— C'est le sous-marin que je t'ai promis. A bord, matelot !

42

La nuit passée, Camden s'était couché avec la certitude que le problème Vandemark serait réglé pour le lendemain soir. Réglé une fois pour toutes.

Mais à présent il n'en était plus aussi sûr. La journée n'avait été qu'une succession d'ennuis.

Quand Shelley ne s'était pas présenté à son poste le matin, Camden avait envoyé deux hommes chez lui. Ils n'avaient pas trouvé le psychiatre mais avaient questionné sa femme de ménage. Ils avaient appris que le lit de Shelley n'avait pas été défait et que la vaisselle du petit déjeuner ne se trouvait pas dans l'évier, selon son habitude, pour qu'elle la lave. La seule conclusion possible était que Vandermark avait trouvé Shelley le soir précédent.

Ce qui soulevait certaines questions très irritantes. Par exemple, comment Vandemark avait-il pu localiser l'appartement ? Et où avait-il emmené Shelley ? Que lui avait raconté le psychiatre ? Pour cette dernière question, Camden ne se faisait guère d'illusions. A la moindre souffrance, cette chiffe molle d'intellectuel avait dû tout avouer. Camden se maudit de ne pas avoir envoyé deux gardes du corps chez le médecin la nuit précédente. Pourquoi s'était-il montré aussi confiant ? D'un autre côté, comment aurait-il pu deviner que Vandemark en savait plus sur l'organisation qu'il n'était logique de le penser ? Vers midi, Camden eut une révélation : un membre du Projet Jack le renseignait, bien sûr. Mais il n'avait pas le temps nécessaire pour démasquer ce Judas. En priorité, il fallait s'occuper de Vandemark. Ensuite il pourrait s'intéresser au traître.

Camden prévint ses contacts de la police et leur ordonna de diffuser un avis de recherche pour Vandemark et Shelley. David Vandermark était très probablement armé, et assurément dangereux. Herbert Shelley était sans doute son otage. Si possible, aucun mal ne devait être fait au second. Les policiers ne posèrent aucune question.

Mais la police de New York ne se mettait jamais en branle très rapidement. C'est pourquoi Camden n'apprit la mort d'Herbert Shelley que vers trois heures de l'après-midi. Un homme qui promenait son saint-bernard dans Central Park avait découvert le cadavre de Shelley tôt dans la matinée.

Vandermark n'aurait pas supprimé Shelley s'il n'avait obtenu de lui tout ce qu'il désirait. Donc, ce psychotique était plus dangereux que jamais. Mais que pouvait-il faire des renseignements extorqués à sa victime ? Etant un criminel recherché, il se trouvait dans l'impossibilité de les transmettre à la police. Les journaux présentaient le même obstacle. Personne n'imprimerait un article incriminant aussi gravement une agence fédérale alors que la seule source de cette affirmation était un meurtrier. Vandemark n'avait qu'une façon d'utiliser ces informations : en continuant son combat solitaire, donc en venant à Camden. Et Camden saurait le recevoir comme il le méritait.

Il avait fait doubler la sécurité dans l'installation, et l'avait triplée pour la nuit. Une armée d'hommes de main était prête à repousser David Vandemark.

La surveillance de l'appartement d'Angela Quinoñes avait été mise en place vers midi. Il n'y avait rien eu de spécial à signaler depuis le retour de la locataire chez elle, après sa journée de travail. Elle était ressortie presque immédiatement et un homme l'avait suivie à l'épicerie voisine où elle avait acheté de quoi préparer un repas pour deux. Puis elle était retournée directement à son appartement. Mais les hommes en place n'avaient aucune idée de ce qui se passait chez elle, car tous les rideaux étaient tirés depuis le matin.

Vandemark se trouvait peut-être à l'intérieur. Et peut-être pas.

Un micro directionnel avait été employé pour espionner l'intérieur de l'appartement. Jusqu'alors, il n'avait saisi que de la musique classique. La question demeurait entière : Vandemark était-il présent ? L'absence de conversation ne prouvait nullement qu'Angela Quinoñes fût seule. Les rapports sur l'élimination avortée de Vandemark la veille spécifiaient qu'il ne s'en était pas sorti indemne. Il était donc possible qu'il soit actuellement dans l'appartement à panser ses blessures ou à dormir.

Assis à son bureau, Charles Camden réfléchissait à ce dilemme. Si Vandemark était là, il enverrait le commando de tueurs, et tout serait réglé. Il serait éliminé en même temps que la femme, et le tour serait joué. Mais s'il n'était pas là, le meurtre d'Angela Quinoñes l'avertirait. Il risquait alors de disparaître et il faudrait peut-être des années avant de le retrouver, sans parler des ennuis qu'il risquait de créer dans l'intervalle. Le Projet Jack devrait être annulé.

Camden décida que ne rien faire serait la pire solution. Le commando devait passer à l'action. Si Vandemark n'était pas là, ses hommes dissimuleraient le cadavre de la femme dans un placard et attendraient son retour. Et qui sait, avec un peu de chance, il réapparaîtrait devant l'entrepôt. Il serait aussi facile à neutraliser que dans l'appartement.

D'une façon ou d'une autre, David Vandemark serait un homme mort avant l'aube et Camden pourrait poursuivre son action en toute sérénité. Le Projet Jack continuerait sans plus de retard. Tout se déroulerait selon le plan. Camden avait en main toutes les cartes maîtresses. Il ne pouvait pas perdre la partie.

Il consulta sa montre. Vingt heures quinze.

43

Huit heures et quart et toujours aucune nouvelle de David. Angela se rendit une nouvelle fois devant la fenêtre et scruta la rue par l'interstice entre les rideaux. Déserte, tout comme deux minutes plus tôt. La jeune femme se sermonna et se promit de ne plus venir épier à la fenêtre.

Elle n'avait aucune raison de s'inquiéter. David avait prévenu qu'il ne rentrerait que très tard. Angela s'en voulait de ne pas avoir exigé une heure plus précise. Mais non, elle n'aurait pas pu le lui demander. Ils ne se connaissaient pas encore assez bien pour qu'elle se comporte comme sa femme.

Sa femme ? Oui, il fallait voir les choses en face : c'était bien la direction que prenait leur relation. Jamais encore elle ne s'était trouvée dans cette situation, mais elle la reconnaissait. David et Angela s'apprêtaient à devenir un couple heureux. Elle le sentait dans ses veines, elle le voyait dans les yeux de David. Mais était-ce réellement ce qu'elle désirait ?

Angela contempla son appartement de solitaire avec ses rideaux fermés sur le monde. Si elle partageait l'existence de David, il y aurait beaucoup de moments semblables à celui-là. Assise seule, elle se demanderait s'il allait rentrer sain et sauf. Les épouses de policier devaient ressentir cette inquiétude permanente. Mais avec le temps sans doute trouverait-elle comment meubler son absence. Elle s'inventerait mille occupations pour ne pas penser aux dangers qu'il courait. Et quand il arriverait, il prétendrait que tout s'était déroulé sans la moindre anicroche, bien entendu. Ils partageraient des instants merveilleux ensemble, mais leur union ne serait qu'une succession de bonheurs fugitifs suivis de séparations et de longues périodes d'attente. Des jours interminables à prendre son mal en patience. Angela ne savait pas si elle serait assez forte pour mener une telle vie.

En esprit elle vit le sourire de David, et toutes ces interrogations lui parurent soudain futiles. Avait-elle le choix ? Elle ne pourrait vivre sans lui.

Elle alla dans la cuisine pour vérifier une fois de plus que tout était prêt. Le poisson avait encore besoin d'un quart d'heure de cuisson au four, les légumes de dix minutes à feu doux sur la gazinière, et leur banquet pourrait être savouré. Elle s'autorisa donc un verre de vin qu'elle emporta dans le salon.

Alors qu'elle buvait à petites gorgées, son regard tomba sur la photographie de Jeffrey Parker, son ex-fiancé. Au lieu de l'ignorer comme elle le faisait habituellement, elle alla prendre le cliché encadré. Ce n'était pas très facile à admettre, mais le départ de Jeffrey avait constitué un coup de chance énorme pour elle. Leur union n'aurait jamais fonctionné. Parker était un enfant gâté ; et orgueilleux. Il avait fait chavirer le cœur d'Angela par son style de vie insouciante de cocaïnomane caché. Chaque instant passé en sa compagnie était empli d'excitation. C'était en bonne partie la raison de son attirance envers David, également. L'excitation était certes différente, mais le frisson restait garanti.

Très vite Jeffrey avait montré son irresponsabilité chronique. Il arrivait toujours en retard à leurs rendez-vous. Il oublia le vingt-sixième anniversaire d'Angela et lui acheta un cadeau outrageusement luxueux le lendemain. Ils se fréquentaient depuis deux ans quand cela se produisit. Et il y avait toutes ces petites choses qu'elle lui demandait de faire et qu'il n'accomplissait pas. Mais si elle omettait de laver son linge ou toute autre tâche qu'il l'avait convaincue par le charme de faire pour lui, Jeffrey l'accusait presque de l'avoir trahi, comme si son oubli était une sorte d'affront personnel.

Angela savait qu'elle aurait dû le quitter. Mais il était si charmant quand tout allait bien... Quand il ne se montrait pas insupportable, Jeffrey l'entraînait dans un univers enchanteur de champagne et de néons. Il lui avait fait découvrir des endroits de New York dont elle ne soupçonnait même pas l'existence. Ils s'étaient envolés pour les Caraïbes, un week-end. Un de ses souvenirs préférés était ce jour où, à trois heures du matin, il l'avait emmenée à South Ferry pour contempler la statue de la Liberté avec la pleine lune à sa verticale.

Mais Jeffrey finissait toujours par révéler sa véritable nature. Angela comprit qu'il ne pouvait probablement pas s'en empêcher. Il avait passé sa vie dans le cocon douillet assuré par des parents trop attentionnés, et il attendait le même traitement d'Angela. Une part du chaos exubérant où il vivait était la seule récompense de la jeune femme.

Angela finit par décider qu'elle en avait assez. Elle attendait le moment propice pour le lui annoncer. Elle voulait agir en douceur, elle ne le détestait pas, qu'il sorte de sa vie sans esclandre. C'est alors que le destin intervint.

Jeffrey fut surpris dans les toilettes de son entreprise sa précieuse fiole de cocaïne dans une main, une cuillère dans l'autre et trois grammes de poudre dans son attaché-case. Sans prévenir, il disparut de son existence. C'était la première fois qu'il faisait ce qu'elle désirait sans qu'elle ait à le lui demander une douzaine de fois.

Non, elle ne pouvait évoquer le souvenir de Jeffrey sans que le mot « irresponsable » ne s'impose à ses pensées. Le hasard avait voulu qu'elle se sorte de justesse de son piège.

Mais avec David, Angela sentait que tout était différent. Bien sûr, elle passerait des heures d'angoisse à l'attendre. Mais au fond de son cœur elle savait que si elle avait besoin de lui, il serait toujours là pour elle.

Et il abandonnerait peut-être son métier, si elle le lui demandait gentiment. Mais ce n'était pas du tout le genre d'Angela. Jamais elle n'avait voulu modeler quiconque selon un idéal personnel. Adoucir les angles trop vifs, d'accord, mais exiger une transformation radicale était pour elle inimaginable. Elle le prendrait comme il était, ou pas du tout.

Angela se leva de son fauteuil et marcha jusqu'à la fenêtre.

Au dernier moment elle se remémora la promesse qu'elle s'était faite et fit demi-tour. Sur une étagère, elle prit un épais roman qu'elle n'avait jamais terminé. Lire lui occuperait l'esprit.

Après deux pages, elle n'avait aucun souvenir de ce qu'elle venait de lire et abandonna. Elle remit le livre à sa place et alluma le téléviseur. Passant en revue la douzaine de chaînes distribuées par le câble new-yorkais, elle s'arrêta sur un programme de vieux dessins animés. Les aventures de Donald, Dingo et Mickey la distrairaient sans effort. Ils ne font plus de dessins animés comparables, songea-t-elle.

Les aiguilles de l'horloge poursuivaient leur lente rotation. A neuf heures, le programme de dessins animés arriva à son terme et Angela passa à un film sur une autre chaîne. D'une façon ou d'une autre, elle survivrait à cette nuit.

44

Faire entrer Ira dans sa combinaison de plongée nécessita les efforts des deux partenaires. Pendant quelque temps, il sembla que la tenue serait trop petite.

— Le vendeur m'a pourtant affirmé qu'elle serait assez grande. C'est la taille maximum qu'ils avaient en stock !

Après moult contorsions et grognements, Ira réussit à tirer la fermeture Eclair. Il évoquait un peu une baleine bleue à jambes. La tenue de David était noir mat. Tous deux se fondraient très bien dans les eaux sombres de l'Hudson River.

En se laissant glisser de l'embarcadère dans le fleuve, Ira se jura de perdre au moins quinze kilos dès que cette affaire serait terminée. Un homme de son gabarit n'était pas fait pour ce genre de mission d'espionnage. David était assez enclin à l'approuver. Si Levitt jugeait désagréable cette partie de leur collaboration, qu'il attende leur intrusion dans l'entrepôt... Pourquoi n'avait-il pas fait équipe avec Vida, plutôt ? Au moins, elle paraissait physiquement prête.

Mais dès qu'il avait survolé l'esprit de l'agent Johnson, David avait su que jamais elle n'accepterait de participer à une entreprise aussi folle. Elle était beaucoup trop droite, et elle ne prendrait pas le risque d'enfreindre les règles. Elle avait trop à y perdre.

C'était donc Levitt ou personne. Mais ils se débrouilleraient.

David montra à Ira comment plonger sous l'eau pour ré-émerger dans la partie creuse du « sous-marin ». Là, il pourrait respirer à son aise, sans tuba, tandis que l'assemblage descendrait le courant vers le quartier général de Camden. La voix d'Ira s'éleva, lugubre :

— David, je ne vois rien dans ce foutu machin !

— Pas besoin. C'est moi qui assurerai la navigation à la proue. Mon compartiment est muni d'une meurtrière.

David entendit Levitt plonger et vit sa tête émerger à côté de la caisse l'instant suivant. Ira s'accrocha au pilier de l'appontement.

— Pourquoi ce truc infernal ? maugréa-t-il. Nous ne pouvons pas y aller en nageant, tout simplement ?

— Parce que nous ignorons comment Camden a fait surveiller le fleuve. Peut-être avec une caméra équipée d'un système de prise de vue nocturne. Ou infrarouge. Dans ce cas, l'eau masquera la chaleur dégagée par nos corps, et le « sous-marin » celle de nos têtes. Je sais que c'est un peu rudimentaire, mais ça devrait marcher.

— Et si ça ne marche pas ?

— Tu nages vite ?

David transféra sous le « sous-marin » les deux paquetages préparés durant la journée et enveloppés dans du plastique noir. Il les attacha sous la ligne de flottaison. Puis il consulta sa montre. 9 h 08.

— C'est l'heure, Ira. Tu viens ?

— Sûr, pourquoi pas... Tout le monde a besoin de *mèshègas* un jour ou l'autre, dans sa vie. Mais avant d'y aller, j'aimerais que tu me dises quelque chose. Le nom de ce Projet Jack, il ne viendrait pas de l'Eventreur qui sévissait à White Castle ?

— Whitechapel, corrigea David.

— Ouais, n'importe...

Malgré la pénombre, Ira vit le sourire de Vandemark s'épanouir.

— *Vo den ?*

— Super, fit Levitt. Tu sais dire « autre chose » en yiddish. Tu es plein de surprises, hein ?

275

— A ras bord.

David disparut sous la surface et Ira l'entendit qui s'installait dans le « poste de pilotage ». Une voix en monta :

— D'ici, nous descendrons le courant sans problème. Le changement de marée n'a lieu que dans une heure.

— Qu'est-ce que la marée a à foutre là-dedans ? C'est un fleuve, pas l'océan !

— Ceci, mon grincheux camarade, est l'Hudson River, dont une bonne partie est au niveau de la mer. Dans une heure, la marée changera, et l'Hudson coulera à l'envers jusqu'à environ quatre-vingts kilomètres en amont de son embouchure. Donc, si nous devons reprendre un bain en urgence passé dix heures, n'oublie pas de nager vers l'amont. OK ?

— Tu te fous de moi ?

— Non. Allez, viens prendre ta place. Nous larguons les amarres.

Ira restait agrippé au pilier, à considérer d'un air maussade la forme biscornue du « sous-marin ». Un fleuve qui coule dans le mauvais sens. Une intrusion dans une installation top-secret, en compagnie d'un tueur récidiviste. Une attaque directe sur la personne de Charles Camden. *Tu t'enfonces de plus en plus, tu ne crois pas, Levitt ? Tu as une autre idée géniale en réserve ?*

Ira disparut sous l'eau noire et ressortit dans son habitacle de fortune.

— C'est bon. Allons-y.

Devant lui, une voix chantonna :

— Levez l'ancre ! En avant, toute !

Et ils partirent.

Ce soir, Chester Pinyon assurait un service double devant les écrans. Seize heures d'affilée. Les huit premières s'étaient déroulées normalement, mais à présent l'attente des douze coups de minuit lui paraissait s'étirer interminablement. A cette heure, Jerry Stillson devait le relayer. Chester avait échangé sa surveillance du samedi avec un collègue afin de profiter d'un week-end entier. Une galerie ouvrait à Long

Island, et il ne voulait pas rater cet événement. Avec un peu de chance, il pourrait aborder le propriétaire et peut-être le convaincre d'examiner quelques-unes de ses toiles.

Chester était arrivé à une étape de sa carrière où il lui fallait se faire connaître. Le public ne se rendrait jamais compte de son génie s'il n'offrait pas ses toiles à la vue du plus grand nombre. Et c'était là un but difficile à atteindre et qui multipliait les frustrations. Ces possesseurs de galeries, avec leur esprit étriqué, ne cessaient de lui répéter qu'il n'était pas encore prêt pour exposer. L'année prochaine, peut-être... Mais Chester avait percé leur petit jeu. La qualité de son œuvre ferait paraître médiocres la plupart des peintres habitués des galeries. On brimait son art à cause de basses considérations financières. Mais il ne se laisserait pas abattre. Le dindon de Long Island oserait peut-être prendre le risque, et ainsi constituer le premier pas vers la gloire, la fortune et la vraie vie. Chester aurait aimé se remémorer le nom de ce type. Mais ce n'était pas bien grave : à l'entrée, il trouverait bien quelqu'un pour lui rafraîchir la mémoire.

Chester revenait de la machine à café en se demandant pourquoi elle ne pouvait délivrer des produits ayant le goût annoncé, même vaguement. Le breuvage le tiendrait en éveil jusqu'à minuit, certes, mais il préférait ne pas penser aux dommages internes provoqués par son amertume. Un des gorilles, Pete Braddock, l'avait remplacé devant la console. Les gorilles... comme les membres de la sécurité les appelaient. Jamais en leur présence, bien entendu.

Chester n'aimait guère laisser trop longtemps un de ces gorilles seul devant les écrans. Leur attention était sujette à éclipses, et s'ils restaient trop longtemps devant les écrans, ils avaient tendance à somnoler. Surcharge sensorielle, supposait Chester. Une tâche trop compliquée pour le petit pois qui leur tenait lieu de cerveau.

Mais il y avait pire encore que de les retrouver assoupis à la console : qu'un de ces lourdauds veuille régler l'image d'un écran. Eh, pourquoi n'en auraient-ils pas le droit ? Ils l'avaient fait des dizaines de fois sur leur téléviseur. Il y avait seulement deux fois plus de boutons sous chaque écran de contrôle, mais cela ne faisait pas de différence pour eux. Une télé est une télé, non ? Les gorilles avaient la réputation méritée de dérégler les écrans si parfaitement qu'il fallait parfois des heures pour retrouver une image claire. Bien sûr, ils avaient maintenant l'ordre strict de rester assis sans toucher aucun bouton. Mais parfois la tentation devenait trop forte...

Chester entra dans la salle de surveillance et jeta un coup d'œil rapide à l'ensemble des écrans pour s'arrêter sur celui montrant l'Hudson River, au nord de l'installation.

— Qu'est-ce que c'est, sur le 8 ?

Braddock se pencha en avant et plissa ses yeux de myope pour se concentrer sur l'image.

— De quoi tu causes ? Je vois rien, moi.

Chester approcha de la console, tourna les boutons appropriés avec précision pour augmenter la luminosité de l'image. Une forme mystérieuse dérivait sur le fleuve en direction de l'entrepôt.

— Pour moi, c'est des détritus, bougonna Braddock.

Chester continua d'étudier l'écran.

— Oui, trancha-t-il après quelques secondes. Du bois flottant et des rebuts.

Les caméras surveillant l'Hudson River retransmettaient souvent le passage sur le fleuve des choses les plus étranges. Un jour, Chester avait repéré un mannequin de magasin à demi immergé qu'il avait pris pour un cadavre. Il avait immédiatement donné l'alerte et gagné dans cette méprise le surnom peu flatteur de « Pinyon le Pantin » pendant plusieurs semaines.

Chester était ravi de ces caméras spéciales à haute définition. Elles transposaient les ténèbres en des images à la clarté cristalline.

Tout en sirotant son café, Chester se demanda s'il fallait noter le passage de ces détritus sur la main courante. En temps normal, il n'aurait pas pris cette peine. Mais ce soir tout était différent. Malgré un calme total, la sécurité avait été triplée à l'intérieur de l'installation. Il se préparait quelque chose, que Chester ignorait complètement mais qui devait revêtir une importance certaine pour induire de telles mesures de prudence. En conséquence, Chester décida de ne prendre aucun risque. Il inscrivit le bois flottant, certain de devoir consigner son passage dans l'autre sens d'ici une heure.

Dès que le courant les eut amenés sous la partie de l'entre-pôt surplombant le fleuve, David quitta le « sous-marin » et murmura à Ira de l'imiter. Il agrippa l'agent du FBI dès que la tête de celui-ci apparut à la surface et lui fit signe de garder le silence. Puis il retourna sous l'eau pour prendre les deux paquetages, qu'il posa sur deux planches parallèles. Ensuite, il poussa le « sous-marin » dans le courant et le regarda repren-dre sa dérive.

Dans la salle de surveillance, Chester suivit l'éloignement du tas de détritus sur l'écran n° 9.

Laissant Ira agrippé à un pilier, David se mit à explorer avec précaution les eaux sous l'entrepôt, à la recherche d'éven-tuelles caméras. Il n'en trouva aucune et retourna auprès d'Ira sans avoir eu à dégrader de matériel fédéral. Efficacité typi-quement gouvernementale, se dit-il : ils ne s'étaient pas souciés de surveiller le point le plus vulnérable de leur instal-lation.

Ira nagea jusqu'à deux poutres croisées et y grimpa. Pendant quelque temps, il n'aurait rien à faire, et de ce perchoir il serait plus à son aise et aurait une meilleure vue des parages immé-diats. Mais il ne parvenait à voir que l'enchevêtrement de poutres soutenant la structure de l'entrepôt. L'ensemble révé-lait une bataille en cours pour éviter l'effondrement de la bâtisse dans le fleuve. Des solives neuves étaient empilées ici et là, et certaines avaient remplacé récemment des pièces de bois sans doute en trop mauvais état. D'ici un an ou deux, supputa Ira, toute la baraque tomberait dans l'Hudson et s'en irait vers la mer.

David revint avec les deux paquetages. Il s'immobilisa en

percevant un ronronnement mécanique au-dessus de lui. Un générateur. A l'évidence, Camden n'accordait qu'une confiance très limitée à la distribution électrique municipale. Et cela lui évitait les contrôles.

Le Dr Herbert Shelley s'était révélé une véritable mine d'informations. Le diable prenne soin de sa petite âme noire.

A la force des bras, David se hissa jusqu'à une poutre horizontale située à environ un mètre trente du plancher de l'entrepôt. Du plus gros des paquetages, il sortit des outils et les déposa avec précaution sur le bois. Il jeta un coup d'œil en direction d'Ira. L'agent du FBI s'était adossé contre une poutre et semblait installé pour la nuit, si confortablement que David pria pour qu'il ne s'endorme pas.

Mais pour l'instant c'était la moindre de ses inquiétudes. Il s'accroupit sur la poutre et empoigna une grosse foreuse à main. Il éleva l'outil au-dessus de sa tête et commença le travail. La mèche mordait aisément dans le bois pourri par l'humidité.

Elle atteignit rapidement le second plancher, au bois beaucoup plus solide. David adopta un rythme assez lent, pour ménager ses forces. Pour la même raison il faisait des arrêts répétés. Il ne craignait pas d'être découvert, grâce au générateur tout proche qui masquerait les bruits de son travail.

En dix minutes, la mèche transperça le second plancher. Il la marqua à la craie avant de la désengager, pour mesurer l'épaisseur du bois. Quinze bons centimètres. La lame ultra-fine de la scie spéciale s'inséra parfaitement dans le trou laissé par la foreuse. Une pleine heure fut nécessaire pour couper dans le plancher une croix d'une quarantaine de centimètres d'envergure. Mais après un regard à la forme immobile de Levitt sur sa poutre, David travailla encore quinze minutes pour allonger les branches de la croix de dix centimètres.

Vandemark découvrit qu'il pouvait ôter le premier plancher à mains nues. Les planches s'effritaient sous ses doigts tandis qu'il les arrachait par morceaux. Mais au-dessus, le second plancher ne serait pas aussi aisé à enlever. Même avec le démonte-pneu il ne parvenait pas à l'attaquer. Il lui faudrait forer un autre trou et scier une autre croix. Ce n'était pas un problème, il avait prévu cette éventualité. Sa montre indiquait 10h 26. Ils n'entreraient donc dans l'entrepôt que vers minuit. C'était aussi bien. Plus tard lui et Ira envahiraient le repaire de Camden et plus ses sbires se berceraient de l'illusion qu'ils étaient en parfaite sécurité.

— Ça n'est pas vrai ! souffla David en regardant Ila.

Ce fils de pute s'était endormi !

Charles Camden toisait les trois hommes alignés debout de l'autre côté de son bureau. McGuire et Hanson étaient détendus et n'écoutaient pas la récitation empressée du troisième homme. Camden lui-même ne lui prêtait qu'une oreille assez distraite. Il n'avait pas l'âme scientifique et montrait peu de goût pour le jargon qu'adorait cette communauté. Il lui suffisait de savoir que le Dr James Hoover, assistant de feu le Dr Shelley, était sûr que la créature dont il avait la charge était prête pour les festivités nocturnes.

Camden aurait préféré que Shelley fût encore vivant pour superviser l'opération. Mais Hoover secondait le disparu depuis le début du projet, et Shelley avait affirmé à plusieurs reprises que son assistant serait capable d'assumer les complexités subtiles du Projet Jack. Par ailleurs, Camden n'avait plus le choix. Il devrait s'en remettre à ce second couteau.

Quand Hoover eut terminé son rapport, Camden se tourna vers McGuire et Hanson :

— Vous savez ce que vous devez faire ?

— Quand toutes les lumières sont éteintes, faire entrer Baby. Le couvrir, le laisser les sortir s'il le peut. Si Vandemark n'est pas présent, l'attendre pour finir le boulot.

— C'est exactement ça. Bonne chance.

Les deux hommes s'éclipsèrent, le Dr Hoover sur leurs talons. La porte s'était à peine refermée sur le trio que l'interphone grésilla. Camden enfonça une touche.

— Oui ?

— Stevens, du personnel, monsieur. Nous rencontrons un problème. Jerry Stillson, le surveillant vidéo du service de nuit, vient d'appeler. Il est malade comme un chien. Apparemment, il a attrapé ce virus qui traîne depuis un moment.

— Venez-en au fait, Stevens.

— Oui, monsieur. Eh bien, j'ai cherché un remplaçant mais j'ai eu beau appeler partout, je n'ai réussi à joindre personne.

— Alors dites au surveillant en place de rester.

— Justement, monsieur. C'est Pinyon et il en est à son deuxième service consécutif. Après seize heures, il est exténué.

— Faites-lui apporter des amphétamines de l'antenne médicale. J'ai besoin d'un homme qui connaisse bien la surveillance, cette nuit. Qu'un des gars de la sécurité reste auprès de lui pour s'assurer qu'il ne s'endort pas. Autre chose ?

— Non, monsieur. Je voulais juste votre avis avant de...

Camden coupa la communication d'un doigt impatient. Puis il se renversa dans son fauteuil et contempla le Gainsborough. Il n'y avait plus qu'à attendre.

Ira Levitt ne dormait pas. Des années de filatures statiques lui avaient appris à se détendre sans flirter avec le sommeil. L'attente est ce que les flics de tous les pays maîtrisent le mieux. La poutre n'était pas très confortable, mais il avait connu pire. Et il avait un spectacle pour lui tout seul, celui de David Vandemark s'échinant contre le plancher de l'entrepôt. L'homme travaillait comme si sa vie en dépendait. Et il n'avait peut-être pas tout à fait tort. David lui avait narré l'attaque des hommes de Camden. Ce dernier l'avait donc identifié et cherchait à l'éliminer. Et quand on avait quelqu'un comme Charles Camden à ses trousses, il n'y avait que deux attitudes possibles. La première : fuir au Tibet, s'enterrer dans un trou très profond et le reboucher. La seconde : s'occuper de Camden avant qu'il ne s'occupe de vous. Vandemark avait choisi cette dernière possibilité.

Ira envisagea un instant d'aider Vandemark mais il se ravisa. La place manquait pour travailler à deux. Et cette poutre avait l'air trop étroite pour qu'il puisse seulement relayer David. Ira connaissait ses limites. De plus, il était ici en tant qu'observateur officieux et soutien de secours. Autant laisser son parte-

282

naire se charger du plus désagréable. Ira préférait économiser ses forces pour ce qui viendrait après, quand la situation s'envenimerait.

David attaquait maintenant la partie supérieure du plancher. La montre d'Ira indiquait minuit passé.

Angela venait de conclure qu'elle devait cesser de retarder l'heure du repas avec des verres de vin. Inutile d'être ivre quand David arriverait. Elle se prépara à manger vers onze heures. Elle dîna seule, et cela lui rappela les mois passés. Mais cette période arriverait très bientôt à son terme.

Après avoir fait la vaisselle, Angela envisagea d'aller se coucher. Il pourrait être très agréable pour David de la découvrir au chaud, recroquevillée sous les draps.

Non. Elle ne parviendrait pas à s'endormir. Elle était trop tendue. Si elle restait debout, au moins trouverait-elle à occuper son esprit. Vers onze heures et demie, cinq ou six chaînes diffusaient des films. Il y aurait bien une comédie dans le tas.

Sans en être consciente, elle s'était approchée de la fenêtre. Toujours aucune trace de David. La seule activité visible de son poste se résumait à ce van qui se garait le long du trottoir. Deux hommes en sortirent. Angela referma le rideau et se tourna vers l'anesthésie réconfortante de la télévision.

La dernière planche céda dans un craquement pareil à un coup de feu, aspergeant David de poussière et d'échardes. Il leva les yeux vers le trou béant. Qui y avait-il là-haut ? Ses longues heures de labeur seraient-elles récompensées d'une balle entre les deux yeux dès que sa tête apparaîtrait dans la pièce ? Impossible de savoir si quelqu'un l'attendait. Le grondement du générateur aurait masqué l'entrée d'un commando de tueurs aussi facilement que son travail de démolition.

David fit signe à Ira d'apporter le second paquetage. Dans l'intervalle, il laissa choir ses outils dans l'huile noire du fleuve. Il ne conserva que le démonte-pneu, dans l'éventualité d'une porte verrouillée à forcer.

Ira lui tendit le paquet. David s'en saisit et déchira le film de plastique, révélant un petit sac à dos. Il en tira deux Taurus PT-92, chacun enveloppé dans un sac, ainsi que deux holsters d'épaule. Un autre paquet contenait deux silencieux et quatre chargeurs supplémentaires de quinze balles. Il posa le tout à l'écart, sur la poutre, puis aida Ira à le rejoindre.

Les deux hommes s'équipèrent des holsters, vissèrent les silencieux au canon de leur arme qu'ils engainèrent. Les holsters avaient été coupés à leur extrémité inférieure pour accueillir les silencieux. Les chargeurs de réserve furent placés dans des poches accrochées à la bretelle droite. David mit le démonte-pneu dans le sac à dos qu'il enfila.

Il était temps de passer à l'action.

David rampa sur la poutre jusqu'à se trouver sous l'ouverture ouvrant sur l'obscurité. L'ensemble n'était pas très accueillant. Il dégaina son arme et se tourna vers Ira. L'agent de FBI leva le pouce à son intention, mais David ne comprit pas le sens du geste. Etait-ce pour dire qu'il était prêt ? Pour exprimer sa confiance en David ? Ou Levitt voulait-il simplement manifester son impatience ? Il le lui demanderait plus tard. S'il y avait un « plus tard ».

Le pouvoir psychique de Vandemark ne détecta aucune présence dans la pièce. Mais si près du générateur, il n'était pas sûr de pouvoir faire confiance à son sixième sens. Par le passé, il avait parfois éprouvé des difficultés à sonder l'esprit des gens dans des lieux où se trouvaient des équipements à haut voltage. Un jour, il questionnerait un scientifique à ce sujet.

Pour l'instant, il n'avait qu'une façon de savoir si la pièce était déserte ou non, et c'était de s'y risquer.

Il passa la tête dans le trou et se redressa. Rien ne se produisit, ni coup de feu, ni mains le saisissant, ni objet prêt à le frapper. Mais la pièce était plongée dans des ténèbres si parfaites que quelqu'un aurait pu l'y attendre. Par chance, ses adversaires n'avaient aucun moyen de découvrir sa présence ici. A moins que la salle ne soit surveillée par une caméra à infrarouges... Quelques secondes fort paisibles s'égrenèrent, qui infirmèrent cette hypothèse.

David posa son arme sur le plancher et se hissa à travers le trou. Une fois à l'intérieur, il la ramassa et se mit en devoir d'explorer les lieux à tâtons, en partant dans la direction opposée au grondement du générateur. Il atteignit un mur qu'il longea jusqu'à une porte. Une seconde plus tard il trouvait l'interrupteur. Une lumière aveuglante envahit la pièce.

Quand sa vision se fut accoutumée, David découvrit la chaufferie typique de tout bâtiment de grande taille. L'énorme générateur trônait au centre de la pièce. La masse d'une chaudière occupait l'espace à sa droite, un chauffe-eau surdimensionné se trouvait à sa gauche. Un trou béait dans le plancher, juste devant le générateur.

La tête d'Ira y apparut et tourna lentement pour inspecter les lieux. Puis son regard vint se fixer sur David. Alors, dans une imitation très réussie de Bugs Bunny, l'agent du FBI déclara :

— Ehhhhhh, quoi d'neuf, docteur ? Pas terrible, votre palace !

45

David s'empressa d'aider son imposant partenaire à s'extraire du trou, ce qui n'alla pas sans efforts. Cette tâche accomplie, David appliqua une claque sur l'épaule d'Ira et dit :

— Tu commences à entrer dans la danse. J'aime ton attitude.

— Et alors ? Nous nous attaquons à un des pontes de Washington, en risquant nos vies et ma carrière. Si on ne peut pas s'amuser un peu, à quoi bon, hein ?

— C'est mon avis aussi. Tu ferais bien de prendre ton arme. Il est temps d'explorer les lieux.

La légèreté de ton de David découlait d'une confiance renouvelée en ses pouvoirs. Les pensées de Levitt lui parvenaient très clairement. Le générateur ne semblait donc produire aucune interférence. David retourna à la porte et sonda par l'esprit ce qu'il y avait au-delà. Pas de présences ennemies proches. Il tourna la clenche et la porte s'ouvrit. Tenant compte de la présence d'Ira, il passa la tête par l'entrebâillement et jeta un œil hors de la pièce pour confirmer ce qu'il savait déjà.

C'était un couloir vide, qui aurait pu appartenir à n'importe quel bâtiment gouvernemental, neutre, peint en un gris-vert clair, sans caractère ni décoration. David recula dans la chaufferie et referma la porte.

Ils devraient patienter une dizaine de minutes, le temps

qu'Ira sèche. De petites flaques dans les couloirs auraient signalé leur présence.

David mit à profit cette attente forcée pour passer en revue leur plan à voix haute :

— Le bureau de Shelley se trouve à l'étage supérieur, au bout du couloir sur la gauche. Pièce 10B. Tout ce que nous cherchons est rassemblé dans ses dossiers. Jusqu'à son bureau, pas un mot. Et même arrivés là-bas, autant rester discrets. Aucune raison pour que quelqu'un y vienne en pleine nuit, mais inutile de prendre des risques.

Ira dévisagea Vandemark.

— Et pas de cadavres sauf absolue nécessité. Compris ?

— Bien sûr, comme tu voudras.

— Je suis sérieux, David. Je suis ici parce que je n'ai pas le choix. Mais je n'ai pas l'intention de participer à un massacre de techniciens peut-être innocents.

— Je ne massacre pas les innocents, rétorqua David.

— Même par erreur ?

— Je ne commets jamais d'erreur quand il s'agit de vie et de mort.

Ils parcoururent tout le couloir sans encombre. Mais alors qu'ils s'engageaient dans l'escalier, David se figea soudain, sans raison apparente. Ce type doit avoir l'ouïe très fine, songea Ira. M'étonnerait pas qu'il entende certains appeaux à ultrasons. Sous l'impulsion de Vandemark, ils redescendirent en hâte pour retourner s'enfermer dans la chaufferie. Avant d'en tirer la porte derrière lui, Levitt perçut des voix très faibles, dans l'escalier.

Les deux intrus gardèrent une immobilité de statue tandis que les voix passaient dans le couloir puis s'éloignaient.

— Je croyais que personne ne viendrait par ici, fit Ira en saisissant David par le bras. Qui sont ces types ?

— Camden nous attend. Il a dû organiser des patrouilles dans tout l'entrepôt. Allons-y avant la prochaine ronde.

Ils s'élancèrent dans le couloir puis gravirent l'escalier au plus vite, pour déboucher dans un couloir aussi anonyme que le premier. La pièce 10B se trouvait à l'autre bout. David fut étonné que la porte n'en soit pas verrouillée. Et immensément reconnaissant de la négligence dont faisait preuve la sécurité mise en place par Camden. Ils étaient tellement convaincus que leur système de surveillance empêcherait toute intrusion qu'ils n'avaient pris que des mesures légères à l'intérieur.

Le meuble contenant les dossiers du Dr Shelley était fermé à clé et semblait solide, pas assez néanmoins pour résister à un homme déterminé muni d'un démonte-pneu. Une blouse de laboratoire plaquée contre le bas de la porte masqua la lumière du plafonnier pour quiconque passerait dans le couloir. Ira et David empilèrent les dossiers sur le bureau de feu Herbert Shelley, puis entreprirent de les parcourir.

— Nous ne pouvons pas tout emporter, murmura David. Il va falloir sélectionner les documents les plus révélateurs. Pas la peine de nous encombrer des papiers trop techniques. Ce qu'il nous faut, c'est la preuve de l'existence du Projet Jack, de son but, et aussi tout ce qui porte le nom de Charles Camden.

— Pas de problème. On dirait bien qu'il a signé ou apposé ses initiales sur toute cette paperasserie.

— Eh, regarde ce que j'ai là...

— Qu'est-ce que c'est ?

— La thèse originale du Dr Shelley. Le texte qui a déclenché toute cette horreur.

— Ça parle de quoi ?

David feuilleta rapidement le document.

— Hystérie collective... Ça m'a l'air d'être un essai très fouillé sur les effets psychologiques et les ramifications sociologiques que les meurtres commis par Jack l'Eventreur ont eus à Londres en 1888... Jack l'Eventreur a été le premier tueur en série célèbre. Avant lui, les meurtres sadiques à caractère sexuel se limitaient à quelques cas isolés dans les zones rurales, qu'on étouffait le plus possible. Shelley décrit le tournant amorcé avec Jack l'Eventreur. Il a frappé au cœur d'une grande ville, en laissant ses victimes un peu partout dans le quartier de Whitechapel. La panique qui en a découlé a été décuplée par la presse et a bien failli faire chuter le gouvernement en place à l'époque.

— Comment ça ? Je veux dire, je n'ai jamais entendu dire que Jack l'Eventreur était un révolutionnaire !

David parcourait les feuillets avec fièvre.

— Il ne l'était pas... Mais il a créé à Londres une situation que les milieux révolutionnaires ont utilisée à leur avantage. Karl Marx était mort cinq ans plus tôt, mais une frange non négligeable de la population laborieuse de Londres avait déjà une foi presque religieuse en ses théories sociales. Souviens-toi, Londres a été le berceau du communisme. A l'époque, c'était devenu une poudrière sociologique... Le fait que Jack puisse frapper n'importe où dans la ville et en toute impunité a épouvanté mais aussi révolté la population. Des dizaines de milliers de misérables croupissaient dans les quartiers les plus pauvres. D'après Shelley, quand ils se sont rendu compte que les gens au pouvoir étaient incapables de les protéger, la colère les a rendus fous. Il y a eu des émeutes.

David leva les yeux du document.

— Ça ne te rappelle rien ?

— Ouais, ça me rappelle trop de trucs, même.

— Shelley conclut en écrivant que l'hystérie collective peut être créée à volonté dans la société moderne, si certaines conditions sont réunies.

— Comme à New York, hein ? fit Levitt. Les riches et les pauvres qui se côtoient. Mais je ne pige pas, que cherchent-ils avec ce truc ? Le but de Camden n'est quand même pas la démission du maire ?

— Non, c'est juste une petite répétition, une expérience, dit Vandemark en se replongeant dans l'étude des documents. Camden veut tester la théorie de Shelley sur des Américains pris parmi des citoyens sans intérêt selon ses critères, pour voir si la thèse est applicable. Il devrait y avoir des preuves de cela quelque part dans ces papiers...

Ils trouvèrent des rapports techniques sur l'emploi de drogues et de méthodes de conditionnement. David garda les documents les plus probants et jeta le reste sur le sol. Une pile bien nette grossissait sur un coin du bureau.

— Ça y est ! s'exclama Ira d'un ton triomphant. J'ai décroché le jackpot : le dossier personnel de l'Ecorcheur !

— Moins fort !

— Désolé...

— Qui est-il ?

— Le sergent des marines Ramon Delgato, vingt-huit ans. Cheveux noirs. Yeux marron. Deux mètres six, cent dix kilos. Bon Dieu, ça doit être un monstre ! Et l'entraînement qu'il a reçu dans les marines ! Forces spéciales, expert en une douzaine d'armes, stages commando et survie en pagaille... Il appartenait à la Delta Force !

— C'est la force de frappe antiterroriste, non ?

— Exact. Ces types sont de vrais affreux. Le top des unités d'élite. Mais comment Camden a-t-il pu avoir quelqu'un comme lui dans son programme ? Je veux dire, ces types de la Delta Force sont entraînés à tuer, mais ce ne sont pas des meurtriers maniaques. Et ce Delgato est d'origine hispanique. Né à Porto Rico, c'est marqué là. Pourquoi irait-il assassiner les siens ?

David reprit quelques-uns des feuillets déjà sélectionnés.

— Attends, je viens de lire quelque chose à ce sujet. Apparemment, Camden a offert à Delgato un poste dans son organisation, un poste que le pauvre type ne pouvait pas refuser. Et il a enrobé le tout avec l'idée que travailler pour lui revenait à travailler pour le gouvernement, mais avec un salaire quadruplé.

— Et que s'est-il passé ?

— Ils l'ont conditionné.

— Drogues ?

— Drogues, privations sensorielles, hypnose, électrochocs, messages visuels et auditifs subliminaux, bref, toute la panoplie des astuces pour altérer l'esprit. Et ils ont recomposé son passé. Maintenant, Delgato croit dur comme fer qu'il a été abusé sexuellement par ses parents adoptifs durant toute son enfance, et que ses vrais parents ont été massacrés par un oncle. Les sbires de Camden ont pris ce patriote pur jus pour en faire une machine à tuer... Le pire est encore à venir : ils lui ont instillé une haine intense de toute personne hispanique.

290

Il ne leur a fallu que six mois pour le façonner comme ils le désiraient. D'après ces documents, Delgato semble tout à fait anodin la plupart du temps, mais il suffit de prononcer la phrase clé « Carmen Miranda et Cisco Kid » pour qu'il massacre quiconque a l'air hispanique alentour.

— Comme toi, par exemple, fit Ira.

Machinalement, David passa sa main dans sa chevelure teinte.

— En effet. Rappelle-moi d'acheter un éclaircissant avant de m'occuper de lui...

— Tu crois qu'ils laissent ce type dans la nature ?

— Non, il est virtuellement incarcéré ici, dans l'entrepôt. Il fallait bien qu'ils lui conservent un peu de sa cervelle pour qu'il comprenne leurs indications concernant les victimes avant de le lâcher pour la curée.

— Ouais, il faut qu'ils l'empêchent de devenir complètement timbré s'ils veulent l'introduire dans la population qui est leur cible...

David dressa l'index pour intimer le silence à Levitt. Quelques secondes plus tard, Ira entendit des pas qui approchaient. Ils s'arrêtèrent devant la porte, cessèrent un moment puis reprirent en sens inverse, comme le garde faisait demi-tour et ressortait du couloir en cul-de-sac. Quand Ira se tourna vers David, celui-ci s'était déjà replongé dans l'examen des documents. Ce type en avait, pas de doute. Et en acier chromé.

— Ce n'est pas leur première expérience, Ira, souffla-t-il. Je viens de trouver dans ce dossier le compte rendu exhaustif de celle qu'ils ont menée à Atlanta en 1982.

Ira écarquilla les yeux.

— La vague de meurtres d'enfants ?

— L'époque concorde, en tout cas. Il est fait référence ici à un index comportant le nom de toutes les « cibles-tests » et la date de leur décès. Cet index devrait être quelque part dans tous ces papiers...

— Bon sang, ça se tient... Je me souviens d'avoir lu que beaucoup de flics ne croyaient pas que le type arrêté ait commis tous ces meurtres.

— Si nous parvenons à mettre la main sur cet index, nous serons fixés.

— Mais les victimes étaient toutes des enfants. Pas des familles entières.

— Je sais. D'après ces papiers, Shelley avait décidé d'augmenter le facteur « terreur » en tuant des enfants, pour obtenir un impact psychologique plus fort. Mais l'expérience n'a pas eu les résultats escomptés. Les notes de Shelley attribuent cet échec « principalement à la localisation rurale ou suburbaine de l'expérience ». Les crimes n'ont pas eu un impact suffisant sur la population pour créer des troubles. A l'époque, les Noirs démunis d'Atlanta n'avaient pas la force politique suffisante pour affecter l'opinion générale. Peu après, les subsides ont été coupés pour le Projet Jack, pour une raison non précisée, et l'expérience est restée enterrée jusqu'à il y a six ans.

— Et puis Camden a trouvé quelques oreilles complaisantes à la Maison Blanche, peut-être bien ? supposa Levitt avec tristesse.

— Au moins quelqu'un au NSC. Quelqu'un qui a déniché des fonds pour remettre le projet sur les rails. Je parierais qu'il y a une part d'argent fédéral dans le montage financier...

— Les années Reagan et Bush... Sous leur présidence, les grands chefs ont cru qu'ils pouvaient tout se permettre, hein ?

— Y compris renverser Castro. C'était la cible originelle de Camden : la population cubaine.

Un autre garde vint faire sa ronde dans le couloir. Ira et David se changèrent en statues de sel jusqu'à ce qu'il soit reparti. L'agent du FBI jeta un œil à sa montre. 1 h 13. La sécurité semblait passer toutes les demi-heures. Il serait bon qu'ils aient déguerpi avant la prochaine ronde.

— Tout ça se tient foutrement bien, et ça file la pétoche, dit-il en jetant par terre un dossier sans intérêt. Le gouvernement révolutionnaire de Cuba a été la bête noire d'une demi-douzaine de présidents. L'idée qu'un Etat communiste existe à moins de deux cents kilomètres des Etats-Unis a rendu dingues les administrations Reagan et Bush. Ils s'en seraient fait couper une avec joie contre la destitution de Fidel.

— Dommage, je n'ai encore rien trouvé qui lie directement des personnalités à ce projet.

Ira déglutit avec une grimace. Il aurait aimé se griller un bon cigare...

— Impossible de dire ce que donneront les documents que nous avons ici. Si on essaie d'établir une relation avec les pontes du pouvoir, ils vont inventer un tas de trucs pour nier toute participation au projet. Bon sang... Ils veulent envoyer un fou sanguinaire dans un autre pays pour assassiner des femmes et des enfants innocents. C'est la pire forme de terrorisme dont j'aie entendu parler. Et c'est le gouvernement de mon propre pays qui est derrière tout ça...

David fit brusquement volte-face et Ira s'immobilisa. L'expression de Vandemark indiquait que ce n'était pas un autre garde qui arrivait dans le couloir. Sans bruit, Levitt dégaina son automatique. David saisit le démonte-pneu posé sur le bureau, rejoignit la porte sur la pointe des pieds et éteignit le plafonnier.

Ira entendit à son tour les pas qui approchaient dans le couloir. Ils cessèrent de l'autre côté de la porte. L'agent du FBI s'assit dans les ténèbres et attendit, arme prête. Il perçut le très léger grincement de la clenche qu'on abaissait, et la porte s'ouvrit de quelques centimètres. La lumière du couloir se déversa dans la pièce en un triangle net. La silhouette d'un homme se découpa dans l'embrasure, tête baissée vers le sol tandis qu'il poussait le battant. Quelque chose gênait l'ouverture de la porte. Une blouse de laborantin. L'homme se pencha pour écarter l'obstacle, et Ira vit le démonte-pneu s'abattre sur le crâne de l'intrus. L'homme s'écroula sans un cri. Vandemark jeta un regard circonspect dans le couloir, tendit l'oreille une seconde et referma la porte.

Il ralluma le plafonnier et Levitt fut en mesure d'observer le nouveau venu. Il pouvait avoir une quarantaine d'années, était mince, avec des cheveux noirs coupés court, et portait une blouse blanche. Il semblait étourdi mais conscient.

Vandemark le remit prestement sur pied et le poussa dans le fauteuil derrière le bureau. Ira pointa son arme sur lui.

— Et qui avons-nous là ? grinça-t-il.

— A en croire son badge, nul autre que le Dr James Hoover, l'assistant de Shelley. Un des cerveaux du Projet Jack. C'est très aimable à lui de nous rendre visite. Cela va nous permettre de le questionner avant de l'éliminer.

— J'ai dit pas d'assassinat !

David posa sur l'agent du FBI un regard glacé. Une seconde, Ira se demanda si leur partenariat n'allait pas s'achever dans un échange de coups de feu. Il se maudit de ne pas avoir vérifié que son arme était bien chargée.

Avec un haussement d'épaules, Vandemark rompit le face-à-face et se retourna pour commencer à ranger les documents révélateurs dans le sac à dos.

— Il faut filer. Quelqu'un pourrait venir voir Hoover. Nous allons l'emmener avec nous. Quand il aura repris tous ses esprits, il ne devrait pas être trop difficile à diriger.

Le Dr James Hoover était justement en train de revenir à lui. Ira se leva et approcha. Il voyait le regard de l'homme s'éclaircir. Une expression horrifiée crispa les traits du médecin devant la silhouette de géant qui avançait sur lui. Puis il remarqua l'automatique et ses lèvres se mirent à trembler.

— Qui... qui êtes-vous ? fit-il d'une voix faible où tressautait le vibrato de la peur.

— Pas tes oignons, Doc, gronda Levitt. Alors tu la fermes, et peut-être que tu verras le soleil se lever demain. On se comprend ?

Il était préférable d'entretenir la terreur de Hoover, il serait plus facile à manœuvrer. Leur sortie de l'installation ne serait certainement pas une partie de plaisir, et il valait mieux éviter que Hoover reprenne assez de courage pour les gêner dans leur fuite.

Hoover acquiesça frénétiquement.

— Je ne veux pas mourir, balbutia-t-il. Je ferai tout ce que vous voulez.

David finit de remplir le sac à dos en y ajoutant quelques-uns des dossiers qu'ils n'avaient pas encore examinés. Il enveloppa le tout dans du plastique pour les protéger de l'eau. Le contenu de ce sac devrait leur permettre de ruiner les plans insanes de Camden.

Vandemark se retourna et Hoover découvrit son visage. Aussitôt son expression épouvantée s'accentua notablement.

— Vous ? Mais vous devriez être à l'appartement !

David comprit aussitôt ce qu'impliquait l'exclamation de leur prisonnier. Il le saisit par les pans de sa blouse et plongea son regard dans celui de Hoover, établissant un contact instantané avec son esprit affolé.

Puis David prit le démonte-pneu qu'il avait reposé sur le bureau et l'abattit avec force sur la tête du scientifique. Cette fois, le coup était rude, appliqué pour tuer, semblait-il. Hoover sursauta, se raidit puis s'effondra dans le fauteuil. Ses yeux restèrent grands ouverts, mais se révulsèrent, ne montrant plus que le blanc. Un filet de sang coula de la blessure sur son visage.

— Bordel, qu'est-ce que tu fous ? rugit Levitt en menaçant David de son arme. Tu veux le tuer ? Je t'ai dit : pas d'assassinat !

— Si j'avais voulu le tuer, je me serais servi de mon automatique, dit froidement Vandemark en passant le sac à dos sur ses épaules. Je voulais Hoover hors course pendant une paire d'heures, c'est tout. On n'a pas de temps à perdre avec lui.

Ira posa deux doigts sur le cou du médecin pour vérifier son pouls, qu'il trouva régulier et fort. Bien sûr : Vandemark avait une grande pratique de ce genre d'action...

David avait déjà ouvert la porte.

— Alors ? Tu viens ? fit-il avant de faire un pas dans le couloir.

Ira contempla une dernière fois la forme prostrée de Hoover.

— Tu crois qu'on peut le laisser ici sans risque ?

— Ecoute, Ira. Ils viennent d'envoyer l'Ecorcheur en mission. Et sa destination est l'appartement où je réside actuellement. La vie d'une femme est en danger. Si tu as envie de rester ici pour rejouer *La Bonne Sœur et l'Aviateur* avec ce fumier, je n'y vois pas d'inconvénient.

Et Vandemark disparut dans le couloir.

Ira hésita. Son regard alla de la porte à Hoover. Avec une grimace mécontente, il ferma du pouce les paupières du médecin et sortit de la pièce. Il referma la porte et suivit Vandemark.

46

A l'autre extrémité de l'entrepôt, seul dans son bureau, Camden était en conversation téléphonique avec McGuire. Le van garé en face de l'appartement d'Angela était équipé d'un téléphone cellulaire. McGuire faisait son rapport à son chef.

— Toutes les lumières de l'immeuble sont éteintes à part celles de l'appartement en question, monsieur. Tout le monde a éteint depuis environ une heure. Ils doivent dormir comme des bébés.

— Excellent. Allez-y et finissez-en.

McGuire coupa la communication et regarda à l'arrière du van. Il discernait à peine Ramon Delgato dans la pénombre accentuée par les vitres fumées, de sorte que le tueur n'était qu'une forme menaçante assise dans les ténèbres. Mais cette ombre restait calme et c'était tout ce qui importait à McGuire. Aussi endurci qu'il soit, il craignait toujours Delgato. Le géant parlait très peu, mais McGuire avait vu de quoi il était capable dans ses raids meurtriers. Et c'était moche. Très moche. Delgato était un monstre, un cauchemar dans un corps humain. Par bonheur, McGuire connaissait les phrases codes qui contrôlaient la brute. Il ne se faisait aucune illusion : si cette fureur destructrice se retournait un jour contre lui, il n'en réchapperait pas. McGuire était un tueur confirmé, un des meilleurs. Mais Delgato était d'une autre catégorie. Il faudrait au moins un lance-roquettes pour stopper ce monstre s'il entrait dans une de ses frénésies sanguinaires.

Assez heureux de mettre un peu de distance entre lui et Delgato, McGuire sortit du van et descendit la rue jusqu'à l'endroit où Hanson surveillait l'appartement d'Angela Quiñoñes. Son comparse ne quitta pas des yeux les fenêtres éclairées derrière les rideaux quand McGuire approcha.

— Le boss a dit que c'était l'heure d'ouvrir le bal.

Hanson eut un léger hochement de tête.

— J'aimerais savoir si Vandemark est bien là-haut. Ça me déplaît de devoir l'attendre. Baby fout toujours un putain de bordel. Au fait, comment il est ?

— Tranquille. Pourvu qu'il le reste.

— N'oublie pas les phrases codes et tu ne risqueras rien.

— Ouais, j'espère. Mais je serai content quand nous aurons terminé ce boulot.

— A qui est-ce le tour d'amener Baby à l'intérieur ? s'enquit Hanson.

— A toi. Je m'occuperai du courant.

Hanson gratifia son partenaire d'un regard dubitatif. Il n'était pas certain de ne pas se faire rouler sur ce coup-là. Il aurait juré qu'il avait guidé Baby la dernière fois. Mais c'était peut-être lors de la mission précédente. De toute façon, cela ne le dérangeait pas. Au contraire de McGuire, il n'était pas effrayé par Delgato. En fait, il éprouvait même une certaine affection pour le géant taciturne. N'était-ce pas lui qui avait trouvé son surnom, Baby ? Il y avait chez Delgato une pureté d'action qui forçait son admiration. Cette brute était une machine à tuer, et rien d'autre. Un requin humain. Baby ne s'animait que pendant le carnage. Ces scientifiques avaient fait un sacré boulot. Hanson devait reconnaître qu'il était désolé pour Delgato, mais il était ébloui par la haine meurtrière que les toubibs avaient concentrée dans la brute. C'était assez comparable aux armes, pour Hanson : une arme puissante et précise était une sorte d'œuvre d'art.

47

Angela Quinoñes était captivée par le film des années 50 qu'elle regardait. Après un certain temps, ses inquiétudes s'étaient apaisées et elle avait pu s'immerger dans la première version de *L'invasion vient de Mars*. Angela avait du mal à imaginer qu'on ait pu faire un remake de ce joyeux navet, mais cela semblait être le cas.

A force de passer d'une chaîne sur l'autre, elle avait fini par tomber sur l'annonce du film. Elle aurait préféré quelque chose de comique, mais aucune comédie n'était diffusée à cette heure. Elle s'était donc contentée de ce classique de la science-fiction de série B, dans l'espoir que le ridicule des situations lui arracherait quelques moments de rire. Mais elle se trompait.

Dès le début, elle s'était laissé prendre par l'ambiance étrange de l'histoire. Un petit enfant est témoin de l'atterrissage d'une soucoupe volante dans un champ proche de la maison familiale, en pleine nuit. Il réveille ses parents, qui le croient victime d'un cauchemar. Mais son père se rend quand même sur les lieux pour vérifier, et bien sûr ne voit aucune soucoupe volante. Le lendemain matin, l'enfant aperçoit son père dans le champ et le voit aspiré par un trou dans le sable. La musique accompagnant cette scène était une des plus étranges qu'Angela ait entendues. Un peu plus tard, le père réapparaît dans la maison, mais il n'est plus le même. Il se comporte sans montrer la moindre émotion, à la manière d'un automate. Il porte sur la nuque une cicatrice inexplicable. Et de nouveau cette musique singulière. Les occupants de la soucoupe lui ont fait quelque chose !

A partir de cette scène, la situation se dégrade. La mère, un camarade de classe et plusieurs policiers sont tous victimes du trou dans le sable et de la musique. Le garçon veut prévenir les gens de ce qui les menace, mais on pense qu'il crie au loup. Les mystérieux visiteurs venus de l'espace vont envahir la planète et le pauvre gamin ne peut rien pour les contrecarrer, malgré tous ses efforts.

Angela était complètement absorbée par ce suspense surréaliste. Son intérêt ne faiblit pas, même quand elle vit nettement les fermetures Eclair dans le dos verdâtre d'une des créatures extraterrestres.

L'intrigue était à son apogée quand le courant fut coupé. Angela se retrouva assise dans le noir, à fixer le minuscule point lumineux qui s'évanouissait peu à peu au centre de l'écran. Elle jura sans retenue. La malédiction d'Edison avait encore frappé. Oh ! les coupures d'électricité estivales faisaient partie de l'expérience de tout habitant de New York. Mais pourquoi n'avaient-ils pas attendu dix minutes de plus ? A présent, Angela ne saurait jamais si l'enfant avait pu s'en tirer. Pourrait-il retrouver ses parents ? L'armée sauverait-elle la planète ? Et la gentille nounou se transformerait-elle en zombie de l'espace ? Angela parviendrait-elle à dénicher une copie du film au magasin de vidéo, pour en connaître la fin ?

Tout en marmonnant des propos peu amènes pour la compagnie d'électricité, Angela se rendit en tâtonnant jusqu'aux toilettes. Là, elle finit par trouver les bougies qu'elle gardait pour ce genre de situation. Elle passa ensuite dans la cuisine pour y chercher les allumettes avant de revenir dans le salon. Avec un autre verre de vin et la lueur des bougies, elle se sentit prête à attendre avec sérénité la fin de la coupure. Et David... Quand reviendrait-il ? Et pourquoi la malédiction d'Edison s'était-elle abattue à ce moment précis, comme pour la priver d'une occupation presque vitale ? Le monde entier se liguait-il contre Angela Quinoñes pour la rendre folle ?

Elle se rendit compte qu'elle ne devait pas céder à ces

pensées qui ne pouvaient que la mener à la paranoïa. Si les chaînes de télévision n'avaient pas programmé de comédies, ce n'était certainement pas dans le but de la frustrer. Et cette coupure ne se produisait pas pour l'empêcher de voir la fin du film. *Reprends-toi, Angela. Tu es à New York. Ces choses arrivent tout le temps.*

Mais les coupures de courant se produisaient généralement durant les périodes de canicule, songea-t-elle en allant à la fenêtre. Quand la consommation d'électricité est trop forte parce que tout le monde pousse son système de climatisation au maximum. Aujourd'hui, la température avait été agréable sans excès, et même un peu inférieure aux normales saisonnières.

Angela n'aima pas du tout ce qu'elle aperçut à l'extérieur : des fenêtres étaient éclairées dans les immeubles en face du sien. L'éclairage municipal fonctionnait parfaitement bien, et ce qu'il révélait lui glaça soudain le sang.

Un homme se tenait sur le trottoir de l'autre côté de la rue, et il regardait droit dans sa direction !

Un autre le rejoignit et l'imita. Pouvaient-ils la voir ? Non, avec les lumières éteintes dans son appartement, elle restait invisible. Le premier homme remonta la rue d'une dizaine de mètres et grimpa dans un van beige.

Un van beige !

Elle l'avait vu auparavant mais n'y avait pas prêté attention.

Oh, mon Dieu !

L'homme ressortit du véhicule et fit coulisser la grande portière latérale. Une forme en sortit, sombre, massive.

Le premier homme et la silhouette indéfinissable traversèrent la rue vers l'immeuble d'Angela. Alors seulement elle vit que la créature sombre était un être humain. Ou plutôt un monstre humain. Il dépassait son compagnon de plus d'une tête et paraissait aussi large que haut. Et il était tout en noir ! Vêtements noirs, cheveux noirs et visage noir, sans doute barbouillé avec une substance sombre. Une créature monstrueuse taillée dans les ténèbres.

Les deux hommes disparurent sous Angela, là où se trouvait l'entrée de l'immeuble. Le troisième homme observait toujours ses fenêtres. Le cœur d'Angela s'emballa. Ils venaient pour la tuer !

Elle se précipita sur le téléphone. Elle devait appeler la police !

Le téléphone était hors service.

Ces hommes avaient coupé les lignes de téléphone en même temps que le courant électrique. Et maintenant ils venaient pour l'assassiner.

Mais pourquoi ? Elle ne les connaissait même pas ! Elle n'avait jamais fait de mal à personne ! Pourquoi voudraient-ils la tuer ? Pourtant Angela ne doutait pas un instant de leurs intentions.

Que faire ? Briser une fenêtre et appeler à l'aide ! Non, cela ne servirait à rien. Ça ne ferait que hâter sa mort.

Angela ouvrit la porte de l'appartement et sortit dans le couloir sur la pointe des pieds. Elle perçut une sorte de grattement, cinq étages plus bas.

Puis elle entendit le grincement familier de la porte d'entrée de l'immeuble qu'on ouvrait et qu'on refermait avec précaution. Un silence total suivit. Mais elle savait qu'ils gravissaient les marches sans bruit. Ils venaient pour elle.

Elle scruta les ténèbres du palier. A l'autre extrémité, elle le savait, un escalier menait au toit. Et si elle se réfugiait là-haut ? Non, les hommes l'entendraient ouvrir la porte coupe-feu. Et une fois sur le toit, elle n'aurait plus aucun moyen de fuir. Cet immeuble dépassait les bâtisses voisines de deux étages. Elle serait prise au piège.

Retourner à l'appartement ! Elle y serait tout autant coincée mais il y avait des cachettes. C'était son territoire, elle aurait l'avantage !

Angela referma la porte derrière elle sans se soucier du bruit. Elle tira le verrou de sûreté et cala une lourde chaise contre le battant. Amener le canapé derrière la chaise requit beaucoup d'énergie, mais l'adrénaline qui enflammait ses veines le lui permit. Ce barrage les retiendrait un moment.

Mais pas indéfiniment.

Une arme ! Voilà ce qu'il lui fallait ! Pourquoi n'avait-elle pas demandé à David de lui en laisser une ? Mais à quoi lui aurait-elle servi ? Elle ne savait pas tirer. Elle aurait risqué de se blesser.

Angela se rua dans la cuisine et d'un tiroir sortit un couteau à découper. Du doigt elle inspecta le fil aiguisé de la large lame. C'était peu, mais elle devrait s'en contenter.

Elle retourna dans le salon et souffla toutes les bougies. Les ténèbres la serviraient plus que ses agresseurs. Même si les tueurs étaient déjà venus ici, ils ne pouvaient connaître les lieux aussi bien qu'elle. Peut-être conservait-elle une chance.

Barricadée, arme au poing, Angela se sentait prête. Ne manquait que la cavalerie. Même un représentant replet de la police ferait très bien l'affaire. Et il n'y avait qu'un moyen de provoquer sa venue : crier !

C'est exactement ce que fit Angela Quinoñes. Elle hurla de toutes ses forces, à pleins poumons, avec une telle puissance qu'elle pensa que les habitants de Queens en seraient réveillés. Car de ses cris et de ceux qui les entendraient dépendait sa vie.

Deux étages plus bas, Hanson perçut les cris et jura sourdement. Il n'était pas certain que Delgato les ait entendus. Baby était en phase de contrôle, dans un état semi-hypnotique, et il ne réagirait qu'à des phrases codes, pour déchaîner sa haine meurtrière. Il était toujours transporté dans cette condition.

Des bruits indiquant le réveil des voisins se firent entendre dans l'immeuble. Hanson comprit que la situation risquait de lui échapper. Il hésita entre annuler la mission et la poursuivre. S'ils échouaient, Camden serait furieux...

Hanson poussa Delgato devant lui vers l'étage suivant. McGuire devait être en train de prendre position à l'entrée de l'immeuble pour contenir ses occupants. Débarrassés du risque d'alerte par téléphone, ils pourraient peut-être étouffer la pagaille naissante.

Arrivé au palier du quatrième étage, Hanson entendit des gens marcher dans leur appartement en maudissant la compagnie d'électricité et en s'interrogeant sur la raison des cris. Il fit se hâter Delgato.

Angela continuait de hurler à gorge déployée.

Ils atteignaient le bas de la dernière volée d'escaliers quand un homme ouvrit sa porte et leur demanda ce qui se passait.

— Police ! aboya Hanson. Rentrez chez vous et refermez cette porte !

L'homme obéit instantanément.

Hanson dégaina son .45 automatique et vissa le silencieux au bout du canon. Rien ne garantissait que les autres voisins seraient aussi impressionnables.

Angela criait toujours.

Hanson et Delgato étaient presque arrivés au cinquième étage quand le voisin immédiat d'Angela sortit sur le palier et braqua le faisceau d'une torche électrique sur eux.

— Dépêchez-vous ! implora-t-il. On dirait qu'on essaie de l'assassiner ! Ça a l'air...

Le chuintement assourdi de la balle l'interrompit en pleine phrase. Sa lampe-torche tomba et rebondit sur le sol avant de s'immobiliser dans un coin, toujours allumée. Le voisin s'affaissa lentement contre le mur et ne bougea plus.

Les cris de la jeune femme ne faiblissaient pas.

Hanson poussa Delgato devant la porte d'Angela.

— Il y a une salope d'espingouine à l'intérieur ! Fais-la taire ! Elle sait que tu vas entrer, alors ne te préoccupe pas du bruit ! Fais vite ! Tu entres vite, tu agis vite et tu ressors vite ! *Carmen Miranda et Cisco Kid.*

Sans la moindre hésitation, Delgato fonça sur la porte en grondant. Le panneau de bois tint bon, mais il le percuta de nouveau de tout son poids, encore et encore. La cage d'escalier amplifia les craquements du bois. La porte ne résisterait pas plus de quelques secondes.

Angela cessa de hurler.

Elle courait dans l'appartement et renversait tous les meubles possibles derrière elle. Tout ce qui pourrait ralentir l'Ecorcheur ! Elle entra dans sa chambre. Il lui fallait un endroit où se cacher. La penderie ?

Non ! La porte en était trop fragile. Si la porte d'entrée et sa barricade improvisée ne parvenaient pas à stopper le monstre sombre, celle-là encore moins. Sous le lit ?

Elle y serait coincée. Alors derrière le lit !

La tête du lit était assez haute. Elle pourrait lui servir de bouclier sans lui interdire de brandir son arme. Frénétiquement, elle tira et poussa le lit pour l'écarter du mur. Il heurta la commode et se retrouva bloqué. Dieu soit loué pour ces appartements new-yorkais minuscules ! L'Ecorcheur ne pourrait pas lui retirer cette protection.

Angela s'immisça dans l'espace restreint en tirant derrière elle la table de chevet. Le mur protégerait son dos.

Elle entendit la porte d'entrée qui cédait, puis le grincement de meubles sur le parquet. Il repoussait sa barricade de fortune. Il arrivait.

Delgato s'immobilisa sur le seuil de l'appartement, hors d'haleine après l'effort qu'il venait de fournir. Il tendit l'oreille pour localiser sa proie. Il se baissa et sortit de sa botte le coutelas de survie à la lame noire longue de quinze centimètres et aussi effilée qu'un rasoir.

Elle était là, quelque part. Il la trouverait. L'Ecorcheur avança sur ses semelles de crêpe, ombre mortelle glissant dans les ténèbres.

Angela risqua un regard par-dessus la tête de lit. Mais il n'y avait que la nuit. Et la mort.

Un choc sourd, au-delà de la chambre. L'Ecorcheur venait de buter contre un des meubles qu'elle avait renversés. Puis le silence. Il prenait des précautions, à présent. Mais il approchait.

Dans son poing, Angela eut l'impression que le couteau à découper était ridiculement petit, inutile. Il lui aurait fallu une hache.

Quelque chose de sombre se mouvait dans l'obscurité. Il se trouvait sur le seuil de la chambre. Angela s'agenouilla sans bruit. Chaque atome de son être hurlait. Pouvait-il percevoir sa respiration ? Elle n'arrivait pas à la maîtriser. Elle haletait aussi bas que possible, mais restait incapable d'inspirer à fond. Ses poumons la brûlaient.

De son refuge elle entendit l'Ecorcheur explorer la pièce. Il ne paraissait plus se soucier du bruit. Le monstre ouvrit la penderie, fourragea dans les vêtements. A sa recherche.

Il avança vers le lit. Elle sentit une partie de son poids écraser le matelas. Puis elle perçut le crissement d'une lame qui éraflait le plancher. Il balayait l'espace sous le sommier avec un couteau. Si elle avait choisi cette cachette...

Il abandonna après quelques secondes. Silence. Il réfléchissait. L'obscurité l'empêchait de voir que le lit était décollé du mur. Peut-être allait-il s'en aller...

Toujours le silence.

Que faisait-il ?

Silence...

Avait-il deviné ?

Silence...

Soudain un bruit de pas qui s'éloignaient. L'Ecorcheur sortait de la chambre ! Il était déjà dans le couloir. Encore un instant, et ses pas furent inaudibles.

Silence...

Etait-il parti ?

Silence...

Pouvait-elle quitter sa cache sans risque ?

Silence...

Non. Reste là jusqu'à l'arrivée de la police !

Silence...

Brusquement, un poids énorme s'abattit sur le lit, le repoussant contre le mur. Angela se retrouva les épaules coincées entre le meuble et la cloison. L'Ecorcheur était revenu ! Depuis le début il savait qu'elle était là ! Il l'avait débusquée ! *NON !*

Angela se tortilla pour se tourner face à la tête de lit. Elle se redressa en tailladant l'obscurité au-dessus d'elle. Elle sentit le couteau mordre dans un obstacle. L'Ecorcheur poussa un mugissement de douleur.

Quelque chose fendit l'air devant son visage, très très près... Ce ne pouvait être que le couteau de l'Ecorcheur. Angela se recroquevilla aussitôt dans sa cache, le couteau à découper brandi au-dessus de sa tête.

Il décocha un coup de pied dans la tête de lit qui heurta violemment Angela. Il grondait comme un animal sauvage. Angela sentit ses forces la déserter. La tension l'avait soutenue jusque-là. Elle allait mourir ! Cette constatation la frappa de plein fouet. Mais elle ne pleurerait pas, n'implorerait pas. Elle ne donnerait pas cette satisfaction à l'Ecorcheur, et elle lui ferait payer cher sa mort. Il n'en ressortirait pas indemne. Angela allait le marquer, même pendant son dernier souffle.

Elle bondit sur ses pieds et sabra l'air de son arme. La lame siffla mais ne rencontra que le vide. Où était-il passé ?

Une main gantée à la force irrésistible enserra son poignet comme dans un étau. La douleur était atroce. Angela s'entendit crier et le couteau lui échappa. Il tomba à ses pieds, autant dire à des millions de kilomètres. Et la souffrance s'accrut.

Angela se sentit tirée vers le haut par le bras puissant qui la retenait. Ses pieds quittèrent le sol. Elle pendait par le poignet dans l'air, sans défense. Un agneau au moment du sacrifice. C'était la fin.

Malgré la douleur et la terreur, Angela trouva la force de rouvrir les yeux. Pourquoi, elle n'aurait pu le dire. Mais elle ne vit que les ténèbres, les deux fentes blanches marquant les yeux du tueur et ses dents découvertes par un rictus sanguinaire.

Puis un faisceau lumineux dansa dans le couloir et rebondit contre les murs, créant une lueur pâle qui dessina la silhouette monstrueuse de l'Ecorcheur et le long coutelas noir brandi qui allait plonger dans sa poitrine.

48

Le trou pratiqué dans le sol de la chaufferie se révéla meilleur pour sortir que pour entrer. Ira et David s'y coulèrent vivement, s'accroupirent sur la poutre horizontale puis glissèrent dans les eaux de l'Hudson River. Le courant remontant vers le nord les entraîna rapidement loin de l'entrepôt. Ils nageaient sous la surface, ne la crevant de la tête que pour respirer. David espérait qu'aucune caméra vidéo ne les repérerait. Si une telle malchance se produisait, lui et Ira n'auraient d'autre solution que de tirer dans le tas pour se frayer un passage. Plus de temps à perdre en finesses : l'Ecorcheur était en chemin ou déjà chez Angela.

Chester Pinyon ne remarqua rien. Bourré d'amphétamines, il était dans un état second où son attention n'avait plus aucune acuité. Il passait plus de temps à expliquer à Braddock quel grand artiste il allait devenir qu'à surveiller les écrans.

Ira et David atteignirent l'embarcadère, y grimpèrent et foncèrent vers la limousine. Ira s'arrêta juste le temps de ramasser ses vêtements. Les clés du véhicule se trouvaient dans la poche de son pantalon.

Quand Levitt le rattrapa, David attendait déjà près de la portière côté conducteur et tendait la main pour les clés. Ira ne discuta pas. Il les lui lança et contourna la voiture. Dès que Vandemark démarra, Ira regretta amèrement de l'avoir laissé prendre le volant.

La limousine filait dans les rues à une vitesse ne descendant jamais en dessous de quatre-vingts kilomètres-heure et frisant souvent le cent dix. Ils grillèrent tous les feux. Plus d'une fois, David évita d'un cheveu la collision avec un autre véhicule. Pour la première fois cette nuit, Ira avait réellement peur. Comparée à cette épreuve, l'intrusion dans l'installation de Camden avait été une aimable plaisanterie. Ira était certain qu'à la seconde suivante ils se retrouveraient éparpillés dans tout New York en morceaux trop infimes pour la moindre identification.

Avant de comprendre, il vit qu'ils arrivaient dans la 27e Rue et la limousine s'arrêta dans un long crissement de pneus malmenés. Curieusement, cette course folle n'avait attiré l'attention d'aucune voiture de police. Les flics ne sont jamais là quand on a besoin d'eux...

Ils bondirent hors de la voiture et David lança quelque chose à propos de l'appartement situé au dernier étage qu'il désignait du doigt. Ira se rendit alors compte que son compagnon avait parlé pendant tout le trajet, mais il ne pouvait se rappeler un seul mot de ce que Vandemark avait dit. Il avait été bien trop préoccupé par l'imminence d'un accident.

— Bon sang ! s'exclama David.

Ira vit qu'il regardait fixement un van beige garé de l'autre côté de la rue. Vandemark dégaina son automatique et s'approcha du van. Ira se souvint alors de la signification du véhicule et sortit lui aussi son arme. Il observait David qui regardait à l'intérieur du van quand la balle le toucha.

Elle le percuta en haut du dos avec la force d'un coup de massue titanesque. L'impact le fit tournoyer sur lui-même. Il aperçut un homme sous un porche, un pistolet muni d'un silencieux au poing. Ira continuait de pivoter sur lui-même. Il vit David qui ripostait. Et Ira tournait toujours. L'homme sous le porche s'écroula sur le trottoir. Et brusquement le sol se précipita vers Ira.

Bordel ! Je suis touché !

Il leva les yeux, vit David qui courait vers lui, puis le dépassait...

Ce fils de pute va me laisser crever ici !

Derrière lui, il entendit le son d'une vitre qu'on brise. Ce salopard de Vandemark venait sans doute de défoncer la porte d'entrée de l'immeuble.

Allongé en pleine rue, Ira imagina les gros titres des journaux du lendemain : UN AGENT DU FBI RETROUVÉ MORT DANS LA RUE, EN TENUE DE PLONGÉE.

Un seul coup d'œil à Levitt avait renseigné David : son partenaire était salement blessé. Mais le péril couru par Angela passait avant tout. Il ne pouvait perdre de précieuses secondes à secourir Ira. L'Ecorcheur se trouvait sans doute déjà dans l'appartement. Arriverait-il à temps ?

La porte d'entrée était verrouillée. Il se précipita contre la vitre en pariant que la combinaison de plongée le protégerait. A l'intérieur le couloir était empli de gens apeurés et désorientés. Plusieurs torches électriques se braquèrent sur lui. Les locataires voulaient savoir ce qui se passait. Qu'était-il arrivé au circuit électrique ? Et pourquoi tous ces hurlements, un peu plus tôt ?

Des hurlements !

David saisit l'homme le plus proche par le bras et lui ordonna d'alerter la police.

— Dehors il y a un homme blessé. Il faut une ambulance !

— Mais le téléphone est hors service !

— Il y a une cabine au coin de la rue. Allez-y !

— Mais le policier à la porte a dit que nous devions rester à l'intérieur !

David fourra son automatique sous le nez de l'homme.

— Obéis ou j'explose ta putain de cervelle !

L'homme s'élança dans la rue.

Une femme qui avait entendu l'échange émergea de l'obscurité.

— Je suis infirmière, lui annonça-t-elle. Vous dites que quelqu'un est blessé ?

— Oui, en plein milieu de la rue ! Voyez ce que vous pouvez pour lui !

Et David se rua à l'assaut de l'escalier après avoir écarté quelques silhouettes effrayées.

L'ascension jusqu'au dernier étage lui parut prendre une éternité. Mais alors qu'il entamait la dernière série de marches, il aperçut une lueur sur le palier supérieur. Elle semblait rasante, comme provenant d'une torche électrique posée sur le sol.

Et soudain il sut. Ce n'était qu'une très légère sensation, à la limite de sa conscience. Mais elle le fit plonger et lui sauva la vie.

Le projectile s'enfonça dans le mur juste au-dessus de sa tête. Son pouvoir télépathique n'avait détecté la présence du tueur qu'au dernier moment. David se laissa rouler à la renverse sur un demi-étage. Malgré sa chute, il vit la courte flamme du second tir. Il s'arrêta, heurtant des genoux les marches en bois. Il ignora la douleur, visa et pressa la détente.

Pour toute réponse, le tueur riposta une fois, et la balle mordit la marche où était accroupi David. Celui-ci se repéra à la torche électrique et tira. Une forme bascula par-dessus la rampe et s'écrasa sur les marches devant lui. Il s'écarta pour laisser rouler le cadavre d'Hanson jusqu'au palier inférieur.

Il perçut alors un choc sourd provenant de l'appartement d'Angela. Il gravit les marches quatre à quatre. Sur le palier il ramassa la torche électrique sans ralentir. Il entendait maintenant un faible cri de terreur. Angela. Puis un rugissement de bête fauve blessée. Ce ne pouvait être elle. L'Ecorcheur ! Il fonça dans l'appartement, torche électrique braquée devant lui.

A l'autre bout de l'appartement s'élevaient des bruits de lutte. Le pinceau lumineux balaya le couloir, accrocha l'embrasure d'une porte et un coin du lit d'Angela qui tressautait. Ils étaient là ! *Tiens bon, Angela ! J'arrive !*

Il courut sur trois mètres encore avant de s'empêtrer les pieds dans une étagère. Mais il se releva aussitôt.

Il bondit dans la chambre, l'arme prête. La torche électrique révéla toute la pièce. Au centre se trouvait Ramon Delgato qui regardait par-dessus son épaule en plissant les yeux. D'une main il tenait Angela en l'air. L'autre retirait un couteau à la lame rougie du corps inerte de la jeune femme.

David envoya deux balles dans le dos de Delgato.

49

Les deux balles ne terrassèrent nullement Delgato. Il lâcha Angela qui retomba derrière la tête de lit et il se rua sur David avec une vitesse incroyable. Vandemark tira deux fois encore avant que le géant noir ne le percute. Le premier projectile s'enfonça dans l'épaule de l'Ecorcheur, le second le rata complètement.

David pivota à demi pour esquiver le coutelas de Delgato, mais la lame traça une ligne rouge sur son flanc. L'instant suivant, les deux hommes se retrouvaient au sol. David avait le souffle coupé par le choc. Il voulut relever l'automatique pour faire sauter le crâne de son adversaire, mais Delgato saisit son poignet et serra. Le 9 mm échappa à la poigne de Vandemark. Dans un brouillard rouge, il vit le couteau de Delgato filer vers son cou. Il se contorsionna frénétiquement sous le poids écrasant de son adversaire et la lame s'enfonça dans le parquet.

David frappa le côté du visage de Delgato avec la torche électrique. Le coup eut pour seul effet de faire gronder le monstre humain. D'une traction il libéra le couteau et le leva pour frapper encore. David lâcha la torche électrique et saisit le bras armé de Delgato des deux mains. Il réussit à dévier la lame mortelle en lançant tout son poids de côté au dernier moment. Delgato tomba sur le côté.

Sans lâcher sa prise, Vandemark mordit sauvagement l'avant-bras de Delgato. Avec un mugissement de douleur et de rage, le tueur laissa échapper le couteau, se releva et redressa David en le tirant par les cheveux. Puis il projeta Vandemark contre la porte de la penderie qui céda sous son poids. Par chance, Vandemark avait percuté le bois avec les épaules, mais il dut secouer la tête pour chasser l'étourdissement. Il avait quelque chose dans la bouche, qu'il recracha avec dégoût.

Le faisceau de la torche électrique lui permit de découvrir enfin Delgato. Il était plus imposant que David ne l'avait craint.

Le tueur en noir avait pour seules taches de couleur la zébrure écarlate à son épaule et le sang qui apparaissait entre les doigts de sa main gantée plaquée sur son bras blessé.

Delgato se baissa pour récupérer son couteau. David jaillit de la penderie et lui décocha un coup de pied magistral à la mâchoire. Le choc envoya Delgato à la renverse. David tomba à genoux et saisit le coutelas.

Il se relevait quand à son tour le pied de Delgato le cueillit à l'épaule. David heurta durement le chambranle de la porte et le couteau lui échappa pour filer dans le couloir enténébré. Il se redressa aussitôt et fonça sur Delgato. Il écrasa son poing sur le nez de l'autre avec toute son énergie et fut récompensé par un craquement écœurant.

Mais il ne se berçait pas d'illusions : cela ne suffirait pas à stopper Delgato. Il lui fallait une arme. Son automatique. Mais il n'était nulle part autour de lui. Il avait dû glisser sous le lit. Quel objet dans la chambre pouvait lui servir à abattre le monstre ?

Vandemark vit Delgato bondir vers lui. Il esquiva l'attaque et recula dans la pièce. Une lampe ventrue était renversée sur la table de chevet coincée entre le mur et la tête de lit. Il la prit, fit volte-face et en frappa le visage de Delgato. La lampe explosa sous le choc, coupant la main de David et le visage du tueur. Vandemark enchaîna d'un coup de pied droit au sexe et d'un crochet gauche à l'estomac. Ramon recula de trois pas en titubant.

Brusquement, David se rendit compte qu'il n'avait pas utilisé son don télépathique jusqu'ici. C'était pourtant un atout non négligeable. Il devait rester hors de portée de Delgato. Si ce monstre parvenait à l'agripper, il le déchiquetterait de ses mains nues. *Sers-toi de ta cervelle ! Si tu paniques, tu ne ressortiras pas vivant de cette chambre !*

Il fallait sonder l'esprit du tueur. Mais David dut immédiatement s'échapper du maelström effrayant des pensées de Delgato. S'il ne voulait pas se laisser submerger, il devrait se limiter à de légers coups de sonde mentale.

Delgato se préparait à charger. David eut tout le temps de rouler sur le lit pour éluder l'attaque. Ramon se cogna violemment contre le mur dont le plâtre s'effrita. David se remit debout et lui administra un coup de pied sauté qui projeta Delgato dans la penderie.

Aucun des deux combattants ne se reçut très gracieusement, mais c'est Vandemark qui se releva le premier. Il prit une chaise et la lança dans la penderie plongée dans l'obscurité. Le son du bois écrasant la chair et le cri de douleur qui suivit le ravirent.

Mais le mobilier de la chambre n'offrait pas d'arme satisfaisante pour David. Il courut hors de la pièce pour aller chercher un couteau dans la cuisine. Il savait dans quel tiroir Angela les rangeait. N'importe lequel ferait un très bel effet, enfoncé dans la gorge de Delgato.

Le pouvoir mental de David ne l'avertit pas des meubles renversés sur son chemin. Une nouvelle fois, son pied buta contre un obstacle invisible au ras du sol. Il toucha le mur avant de s'étaler de tout son long. Un peu groggy, il se relevait avec peine quand Delgato s'abattit sur lui avec la force d'un mur de brique.

Le souffle coupé, David réussit néanmoins à se remettre debout avant que son adversaire ne l'agrippe fermement. Son coude percuta la mâchoire inférieure du géant. David sentit les vibrations du coup engourdir son bras jusqu'à l'épaule. Mais Delgato n'en parut pas moins déterminé. Il saisit l'épaule de David et le jeta sur le dos. David vit l'énorme poing fondre vers son visage. Pas le temps de réagir. Une explosion de douleur le submergea.

Il ne perdit pas conscience et il répliqua d'un double direct au visage de Delgato. Mais les coups étaient sans force et Del-

314

gato encaissa sans broncher. Avec un rictus de haine, le géant plaqua les mains de Vandemark sous ses genoux. David était maintenant sans défense, piégé sous le poids énorme de son ennemi.

Delgato fit pleuvoir les coups sur la face offerte de son adversaire, sans hâte, ni trop fort, pour ne pas l'assommer. Delgato voulait que David souffre, qu'il soit le témoin impuissant de sa fin qui approchait.

David luttait pour ne pas s'évanouir. A travers le brouillard de la souffrance, il vit les mains de Delgato descendre vers son visage, glisser sous son menton et se refermer sur son cou. Les doigts énormes se resserrèrent sur sa gorge, lui coupant instantanément le souffle. David se débattit pour libérer ses mains, mais sans succès.

Il avait perdu. Le meurtrier sadique de vingt-quatre personnes et de la femme qu'il aimait allait l'ajouter à son tableau de chasse. David sentait la pression s'accentuer. Bientôt sa nuque céderait et c'en serait fini.

Les mains de Delgato serraient plus fort...

Le monde commença à se dissoudre dans des ténèbres insondables.

Puis, inexplicablement, les mains du tueur s'amollirent avant de quitter son cou.

Le corps de David fut parcouru de spasmes comme il inspirait goulûment l'air salvateur.

Il vit que Delgato se trémoussait étrangement au-dessus de lui. David en profita pour libérer ses mains.

Le monstre penchait peu à peu sur le côté. Ses yeux étaient devenus vitreux et fixaient le vide. Il s'écroula lourdement, tête la première, contre le plancher à côté de David. Angela suivit le tueur dans sa chute sans cesser de lui larder le dos avec le couteau à découper.

50

David mit plusieurs secondes à rassembler assez d'énergie pour se mettre à genoux et empêcher Angela de hacher menu Delgato. Possédée par une furie aveugle, elle frappait sans relâche en crachant un torrent ininterrompu de jurons en espagnol et en anglais. Dans ses yeux dansait une lueur de satisfaction que David connaissait bien. Mais elle n'avait plus aucune force, et il lui enleva doucement le couteau rougi de la main et la conduisit dans sa chambre.

A la lumière de la torche électrique, David eut le soulagement de constater que, si sa seule blessure était profonde, aucun organe vital d'Angela n'avait été touché. Le coutelas de Delgato s'était enfoncé bien au-dessus du poumon, ne sectionnant que les tissus musculaires. Angela en garderait une cicatrice terrible, mais elle survivrait. Quand David revint de la salle de bains avec une serviette pour servir de compresse, elle débitait déjà son histoire :

— Je suis revenue à moi... Il y avait tout ce bruit... et mon épaule me faisait mal... Et puis j'ai senti le couteau à découper sous mes doigts... Tout m'est revenu. Je me suis relevée. Et j'ai vu... ce qu'il te faisait. Alors, je ne sais pas comment, je suis sortie de derrière le lit et... Et puis je l'ai frappé, je ne pouvais plus m'arrêter...

Son regard balaya la mer de ténèbres qui s'étendait au-delà de la chambre.

— Il... Il est mort, n'est-ce pas ?

— Il ne pourrait pas l'être plus. Tu m'as sauvé la vie, ma chérie. Et si j'en ai la possibilité, je t'exprimerai ma gratitude au mieux. Je déteste devoir te remercier en t'abandonnant, mais...

David avait du mal à reconnaître le son rauque de sa voix. Sa gorge et sa nuque le faisaient horriblement souffrir.

Angela mit quelques secondes à comprendre.

— Que veux-tu dire ? Où vas-tu ? fit-elle d'un ton proche de la panique.

— Ce n'est pas encore fini. Le type que tu viens de tuer ne représente qu'une partie du boulot. Son chef est toujours là-bas. Je dois le neutraliser. Désolé, mais il le faut.

Les faisceaux de plusieurs torches électriques effleurèrent la porte d'entrée, puis éclairèrent une partie du couloir.

— Seigneur ! coassa une voix bouleversée quand les pinceaux lumineux révélèrent le cadavre de Delgato.

— Ici ! appela David. Tout va bien, c'est fini. Il y a une femme avec moi. Elle a besoin de soins.

Les pinceaux lumineux approchèrent prudemment puis s'immobilisèrent une seconde sur Angela et David avant de descendre vers le sol. David distingua la silhouette des deux hommes. L'un tenait une batte de base-ball à la main, l'autre un tisonnier.

— Que s'est-il passé ici ? interrogea le plus grand des deux.

David aida Angela à se relever et la guida vers les arrivants.

— Gardez vos questions pour la police, les gars. Qu'un de vous emmène cette dame à l'hôpital. Savez-vous comment va mon partenaire, en bas ?

Déroutés, les deux hommes secouèrent la tête négativement. David se retourna vers Angela.

— Tu les connais ?

Angela acquiesça.

— Bien. Il faut que je parte. Je te rejoindrai à l'hôpital, plus tard.

— Promis ?

— Promis.

David passa devant les deux hommes et se dirigea vers la

porte d'entrée. Tout en descendant l'escalier, il se demanda s'il serait en mesure de tenir sa promesse.

Dans l'appartement, les deux voisins soutinrent Angela en la guidant vers la porte.

— Tu ne crois pas qu'on aurait dû arrêter ce type ? s'enquit le plus petit, qui n'avait pas lâché son tisonnier.

— Tu as vu son visage ? répondit son compagnon. Tu aurais essayé de le retenir, toi ?

Quand il atteignit la rue, David repéra aussitôt l'infirmière et deux hommes agenouillés auprès d'Ira. Ils lui avaient ôté le haut de sa combinaison de plongée et une compresse de fortune était appliquée sur la blessure de l'agent fédéral. Ira gisait sur le flanc, une couverture roulée sous la tête, une autre lui couvrant le corps.

David laissa tomber la torche électrique dans le caniveau et rejoignit le petit groupe. L'infirmière le vit arriver.

— Je crois que ça va aller pour votre ami, dit-elle, si une ambulance l'emmène à l'hôpital avant demain matin... Qu'est-ce qui s'est passé à l'intérieur ?

L'air nocturne vibrait du hululement croissant des sirènes de police et de l'ambulance.

— Apparemment, vous n'aurez pas longtemps à attendre.

— David ?

La voix était faible, tremblante, mais c'était bien celle de Levitt. David vint se placer face à lui.

— Comment tu te sens, Ira ?

— *Farchadèt.*

— Je peux quelque chose pour toi ?

— Ouais. Ne laisse pas Camden s'en tirer.

— Compris.

David tourna les talons et d'un pas sec descendit le bloc en direction de la 3ᵉ Avenue. En le voyant partir, plusieurs curieux hésitèrent. Devaient-ils empêcher cet homme en combinaison de plongée de s'éloigner ? Mais personne ne paraissait désireux de le faire. Après tout, c'était le travail de la police, et ils n'étaient pas responsables de l'absence de tout membre des forces de l'ordre.

David courut jusqu'au parking. Devant le bureau vitré du gardien, il aperçut son reflet dans les panneaux de verre. Cette vision le stoppa net. Il n'était pas vraiment en beauté. Tout son visage était tuméfié, écorché, sanglant. L'œil droit était presque fermé, mais il voyait encore. Son nez semblait avoir subi le plus de dégâts. Il était tordu et insensible au toucher. David espéra qu'il resterait insensible jusqu'à ce qu'il en ait fini avec Camden.

En arrivant au dernier niveau, il fut repéré par un des gardiens. L'homme ne dit rien, stupéfié par cette apparition sanglante qui s'arrêtait devant le van noir garé au fond du parking.

David retira une boîte aimantée de la carrosserie du van, en sortit un jeu de clés et, sans un mot, grimpa dans son véhicule, le fit démarrer et le conduisit hors du parking. En passant devant le gardien hébété, il ne put résister et lui adressa un grand sourire accompagné d'un geste de la main.

Il gara le van à huit blocs de l'entrepôt. Ce ne fut pas une mince affaire de s'extraire de la combinaison, car il était couvert de bleus, mais il y parvint. Chaque centimètre carré de son corps lui semblait douloureux. Il eut beaucoup moins de mal à enfiler une ample salopette, une chemise en toile et des tennis. Il mit également un gilet pare-balles, puis sélectionna son armement : un fusil à pompe à canon scié, trois automatiques 9 mm équipés de silencieux et deux couteaux : un de survie et un de lancer. Il compléta l'ensemble par un imper froissé, une casquette de base-ball et un bidon d'essence de vingt-cinq litres.

Le van une fois verrouillé, son alarme branchée, il descendit la rue vers l'entrepôt. Par chance il n'y avait personne dehors à cette heure de la nuit. L'éclat des yeux de Vandemark aurait épouvanté n'importe quel passant.

Cette fois, pas de demi-mesure. Ils avaient tenté d'assassiner

Angela. Camden avait voulu éteindre la vie de celle qui avait ressuscité David.

Vandemark avait réellement cru qu'avec Angela ils pourraient vivre au soleil après qu'il eut réglé son compte à Camden. Il avait imaginé disparaître un temps et mener ensuite une vie normale. Rêve, que tout cela. Mais ses yeux s'étaient dessillés. Même s'il neutralisait Camden, rien ne serait terminé.

Camden n'était qu'une partie d'un système corrompu, d'un réseau de personnages puissants et sans conscience. Ils soutenaient des gens comme eux, comme Camden. Et ils savaient comment se protéger. Si Camden tombait, ils prendraient toutes les mesures pour garantir leurs propres positions. Quiconque pourrait les relier au Projet Jack devrait être éliminé. Y compris Vandemark, et Angela s'ils la soupçonnaient de savoir la moindre chose sur ce que David avait fait.

Angela ne survivrait jamais à une guerre entre les mystérieux commanditaires de Camden et lui. David savait que s'il était encore vivant demain il serait impossible d'éviter une telle confrontation. Ce qui impliquait qu'il lui faudrait vivre sans Angela. Pas de conclusion heureuse pour eux. Pas de retraite dans un charmant cottage couvert de lierre. Pas de rêves devenant réalité. La dure réalité l'interdisait.

Mais l'heure n'était pas à l'apitoiement. David était presque arrivé devant la porte de l'entrepôt. Il avait descendu la rue du pas décidé d'un homme qui sait où il va, quelque part au-delà de l'installation de Camden. Avec un peu de chance, c'est ce que penserait la personne qui surveillait les écrans de contrôle dans l'entrepôt.

Chester Pinyon n'avait pas remarqué l'approche de David. Toujours survolté par les amphétamines, il continuait de pérorer sur sa future carrière de grand artiste. Braddock avait bien vu Vandemark sur les écrans, mais il avait cru à un type quelconque rentrant tard chez lui. Apparemment, le pauvre gars était tombé en panne sèche. Il allait s'amuser pour trouver une station-service ouverte dans les parages...

Mais Braddock changea d'avis quand David ne passa pas devant l'entrée principale de l'entrepôt comme il l'aurait dû. L'inconnu à la casquette de base-ball venait de pousser la porte et avait disparu à l'intérieur.

— Eh ! s'exclama Braddock. Tu connais ce type ?

— Quel type ? répondit Chester.

51

Fred Scully, colosse mal rasé, gardien de la porte principale, pensait avoir vu entrer dans l'entrepôt tout ce qu'il était possible de voir. Depuis deux ans qu'il était au service de Charles Camden, une collection de loques humaines avaient franchi la double porte : ivrognes, clochards, prostituées, camés, arnaqueurs et un tas d'abrutis qui s'étaient perdus dans le quartier. En général, il n'était pas très difficile de s'en débarrasser. La plupart fuyaient à toutes jambes dès que ce bon vieux Fred s'occupait d'eux. Les femmes, il lui suffisait de les peloter avec une tendresse d'ours en colère. Quant aux hommes, il les éjectait sans discuter. S'ils voulaient jouer aux durs, Fred était très heureux de jouer avec eux. Il n'y avait pas que de la graisse dans ses cent quarante kilos. Il avait cogné plus que sa part de visages hostiles, et il avait fait bien pire.

Fred n'oublierait jamais cet inspecteur immobilier de la ville. Ce connard était venu lui agiter sous le nez ses accréditifs en déclarant que l'occupant de l'entrepôt n'avait pas les permis d'occupation légaux. Fred avait essayé de le calmer en lui proposant un pot-de-vin très alléchant. La méthode avait toujours fonctionné, jusqu'alors. Mais ce pauvre taré l'avait pris de haut et avait menacé de faire arrêter Fred pour tentative de corruption sur un agent municipal. Et il avait ajouté qu'il allait en parler au maire.

Alors ce bon vieux Fred avait pris la seule décision possible. Il avait sorti son Uzi du tiroir de son bureau et il avait littéralement coupé ce petit connard en deux. Fred rêvait depuis longtemps de voir les effets de son pistolet-mitrailleur. Il n'avait pas été déçu, au contraire.

Bien entendu, Mr. Camden lui en avait voulu un peu. Il l'avait sermonné en lui expliquant que la situation aurait pu être réglée de façon plus... diplomatique. Mais il ne l'avait pas renvoyé, et les hommes de la sécurité s'étaient chargés de faire disparaître le corps. Ensuite, Camden avait ordonné à Fred de remettre l'entrée en état. Il avait dû reboucher les impacts de balles et passer un coup de peinture, si bien que l'endroit avait paru trop propre. Alors Camden avait dit à Fred de salir son travail. C'était vraiment un drôle d'endroit où travailler. Dans un job pareil, tôt ou tard vous voyiez tout et son contraire.

Fred en fut conscient dès que le type au bidon d'essence poussa la porte. Au premier regard, il comprit que l'inconnu était représentant en ennuis. Son visage semblait avoir été martelé à la masse. Et ses yeux... Fred n'en avait jamais vu de semblables.

Scully ne perdit pas de temps à apostropher ce cauchemar humain. Il se précipita derrière le bureau pour prendre son Uzi dans le tiroir. Il refermait la main sur la crosse de l'arme quand une balle lui arracha l'arrière du crâne. Il était mort avant d'avoir touché le sol. Un second projectile détruisit la caméra fixée au plafond.

Le gardien et la caméra mis hors d'état de nuire, Vandemark se retourna vers la porte d'entrée et posa le bidon d'essence sur le sol. Puis il fit sauter la serrure du réduit vitré. Il y prit une chaise et la coinça sous la barre de la porte d'entrée. C'était une porte antifeu en métal. Bloquée de la sorte, elle ne céderait que devant un bélier.

Après avoir repris le bidon d'essence, il alla ouvrir d'un coup de pied la porte donnant accès aux entrailles du bâtiment. Immédiatement, il tira trois balles dans la grande glace terminant le couloir devant lui. Un homme s'écroula dans les débris de miroir à ses pieds. Deux projectiles l'avaient atteint. David arracha l'Uzi de la main du mort et le glissa dans une des grandes poches de l'imper. Cette arme serait aussi utile que le temps passé à sonder l'esprit du Dr Shelley afin de connaître les mesures de sécurité de l'entrepôt. Cette petite visite manquerait assurément de courtoisie.

Il parcourut le couloir au pas de course et passa devant quelques portes closes sans ralentir : il ne détectait aucune présence derrière elles. Le couloir donnait sur un autre couloir. Vandemark savait que le bureau de Camden était situé à son extrémité, sur la gauche. Mais le plaisir de faire sa connaissance devrait attendre encore un peu.

L'autre branche du couloir se terminait par une double porte. Au-delà, les dortoirs. C'est là que la plupart des tueurs de Camden devaient se trouver, à cette heure, en attente d'une possible alerte. David ôta sa ceinture et la noua autour des clenches des deux portes. Bien sûr, cela ne retiendrait pas très longtemps un groupe d'hommes entraînés et déterminés. Aussi déversa-t-il le contenu du bidon sur les portes. Puis il craqua une allumette. Cette extrémité du couloir disparut dans un brasier instantané. Il y avait une autre sortie de l'autre côté des dortoirs, David le savait, mais les tueurs de Camden ne pourraient revenir dans l'entrepôt qu'en faisant sauter la porte d'entrée à la dynamite, ce qui le préviendrait du péril.

Les détecteurs anti-incendie se déclenchèrent en un hululement assourdissant. David s'élança dans le couloir et ouvrit la porte du bureau de Camden d'un coup de pied. Dans la pièce, les trois hommes présents se levaient pour aller voir la raison du tapage. Dès l'irruption de David, ils voulurent saisir leurs armes. L'un réussit à dégainer avant de tomber comme ses deux acolytes sous un déluge de plomb.

Des voix retentirent dans le couloir. David revint à l'entrée du bureau et aperçut deux hommes qui surgissaient des portes qu'il avait passées. Tous deux lui tournaient le dos et contemplaient l'incendie à l'autre extrémité du couloir. Celui de gauche se retourna et plongea une main sous le pan de sa veste. David leur administra deux balles chacun.

Retournant dans l'antichambre du bureau de Camden, David lança l'automatique vide sur le canapé et prit l'Uzi dont il ôta le cran de sûreté. Puis il ouvrit la porte du bureau d'un autre coup de pied. Il arrosa la pièce obscure avec un plein chargeur. Quelqu'un poussa un cri d'agonie.

David appuya sur l'interrupteur. Pas de survivant. Un homme trapu était effondré sur un canapé, dans un coin de la pièce, un fusil à pompe à ses pieds. Sans doute un garde faisant un petit somme dans le bureau du boss.

En voyant la chevelure rousse de l'autre cadavre, David sut immédiatement qu'il ne s'agissait pas de Camden. L'homme était beaucoup trop jeune. Sa blouse de laborantin était éclaboussée de sang, et ses doigts étaient crispés à jamais sur quelques feuillets de papier.

Bon sang ! Il avait manqué Camden ! Et maintenant ?

En quittant le bureau, David sortit le fusil à pompe de sous son imper et l'arma. Inutile de se cacher. Quiconque ignorait encore sa présence ne pouvait être que sourd, ou déjà mort.

Si Camden se trouvait dans les dortoirs, David l'avait lui-même sauvé, et il n'aurait aucun moyen de le retrouver. Mais le couloir qu'il suivait tournait à droite et desservait les laboratoires, la salle de surveillance vidéo, une aire de chargement, la buanderie et l'escalier menant à l'étage supérieur. Si Camden l'avait précédé par là, Vandemark avait encore une chance de le rattraper.

Mais Camden ne serait pas seul. Il aurait des gardes autour de lui, et bientôt le renfort de ceux de ses hommes de main assez éveillés pour passer par l'aire de chargement.

Un homme apparut au coin du couloir, un fusil à pompe dans les mains. David tira le premier et l'autre fut projeté contre le mur. Il s'écroula en laissant une large traînée sanglante sur le plâtre.

Une fumée dense envahissait le couloir. Il ne pouvait qu'aller de l'avant. David passa le coude du couloir au pas de course pour percuter deux autres hommes de Camden. Le trio tomba au sol dans un enchevêtrement de bras et de jambes. David réussit à frapper le visage le plus proche d'un coup de pied réflexe. Puis il roula sur lui-même, se mit à genoux et tira dans la direction approximative de ses adversaires. La seconde décharge atteignit le garde encore conscient qui se relevait.

David ne gaspilla pas une cartouche pour l'autre. La nuque brisée, il n'irait plus nulle part.

Un peu plus loin, la fumée s'éclaircit un peu. David put ainsi voir qu'on ouvrait la porte de la salle de surveillance. Braddock passa la tête par l'embrasure, et David le frappa de la crosse de son arme.

Il ouvrit la porte à la volée. Braddock était au sol, étourdi, son arme à deux mètres de lui. Elle lui avait échappé quand il avait reçu ce sale coup au front. Il secoua la tête et regarda David avec une incrédulité totale. Vandemark le gratifia d'un sourire aimable.

— Braddock, je présume ? Salut, tu te souviens de moi ?

Pour toute réponse, Braddock plongea vers son arme. La décharge du fusil à pompe lui fit exploser le crâne.

— Non, ne tirez pas ! Je vous en prie ! Je vais devenir un grand artiste ! Je n'ai rien fait de mal, moi ! Je regarde juste les écrans !

David sut par les pensées terrifiées de Chester Pinyon qu'il disait vrai. De son arme, il lui fit signe d'aller vers la porte. Chester obéit en marmonnant une litanie hallucinée sur son innocence et le destin d'artiste qui l'attendait. Dans le couloir, David l'arrêta.

— Tu n'auras aucun destin d'artiste si tu ne te tires pas d'ici. L'entrepôt est en feu.

David dut l'empêcher de se précipiter vers l'avant de la bâtisse.

— Mauvaise idée. C'est de là que vient l'incendie.

Chester acquiesça frénétiquement et fonça vers l'arrière de l'entrepôt en le remerciant encore et encore de l'avoir épargné. Il jura que David ne regretterait pas sa clémence. Un jour le nom de Chester Pinyon serait connu du monde entier.

« Pas si un des affreux de Camden te coupe en deux d'une rafale en croyant avoir affaire à moi », pensa Vandemark en regardant Chester disparaître dans les volutes de fumée. Mais l'occasion était trop belle, et David décida de suivre à cinq ou six mètres cet appât humain.

Chester parcourut la moitié du couloir avant de se rendre compte que ses ennuis n'étaient peut-être pas terminés. Une bataille était en cours ! Cet inconnu au visage horriblement tuméfié avait tué Braddock ! On attaquait l'entrepôt ! Mais qui ? Des communistes ? L'assassin de Braddock ne ressemblait pas à un Chinois, ni à un Russe. Il avait le teint sombre, les cheveux très noirs... Il pouvait être d'origine méditerranéenne... Un Arabe ! Oui, des terroristes arabes ! C'était la seule explication possible.

Quelle horreur ! Chester risquait d'être tué ! L'inconnu l'avait épargné, mais ses camarades pourraient ne pas se montrer aussi compréhensifs.

Pire même, un des gardes pouvait très bien tirer par accident sur lui, Chester Pinyon, sans doute le plus grand artiste à avoir jamais foulé le sol de cette terre ! S'ils le prenaient pour un des attaquants et qu'ils l'abattaient avant de l'avoir identifié ? Avec cette fumée, c'était probable. Ce serait une horrible tragédie !

Il n'y avait qu'un moyen pour éviter pareille infortune. Chester se mit à agiter follement les bras sans cesser de courir.

— Ne tirez pas ! cria-t-il. C'est moi, Chester Pinyon ! Je ne suis pas un terroriste ! Ne tirez pas !

Joe Bates surgit d'une porte béante et saisit Pinyon par sa chemise. Chester en frôla l'arrêt cardiaque.

— Non ! Ne tirez pas ! Je suis un artiste !

— La ferme ! gronda Bates, son visage grimaçant à deux centimètres de celui de Pinyon. Qu'est-ce que c'est que ce bordel ?

— Des terroristes arabes ! Ils sont partout ! Ils tuent tout le monde ! Braddock est mort !

— Qu'est-ce que tu racontes ? Des Arabes ? Quels Arabes ? Tu n'essayerais pas de...

Le visage de Joe Bates explosa, aspergeant Chester de sang, de débris d'os, de chair et de cervelle. La main du tueur s'amollit et lâcha la chemise de Chester. Celui-ci reprit sa course folle dans le couloir enfumé.

— Les Arabes ! Ils arrivent ! Les Arabes arrivent ! Sauvez-vous !

David rengaina son automatique en approchant du corps sans vie de Bates. Il soulagea le cadavre de son Uzi et repartit derrière Chester. Le grand artiste lui était vraiment très utile.

Dans l'aire de chargement, les gardes entendirent Pinyon arriver bien avant qu'il ne débouche en titubant du couloir enfumé, dans leur ligne de tir. En guise d'accueil, plusieurs auraient avec joie fait taire définitivement cet imbécile. Ses cris leur portaient sur les nerfs. Mais Luke Styles, le chef de la sécurité, leur avait ordonné de ne pas tirer. Ils n'avaient aucune idée de ce qui se passait dans l'entrepôt. La plupart d'entre eux étaient venus des dortoirs. Ils ne savaient qu'une chose : l'entrepôt était en flammes et il y avait eu un échange de coups de feu. Styles voulait comprendre la situation avant d'agir. Chester pourrait peut-être les renseigner.

Le grand artiste fut rudement écarté du seuil de l'aire de chargement et tiré derrière les caisses et les bidons amoncelés à la hâte en une barricade improvisée. Complètement affolé, il ne cessait de parler de terroristes arabes.

— Où est Mr. Camden ? Il faut le prévenir ! Un commando de chi'ites fanatiques a pris l'entrepôt d'assaut !

Styles se campa en face de lui et le gifla.

— Que se passe-t-il là-dedans ? tonna-t-il.

— Il faut prévenir Mr. Camden que les Arabes sont ici ! hoqueta Chester.

— Tu vas me dire, *à moi*, ce qui se passe, connard ! Pigé ? Camden est encore quelque part à l'intérieur. Ici, c'est moi qui commande. Alors parle !

Pinyon se mit à débiter des propos incohérents à propos de gorilles morts, d'Arabes, de Russes, de coups de feu et de Jackson Pollock. Styles allait le gifler encore quand la décharge du fusil à pompe le tua net.

Quatre autres détonations suivirent, et tous se mirent à couvert, sauf Chester qui se précipita vers le quai de chargement dont la grande porte était ouverte. En atteignant l'air libre de la nuit, il remercia tous les saints du paradis qui lui avaient permis d'échapper à cet enfer.

L'aire de chargement était le théâtre d'une fusillade nourrie. Les caisses et les bidons étaient transpercés, pulvérisés par les rafales, envoyant des gerbes d'échardes et de débris métalliques dans toutes les directions. Deux hommes furent touchés. Les autres se couchèrent sur le sol et répliquèrent. Ils tirèrent jusqu'à épuisement des munitions, puis enclenchèrent de nouveaux chargeurs et recommencèrent. Sans chef, aucun des gardes n'eut l'idée de faire cesser le feu pour voir si on ripostait.

Son Uzi vide, David plongea dans le couloir parallèle au quai de chargement. Il était temps. La réaction des gardes fut un véritable torrent de plomb qui pulvérisa le plâtre des murs. Vandemark abandonna l'Uzi et le fusil à pompe derrière lui et rampa sur quelques mètres avant de se relever et de courir vers l'escalier menant à l'étage. Camden devait se trouver là-haut. Le destin lui donnait une autre occasion.

David éprouva un remords fugitif pour avoir tué Luke Styles, le chef de la sécurité lui ayant si obligeamment appris que Camden était toujours pris au piège dans l'entrepôt en flammes. Mais Styles avait commis l'erreur de se mettre en avant, et Vandemark n'avait pas eu le choix. Plus grande serait la désorganisation des hommes de Camden et moins ils le gêneraient. Il faudrait un peu de temps avant qu'un autre se propulse à la tête des gardes.

A l'intérieur de l'entrepôt, l'air commençait à devenir irrespirable. La grande porte ouverte du quai de chargement alimentait généreusement l'incendie en oxygène, et la température grimpait très vite. Alors que David gravissait les marches, il se demanda s'il était bien utile de continuer à traquer Camden. Le feu s'était déjà propagé à l'étage supérieur. Et si Camden avait péri ?

La balle atteignit Vandemark en pleine poitrine. Il tomba à la renverse dans l'escalier.

Quand l'enfer s'était déchaîné, Charles Camden était à la recherche du Dr Hoover. Il voulait discuter avec lui des problèmes que pouvait entrevoir le scientifique s'ils déplaçaient le Projet Jack à l'étranger après avoir terminé la phase des tests à New York. En temps normal, il aurait contacté le médecin par l'interphone pour lui ordonner de venir dans son bureau, mais le triplage des équipes de sécurité avait surchargé les dortoirs. Il avait lui-même autorisé les gardes qui n'étaient pas en service à se reposer sur n'importe quel canapé disponible. C'est pourquoi il était plus sûr d'aller voir le Dr Hoover dans son bureau : il n'y avait pas de canapé.

Il n'avait pas trouvé le Dr Hoover. Peut-être dans le bureau de feu le Dr Shelley... Il allait en ouvrir la porte quand l'alarme d'incendie s'était déclenchée. Que se passait-il ?

Camden revint vers l'escalier. C'est alors qu'il entendit le rugissement de l'Uzi. Il s'immobilisa. Vandemark ! Ce ne pouvait être que lui !

Un fusil à pompe prit le relais de l'Uzi. Camden dégaina son Springfield Omega de sous le pan de sa veste Armani et vérifia le chargeur. Huit balles dans le magasin, une dans le canon.

La fusillade continuait. Elle se rapprochait. Camden hésita. Un projectile de calibre .45 pouvait stopper net n'importe quel assaillant. Mais d'après les détonations, on utilisait une puissance de feu bien supérieure à la sienne. Camden se souvint alors de ce qu'avait dit cet agent du FBI à propos de Vandemark. Ce dingue avait traqué vingt *serial killers* et les avait tous exécutés. Camden regretta de ne pas avoir lu plus attentivement le dossier de Vandemark transmis par le FBI. Une lecture rapide l'avait convaincu de l'incompétence d'Ira Levitt, qui s'efforçait de masquer ses échecs répétés sept ans durant en exagérant les capacités du criminel.

A présent, Camden était beaucoup moins sûr de son jugement.

Ce psycho avait investi la forteresse de Camden et y avait mis le feu. Camden décida de se garder la meilleure part et de laisser ses hommes s'occuper de Vandemark. Il remonta l'escalier au plus vite et traversa l'étage en direction de l'autre escalier donnant sur l'avant de la bâtisse, très loin de Vandemark.

Cet escalier descendait dans les dortoirs, mais les flammes

le consumaient déjà à moitié. Malédiction ! Il devrait utiliser l'autre escalier. Avec un peu de chance, il pourrait atteindre le quai de chargement et fuir l'entrepôt. C'est sans doute là que ses hommes s'étaient regroupés, puisque l'incendie ravageait leurs dortoirs. De toute façon, il ne pouvait rester ici. Les flammes montaient rapidement vers lui, dévorant marche après marche. Pourquoi diable avait-il choisi une bâtisse aussi délabrée pour installer son quartier général ? La fumée commençait à l'asphyxier. Il courut en aveugle dans le couloir, et l'atmosphère se fit plus supportable à mesure qu'il se rapprochait de l'escalier arrière.

Il entendit alors d'autres coups de feu, qui semblaient dangereusement proches. Près de l'escalier. D'abord le son caractéristique d'un fusil à pompe, auquel répondirent des rafales d'Uzi. Puis des dizaines d'armes se mirent à cracher en même temps. Camden risqua un œil dans la cage d'escalier et aperçut Vandemark qui grimpait les marches vers lui.

Il visa le fuyard en le suivant dans son ascension. David arrivait au palier quand Camden tira. Le projectile toucha Vandemark à la poitrine. Le psychopathe s'écroula à la renverse, puis resta immobile sur le palier. « Personne ne se relève après avoir pris une balle de .45 dans le cœur », songea Camden avec une joie féroce.

Pourtant Vandemark se releva. Le staccato de son arme emplit l'air et Camden s'écarta de justesse de la cage d'escalier.

Ce fils de pute n'est pas humain !

David Vandemark était bien humain et très conscient des limites imposées par cet état. Le gilet pare-balles avait arrêté le projectile mais n'avait pu empêcher qu'il lui brise deux côtes. Le sifflement de sa respiration ne devait plus rien à la fumée. David atteignait ses limites, et il le savait. S'il voulait éliminer Camden, il fallait le faire maintenant, avant qu'il ne s'écroule. Il rassembla ses forces pour gravir les marches.

Il sentit la présence de Camden derrière un coude du couloir, embusqué pour le tirer comme un lapin dès qu'il poserait le pied à l'étage. *Bravo, Vandemark. Pas besoin d'être télépathe pour deviner ce genre de piège.* Il pêcha son dernier automatique sous son imper. Le précédent était vide.

La fumée devenait plus dense de seconde en seconde, et la chaleur insupportable. Il lança l'arme vide vers Camden.

Quand l'automatique rebondit contre le mur, tout près de la tête de Camden, celui-ci recula et se baissa. Il maudit son réflexe et revint au coin du couloir pour attendre Vandemark.

Mais David avait atteint le palier et il tira le premier. La balle toucha Camden dans le gras du bras droit. Son magnifique Springfield Omega glissa de ses doigts soudain engourdis.

Camden tourna les talons et courut vers le couloir en feu. Les flammes n'avaient aucune importance. Peut-être parviendrait-il à les traverser et à fuir. Il avait plus de chances d'en réchapper en affrontant l'incendie qu'un homme que les balles n'arrêtaient pas.

Les flammes léchaient les murs, et la fumée brûlait les poumons de Camden. Le dos de sa veste commençait à fumer. Des cloques gonflaient sur son visage et il avait l'impression que sa chevelure était en feu. C'était sans doute le cas. Brusquement, il ne put aller plus loin.

Un mur de chaleur et de flammes avançait à sa rencontre, le forçant à reculer vers David Vandemark. Camden se retourna, certain de ce qu'il allait voir. Oui, il était là ! Vandemark !

Vandemark, le tueur de tueurs. Son juge, son jury et son bourreau. La Justice. Et la Mort. Jamais dans ses délires les plus fous Camden n'avait imaginé qu'il finirait ainsi. Il avait espéré que le trépas viendrait très vite, et sans douleur, pas qu'il y ferait face avec la peur au ventre.

David Vandemark avançait d'un pas tranquille dans le couloir en feu, apparemment indifférent à ses cheveux qui grésillaient et à ses vêtements fumants. Il tenait mollement son automatique. Mais ses yeux... Eux aussi étaient de feu. Ils brûlaient de haine. Cette vision ne pouvait tromper. Némésis venait rendre la justice. Quelque chose de tiède coula le long des cuisses de Camden, mais dans sa terreur il ne s'en rendit pas compte.

La Mort arrivait, et il n'y avait aucun moyen de lui échapper. Alors Camden décida qu'il fallait en finir au plus vite. Il se mit à marcher d'un pas chancelant vers le démon aux yeux fous qui mettrait un terme à cette peur atroce.

— Vas-y, salaud ! hurla-t-il. Finis-en !

David Vandemark braqua son arme sur sa cible. Charles Camden se raidit dans l'attente du choc qui éteindrait sa vie.

Soudain il y eut un craquement effroyable. Camden sentit le plancher vibrer et onduler sous ses pieds.

Vandemark parut comprendre ce qui arrivait une fraction de seconde avant que le sol ne se dérobe sous lui. Il appuya sur la détente, mais trop tard. Déséquilibré, son tir passa largement au-dessus de Camden. Ebahi, celui-ci regarda son bourreau disparaître dans un grand trou béant léché par les flammes.

Mais ce sursis serait inutile s'il ne sortait pas très vite de l'entrepôt. Son bras blessé pendant le long du corps, il avança dans le couloir en toussant. Il se colla contre le mur pour éviter le sort de Vandemark. Une épaisse fumée montait à présent du grand trou apparu dans le plancher. En bas le feu était bien pire. Mais Camden ne s'en souciait plus. Dans quelques secondes il aurait échappé au brasier. Il lui suffisait d'atteindre l'escalier, de rejoindre le quai de chargement et il serait sauvé.

Quelque chose saisit sa cheville.

Vandemark.

Le psycho avait réussi à se retenir au bord du plancher éventré. Il avait évité la chute dans l'incendie qui rugissait sous lui. Et il s'extrayait du trou à la force des bras, en se servant de la jambe de Camden comme d'une corde. Ce dernier le regardait faire, pétrifié d'horreur.

Vandemark offrait une vision d'épouvante. Ses cheveux avaient brûlé, la peau de ses mains et de son visage était craquelée, noircie et saignait. Mais dans ses yeux dansaient toujours les flammes d'une haine inextinguible tandis qu'il se hissait le long de la jambe de Camden... Plus haut... Toujours plus haut...

Camden sentit ses forces l'abandonner. Il s'appuya contre le mur brûlant et se laissa glisser au sol. Des cendres et des brandons tombèrent en pluie sur lui sans qu'il le remarque. Il n'était conscient que de la monstrueuse apparition qui agrippait sa jambe. Vandemark n'était pas humain ! C'était impossible !

Dans un mouvement désespéré, Camden replia sa jambe libre et frappa le visage du monstre avec le talon. Il ne put en croire ses yeux quand Vandemark desserra son étreinte et disparut dans le puits de fumée et de flammes d'où il avait surgi.

Camden réussit à se remettre debout et se dirigea en chancelant vers l'escalier. Parce qu'il ne cessait de regarder derrière lui, il y tomba et dégringola la moitié des marches en roulé boulé. Avant qu'il ne s'en rende compte, il se trouvait près du quai de chargement et quelqu'un criait :

— Cessez le feu ! C'est le patron !

Des mains le saisirent et le soutinrent pour lui faire traverser le quai, puis il se retrouva dehors, dans l'air délicieusement frais de la nuit. Son corps était parcouru de tremblements incoercibles et il faillit perdre connaissance pendant une quinte de toux déchirante. Mais ses hommes le soutenaient et l'écartaient peu à peu du brasier. Camden entendit quelqu'un parler de terroristes arabes mais il n'écouta pas la suite. Marcher, même avec de l'aide, exigeait toute sa concentration. La tête lui tournait quand on l'installa dans un véhicule.

Tout l'entrepôt n'était plus qu'une gigantesque boule de feu. La police et les pompiers venaient d'arriver. Des éclairs de lumière dans la foule des badauds trahissaient la présence de la presse. Tout le monde se tenait à bonne distance de l'incendie. A cause de la fusillade, la police et les pompiers étaient restés à l'écart un long moment, et il était trop tard pour espérer sauver quoi que ce soit de l'entrepôt. Dans une heure il n'en resterait que des cendres. Tout était parti en fumée. Six années de la vie de Charles Camden disparaissaient dans ces flammes. Le Projet Jack. Camden était certain que le Dr Hoover se trouvait dans cet enfer. Aucune chance de reprendre l'expérience, donc. L'athanor de l'alchimiste est inutile sans l'alchimiste. Le feu avait tout détruit.

Mais Charles Camden sourit.

Parce que ces mêmes flammes avaient également détruit David Vandemark.

QUATRIÈME PARTIE

LE LEGS

Je suis prêt à rencontrer mon Créateur.
Quant à mon Créateur, est-il prêt pour la grande épreuve de
cette rencontre ? C'est une autre question.

Winston Churchill

52

Angela fut emmenée aux Urgences. Tout ce qu'elle voulait, c'était un lit moelleux où s'allonger. Et voir David.

La blessure infligée par le coutelas fut nettoyée, fermée et bandée. On désinfecta les autres plaies superficielles récoltées durant cette nuit de terreur. Puis on l'emmena sur un chariot roulant jusqu'à une chambre individuelle, et elle put enfin profiter d'un lit. Une infirmière souriante apparut et lui présenta des cachets à avaler. A sa grande surprise, elle entendit Angela lui répliquer que cette médication était inutile, et qu'elle ne la prendrait pas. La jeune femme était résolue à rester éveillée jusqu'au retour de David. Ensuite seulement elle accepterait. L'infirmière insista, précisant qu'il ne s'agissait que de sédatifs légers, mais sans plus de succès. La patiente reprenait ses esprits.

Un médecin arriva et tenta lui aussi de persuader Angela. Elle avait reçu une blessure grave, son corps avait besoin de temps, pour se reposer et récupérer. Si Angela persistait à refuser ces cachets, il se verrait dans l'obligation de prescrire une injection. Angela ne pensait pas qu'il en ait le droit, mais elle comprit que toute résistance était devenue inutile. En quelques minutes elle se sentit envahie par une douce torpeur.

Elle commençait à flotter sur les ondes d'une agréable somnolence quand le médecin réapparut, accompagné de deux officiers de police. Le praticien leur répétait que la blessée n'était pas en état de répondre à leurs questions, mais les deux policiers ne l'entendaient pas de cette oreille. Ils enquêtaient sur un homicide, rétorquèrent-ils comme si cela supplantait toute autre considération. Angela se laissa glisser dans l'inconscience avant qu'ils aient fini leur dispute. C'était une manière imparable de trancher leur différend.

Les rêves d'Angela étaient peuplés d'images floues mais persistantes qui se superposaient, rendant impossible une interprétation cohérente. Et il y avait les sons. Eux surtout troublaient le sommeil de la jeune femme. Ses rêves retentissaient d'un brouhaha continuel fait de cris, de bruits d'objets brisés, de grincements et de détonations. Ce vacarme alla crescendo jusqu'à atteindre un hurlement suraigu qui se transforma à son tour en un gémissement angoissé montant des lèvres noircies de Ramon Delgato.

Angela Quinoñes s'assit brusquement dans son lit, instantanément réveillée et tremblante. Mais le fou sanguinaire n'était pas dans la pièce. Il n'y avait personne. Elle était dans une chambre individuelle. Le soleil matinal perçait à travers les stores à demi baissés. Angela se trouvait dans un hôpital, en sécurité. L'Ecorcheur était mort. Et bientôt **David** viendrait à elle. Elle décida de se reposer encore un peu avant son arrivée. Elle voulait être en pleine possession de ses moyens quand David entrerait dans la chambre. Ils avaient tant de choses à se dire. Tant de choses...

Elle retomba dans un sommeil paisible, sans rêves, que rien ne troubla, avant la voix. Celle-ci paraissait venir d'une très grande distance. Elle dut faire effort pour comprendre ce que disait la voix. Mais elle l'identifia dès les premiers mots. C'était David.

Il paraissait désespéré. Il avertissait Angela, mais la jeune femme n'arrivait pas à comprendre de quoi. Il lui répétait encore et encore qu'elle était en danger. Elle devait ne répondre à aucune question, prétendre qu'elle ne savait rien ; sa sauvegarde en dépendait.

Angela tendit toute sa volonté dans un seul but : se réveiller. Elle devait comprendre de quoi parlait David. Il y avait tant d'interrogations en suspens. Mais il était si difficile de briser les chaînes du sommeil... Angela refusa de s'avouer vaincue.

Une peur sans nom nourrissait ses efforts. Elle luttait pour atteindre la conscience. Et elle finit par gagner.

Mais elle était seule. La chambre était déserte.

Elle ne s'était pas éveillée assez vite. David était reparti.

Angela prononça son nom à mi-voix. Pour seule réponse, elle vit la porte de sa chambre s'ouvrir.

Une infirmière souriante entra dans la pièce.

— Alors, on a enfin décidé de se réveiller ? Vous avez dormi douze heures d'affilée. Comment vous sentez-vous ?

Angela ne répondit pas. La mise en garde de David résonnait toujours dans son esprit.

L'infirmière approcha du lit et prit le pouls d'Angela avec douceur.

— Ressentez-vous de la douleur ?

Angela couvrit la chambre d'un regard absent qu'elle fixa ensuite sur l'infirmière.

— Comment suis-je arrivée ici ? demanda-t-elle avec toute la sincérité dont elle était capable.

— Vous ne vous souvenez pas ?

— Je ne me souviens de rien.

53

La sonnerie du téléphone tira de son sommeil une Vida Johnson passablement irritée. La montre posée sur la table de chevet indiquait 4 h 18. Le jour n'était pas levé. Le coup de fil émanait du lieutenant Nyberg, chef de l'équipe travaillant sur l'Ecorcheur.

— Vous êtes réveillée ? s'enquit-il.

— Maintenant, oui... Qu'y a-t-il ?

— Votre coéquipier a été blessé par balle. Il est au Bellevue.

Vida raccrocha. Moins de cinq minutes plus tard, elle hélait un taxi dans la rue. Nyberg et plusieurs autres policiers l'attendaient à l'hôpital.

La seule bonne nouvelle était que les médecins avaient ressorti Ira de la salle d'opération en affirmant qu'il était hors de danger. Le projectile de calibre 9 mm s'était logé dans l'omoplate. Aucun organe vital n'avait été touché. D'ici un mois, Ira serait rétabli et à son poste. Cette dernière prédiction était sujette à caution.

La police avait beaucoup de questions à poser. Et au plus tôt. Par exemple, que faisait Ira Levitt, agent du FBI, en combinaison de plongée, à courir dans les rues de Manhattan ? Que préparait-il ? Apparemment, l'homme qui accompagnait Levitt lors de la fusillade correspondait à la description de David Vandemark. Mais ce Vandemark avait péri un peu plus tard dans l'incendie d'un entrepôt désaffecté du West Side. Des témoins avaient entendu des détonations durant l'incen-

340

die, et les enquêteurs cherchaient à reconstituer ce qui s'était passé là-bas. Vida savait-elle si l'enquête d'Ira l'avait mené dans cet entrepôt, et pour quelle raison ? Sans mentir, elle répondit que ces derniers jours Ira avait travaillé seul, sans lui dire sur quoi. Elle demanda à le voir, on le lui refusa. On lui avait administré un puissant sédatif, et il avait besoin de repos.

Puis des agents du FBI en poste à New York apparurent. Vida n'en connaissait aucun. Ils posèrent les mêmes questions et reçurent les mêmes réponses. Mais ils voulurent également savoir si elle s'était déjà rendue à l'entrepôt réduit en cendres la nuit précédente. Non, d'ailleurs elle n'aurait même pas pu le situer sur une carte. Avait-elle jamais entendu parler d'un certain Charles Camden ? Vida se souvenait d'avoir lu ce nom quelque part dans un journal. Il y avait un rapport avec la Maison Blanche, si sa mémoire ne la trahissait pas. Mais quel lien entre cet homme et la blessure d'Ira ? Les agents éludèrent la question.

Elle joua son rôle sans la moindre fausse note.

Couvre tes arrières, ma fille. Et débrouille-toi pour couvrir ceux d'Ira autant que cela te sera possible

Les agents lui demandèrent si, durant leur enquête sur David Vandemark, ils avaient découvert une corrélation quelconque entre lui et un groupe de terroristes arabes. Des Arabes ? Non, pourquoi ?

L'interrogatoire continua ainsi pendant encore un bon quart d'heure. D'après leurs questions, Vida put se faire une idée des événements de la nuit écoulée. Le tableau ne semblait pas très reluisant. Ira devrait se surpasser pour se sortir de ce mauvais pas.

Pour la cinquième fois peut-être, Vida répéta à ses collègues de New York que non, Ira n'avait jamais eu le moindre propos pouvant laisser penser qu'il avait quelque sympathie pour la cause palestinienne. Pour l'amour du Ciel, il était juif ! C'est alors que l'homme de grande taille vêtu d'un costume bleu foncé de prix sortit de l'ascenseur. Aussitôt le sixième sens de Vida se mit en branle. L'homme alla parler au lieutenant Nyberg, mais ils étaient trop loin pour qu'elle puisse surprendre leurs propos. Quelque chose chez le nouveau venu éveillait l'intérêt de la jeune femme.

Vida affrontait un véritable dilemme. Jusqu'où pouvait aller sa loyauté envers Ira ? Quelle part d'elle-même pouvait-elle sacrifier pour sa famille ? Vida était de plus en plus persuadée que dans cette histoire quelqu'un allait se faire rouler.

L'homme au costume bleu appela les agents du FBI. Vida se retrouva seule, assise dans son coin. L'homme vint à elle et lui posa la même série de questions. Son ton bas et contrôlé troubla grandement la jeune femme. Tout chez cet homme indiquait la puissance. Elle aurait parié une semaine de salaire que cet inconnu était un personnage important à Washington. La CIA, peut-être ?

L'inconnu renvoya les agents du FBI et les policiers new-yorkais et suggéra à Vida de retourner à son hôtel pour se reposer un peu. Vida trouva pourtant le courage de répondre qu'elle préférait attendre un peu, pour voir comment se remettait Ira. L'homme lui assura que d'après les médecins Levitt ne reprendrait pas conscience avant l'après-midi. Vida dit qu'elle resterait quand même. Ira était son partenaire. L'inconnu acquiesça, la salua et disparut dans l'ascenseur.

Vida laissa s'écouler soixante secondes avant de descendre en trombe l'escalier de secours. Elle rattrapa le lieutenant Nyberg dans le parking.

— Il faut que vous mettiez un garde devant la chambre d'Ira !

— Quoi ?

— Je pense qu'Ira risque un accident fatal s'il n'est pas surveillé de près.

— Mais que racontez-vous ? Vandemark et l'Ecorcheur sont morts. Qui voudrait tuer Levitt ?

— Peut-être quelqu'un en costume bleu...

— Sauriez-vous quelque chose que vous m'auriez caché ?

— Non. Mais je crois que beaucoup d'autres personnes ne disent pas tout. Pourquoi une huile du gouvernement se déplacerait-il pour un simple agent du FBI ?

— Une huile du gouvernement ? Vous en êtes sûre ?

— Il le porte sur lui. Il vous a ordonné d'interrompre votre enquête sur ce sujet, n'est-ce pas ?

— En effet, par l'intermédiaire de ses sbires du FBI. Que se passe-t-il ici ?

— Je pense qu'Ira est tombé par hasard sur quelque chose d'important. On pourrait tout mettre en œuvre pour étouffer l'affaire. Ira est un flic, lieutenant, comme vous ou moi. Vous ne pensez pas qu'on pourrait le protéger ?

Un moment, Nyberg garda un silence pensif.

— Je vais envoyer deux hommes là-haut tout de suite. Gardez un œil sur Levitt en attendant qu'ils viennent vous relever, d'accord ?

— Merci.

Dans l'ascenseur, Vida sortit son arme de service et en vérifia le barillet. Sans arrêt, les paroles d'Ira tournaient dans sa tête.

« *J'en ai ma claque de jouer avec la justice comme avec un yoyo. Je crois qu'il est temps que je tâte du vrai truc.*

— *Que voulez-vous dire ?*

— *Peut-être le comprendrez-vous un jour, Vida...* »

Ce jour était-il arrivé ?

L'image de sa mère et de ses jeunes frères s'imposa à son esprit. Mais le visage souriant d'Ira aussi. *Soyez maudit, Ira, je ne mérite pas ça. C'est trop pour mes épaules. J'ai des responsabilités, des gens dépendent de moi...*

Mais si elle abandonnait son partenaire, Vida passerait bien des nuits blanches. Il méritait mieux.

Parfois il n'y avait pas d'alternative.

Les policiers arrivèrent dans l'heure. Ils tenaient leurs ordres directement du lieutenant Nyberg, et personne ne pourrait les remplacer ou les éloigner sans l'assentiment de leur supérieur. Vida se sentit soulagée d'un grand fardeau. Ira serait en sécurité, au moins pour l'instant.

Vida ne jugea pas utile de rester. Elle reviendrait plus tard, dans l'après-midi. En sortant pour aller prendre un petit déjeuner bienvenu, elle passa devant un kiosque à journaux. Tous les gros titres de la presse quotidienne étaient consacrés à l'incendie et à la fusillade ayant impliqué un agent du FBI. Vida acheta un éventail des publications et se retira dans un café proche pour les étudier.

Selon la version officielle, l'entrepôt avait contenu des archives de la Sécurité sociale. C'est pourquoi personne ne s'expliquait la raison du raid et de l'incendie. Les terroristes avaient sans doute cru être tombés sur un lieu beaucoup plus sensible. Au moins vingt personnes avaient péri dans le brasier. Les médias parlaient de la pire attaque terroriste depuis Oklahoma. On n'avait pu encore déterminer le nombre de terroristes parmi les victimes. Quand l'entrepôt s'était écroulé dans le fleuve, des corps avaient pu être emmenés par la marée.

Certains journaux citaient cet Américain recherché par la police, David Vandemark, comme étant l'homme qui avait mené l'assaut des terroristes. Vandemark était soupçonné du meurtre d'une vingtaine de personnes dans onze Etats différents. Nulle part Vida ne lut que ses victimes étaient des *serial killers*.

Des terroristes arabes ? Où avait-on déniché une thèse aussi ridicule ? La presse semblait pourtant la prendre au sérieux. D'après certaines rumeurs, la destruction de l'entrepôt aurait été revendiquée par une organisation chi'ite.

Un porte-parole de la Maison Blanche déclara craindre que cela ne soit que le prélude à une vague d'attentats sur le territoire des Etats-Unis, en réponse à l'arrestation récente de terroristes moyen-orientaux. Il rappela à la presse que le Département d'Etat avait prévenu de cette éventualité depuis des mois. Mais, assura-t-il, si cette information était confirmée et les responsables identifiés, les mesures appropriées seraient prises. Le porte-parole refusa d'en dire plus sur la nature des mesures envisagées.

Vida toucha à peine à son petit déjeuner et réintégra sa chambre d'hôtel. Sur toutes les chaînes de télévision, les bulletins d'informations de la matinée parlaient des deux histoires. On se demandait si l'agent du FBI blessé n'avait pas des liens avec les terroristes. Que faisait-il en combinaison de plongée dans la 27e Rue ? Pourquoi ne s'était-il pas manifesté auprès de ses supérieurs ces derniers temps ? Vida faillit bien décocher un coup de pied dans l'écran. Quels supérieurs ? Personne à Washington ne désirait savoir comment tournait leur enquête !

Elle en avait assez des hypothèses échevelées des journalistes et allait éteindre le téléviseur quand Chester Pinyon apparut à l'image. C'était le héros du jour. On pensait que le jeune homme avait risqué sa vie pour sauver celle de ses camarades employés dans l'entrepôt. Il les avait avertis de l'attaque des terroristes arabes et en avait traîné plusieurs à l'extérieur du bâtiment en feu. Vida se souvint d'avoir vu une photo de lui dans un des journaux, où il aidait avec d'autres hommes une victime de l'incendie. Il était le seul à regarder du côté du photographe.

Mais ce Chester Pinyon n'était pas seulement un homme courageux ; c'était aussi un artiste. Et il avait été assez aimable d'apporter quelques-unes de ses peintures pour le plaisir des téléspectateurs. Les toiles étaient horribles. Et Pinyon avait tout d'un imbécile intégral. Vida éteignit le téléviseur.

Mon Dieu, Ira, dans quelle galère vous êtes-vous fourré ?

54

Deux inspecteurs passèrent interroger Angela durant l'après-midi. Elle ne pouvait pas leur apprendre grand-chose. Oui, les deux policiers avaient parlé au médecin, et ils comprenaient qu'elle souffrait d'amnésie consécutive au traumatisme et qu'elle avait tout oublié de la semaine écoulée. Mais ils aimeraient faire une petite tentative quand même, si elle n'y voyait pas d'inconvénient.

Quinze minutes plus tard, ils étaient convaincus de l'amnésie d'Angela. Elle suggéra que l'histoire de David Vandemark éveillerait peut-être des bribes de souvenirs chez elle. Les deux policiers décidèrent que l'expérience valait d'être tentée.

— Après tout, Vandemark est mort. Son dossier est clos, pour ainsi dire.

Angela parvint à dissimuler l'horreur qu'elle ressentait à cette nouvelle.

— Oui, Vandemark a tué une vingtaine de personnes.

Angela devina que les deux inspecteurs en savaient beaucoup plus sur ces meurtres qu'ils ne voulaient le dire, mais elle n'insista pas. Ils lui répétèrent qu'elle avait bénéficié d'une chance incroyable.

— Pourquoi une chance incroyable ? s'étonna-t-elle.

— Eh bien, parce que Vandemark ne vous a pas assassinée, bien sûr. C'est ce qui est arrivé à la plupart des gens qui ont eu le malheur de faire sa connaissance...

Et ils continuèrent en expliquant comment Vandemark avait

trouvé la mort en menant l'assaut des terroristes contre un entrepôt gouvernemental. Ce fou s'était joint à un groupuscule de fanatiques religieux pour frapper les siens. Lui et ses acolytes avaient péri dans l'incendie. Mais quel rapport existait-il entre Vandemark et l'Ecorcheur ? voulut savoir Angela, car une des infirmières lui avait appris que c'était l'Ecorcheur qui avait voulu attenter à sa vie. Les inspecteurs durent avouer qu'ils n'avaient pas encore éclairci ce point. C'était assez déroutant, en effet.

Alors qu'ils s'apprêtaient à sortir, la jeune femme leur demanda si on avait retrouvé le corps de Vandemark. Y avait-il la moindre chance qu'il fût toujours en vie ?

— Impossible, lui affirma un des policiers. Le bureau du médecin légiste n'a pas encore formellement identifié tous les cadavres, et cette tâche leur prendra certainement quelques jours. Mais il n'y a aucun doute sur la mort de Vandemark. Vous n'avez plus rien à craindre de lui, madame.

Après leur départ, Angela pleura pendant une heure entière.

Mais la nuit dernière, elle avait entendu la voix de David ! Il ne pouvait s'agir d'un rêve ! Ses mots avaient clairement sonné dans son esprit. Il y avait une erreur quelque part.

Ils n'avaient pas retrouvé son corps. D'une façon ou d'une autre, David avait réussi à s'échapper de l'entrepôt en flammes. Il n'était pas mort. Angela ne parvenait pas à seulement envisager cette possibilité. Sans lui, elle n'aurait plus aucune raison de continuer. S'il n'y avait pas de corps, il n'y avait peut-être pas eu de mort. Et David lui avait parlé...

Le jour s'écoula lentement, sans que David Vandemark ne frappe à la porte de sa chambre d'hôpital, et Angela commença à douter.

Le soir venu, quand l'infirmière apporta son sédatif à la jeune femme, cette dernière coinça les deux gélules sous sa langue. Dès que l'infirmière fut repartie, elle se leva et alla les cracher dans le lavabo, qu'elle rinça abondamment.

55

Ira reprit conscience vers une heure de l'après-midi pour plonger presque aussitôt dans un sommeil réparateur. Vida espérait de tout son cœur qu'il simulait. Le mystérieux homme en costume bleu et deux agents du FBI restèrent dans la salle d'attente avec elle, comme des vautours. Ils voulaient interroger Levitt dès que possible. Les médecins faisaient de leur mieux pour mettre Ira en état de leur répondre. A l'évidence, le vautour en chef savait obtenir ce qu'il désirait.

Ira, s'il vous plaît, faites comme si vous vous réveilliez, avec une bonne histoire. Et vérifiez qu'elle se tient avant qu'ils ne lâchent leurs charognards...

Ira Levitt se réveilla à trois heures de l'après-midi et demanda à voir quelqu'un de son bureau et sa coéquipière, l'agent Vida Johnson. Il y eut quelques réserves sur la présence de Vida dans la chambre du blessé, mais sur ces entrefaites le lieutenant Nyberg était arrivé et il affirma qu'il ne voyait aucune raison de la tenir à l'écart. Il exigea seulement d'assister lui aussi à l'entrevue. New York faisait partie de sa juridiction, sa requête s'en trouvait donc amplement justifiée. L'homme au costume marine accepta de mauvaise grâce, ajoutant que si l'histoire de Levitt semblait aborder des sujets classés, Johnson et Nyberg devraient sortir immédiatement. Il fut très ferme sur cette condition, qu'il refusa d'ailleurs d'expliciter.

Ira n'avait pas bonne mine, mais Vida fut ravie de le voir en vie. Il raconta son histoire d'une voix légèrement traînante, avec de fréquentes pauses pour reprendre son souffle.

Ira était à la recherche d'un indic qui traînait du côté de Times Square. Il ne trouva pas le type, mais il eut la surprise de sa vie en tombant sur David Vandemark, l'homme qu'il traquait depuis sept ans. Vandemark parlait à un autre homme. Sept années à le pourchasser aux quatre coins du pays pour le retrouver par hasard à Times Square ! Un véritable coup de chance, ça oui ! Mais Ira dut se frayer un chemin parmi la foule des badauds, et Vandemark disparut de l'endroit où il l'avait repéré. Aucune trace du tueur. Néanmoins, l'interlocuteur de Vandemark n'avait pas bougé, lui. Il achetait des cigarettes à un kiosque. Ira décida donc de le prendre en filature. Peut-être l'homme le conduirait-il à Vandemark.

A ce point de son récit, Vida interrompit Levitt pour lui demander si l'homme qu'il suivait avait le type arabe.

Ira comprit le regard appuyé de sa partenaire et répondit aussitôt :

— Mouais, c'était peut-être un Arabe. Mais je n'ai jamais été assez près de lui pour pouvoir l'affirmer. Mais, oui, il aurait pu être arabe, ou indien. Indien de l'Inde, évidemment.

L'homme en costume bleu rappela sèchement à Vida qu'il était le seul habilité à conduire l'entretien.

Ira poursuivit son histoire. Il avait pisté le deuxième homme jusqu'aux quais du West Side, l'avait vu entrer dans un van et en ressortir peu après, revêtu d'une combinaison de plongée. L'inconnu était allé au bout d'un embarcadère et s'était mis à l'eau. Caché non loin de là, Ira l'avait regardé nager sous l'entrepôt pendant environ une demi-heure, puis l'homme était remonté sur l'embarcadère, était retourné au van dans lequel il était parti. N'étant pas motorisé, Ira avait perdu sa trace.

Mais Levitt était très intrigué par le manège de l'homme sous la partie en surplomb de l'entrepôt, tellement qu'il acheta une combinaison de plongée dès le lendemain. Mais son exploration des eaux ne lui apprit rien.

L'homme au costume bleu demanda à Levitt si quelqu'un lui avait reproché de nager près de l'entrepôt.

— Non, pourquoi ? D'ailleurs je n'ai vu personne. C'est plutôt désert, dans cette partie de la ville.

L'émissaire de Washington ne paraissait pas satisfait de ces réponses. Malgré un déplaisir visible, il pria Levitt de continuer.

Celui-ci fut heureux d'obtempérer.

Il revenait à sa propre voiture après cet échec quand il les vit. Vandemark et l'inconnu. Ira hésita. Son arme se trouvait sur la banquette arrière de son véhicule, avec ses vêtements, puisqu'il portait toujours la combinaison de plongée. Il se recroquevilla sur le siège avant, pour les surveiller sans être vu.

Les deux hommes discutèrent un moment, puis montèrent dans le van qui démarra. Ira les suivit jusqu'à la 27e Rue. Il n'avait pas le temps matériel d'appeler des renforts. Vandemark et l'autre descendirent du van et se dirigèrent vers un immeuble. Ira craignait de les perdre de nouveau. Il prit son arme et les suivit. Brusquement il se retrouva sur l'asphalte, une balle dans le dos. Il n'avait pas vu qui l'avait tiré comme un lapin. C'est tout ce dont il se souvenait.

L'homme au costume bleu lui fit répéter deux fois son histoire, mais Levitt s'en tint à sa première version. Des témoins l'auraient vu parler avec Vandemark après la fusillade ? C'était nouveau ! Il avait dû délirer, et il se demandait bien ce qu'il aurait pu dire à Vandemark.

Quand l'interrogatoire prit fin, Vida était persuadée que les questionneurs d'Ira avaient avalé les neuf dixièmes de ses mensonges. Ils la laissèrent avec son partenaire, en précisant qu'ils reviendraient pour certains détails.

— Comment j'ai été ? s'enquit Levitt quand enfin ils se retrouvèrent seuls.

— Vous êtes un menteur de première, Ira, répondit la jeune femme en souriant.

— Merci. Vous ne pouvez imaginer ce que ça signifie pour moi, de vous entendre dire ça...

Il survola la chambre d'un regard méfiant.

— Vous croyez qu'on peut parler sans crainte ? Pas de micro ?

— Je ne pense pas, non. Nyberg a fait placer deux de ses hommes devant la porte depuis votre retour de chirurgie. C'est la première fois que ce type en costume bleu a pu entrer ici.

— Parfait, alors. Dites-moi ce qui s'est passé. Qu'est-ce que j'ai raté pendant ma petite sieste ?

Vida lui rapporta tout ce qu'elle avait appris, déduit ou extrapolé depuis la nuit précédente. Elle vit une tristesse réelle envahir le visage de Levitt quand elle lui annonça la mort de David Vandemark.

— Je suis désolée, Ira.

— Ouais... Enfin, il aura réussi à sauver la vie de son amie.

— Elle est dans cet hôpital, à propos. A l'étage au-dessus. Elle souffre d'amnésie post-traumatique, d'après les médecins. Elle ne se rappelle rien sur Vandemark.

Ira eut une moue fataliste.

— C'est peut-être mieux ainsi. Ça lui évitera d'être impliquée dans ce bordel avec Camden.

— A propos de Charles Camden, son nom n'a été cité ni dans les journaux ni à la télévision. Quand ils m'ont interrogée, il a été cité une fois, c'est tout. J'ai de plus en plus l'impression qu'ils vont étouffer toute l'affaire.

— J'ai bien peur que cette impression soit juste, Vida.

— Vous et Vandemark n'avez pas trouvé de preuve de ce que manigançait Camden ?

— Des tonnes, au contraire. Mais tout a disparu avec Vandemark.

— Alors Camden reste intouchable ?

— On le dirait. Je crois que cette fois-ci les bons n'ont pas gagné contre les méchants. Enfin, on aura au moins réussi à faire capoter le Projet Jack. C'est déjà quelque chose.

— Le Projet Jack ?

— Mieux vaut que vous n'en sachiez rien, Vida.

— Si vous le dites... Alors c'est fini, Ira ?

351

— Ça le sera si nous jouons bien nos cartes. Mais je me sentirais plus tranquille avec une arme à portée de main.

Vida glissa son automatique sous l'oreiller d'Ira.

— Merci, partenaire, fit-il en souriant. Vous êtes arrivée quand j'avais besoin de vous. J'apprécie.

Vida sentait les larmes piquer ses yeux.

— Et maintenant, dehors, dit gentiment Ira qui avait vu son trouble. Il faut que je me repose un peu. Je suis un vieillard alité.

— Exact, j'oubliais. Je repasserai vous voir demain.

— Impec ! Plutôt le matin, si possible, et apportez quelques revues et un jeu de cartes. Je vous apprendrai à jouer au poker.

Arrivée à la porte, Vida se retourna.

— Je pourrais vous apprendre un ou deux petits trucs à ce jeu, Mr. Levitt...

Dès qu'il fut seul, Ira sortit l'arme de Vida de sous l'oreiller et s'assura qu'elle était bien chargée. Il aurait préféré avoir la sienne, bien sûr, mais il ferait avec celle-là. Au moins Vida serait en dehors de tout ça. Il plaça l'automatique sous le drap, le long de sa cuisse. Ils allaient venir. Quelqu'un comme Camden ne laissait pas de traces derrière lui. Ira ne croyait pas une seconde que sa petite histoire l'ait mis en sécurité. Camden ne pouvait courir le risque qu'il en sache plus qu'il n'en avait dit. Son conte de fées lui avait fait gagner un jour, deux au maximum. Mais avec l'arme de Vida, il aurait la satisfaction d'emmener avec lui un ou deux des hommes de main de Camden.

56

Pour Ira la nuit se passa sans incident. On ne pouvait en dire autant pour Angela. C'est pourquoi elle dormit jusque tard dans la matinée.

D'autres officiels de la police ou du FBI vinrent les questionner. Le mystérieux homme en costume bleu ne réapparut pas. Sans doute avait-il plus important à faire. Vida se prit à espérer que tout s'arrangerait. Ira n'était pas aussi optimiste, mais il n'en laissa rien voir.

Les infirmières qui s'occupaient d'elle trouvaient Angela distante et d'humeur changeante. Mais ses paramètres vitaux étaient solides et sa blessure paraissait bien se refermer. Tout le personnel hospitalier était conscient de ce qu'avait enduré Angela Quinoñes. Rien d'étonnant donc si elle semblait parfois quelque peu bizarre. Il fallait lui laisser le temps de se réadapter. Ils la gardaient à l'œil, au cas où elle aurait besoin d'une présence compréhensive.

Par ailleurs, les membres du service hospitalier avaient toutes les peines du monde à endiguer l'assaut de sa chambre par une petite armée de journalistes. En une nuit, Miss Quinoñes était devenue la tête d'affiche de l'actualité. La presse voulait tout savoir de la femme qui avait partagé les derniers jours de David Vandemark, ce tueur en série mentalement dérangé. Angela ne désirant aucun contact avec les reporters, les infirmières avaient fort à faire pour les repousser.

Vida revint voir Ira vers la tombée du jour, pour le distraire avec quelques jeux de hasard. Du moins c'est ce qu'elle lui annonça. Lors de sa première visite, elle avait bien senti la tension qui habitait son partenaire, et elle avait eu l'impression qu'il ne lui disait pas tout. Il pourrait être judicieux de rester auprès de lui durant les quelques jours qu'elle devait encore passer à New York.

On l'avait assignée à une nouvelle affaire, à Las Vegas, et elle devait rejoindre d'ici peu l'équipe qui enquêtait sur le crime organisé dans l'industrie des casinos. Ira la félicita pour cette mutation, qui semblait indiquer que sa relégation en Sibérie avait été annulée. Il dissimula son soulagement. Quand ils viendraient pour régler son compte à Levitt, Vida aurait sans doute déjà quitté la ville. Au moins il n'aurait pas de soucis à se faire pour elle.

Ils jouèrent donc en misant des cure-dents, bavardèrent et passèrent le début de soirée ensemble. Impossible de dire quand ils se reverraient, mais ils se quittaient en amis. C'était très agréable. Tous deux étaient surpris que ça soit si important à leurs yeux, mais ils n'en parlèrent pas. Bien sûr, ils se promirent de rester en contact, même s'ils ne pouvaient affirmer qu'ils seraient en mesure de respecter ce serment.

Ira s'endormit vers neuf heures, en plein milieu d'une partie de poker. Vida resta assise un moment, à écouter son ronflement rauque. Le géant avait fait bonne figure, mais visiblement ses blessures l'avaient affaibli plus qu'il ne voulait le reconnaître. Qu'il se repose. Il en avait bien gagné le droit.

On frappa à la porte. La main droite de Vida plongea dans son sac à main.

— Oui ?

Un des policiers de faction dans le couloir passa la tête par la porte :

— Il est d'attaque pour une visite ?

— Qui est-ce ? s'enquit Vida, sur le qui-vive.

— Elle dit s'appeler Angela Quiñones.

Quiñones ? Que voulait-elle ?

— Fouillez-la avant de la laisser passer, dit Vida.

— Elle n'a rien sur elle à part un tas de papiers dans son

sac, informa le policier en faisant entrer Angela dans la chambre.

Angela Quinoñes avait revêtu sa tenue de ville, ce qui ne manqua pas de surprendre Vida. Elle attendit que le policier ait refermé la porte pour s'adresser à sa visiteuse :

— Les médecins savent que vous êtes debout et sur le départ ?

— Non, et si vous le leur disiez maintenant, vous mettriez peut-être ma vie en péril.

Que signifiait ce genre de déclaration ? Vida ne discerna aucune réponse dans les traits tendus et le regard intense de la jeune femme.

— Pourquoi ne pas vous asseoir et tout m'expliquer ? proposa l'agent du FBI.

Angela s'exécuta puis répondit :

— Je n'ai pas de temps pour bavarder. Je suis venue vous donner ceci.

Elle tendit un sac à dos rebondi. Vida le prit, l'ouvrit et jeta un coup d'œil rapide à son contenu.

— Qu'est-ce que c'est ?

Mais elle venait de tomber sur le dossier personnel de Delgato. Abasourdie, elle revint à sa visiteuse.

— C'est ce que je crois ?

Le visage grave, Angela acquiesça.

— La preuve de la nature du Projet Jack et du rôle déterminant qu'y a joué Camden. Tout se trouvait dans les dossiers du Dr Shelley.

— Mais comment ? s'étonna Vida. Comment êtes-vous entrée en possession de ces documents ?

— Hier soir, je suis sortie sans être vue de l'hôpital et je suis allée les chercher dans le van de David.

Angela parlait en gardant les yeux fixés sur ses mains, comme si elle les étudiait.

— Il vous a mise au courant après vous avoir sauvée des mains de l'Ecorcheur, n'est-ce pas ? dit Vida.

— Quelque chose comme ça, oui. David Vandemark était un homme remarquable. Bien plus remarquable que vous ne l'imaginez, Miss Johnson. Il y a tant de choses que j'ignorais de lui, tant de choses que je ne connaîtrai jamais...

Des larmes coulèrent sur ses joues, mais Angela réussit à contenir son chagrin et poursuivit :

— Il a voulu que Charles Camden paie pour ce qu'il avait fait. David le désirait plus que tout, et cela lui a coûté la vie. Je suppose que c'est à nous de terminer sa tâche. Cela vous pose un problème ?

— Savez-vous ce que vous venez de me donner ? C'est soit une cible que je me dessine entre les omoplates, soit un aller simple pour le goulag professionnel. Oui, cela va me poser un tas de problèmes.

— Je devais le confier à l'agent Levitt...

Un coin de la bouche de Vida s'étira en une demi-grimace.

— Pour l'instant, il n'est pas en état d'assumer ce genre de charge.

— Et vous ?

— Je ne sais pas. Il faut que je réfléchisse. Que comptez-vous faire, maintenant ?

— Disparaître.

Vida décida de risquer sa chance :

— Nous pourrions vous fournir une protection pour témoigner. De cette manière...

— Une protection *fédérale* ? Autant me tirer tout de suite une balle dans la tête. Les dernières personnes que je désire voir sont celles qui travaillent pour le gouvernement. Ecoutez, vous et votre collègue Ira, vous aurez vos amis et vos armes pour vous protéger. Moi, je n'ai qu'une seule armure possible : l'anonymat.

— Mais...

— Ce point n'est pas négociable.

Vida savait reconnaître une cause perdue, et elle n'insista pas.

— Alors bonne chance, dit-elle avant de se concentrer sur les documents posés sur ses genoux.

Angela quitta son siège et alla jusqu'à la porte, où elle s'arrêta et se retourna.

— Et vous ?

— Quoi, moi ?

— Qu'allez-vous faire de ce dossier ?

— Peut-être ce qu'il convient d'en faire. Je ne sais vraiment pas.

— Bonne chance à vous aussi, en ce cas.

Vida leva les yeux à temps pour voir la porte se refermer. Ira ronflait toujours sur le même rythme paisible.

De jeunes frères qui espéraient un avenir qu'elle était supposée leur rendre accessible.

Richard Davenport lui expliquant qu'elle devrait coucher avec lui si elle ne voulait pas une réévaluation à la baisse de son bilan trimestriel.

Sa mère qui parlait de responsabilité.

Charles Camden, un des hommes les plus puissants du système.

Ramon Delgato trônant au milieu des cadavres mutilés d'une famille hispanique.

Ce minuscule bureau au sous-sol, à l'autre bout du couloir menant à la morgue.

« *J'en ai ma claque de jouer avec la justice comme avec un yoyo. Je crois qu'il est temps que je tâte du vrai truc.*

— *Que voulez-vous dire ?*

— *Peut-être le comprendrez-vous un jour, Vida... »*

Angela prit l'ascenseur jusqu'au rez-de-chaussée et sortit de l'hôpital. Personne ne la remarqua.

Elle se dirigea vers le parking extérieur situé dans le bloc suivant. Ce trajet lui parut interminable. Ses forces déclinaient rapidement, elle aurait eu besoin de s'allonger un peu. Mais elle savait qu'elle y arriverait. Il lui suffisait de résister encore une poignée de secondes.

Quand elle atteignit enfin le van, ce fut pour constater que deux véhicules l'encadraient de si près qu'il était impossible d'y grimper par les portières latérales. Mais ce n'était pas réellement un problème : ce type de véhicule possédait un hayon arrière fort pratique. Elle sortit les clés de sa poche, déverrouilla la portière arrière et se hissa non sans difficulté à l'arrière du van. Une minute plus tard, le véhicule quittait le parking. Angela était en route pour une nouvelle vie.

Le sac à dos accroché à son épaule gauche, Vida Johnson sortit de la chambre d'Ira. Le policier de faction était assis sur un pliant près de la porte. Il leva les yeux vers elle.

— Ça suffit pour ce soir ? fit-il d'un ton aimable.

— Je crois bien. Je peux vous demander un service ?

— Lequel ?

— Quand Ira se réveillera, pouvez-vous lui transmettre mon au revoir ? Dites-lui que je vais tâter du vrai truc. il comprendra.

— Pas de problème.

A l'extérieur, Vida alla à la première cabine téléphonique disponible. Elle feuilleta son carnet d'adresses avant d'insérer une pièce dans le monnayeur. Byron Laker décrocha à la troisième sonnerie.

— Allô ! fit-il d'une voix un peu endormie.

— Byron ? C'est Vida.

— Vida ! Comment va ?

— Eh bien, pour l'instant, j'aurais besoin d'un petit coup de main. Vous êtes toujours au bureau de l'attorney général ?

Soudain tout à fait réveillé, il répondit vivement :

— Bien sûr. Que se passe-t-il ?

— Je suis à New York. Je pourrai vous rejoindre chez vous pour le petit déjeuner et je vous expliquerai le tout. Mais ne parlez à personne de ma venue, Byron. Je dis bien à personne. D'accord ?

— Des ennuis, Vida ?

— Il n'y en aura pas si vous tenez votre langue jusqu'à mon arrivée.

— C'est promis.

— Vous êtes génial, Byron. Merci encore.

Vida raccrocha lentement.

Eh bien, je viens de faire le premier pas. Il paraît que c'est celui qui coûte le plus...

57

— Nom de Dieu ! siffla Byron Laker après avoir lu le dernier feuillet détaillant les travaux du Dr Shelley. Vous vous rendez compte de la bombe que vous venez de me mettre dans les mains ?

— J'en suis désolée, Byron, mais vous êtes le seul en mesure de m'aider, dit Vida en se servant une troisième tasse de café.

— Ils vont enterrer tout ça, et nous avec ! Putain de merde, Charles Camden ! Plus un sénateur et un ancien membre du Conseil de sécurité ! Tout ça ne sera jamais révélé au grand jour.

Vida prit le temps d'une autre gorgée du liquide brûlant avant de répondre.

— Cette fois, ils ne pourront pas nous faire taire, Byron. J'ai pris les dispositions nécessaires.

— C'est-à-dire ?

— Je suis revenue en ville vers minuit, ce qui m'a laissé largement assez de temps pour me fabriquer une petite assurance-vie. J'ai passé le reste de la nuit à réveiller quelques amis sûrs. Six. A chacun j'ai remis un paquet contenant une copie de ces documents accompagnée d'une lettre d'explication. Chaque colis est scellé, adressé et timbré. Si quoi que ce soit de désagréable m'arrivait, ces six amis ont pour instructions de poster leur colis.

— Pas besoin de demander qui les recevra...

— Les services Infos d'ABC, de NBC, de CBS et de CNN.

Les deux colis restants iront au *Washington Post* et au *New York Times*.

Byron Laker se massa les tempes du bout des doigts, comme s'il sentait l'approche d'une migraine monumentale.

— Ça sent un peu le chantage, Vida, remarqua-t-il.

— Chantage, assurance-vie, parfois la limite entre ces concepts est mince à l'extrême. Vous ne croyez pas qu'il est temps de décrocher le téléphone pour réveiller votre patron ? Je suis certaine qu'il sera passionné par la lecture de ces documents.

Byron se leva de table et sortit de la cuisine en marmonnant :

— Bien sûr, pourquoi pas... Aucune raison que je sois le seul à développer un ulcère ce matin.

58

La limousine rallongée roulait à vive allure sur l'I-95, bien au-dessus de la limite autorisée. Mais le chauffeur ne craignait pas d'amende pour cette infraction mineure. Par expérience, il savait que la plupart des patrouilles routières de police avaient le bon sens de ne pas arrêter ce genre de véhicule. Pourquoi perdre du temps à dresser un procès-verbal qui ne serait jamais payé ? Les appuis des gens se déplaçant dans ces limousines les immunisaient contre ces petites nuisances quotidiennes.

Dans le rétroviseur, le chauffeur jeta un coup d'œil à son passager. Non, ces types avaient d'autres problèmes. Et celui-là en avait à revendre.

Assis dans une pose très raide, Charles Camden était inconscient de l'intérieur luxueux de la limousine comme des paysages du New Jersey qui défilaient derrière les vitres fumées. Non, cet homme n'était pas heureux.

Ses blessures n'y étaient pour rien, même si son bras plâtré le démangeait horriblement. Mais cela ne le tracassait pas. Peu lui importait qu'on ait dû raser une bonne partie de sa chevelure trop roussie pour être sauvée. L'onguent appliqué par les spécialistes sur les brûlures de ses mains et de son visage avait calmé la douleur. Une pilule prise toutes les deux ou trois heures éliminait les autres inconforts récoltés lors du désastre de la veille. Non, ses ennuis n'étaient pas physiques. L'argent permettait d'obtenir les meilleurs soins médicaux. Mais

Charles Camden avait d'autres problèmes, beaucoup plus graves.

Quelque chose n'allait plus du tout, et le pire, c'est que Camden ne pouvait définir ce quelque chose. Jusqu'ici, il n'en avait vu que des symptômes révélateurs. La maladie elle-même restait un mystère des plus sombres.

Le matin même, il avait quitté New York avec un moral d'acier. Mais les heures passant, il avait vu son univers s'écrouler peu à peu. Il retournait à Washington. Le Projet Jack était définitivement enterré. Il était temps de passer à autre chose. On ne retiendrait pas l'échec de l'expérience contre lui. Une carte imprévisible avait été glissée dans le jeu, c'était le hasard et il aurait pu frapper n'importe qui.

De plus, Camden n'avait laissé aucune preuve ni aucun témoin qui puisse créer des problèmes sérieux. Ses associés savaient apprécier un tel souci du détail. Le projet le mieux préparé pouvait toujours échouer, mais c'était sans retombées si vous preniez les précautions nécessaires pour effacer toutes les traces. La faute impardonnable, bien entendu, était de se faire prendre.

Fort de ces atouts, Camden entama son agréable voyage vers Washington en passant quelques coups de fil professionnels avec le téléphone cellulaire de la limousine. Il convenait de demander quelques faveurs et de jeter les bases d'une autre opération. Il avait en réserve plusieurs idées très intéressantes, dont deux ou trois très adaptées à la situation actuelle. Camden voulait les soumettre à des connaissances dont l'avis serait déterminant.

Mais quand il appela le bureau du premier, il fut accueilli par la voix distante d'une secrétaire qui déclara que son patron était absent pour le reste de la journée. Camden ne s'en inquiéta pas outre mesure. Le deuxième appel, recevant la même réponse, éveilla chez lui une certaine perplexité. Au troisième, il commença à sérieusement s'inquiéter, et au quatrième il remarqua que le ton de la secrétaire devint sec une fois son identité déclinée, pour annoncer le maintenant rituel : « Mr. Untel est absent toute la journée, désolée ».

Camden téléphona encore quatre fois avec le même résultat

avant de renoncer à cet exercice futile. Il ne pouvait le croire. Des membres de cabinets avaient toujours pris le temps de répondre aux communications de Charles Camden. Jamais ils ne se seraient permis de le rejeter. Il était un homme redoutable, puissant, introduit dans les plus hauts cercles du pouvoir, intouchable...

Et en proie à de sérieux ennuis.

Mais quelle sorte d'ennuis ? Qu'est-ce qui avait grippé la machine ? Comment pouvait-il la remettre en état ?

Camden composa le numéro de son bureau de Washington. Il reconnut aussitôt une note de jovialité forcée dans la voix de sa secrétaire privée. Oui, lui répondit Marianne Hostetler, tout allait bien ici. Tout était en ordre. Mais quelque chose d'étrange s'était produit. Les six personnes que Mr. Camden devait rencontrer dans la journée avaient appelé pour annuler leur rendez-vous, chacun avec une excuse différente mais tout aussi piètre que les autres. Bien qu'elle ne fît pas de commentaire, Camden sentit que Marianne prévoyait des problèmes inconnus. Quand on travaille à Washington, on devient très vite capable de déchiffrer les non-dits. Charles Camden raccrocha et regarda sans le voir le paysage qui défilait. Où avait-il commis une erreur ?

Une demi-heure plus tard, le téléphone sonna et Camden sursauta. Il hésita à répondre et ne décrocha qu'à la quatrième sonnerie. C'était Marianne Hostetler, et elle était dans tous ses états.

— Oh, monsieur, ils sont venus, ils m'ont donné une sorte d'ordre de perquisition et ils ont commencé à tout emporter ! Je n'ai rien pu faire pour les en empêcher !

Camden se glissa instantanément dans son personnage de dirigeant imperturbable.

— Calmez-vous, Marianne. Qui est venu ? Et qu'ont-ils pris ?

— Ils ont tout pris ! Vos dossiers ! Tous les papiers dans votre bureau ! Tout ! Ils ont dit être des agents fédéraux.

— Quel genre d'agents fédéraux ?

— Ils ne l'ont pas précisé. Je n'ai pas pensé à le leur demander ! Je suis désolée, Mr. Camden.

— C'est sans importance, Marianne. Je comprends. Pourquoi ne pas fermer le bureau et prendre la fin de la journée ? Je vous contacterai ultérieurement.

Camden coupa la communication et contempla le téléphone d'un regard inquiet. Tout s'écroulait. Ils allaient lui régler son compte. Les rouages de la machine s'étaient mis en mouvement, rien ne l'arrêterait plus.

La sonnerie du téléphone retentit de nouveau, mais différente, comme assourdie. Elle cessa avant qu'il ait décroché. C'est seulement alors qu'il vit le chauffeur parler dans son propre combiné cellulaire.

Camden fit descendre la vitre le séparant de l'avant de la limousine. Le chauffeur écoutait, ne répondant que par des « Oui » brefs ou « Très bien ». Il termina par « Compris » et raccrocha.

Après quelques minutes d'un silence pesant, Camden n'y tint plus.

— Qui a appelé ? interrogea-t-il.

— Le garage, monsieur, fit le chauffeur en le regardant dans le rétroviseur. Ils ont une autre mission pour cette limousine. Ils voulaient savoir où j'en étais.

— Rien d'autre ?

Une courte pause, puis le chauffeur répondit :

— Non, monsieur.

Charles Camden remonta la vitre. Elle ne lui offrirait qu'une bien mince protection, le moment venu. Il avait maintenant la certitude de ne jamais atteindre Washington.

59

Six mois plus tard
Willow, Etat de New York

Ira Levitt conduisit la Toyota de location le long de l'allée sinueuse pour l'arrêter juste devant la maison. Puis il sortit et observa les lieux. Le voyage avait été long.

Il était parti d'une agence de location de véhicules de Washington, où il s'était présenté sans prévenir. Bien sûr, il avait réglé en liquide. Puis il s'était rendu à New York en ne s'accordant que deux courtes haltes, la première pour se restaurer dans un McDonald's, la seconde pour faire le plein. Il ne voulait pas quitter la Toyota des yeux un instant. Personne n'y collerait un émetteur radio. S'ils voulaient le suivre, ils devraient le faire selon les bonnes vieilles méthodes de filature. Pas de haute technologie, cette fois.

Après les tours et détours effectués dans Manhattan, Ira était certain d'avoir semé tout pisteur éventuel. Mais par précaution, il se força à quelques crochets et demi-tours du côté du New Jersey avant de prendre l'autoroute. Assuré de ne pas être suivi, Levitt prit enfin la direction de Willow, pour rendre une visite longtemps repoussée.

L'endroit était très agréable. Le petit bungalow semblait avoir été agrandi récemment. Quelqu'un avait joué au jardinier paysagiste. De nouveaux buissons entouraient le terrain, et deux parterres de fleurs ceints de briques s'étiraient devant la façade. Oui, l'ensemble était accueillant et évoquait le foyer d'un couple heureux. Ira espérait bien que c'était le reflet de la réalité.

Une femme rousse apparut au coin de la maison. Elle portait des gants de jardinage et une paire de cisailles. En l'apercevant, elle se figea. Il ne douta pas qu'elle l'ait reconnu.

Un interminable chapelet de secondes s'égrena avant qu'elle ne se dirige vers lui.

— Bonjour, Ira, dit-elle en approchant.

Il y avait peu de chaleur dans cet accueil.

— Bonjour, Angela. Vous avez l'air en pleine forme. Comment va votre épaule ?

La rousse Angela Quinoñes contempla son visiteur un moment avant de répondre.

— Bien. La blessure a bien guéri. A propos, je m'appelle Alison, maintenant.

— Je sais. Je préfère Angela, mais ce sera Alison si vous voulez.

— Je préférerais. Comment m'avez-vous retrouvée ?

— Le jour suivant votre départ, j'ai appelé une de mes connaissances au Bureau. C'est un vrai sorcier pour tout ce qui touche à l'informatique, et il me devait quelques services. Je lui ai demandé de consulter votre dossier médical à Bellevue. Je me suis dit que vous voudriez peut-être en avoir un double. Quand vous vous êtes vous aussi introduite dans le système informatique de l'hôpital, mon ami a pu remonter à la source de l'appel sans difficulté.

— Donc votre ami sait lui aussi où je me trouve ?

— Non, il a simplement pris quelques infos pour moi dans la banque de données. Mon pote est un dingue d'électronique. La seule presse qu'il lit est pleine de schémas et d'études de programmation, pas de faits divers. Le nom d'Angela Quinoñes ne signifiait rien pour lui. Vous n'avez aucune raison de vous inquiéter de ce côté.

— Ainsi vous saviez où j'étais depuis un certain temps déjà ?

— C'est exact.

— Pourquoi avoir attendu jusqu'à aujourd'hui pour venir ?

— J'ai jugé préférable de laisser tout ça se calmer avant de vous rendre visite.

— De ce que j'ai pu lire entre les lignes des journaux, je n'ai pas l'impression que le scandale de l'Ecorcheur va se calmer bientôt...

— Vous avez raison. Les séances à huis clos du Sénat doivent débuter le mois prochain. Mais je doute qu'ils découvrent quoi que ce soit de nouveau. Il semble que les contacts directs de Camden aient été bien plus haut placés encore que lui.

Ira désigna du pouce les sièges de jardin disposés sur la pelouse.

— Si ça ne vous dérange pas, j'aimerais m'asseoir. Rester debout m'est toujours pénible, à cause de cette satanée balle dans mon dos.

— Oh ! toutes mes excuses. Oui, bien sûr...

Angela ouvrit la voie. Une fois confortablement installés, elle demanda presque brutalement :

— Des nouvelles de Camden ?

— Non, et je ne crois pas qu'il y en aura jamais. L'homme constituait un risque pour le système. Je suppose qu'ils l'ont planté quelque part dans les pinèdes du New Jersey, à moins qu'ils l'aient envoyé rejoindre Jimmy Hoffa dans les fondations du stade des Giants.

— Je le lui souhaite, dit Angela avec conviction, avant d'ajouter : J'ai lu quelque chose sur ce sénateur qui a quitté son poste.

— Ouais, pour « raisons de santé et problèmes avec le fisc ». C'est une vraie épidémie, en ce moment, du côté du Capitole. Il y a même un ancien membre du Conseil de sécurité qui a quitté le pays en hâte la semaine dernière, pour les mêmes motifs, paraît-il. On n'en a pas parlé dans les journaux, c'est pour ça que je vous le dis. J'ai pensé que ça vous intéresserait de le savoir.

— Risquent-ils de passer en procès ?

— Au niveau fédéral, sans doute, pour détournement de fonds, parjure, association de malfaiteurs, ce genre de bagatelles. Je suppose que la ville de New York s'en mêlera plus tard pour ajouter quelques accusations de forfaiture.

— Pas de poursuites pour homicides ?

— Oh ! non, Washington a coutume de laver son linge sale en famille. Les grosses huiles estiment que ruiner la carrière des coupables est un châtiment amplement suffisant.

— Vous voulez dire qu'aucun d'entre eux n'ira en prison ?

— Qui sait ? Mais une chose est certaine : ils ne bénéficieront pas de la grâce présidentielle. Pas cette fois. Grâce à Vida.

— Un bon point pour elle. Comment va-t-elle ?

— Elle doit témoigner dans un tas d'auditions devant le Congrès et le Sénat. Sinon, elle travaille d'arrache-pied pour préparer son diplôme de droit. Elle va bien.

Ces propos épuisèrent le champ de leurs intérêts mutuels, et ils se retranchèrent dans un mutisme embarrassé où planait la question non encore posée. Angela observait Ira, qui observait la maison avec l'attention d'un acheteur potentiel. Enfin il se décida :

— Où est-il ?

— Juste derrière vous, en train de pointer son arme sur votre nuque.

Avec une lenteur délibérée, Ira se retourna sur son siège. Il reconnut David Vandemark au premier regard, malgré ses cheveux blonds et sa barbe. Ira distingua les cicatrices de brûlure que David avait dû récolter lors de l'incendie de l'entrepôt. Son nez aussi était différent, comme s'il avait été cassé et mal redressé. Mais Vandemark souriait franchement. Ira lui rendit son sourire.

— Tu ne crois quand même pas avoir besoin de ce flingue, non ? On n'a pas assez joué à la guéguerre ? Tu ne m'as jamais tiré dessus, tu veux commencer aujourd'hui ?

Le sourire de David s'accentua, et il baissa son arme qu'il coinça dans sa ceinture. Puis il prit un siège.

— Où est ta partenaire ?

— Elle est retournée à Washington. Elle ne sait rien de notre petit secret.

— Merci. J'apprécie ta discrétion.

Angela se leva.

— Que diriez-vous d'une bière bien fraîche, messieurs ? Avec cette chaleur, je crois que je vais en prendre une aussi.

Sans attendre leur réponse, la jeune femme tourna les talons et se dirigea vers la maison.

Les deux hommes se renvoyaient le même sourire idiot tant ils étaient heureux de se revoir. David fut le premier à parler :

— Ira, tu as cru à ma mort ?

— Non, mais je suis probablement le seul, David. Ou dois-je t'appeler Vic ?

— Au choix. J'ai passé tant de temps de ma vie sous divers prénoms que je réponds à tous.

— OK. Comme je le disais, moi, j'étais bien placé pour savoir qu'il y avait un trou dans la chaufferie. Mais je n'en ai jamais parlé, bien évidemment. J'ai entendu dire que tu es tombé à travers le plancher. C'est vrai ?

— Oui, et j'ai atterri à quelques mètres de la chaufferie. Je me suis fait quelques belles brûlures, mais j'ai pu m'en sortir vivant.

— Tout le monde a cru à ta mort parce que ça arrangeait tout le monde. Toi disparu, tout devenait beaucoup plus propret et facile à gober. Un tueur psychopathe révélant un plan gouvernemental mené par un seul homme, avec un commando de mercenaires, ça aurait bien trop compliqué cette affaire. La presse n'aurait jamais avalé ça, et le public non plus. Pourquoi les grosses huiles auraient-elles réagi différemment ? Mais la thèse de la découverte accidentelle de tout ça suite à une attaque de terroristes, c'était beaucoup plus facile à digérer.

— Et au Bureau, personne n'a estimé que ma disparition tombait vraiment trop bien ?

— Si certains l'ont pensé, ils ne l'ont pas dit. Ils étaient plus que satisfaits de pouvoir clore une des enquêtes les plus longues qu'ils aient connues.

— Et les amis de Camden ?

— A mon avis, ils ont réagi de la même façon. Si tu es vivant, ils n'ont aucun moyen de te retrouver. Donc, pour eux, il est plus facile et plus rassurant de te caser dans la catégorie Allongés permanents.

— Eh bien, en ce qui me concerne, je suis très heureux de le leur laisser croire. A moins, bien sûr, que tu n'y trouves à redire ?

Un sourire las aux lèvres, Ira eut un mouvement de tête négatif.

— Aucunement. Je ne suis pas venu pour te traîner devant je ne sais quelle sous-commission sénatoriale. La seule raison de ma présence ici, c'est mon envie très personnelle d'avoir la confirmation de ta survie.

— Et tes devoirs envers le Bureau ? Laisser un méchant en liberté, ça ne risque pas de faire mauvais effet dans ton dossier ?

Angela revenait auprès d'eux avec trois Corona glacées quand Ira répondit :

— Je prends ma retraite le mois prochain. Et puis, s'ils voulaient ouvrir de nouveau ton dossier, Vida devrait probablement s'y coller encore. Non, une carrière gaspillée à traquer ta pauvre personne, ça suffit. Et toi, David ? Que fais-tu, maintenant ? Toujours dans la course ?

David le dévisagea une seconde. Ce n'était pas une question anodine, et il laissa répondre sa femme.

— Pas question ! s'exclama-t-elle en entourant de ses bras le cou de David. Il s'est retiré. Définitivement.

— Tu as entendu la dame, Ira. Tout mon équipement de chasse est rangé dans le grenier et ne servira plus. J'ai vendu mon van et acheté un break. Tu as devant toi un homme oisif et heureux de l'être.

David sentit une énorme tension disparaître de l'esprit de Levitt. Il le méritait bien. D'une certaine façon, l'agent du FBI l'avait aidé à terminer la carrière de David Vandemark, le chasseur de *serial killers*. Il n'y aurait plus de traque. Plus d'exécutions du justicier solitaire. Les *serial killers* redevenaient la préoccupation de la police. Et les os calcinés de David Vandemark reposaient au fond de l'Hudson River. Ici, il n'y avait que Vic Tanner, acteur médiocre, dont on n'avait rien à redouter. Cet homme-là ne ferait pas de mal à une mouche. Ira Levitt pouvait prendre sa retraite sans craindre que des indiscrétions passées ne viennent la troubler.

L'agent du FBI se redressa sur son siège et leva sa bière d'un geste enthousiaste.

— La retraite ! Ah, que ce mot est agréable à mes oreilles !

J'irai jusqu'à dire qu'il mérite un toast ! A la retraite et ses années dorées ! Qu'elles soient nombreuses et pleines de joie ! A la belle vie !

Trois Corona s'entrechoquèrent.

— Oui, à la belle vie !

— A nous !

— *L'chaim.*

Achevé d'imprimer en novembre 1996
sur presse Cameron
*par **Bussière Camedan Imprimeries***
à Saint-Amand-Montrond (Cher)
pour le compte de France Loisirs
123, boulevard de Grenelle, Paris

Cet ouvrage a été imprimé
sur du papier sans bois et sans acide

Nº d'Édition : 27457. Nº d'Impression : 4/1002.
Dépôt légal : novembre 1996.
Imprimé en France